중국고전문학정선 – 시가詩歌 1

류종목 송용준 이영주 이창숙 譯解

明文堂

이 저서는 2007년 정부(교육과학기술부)의 재원으로
한국연구재단의 지원을 받아 수행되었습니다.
(KRF-2007-361-AL0016)

책을 펴내며

중국고전문학을 배우거나 가르칠 때 누구나 겪게 되는 두 가지 어려움이 있다. 원전이 너무 많다는 것이 그 하나이고 해당 원전에 대한 제가의 해석이 너무 다양하다는 것이 또 하나이다. 따라서 어느 원전을 우선으로 읽어야 할지, 그리고 어느 해석을 따라야 할지 갈피를 잡을 수가 없다. 이 때문에 역대로 많은 시문선집이 나왔고 많은 주석서가 나왔지만, 오늘날에 와서는 그러한 시문선집과 주석서 또한 수록된 내용이 너무 방대하여 이를 다 읽어내기가 불가능해 보인다.

서울대 중어중문학과에서 고전을 강의해 온 저자들은 이런 사실을 알고 평소 중국고전문학 전반에 걸쳐 정수라고 할 만한 원전을 적당한 양만큼 골라내어 간략하되 적확한 주석을 가한 텍스트를 만들어보려는 뜻을 늘 가지고 있었다. 그러던 차에 마침 서울대인문학연구원을 통하여 한국연구재단의 지원을 받게 되어 그 뜻을 실현하게 되었다.

저자들은 연구 지원이 6개년에 걸쳐 이루어진다는 사실을 감안하여 6권의 책을 시리즈로 내기로 하고 그 이름을 '중국고전문학정선'으로 정하였다. 중국고전문학정선이라 명명하였으면 그 내용에 최소한 시가, 산문, 소설, 희곡을 망라해야겠지만 원고의 양이 정해져 있었기 때문에 이를 전부 다루다 보면 수록된 내용이 너무 소략할 것이라는 우려가 있어서 이 중 시가와 산문만 우선 다루고 소설과 희곡은 다음 기회를 기다리기로 하였다. 이렇게 한 데에는 소설과 희곡의 경우 한 편의 편폭이 길어서 책 한 권에 필독해야 할 작품을 다 담을 수 없을 것이라는 사실이 고려되었다.

시가 분야는 역대의 시와 사 그리고 산곡을 포함하였다. 산문 분야는 문학 산문은 물론 제자백가의 산문도 포함하였는데 제자백가의 산문도 문학성이 풍부하여 중국고전문학 영역에 포함시킬 수 있다고 생각했기 때문이다.

이러한 편찬 의도하에 한漢나라부터 당唐나라까지의 시를 우선 펴내게 되었다. 저자들은 이 책이 대학에서 교재로 쓰일 것으로 기대하여 시는 가능한 한 대표성이 있는 것을 두루 수록하고 번역은 직역에 가깝게 하되 의미가 순통할 수 있도록 표현을 조절하기로 하였다. 주석은 난해하거나 번다하지 않고 간단하고 명료하게 하려고 하였다.

그리고 내용을 분담하여, 양한 시기 문인시와 남북조 악부 및 성당시는 이영주가, 양한 악부시와 중당시는 이창숙이, 위진남북조시 중 채염부터 도연명까지와 수나라 시 및 초당시는 송용준이, 도연명 이후의 남북조 문인시와 만당시는 류종목이 각각 맡았다.

시의 배열은 저자의 생몰 연도에 따르는 것을 기본으로 하였지만 양한과 남북조의 악부시는 저자를 알 수가 없어서 따로 묶었다. 동일 시인의 시는 저작 연대를 알 수 있는 것도 있지만 알 수 없는 것도 있기에 특별한 기준을 두지 않았다.

앞에서 말하였듯이 이 책을 펴내는 데에 이런저런 목표가 있었다. 하지만 원고를 마무리하고 나서 다시 살펴보니 과연 얼마나 원래의 의도에 부합하였을까 하는 걱정이 앞선다. 아무쪼록 독자들이 너그럽게 읽어주고 아낌없이 질정해주기를 기대하며, 향후 끊임없이 수정하고 보완할 것을 약속한다.

이 책이 나오는 데에는 여러 분의 도움이 있었다. 연구 지원을 해준 서울대인문학연구원과 한국연구재단의 여러 관계자들에게 우선 감사의 뜻을 전한다. 어려운 출판 여건 속에서도 이 책의 출판을 흔쾌히 승낙해 주신 명문당 김동구 사장에게도 감사의 뜻을 전한다. 끝으로 이은주 선생에게도 고맙다는 말을 전하고 싶다. 이선생은 이 책의 편집과 교정에 열과 성을 다했으니 이 책이 나온 데에 실로 그 공이 크다.

2011년 9월 10일

저자 일동

차   례

2. 위진남북조시魏晉南北朝詩　73

3-2-3 **중당시**中唐詩 407

1. 양한시兩漢詩

양한 시기의 시는 악부가 중심이 되지만, 이 시기의 문인시 중에서도 시
사적인 가치가 있는 작품이 있다.

유방의 〈대풍가大風歌〉는 칠언구를 위주로 하여 칠언고시의 성립과 관련
하여 주목된다. 항우의 〈해하가垓下歌〉는 한의 천하 통일 이전에 지어진
것이어서 양한 문인시라고 하기에는 시기상의 문제가 있지만 항우가 유방
과 동시대에 살았기 때문에 흔히 양한 문인시로 간주되는데, 이 시 또한
유방의 대풍가와 같이 칠언구로 되어 있다. 이 두 시는 모두 초가楚歌 형
태여서 칠언고시 성립에 초가의 영향이 있었을 가능성을 보여준다. 전한
이연년의 〈가인가佳人歌〉는 오언구를 위주로 하여서 오언고시의 발생에
호곡胡曲의 영향이 있었을 가능성을 알려준다.

후한 시기에 여러 문인들이 시를 남겨 문인들의 시 창작이 비로소 본격화
하는 양상을 보인다. 반고班固의 〈영사시〉를 시작으로 여러 편의 오언고
시가 출현하는데, 격률이나 내용상 미숙한 상태여서 작가가 알려져 있지
않은 〈고시십구수古詩十九首〉 등에 비해 손색이 있다. 그리고 장형張衡의
〈사수시四愁詩〉를 보면 초기 칠언시가 초가의 영향을 받았음을 재확인할
수 있다.

악부는 한 무제 때 설립한 음악기구이다. 각 지역의 민가를 채집하고, 국
가의 전례에 사용할 의식 음악을 제작하였다. 그로 인해 남아 있는 시를
악부 또는 악부시라 칭한다. 따라서 악부시는 그 내용과 형식이 매우 다
양하다. 송宋나라 때 곽무천郭茂倩(1041~1099)이 편집한 《악부시집樂府詩
集》에는 한漢나라부터 당唐나라의 악부시를 모두 12가지로 나누었다. 교

묘가사郊廟歌辭, 연사가사燕射歌辭, 고취곡사鼓吹曲辭, 횡취곡사橫吹曲辭, 상화가사相和歌辭, 청상곡사淸商曲辭, 무곡가사舞曲歌辭, 금곡가사琴曲歌辭, 잡곡가사雜曲歌辭, 근대곡사近代曲辭, 잡요가사雜謠歌辭, 신악부사新樂府辭가 그것이다. 양한의 악부시는 주로 교묘가사, 고취곡사, 상화가사와 잡요가사에 들어 있다.

교묘가사는 교사郊祀와 묘사廟祀를 거행할 때 연주한 가곡의 가사이다. 고취곡사, 횡취곡사는 군악이며, 상화가사는 민가이다. 따라서 그 내용과 형식이 확연히 다르다. 교묘가사는 장중한 사언체 위주에 천지신명을 공경하며 국가와 백성의 안위를 기원하는 내용이다. 현재적 가치와는 별도로 당시에는 최고의 기능과 권위를 가진 시가였다. 고취곡사, 횡취곡사는 군가이지만 민요와 다름없이 상화가사와 함께 백성들이 부른 노래가 다수 들어 있어 당시의 생생한 현실을 전달해 준다.

1-1 양한兩漢 문인시文人詩

항우項羽(BC 232~BC 202)

중국 진秦나라 말엽의 무장武將으로 이름은 적籍, 자가 우羽로 하상下相(지금의 강소성江蘇省) 사람이다. 숙부인 항량項梁과 함께 군대를 일으켰고 후에 유방劉邦과 협력하여 진秦나라를 멸망시키고 서초西楚의 패왕霸王이 되었다. 그후 유방과의 패권 다툼에서 패하여 해하垓下에서 포위되었고, 포위망을 뚫고 오강烏江에 이르러 자살하였다.

垓下歌
해 하 가

力拔山兮氣蓋世, 時不利兮騅不逝.
역 발 산 혜 기 개 세　시 불 리 혜 추 불 서

騅不逝兮可奈何, 虞兮虞兮奈若何！
추 불 서 혜 가 내 하　우 혜 우 혜 내 약 하

해하의 노래

힘은 산을 뽑고 기운은 세상을 덮을 만한데

때가 불리하니 오추마烏騅馬가 달리지 않네.

오추마가 달리지 않으니 어찌할 것인가?

우미인虞美人아 우미인아 그대를 어찌해야 하나!

■ 주 석

垓下(해하) : 지명. 안휘성安徽省 영단현靈壇縣 동남쪽에 있다.

兮(혜) : 어조사.

蓋世(개세) : 세상을 덮다.

騅(추) : 오추마烏騅馬. 검은 털과 흰 털이 섞인 말. 항우가 탔던 준마.

奈何(내하) : 어찌할까.

虞(우) : 항우의 총희寵姬로 우희虞姬 또는 우미인虞美人이라고 한다.

若(약) : 너.

■ 해 제

이 작품은 항우가 해하에서 포위되었을 때 쓴 것이다. 유방의 군대에 포위 당한 상황에서 불리워진 시운과 사랑하는 여인에 대한 감정이 핍진하게 표출되어 있다.

유방劉邦(BC 247?~BC 195)

중국 전한前漢의 고조高祖(재위 BC 202~BC 195)로 자는 계季이고 패현沛縣 사람이다. 진나라 말에 군사를 일으켜 항우의 군대와 연합하여 진왕秦王의 항복을 받았다. 그후 여러 해에 걸친 항우와의 패권 다툼에서 승리하여 천하통일의 대업을 실현하였다.

大風歌
대 풍 가

大風起兮雲飛揚.
대 풍 기 혜 운 비 양

威加海內兮歸故鄉.
위 가 해 내 혜 귀 고 향

安得猛士兮守四方.
안 득 맹 사 혜 수 사 방

대풍가

큰 바람 불자 구름 흩날리네.
위엄을 온 천하에 떨치고서 고향에 돌아왔다.
어찌하면 용맹한 병사를 얻어 사방을 지킬 수 있으리오?

■ **주 석**

威(위) : 위엄. 위력. 위무.
加(가) : 가하다. 떨치다.
海內(해내) : 온 천하. 나라 안.

■ **해 제**

이 작품은 기원전 195년 겨울, 영포英布를 평정한 후 고향인 패沛에 돌아가 연회를
베풀 때 즉흥적으로 읊은 시이다. 왕조를 창업한 왕자로서의 기상과 고뇌가 잘 드
러나 있다.

이연년李延年(BC 140?~BC 87?)

한漢 무제武帝 때의 악공樂工으로 중산中山(지금의 하북성河北省 정주시定
州市) 사람이다. 가무歌舞에 뛰어났으며, 후에 악부樂府의 책임자인 협율
도위協律都尉에 임명되었다.

佳人歌
가 인 가

北方有佳人, 絶世而獨立.
북 방 유 가 인   절 세 이 독 립

一顧傾人城, 再顧傾人國.
일 고 경 인 성　재 고 경 인 국

寧不知傾城與傾國, 佳人難再得.
영 부 지 경 성 여 경 국　가 인 난 재 득

아름다운 여인의 노래

북방에 가인이 있는데
세상에서 더없이 홀로 빼어나네.
한 번 돌아보면 성 안 사람들 모두 좋아하고
두 번 돌아보면 나라 사람들 모두 좋아하네.
어찌하여 경성 경국의 가인을 몰라보는가?
아름다운 여인은 다시 얻기 어렵다오.

■ 주 석

絶世(절세) : 세상에서 가장 빼어남.

顧(고) : 돌아보다.

傾人城(경인성) : 한 성의 모든 사람이 마음을 기울여 좋아한다는 뜻이다.
　한 성을 무너지게 한다는 뜻으로 풀이하기도 한다.

寧(영) : 어찌.

■ 해 제

이 시는 이연년이 자신의 누이동생을 한漢 무제武帝에게 추천하기 위해 지은 노래
이다. 그후 이연년의 누이동생인 이부인李夫人은 무제의 총애를 받아 창읍왕昌邑王
유박劉髆을 낳았다. 이 시는 원래 제목이 없다. 〈이부인가李夫人歌〉라 칭하기도 한
다.

좌조월기교위佐曹越騎校尉 반황班況의 딸로 누번樓煩(지금의 산서성山西省 삭성구朔城區) 사람이다. 중국문학사상 최초의 여류시인이라 할 수 있다. 성제成帝의 후궁으로 시부에 뛰어났을 뿐만 아니라 미모와 재덕才德을 겸비하였던 재원이었다. 소시少使로 입궁하여 첩여婕妤 첩지를 받았다. 후에 조비연趙飛燕 자매가 황제의 총애를 받자 스스로 물러나 장신궁長信宮에서 태후를 모시고 살았다. 전해지는 작품은 〈자도부自悼賦〉〈도소부悼素賦〉〈원가행怨歌行〉 3편이다.

怨歌行
원 가 행

新裂齊紈素, 鮮潔如霜雪.
신 렬 제 환 소   선 결 여 상 설

裁爲合歡扇, 團團似明月.
재 위 합 환 선   단 단 사 명 월

出入君懷袖, 動搖微風發.
출 입 군 회 수   동 요 미 풍 발

常恐秋節至, 涼飆奪炎熱.
상 공 추 절 지   양 표 탈 염 열

棄捐篋笥中, 恩情中道絶.
기 연 협 사 중   은 정 중 도 절

원가행

제齊나라 흰 깁을 새로 잘라내니

깨끗한 것이 눈서리 같네.

마름질하여 합환선을 만드니

둥글둥글 밝은 달 같네.

임의 품과 소매 속을 들며날며

보드라운 바람내며 흔들흔들.

가을이 되어

쌀쌀한 바람 무더위 빼앗아가면

바구니에 버려져서

은애하는 마음 도중에 끊어질까 늘상 두렵네.

■ 주 석

齊紈素(제환소) : 제나라에서 생산되는 흰 깁.

鮮潔(선결) : 산뜻하고 깨끗하다.

合歡扇(합환선) : 합환合歡 무늬가 그려진 부채. '합환'은 남녀의 사랑을
　　상징하는 무늬의 일종.

懷袖(회수) : 품속과 소매.

涼飆(양표) : 서늘하고 매서운 바람.

棄捐(기연) : 버리다. 팽개치다. 내어 버리다.

篋笥(협사) : 광주리. 상자.

恩情(은정) : 사랑하는 마음. 은애하는 마음.

■ 해 제

이 시는 사랑하는 정인이 있는 여자가 자기 자신을 부채에 비유하여 사랑을 잃게 될
것을 걱정하는 마음을 노래한 것이다. 옛날 선본選本(양진梁陳 이래)에는 모두 반첩
여의 작품으로 되어 있고, 당唐나라 이선李善의 《문선文選》에서는 《가록歌錄》을 인용
하여 〈원가행怨歌行〉은 고사古辭로 반첩여가 모의한 것이라 하였다. 녹흠립逯欽立은
《한시별록漢詩別錄》에서 위대魏代의 고급 영인伶人이 지은 것이라 하였다. 이 시는 악
부시라기보다는 이미 완전한 오언고시로 발전된 형식의 작품이다. 오늘날 대다수의
연구자들은 작가 미상의 작품으로 간주한다.

중국 후한後漢의 역사가이자 문학가로 자가 맹견孟堅이고 부풍扶風 안릉安陵(지금의 섬서성陝西省 함양咸陽) 사람이다. 반표班彪의 아들이자 반초班超의 형이다. 부친의 유지를 받들어 20여년에 걸쳐 《한서漢書》를 완성하였다.

詠史
영 사

三王德彌薄, 惟後用肉刑.
삼 왕 덕 미 박　유 후 용 육 형

太倉令有罪, 就逮長安城.
태 창 령 유 죄　취 체 장 안 성

自恨身無子, 困急獨煢煢.
자 한 신 무 자　곤 급 독 경 경

小女痛父言, 死者不可生.
소 녀 통 부 언　사 자 불 가 생

上書詣闕下, 思古歌雞鳴.
상 서 예 궐 하　사 고 가 계 명

憂心摧折裂, 晨風揚激聲.
우 심 최 절 렬　신 풍 양 격 성

聖漢孝文帝, 惻然感至情.
성 한 효 문 제　측 연 감 지 정

百男何憒憒, 不如一緹縈.
백 남 하 궤 궤　불 여 일 제 영

역사를 읊다

삼왕의 덕 사라지더니

후일엔 육형을 사용하였네.

태창령 순우공淳于公이 죄를 지어

장안성으로 잡혀갈 때,

아들이 없어

어려울 때 홀로 외로운 것 한탄하네.

어린 딸 부친의 말에 마음 아파하며

죽은 자는 다시 살릴 수 없다고 여겼으니,

상소를 올리려 대궐에 이르러

옛날 일 생각하며 〈계명鷄鳴〉 시 노래하였네.

근심스런 마음은 꺾이고 찢기듯하여

새매처럼 격앙된 소리로 부르짖었네.

성명한 효문제 황제께서

측은히 여겨 지극한 정성에 감동하였네.

백 명의 남자들아 어찌 이리도 어리석은가?

한 명의 제영緹縈만도 못하구나.

■ 주 석

三王(삼왕) : 삼대三代의 성왕聖王. 하夏나라의 우왕禹王, 은殷나라의 탕왕
湯王, 주周나라의 문왕文王을 가리킨다.

肉刑(육형) : 신체에 가하는 형벌. 죄에 따라 묵형墨刑, 경형黥刑, 비형劓
刑, 의형劓刑, 궁형宮刑, 대벽형大辟刑 등이 있었다.

太倉令(태창령) : 순우공淳于公을 가리킨다.

闕下(궐하) : 대궐 아래. 임금의 앞.

雞鳴(계명) : 《시경詩經 제풍齊風》의 편명.

摧折裂(최절렬) : 꺾이고 찢어지다.

晨風(신풍) : 새매. 쏙독새. 《시경 진풍秦風》의 편명이기도 하다.

孝文帝(효문제) : 전한前漢 제5대 문제文帝(BC 202~BC 157)로 이름은 항恒이고 묘호는 태종太宗이다. 정치를 잘하여 그와 경제의 치세를 '문경지치文景之治'라고 한다.

憒憒(궤궤) : 어리석다.

緹縈(제영) : 한나라 때 효녀로 순우의淳于意의 막내딸. 아버지가 죄를 지어 장안으로 압송되자 제영이 문제에게 글을 올려 아버지를 탄원하였다. 문제가 그 상서上書 내용에 감동하여 순우의의 육형을 면하게 해 주었다.

■ 해 제

이 시는 《사기史記 효문본기孝文本紀》에 보이는 태창령太倉令 순우의의 실화를 근거로 지은 영사시詠史詩이다. 문인 오언고시 중 초기 작품이면서 영사시라는 사실 때문에 시사상 의의가 있다.

양홍梁鴻(?~?)

부풍扶風 평릉平陵(지금의 섬서성陝西省 함양咸陽 서북西北) 사람으로 자가 백란伯鸞이다. 생졸 연대는 미상으로, '거안제미擧案齊眉'의 주인공인 맹광孟光의 남편이다. 그의 전기는 《후한서後漢書 일민전逸民傳》에 수록되어 있다.

五噫歌
오 희 가

陟彼北芒兮, 噫!
척 피 북 망 혜   희

顧瞻帝京兮, 噫!
고 첨 제 경 혜   희

宮闕崔嵬兮, 噫!
궁 궐 최 외 혜　 희

民之劬勞兮, 噫!
민 지 구 로 혜　 희

遼遼未央兮, 噫!
요 료 미 앙 혜　 희

다섯 번 탄식하는 노래

저 북망산에 오르네, 오호라!

천자 계신 도성을 돌아보네, 오호라!

궁궐이 크고 높네, 오호라!

백성들이 수고하네, 오호라!

아득하여 끝이 없네, 오호라!

■ 주 석

陟(척) : 오르다.

北芒(북망) : 북망산.

顧瞻(고첨) : 고개 돌려 돌아보다.

帝京(제경) : 천자가 있는 도성. 낙양洛陽을 가리킨다.

崔嵬(최외) : 크고 높다. 높고 험하다.

劬勞(구로) : 병들고 괴롭다.

遼遼(요료) : 아득히 먼 모양.

央(앙) : 다하다. 끝나다.

■ 해 제

이 시는 《후한서後漢書 일민전逸民傳》에 수록되어 있는 작품으로 체제가 독특하다.

북망산에 올라가 웅장한 도성의 아름다움을 찬탄하기보다는 웅장한 도성을 짓느라
고생한 백성들의 노고를 생각하는 시인의 따뜻한 마음이 느껴진다.

장형張衡(78~139)

과학자이면서 문인으로 자가 평자平子이고 남양南陽 서악西鄂(지금의 하남
성河南省 남양南陽) 사람이다. 혼천의渾天儀를 만들었고, 부賦에도 뛰어나
〈이경부二京賦〉〈귀전부歸田賦〉를 지었다. 하간왕河間王의 재상으로 호족
의 발호를 견제한 공로가 있다.

四愁詩
사 수 시

我所思兮在太山, 欲徃從之梁父艱.
아 소 사 혜 재 태 산　　욕 왕 종 지 량 보 간

側身東望涕霑翰.
측 신 동 망 체 점 한

美人贈我金錯刀, 何以報之英瓊瑤.
미 인 증 아 금 착 도　　하 이 보 지 영 경 요

路遠莫致倚逍遙, 何爲懷憂心煩勞.
노 원 막 치 의 소 요　　하 위 회 우 심 번 로

我所思兮在桂林, 欲往從之湘水深.
아 소 사 혜 재 계 림　　욕 왕 종 지 상 수 심

側身南望涕霑襟.
측 신 남 망 체 점 금

美人贈我琴琅玕, 何以報之雙玉盤.
미 인 증 아 금 랑 간　　하 이 보 지 쌍 옥 반

路遠莫致倚惆悵, 何爲懷憂心煩傷.
노 원 막 치 의 추 창　　하 위 회 우 심 번 상

我所思兮在漢陽, 欲往從之隴阪長.
<small>아 소 사 혜 재 한 양　　욕 왕 종 지 롱 판 장</small>

側身西望涕霑裳.
<small>측 신 서 망 체 점 상</small>

美人贈我貂襜褕, 何以報之明月珠.
<small>미 인 증 아 초 첨 유　　하 이 보 지 명 월 주</small>

路遠莫致倚踟躕, 何爲懷憂心煩紆.
<small>노 원 막 치 의 지 주　　하 위 회 우 심 번 우</small>

我所思兮在雁門, 欲往從之雪紛紛.
<small>아 소 사 혜 재 안 문　　욕 왕 종 지 설 분 분</small>

側身北望涕霑巾.
<small>측 신 북 망 체 점 건</small>

美人贈我錦繡段, 何以報之靑玉案.
<small>미 인 증 아 금 수 단　　하 이 보 지 청 옥 안</small>

路遠莫致倚增歎, 何爲懷憂心煩惋.
<small>노 원 막 치 의 증 탄　　하 위 회 우 심 번 완</small>

네 가지 시름의 시

내가 연모하는 임, 태산에 계시니
가서 따르고자 하나 양보산이 험하도다.
몸 기울여 동쪽을 바라보며 눈물로 옷깃을 적시네.
미인께서 내게 금착도金錯刀를 주셨는데
무엇으로 보답해야 하나? 빛나는 경요瓊瑤를 드려야지.
길이 멀고 보낼 방법 없어 머뭇거리기만 하니
어찌 근심스럽게 번민하지 않으리오?

내가 연모하는 임, 계림에 계시니
가서 따르고자 하나 상강湘江이 깊도다.
몸 기울여 남쪽을 바라보며 눈물로 옷깃을 적시네.
미인께서 내게 낭간琅玕으로 장식한 금琴을 주셨는데
무엇으로 보답해야 하나? 한 쌍의 옥쟁반을 드려야지.
길이 멀고 보낼 방법 없어 슬퍼하기만 하니
어찌 근심스럽게 번민하지 않으리오?

내가 연모하는 임, 한양에 계시니
가서 따르고자 하나 농판隴阪이 길도다.
몸 기울여 서쪽을 바라보며 눈물로 옷을 적시네.
미인께서 내게 담비가죽 첨유襜褕를 보내주셨는데
무엇으로 보답해야 하나? 명월주明月珠를 드려야지.
길이 멀고 보낼 방법 없어 주저하기만 하니
어찌 근심스럽게 번민하지 않으리오?

내가 연모하는 임, 안문雁門에 계시니
가서 따르고자 하나 눈이 너무 많이 내리네.
몸 기울여 북쪽을 바라보며 눈물로 수건을 적시네.
미인께서 내게 비단신을 보내주셨는데
무엇으로 보답해야 하나? 청옥靑玉 반상을 드려야지.
길이 멀고 보낼 방법 없어 탄식하기만 하니
어찌 근심스럽게 번민하지 않으리오?

梁父(양보) : 산 이름. 태산泰山 아래의 작은 산.

翰(한) : 옷깃.

金錯刀(금착도) : 황금으로 도금한 패도佩刀.

英瓊瑤(영경요) : '영英'은 '영瑛'의 가차자. '경요瓊瑤'는 아름다운 옥.

倚(의) : '의猗'와 통한다. 어조사.

湘水(상수) : 상강湘江. 광서성廣西省 흥안현興安縣 양해산陽海山에서 발원하여 동정호洞庭湖로 흘러 들어간다.

琴琅玕(금랑간) : 낭간琅玕을 장식한 금. 낭간은 아름다운 옥.

漢陽(한양) : 군郡 이름으로 감숙성甘肅省 감곡현甘谷縣에 있다. 전한前漢 때는 천수군天水郡이라 하였고, 후한後漢 때 한양군漢陽郡으로 고쳤다.

隴阪(농판) : 산비탈 이름. '판阪'은 산비탈. 한양漢陽에 '농판'이라 부르는 큰 산비탈이 있었다.

襜褕(첨유) : 긴 홑옷.

雁門(안문) : 군郡 이름으로 산서성山西省 서북쪽에 있다.

紛紛(분분) : 눈이 많이 오는 모양.

錦繡段(금수단) : 수놓은 비단. '단段'은 '단緞'과 같다.

■ 해 제

이 시는 4장으로 이루어져 있고 《문선文選》 29권에 수록되어 있다. 여인이 임을 사모하는 심사를 4편으로 나누어 읊었다. 장형이 하간왕의 재상을 지낼 때 불우한 자신의 심사를 이 '네 가지 근심'에 가탁하여 지은 것이라 한다.

진가秦嘉(?~?)

동한東漢 때 시인으로 생졸 연대는 미상이다. 자가 사회士會이고 농서隴西 (지금의 감숙성甘肅省 임조臨洮) 사람이다. 환제桓帝 때 군리郡吏로서 상계 부시上計簿使가 되어 낙양洛陽에 갔다가 황문랑黃門郞이 되었고, 후에 고향에 돌아가지 못하고 병사病死하였다. 현전하는 작품으로는 시 5수와 서 2편이 있다.

贈婦詩 (其一)
증 부 시   기 일

人生譬朝露, 居世多屯蹇.
인 생 비 조 로   거 세 다 준 건

憂艱常早至, 歡會常苦晚.
우 간 상 조 지   환 회 상 고 만

念當奉時役, 去爾日遙遠.
염 당 봉 시 역   거 이 일 요 원

遣車迎子還, 空往復空返.
견 거 영 자 환   공 왕 복 공 반

省書情悽愴, 臨食不能飯.
성 서 정 처 창   임 식 불 능 반

獨坐空房中, 誰與相勸勉.
독 좌 공 방 중   수 여 상 권 면

長夜不能眠, 伏枕獨輾轉.
장 야 불 능 면   복 침 독 전 전

憂來如循環, 匪席不可卷.
우 래 여 순 환   비 석 불 가 권

아내에게 (제1수)

    인생이란 아침이슬 같고

    세상살이엔 험난함이 많다오.

    걱정거리 언제나 일찍 이르고

    기쁨은 항상 아주 늦게 오는 법.

    공무 받들고 떠나면

    당신과는 날로 멀어질 것이 생각나

    수레를 보내어 그대 맞이하려 했건만

    빈 수레로 갔다고 빈 수레만 돌아왔구려.

    당신의 편지 보다가 마음이 슬퍼져서

    음식을 앞에 두고도 먹을 수가 없구려.

    홀로 빈 방에 앉아 있으니

    누가 나를 권면勸勉해 주겠소?

    긴긴 밤 잠들 수 없어

    베개에 엎드려 홀로 뒤척이는데

    근심이 고리처럼 이어져도

    돗자리가 아니니 말아버릴 수 없다오.

■ 주 석

屯蹇(준건) : 《주역周易》의 준괘屯卦와 건괘蹇卦. 두 괘는 모두 어려움에
    처한 상으로 신세가 험난하여 순탄하지 않은 것을 뜻한다.

奉時役(봉시역) : 상계부시上計簿使가 되어 낙양洛陽에 가는 것을 가리킨다.

遣車迎子(견거영자) : 진가가 낙양에 가려고 할 때, 아내인 서숙徐淑은 병
    들어 친정에 있었다. 진가가 아내와 함께 낙양에 가려고 편지인 〈여

처서숙서與妻徐淑書〉와 수레를 보냈으나 아내는 돌아오지 않고 답장만 보내왔던 일을 말한다.

勸勉(권면) : 격려하여 힘쓰게 하다.

匪席不可卷(비석불가권) : 《시경詩經 패풍邶風》 박주柏舟편에 "내 마음 돗자리가 아니라서 말아버릴 수가 없다.(我心匪席, 不可卷也)"라는 구절이 있다. '비匪'는 '비非'와 같다. 여기서는 자신의 근심을 떨쳐버릴 수 없음을 말한다.

■ 해 제

이 시는 아내를 향한 남편의 사랑을 표현한 작품으로 실화를 바탕으로 하고 있다. 함께 가고 싶어서 편지와 수레를 보냈으나 병이 나서 같이 못간다는 답장만 보냈을 뿐 서숙은 오지 않았다. 아내의 편지를 읽고는 황망해져 탄식하는 진가의 모습이 눈에 보이는 듯하다. 그후 진가가 진향정津鄉亭에서 병사하였기에 부부는 영영 만나지 못하였다.

채옹蔡邕(133~192)

동한東漢의 문학가이자 서예가로, 자가 백개伯喈이고 진류陳留 어圉(지금의 하남성河南省 기현杞縣) 사람이다. 박학다재博學多才하여 경사經史, 천문天文, 음률音律에 능통했으며 사부辭賦를 잘 지었다. 헌제獻帝 때 좌중랑장左中郎將을 지냈기 때문에 후인들이 채중랑蔡中郎이라 불렀다. 저서로는 《채중랑집蔡中郎集》이 있다.

飮馬長城窟行
음 마 장 성 굴 행

靑靑河畔草, 綿綿思遠道.
청 청 하 반 초　　　면 면 사 원 도

遠道不可思, 宿昔夢見之.
원 도 불 가 사　숙 석 몽 견 지

夢見在我傍, 忽覺在他鄉
몽 견 재 아 방　홀 각 재 타 향

他鄉各異縣, 展轉不可見.
타 향 각 이 현　전 전 불 가 견

枯桑知天風, 海水知天寒.
고 상 지 천 풍　해 수 지 천 한

入門各自媚, 誰肯相爲言.
입 문 각 자 미　수 긍 상 위 언

客從遠方來, 遺我雙鯉魚.
객 종 원 방 래　유 아 쌍 리 어

呼兒烹鯉魚, 中有尺素書.
호 아 팽 리 어　중 유 척 소 서

長跪讀素書, 書中竟何如?
장 궤 독 소 서　서 중 경 하 여

上言加餐食, 下言長相憶.
상 언 가 찬 식　하 언 장 상 억

장성굴에서 말에 물을 먹이며

강가의 풀 파릇파릇

끊임없이 일어나는 먼 길 떠난 임 생각.

먼 곳이라 생각할 수 없었는데

지난 밤 꿈속에서 임을 보았네.

꿈속에선 내 곁에 계셨는데

홀연히 깨고 보니 타향에 계시군요.

타향이라 각기 다른 고장이니

이리저리 뒤척여도 만날 수 없군요.

말라 죽은 뽕나무가 어찌 하늘의 바람을 알아보겠는가?

바닷물이 어찌 하늘의 추위를 알겠는가?

집에 돌아온 이웃 사람들 각기 제 식구만 아끼고 사랑하니

누가 나에게 임의 소식 알려주리오?

먼 지방에서 온 나그네

나에게 두 마리 잉어를 건네네.

아이 불러 잉어를 삶아보니

뱃속에는 한 자 비단에 쓴 편지가 있네.

무릎 꿇고 앉아서 비단편지 읽노라니

편지 사연 어떠한가?

위에는 밥 잘 먹으라는 말이고

아래에는 영원히 서로 사랑하자는 말이었네.

■ 주 석

河畔(하반) : 강가. 강 언덕.

綿綿(면면) : 길고 끊이지 않는 모양. 여기서는 사념이 끊이지 않는 것.

宿昔(숙석) : 지난 밤. '석昔'은 '석夕'과 통한다.

展轉(전전) : '전전輾轉'과 같은 말로 이리저리 뒤척이는 것을 뜻한다. 이
리저리 돌아다니는 것을 뜻한다는 설도 있다.

枯桑知天風(고상지천풍) : 말라 죽은 뽕나무가 하늘의 바람을 알아보겠
는가? '지知'는 '기지豈知'의 뜻으로 '어찌 알겠는가?'로 풀이해야 한다.
이와 상반되게 '잎이 마른 뽕나무도 바람 부는 줄 안다'라고 풀이하기
도 한다.

入門各自媚(입문각자미) : 남편과 함께 갔던 사람들이 돌아와 자기 집 문

안으로 들어서면, 각자가 자기 처자들이나 아끼고 사랑하지, 남의 일에는 상관하지 않는다는 뜻.

言(언) : 말하다. 남편에 대한 소식을 말해주다.

鯉魚(이어) : 잉어. 옛날에는 편지를 담던 상자가 잉어 모양이었다고도 하고, 비단에 쓴 편지를 잉어 모양으로 접었다고도 한다. 여기서는 소식을 전해주는 것에 비유하고 있다.

烹(팽) : 삶다. 요리하다.

尺素書(척소서) : 한 자 길이의 흰 비단에 쓴 편지.

長跪(장궤) : 무릎을 꿇고 앉다.

加餐食(가찬식) : 식사를 더하라, 곧 식사를 잘하라는 뜻이다.

長相憶(장상억) : 길이 언제까지나 생각하겠다. 언제까지나 변하지 않고 사랑하겠다.

■ 해 제

이 시는 악부민가樂府民歌로 원정나간 남편을 향한 여인의 그리움을 노래한 작품이다. '장성長城'은 진시황秦始皇이 오랑캐의 침입에 대비하여 쌓았던 성 이름이다. 그 아래쪽에 샘물이 솟는 동굴이 있어서 전쟁터에 나가는 사람들이 그곳에서 말에게 물을 먹였다. 이런 까닭으로 〈음마장성굴행飮馬長城窟行〉은 전쟁이나 역사役事에 나간 남편을 그리는 여인의 정을 노래하는 것으로 발전하게 된 것이다. 〈음마행飮馬行〉이라고도 불렀다.

1-2 양한兩漢 악부樂府와 고시古詩

帝臨
제 림

> 帝臨中壇, 四方承宇.
> 제 림 중 단   사 방 승 우
>
> 繩繩意變, 備得其所.
> 승 승 의 변   비 득 기 소
>
> 淸和六合, 制數以五.
> 청 화 륙 합   제 수 이 오
>
> 海內安寧, 興文匽武.
> 해 내 안 녕   홍 문 언 무
>
> 后土富媼, 昭明三光.
> 후 토 부 온   소 명 삼 광
>
> 穆穆優游, 嘉服上黃.
> 목 목 우 유   가 복 상 황

제림

제신께서 중단에 내려오시니 사방에서 하늘을 받듭니다.

삼가 변화하여 계실 곳을 갖추었습니다.

천지사방이 맑고 조화로우니 그 수는 다섯입니다.

해내가 안녕하니 문치를 일으키고 전쟁을 끝냈습니다.

토지는 비옥하고 해와 달과 별은 빛납니다.

우아하게 노니시며, 길복의 색은 황색을 숭상합니다.

帝(제) : 중앙지제中央之帝. 황제黃帝. 천제天帝.

中壇(중단) : 교사郊祀와 봉선封禪 등 대전을 거행할 때 설치하는 단.

承宇(승우) : 하늘을 받치다.

繩繩(승승) : 삼가고 조심하는 모양. 많은 모양.

意變(의변) : 천변만화千變萬化. 의意는 억億과 통한다.

六合(육합) : 천지사방天地四方. 우주 공간.

制數(제수) : 한량限量, 정법定法. 중앙과 동서남북 다섯 방위를 말한다.

后土(후토) : 토지. 토신土神.

富媼(부온) : 지신地神. 온媼은 온熅으로도 되어 있다. 부온은 풍부하고 번
　　성함을 말한다. 땅은 부유하여 그 기운이 하늘에까지 닿는다는 뜻이
　　된다.

三光(삼광) : 해와 달과 별.

嘉服(가복) : 길복吉服. 예복.

上黃(상황) : 황색을 숭상하다.

靑陽
청 양

靑陽開動, 根荄以遂.
청 양 개 동　　근 해 이 수

膏潤並愛, 跂行畢逮.
고 윤 병 애　　기 행 필 체

霆聲發榮, 壧處頃聽.
정 성 발 영　　암 처 경 청

枯槁復産, 迺成厥命.
고 고 부 산　　내 성 궐 명

衆庶熙熙, 施及夭胎.
중 서 희 희   시 급 요 태

群生啿啿, 惟春之祺.
군 생 담 담   유 춘 지 기

청양

봄이 시작되니 초목의 뿌리가 자랍니다.

비와 이슬 골고루 내려 벌레들 모두 웁니다.

천둥소리에 꽃이 피고, 동굴 속 짐승도 귀 기울여 듣나이다.

마르고 시들었다 다시 살아나 그 생명을 이루나이다.

만물이 즐겁고 즐거우며, 은혜가 어린 것과 태 안의 것에도 미칩니다.

뭇 생명 넉넉하고 넉넉하니 오로지 봄의 복입니다.

■ **주 석**

靑陽(청양) : 봄. 봄은 오행五行에서 청색靑色에 해당한다.

根荄(근해) : 근根은 나무뿌리, 해荄는 풀뿌리.

膏潤(고윤) : 우로雨露.

並愛(병애) : 골고루 사랑하다. 애愛를 애薆로 보아 '모든 식물이 무성하
다'라고 풀이하기도 한다.

跂行(기행) : 발이 여섯 개 달린 벌레. 곤충.

壤處(암처) : 암壤은 암巖과 같다. 바위와 동굴에 사는 벌레.

頃聽(경청) : 경청傾聽과 같다.

夭胎(요태) : 어린 생명과 아직 태어나지 않은 생명.

朱明
주 명

朱明盛長, 敷與萬物.
주 명 성 장　부 여 만 물

桐生茂豫, 靡有所詘.
동 생 무 예　미 유 소 굴

敷華就實, 旣阜旣昌.
부 화 취 실　기 부 기 창

登成甫田, 百鬼迪嘗.
등 성 보 전　백 귀 적 상

廣大建祀, 肅雍不忘.
광 대 건 사　숙 옹 불 망

神若宥之, 傳世無疆.
신 약 유 지　전 세 무 강

주명

성하가 시작되어 만물이 퍼져 나갑니다.

거침없이 무성하게 우거져 굽은 것 하나 없습니다.

꽃이 피고 열매 열려 크고도 많습니다.

너른 밭에 익어서 모든 신령이 와서 맛을 봅니다.

광대하게 제사 올리니 엄숙하고 조화로워 잊지 않습니다.

신께서 잘 보우하시어 끝없이 보전케 하소서.

■ 주 석

朱明(주명) : 여름. 여름은 오행에서 주색朱色에 해당한다.

敷與(부여) : 퍼지다.

桐(동) : 통通과 같다.

茂豫(무예) : 무성하게 자라다.

敷華(부화) : 꽃이 만개하다.

登成(등성) : 익다. 성숙하다.

肅雍(숙옹) : 엄숙하면서도 온화롭다.

若(약) : 선善과 같다.

西顥
서 호

西顥沆碭, 秋氣肅殺.
서 호 항 탕　추 기 숙 쇄

含秀垂穎, 續舊不廢.
함 수 수 영　속 구 불 폐

姦偽不萌, 妖孽伏息.
간 위 불 맹　요 얼 복 식

隅辟越遠, 四貉咸服.
우 벽 월 원　사 맥 함 복

既畏茲威, 惟慕純德.
기 외 자 위　유 모 순 덕

附而不驕, 正心翊翊.
부 이 불 교　정 심 익 익

서호

서쪽 하얀 기운 가득하니 가을이 쌀쌀하다.

꽃송이 머금고 이삭 드리우니 옛것을 이어 없애지 않도다.

간사와 허위 싹트지 않고, 사악한 무리 엎드려 숨었다.

변경 먼 곳에선 사이四夷가 모두 복종하네.

이 위엄을 경외하고 순정한 덕을 우러르네.

기대어 교만하지 않으며, 바른 마음으로 공경하네.

■ 주 석

西顥(서호) : 가을. 가을의 방위는 서쪽이며, 백색에 해당한다. 호顥는 백
색.

沆碭(항탕) : 흰 기운이 가득한 모양.

肅殺(숙쇄) : 쌀쌀하다.

含秀(함수) : 꽃송이를 맺다.

垂穎(수영) : 이삭을 드리우다.

妖孼(요얼) : 사악한 일이나 사악한 사람.

隅辟(우벽) : 변경. 국경.

越遠(월원) : 먼 곳.

四貉(사맥) : 사이四夷, 즉 동이東夷 · 서융西戎 · 남만南蠻 · 북적北狄.

翊翊(익익) : 공경하는 모양.

玄冥
현 명

玄冥陵陰,　蟄蟲蓋臧.
현 명 릉 음　　칩 충 개 장

草木零落,　抵冬降霜.
초 목 령 락　　저 동 강 상

易亂除邪,　革正異俗.
이 란 제 사　　혁 정 이 속

兆民反本,　抱素懷樸.
조 민 반 본　　포 소 회 박

條理信義, 望禮五嶽.
조 리 신 의　망 례 오 악

籍斂之時, 掩收嘉穀.
적 렴 지 시　엄 수 가 곡

현명

겨울 싸늘하니 벌레들 숨어 잠을 잔다.

초목은 시들고, 겨울 오니 서리 내린다.

어지러움 다스리고, 사악함 내쫓으며 다른 풍속을 바로잡는다.

백성들 근본으로 돌아가 소박한 마음 품는다.

조리 있고 신의 있으며, 오악에 망제를 올린다.

적전에서 수확할 때 오곡을 거두어 담는다.

■ 주 석

玄冥(현명) : 겨울. 겨울, 북방, 물의 신. 북방과 물은 겨울에 해당한다.

陵陰(능음) : 싸늘하다.

易亂(이란) : 어지러움을 다스리다.

望禮(망례) : 망제望祭. 산악과 강해에 올리는 제사.

五嶽(오악) : 오대명산五大名山. 동악東嶽 태산泰山, 남악南嶽 형산衡山, 서
　　악西嶽 화산華山, 북악北嶽 항산恒山, 중악中嶽 숭산嵩山.

籍斂(적렴) : 적전籍田에서 경작한 곡식을 거두다.

掩收(엄수) : 거두어 담다.

嘉穀(가곡) : 오곡.

■ 해 제

위 5수는 《한서漢書 예악지禮樂志》에 실린 교사가이다. 오방신五方神에게 제사를 지

낼 때 부르던 노래이다. 교사는 국가의 중요한 의례이며, 악부는 의례에 쓰이는 음악과 노래를 담당한 기구이다. 현대적 관점으로 보면 큰 가치가 없다고 할 수 있지만, 국가의 안녕과 백성의 평안을 기원하므로 그 의의는 결코 무시할 수 없다. 당시에는 시가의 기능 가운데 가장 엄숙하고 중요한 부분을 담당한 것이었다.

시편	제사 대상	제사 기일	방위	오행	색상	계절
帝臨	中央黃帝	立秋 전 18일	中	土	黃	
靑陽	東方靑帝	立春	東	木	靑	春
朱明	南方赤帝	立夏	南	火	赤	夏
西顥	西方白帝	立秋	西	金	白	秋
玄冥	北方黑帝	立冬	北	水	黑	冬

戰城南
전 성 남

戰城南, 死郭北.
전 성 남 사 곽 북

野死不葬烏可食.
야 사 부 장 오 가 식

爲我謂烏, 且爲客豪,
위 아 위 오 차 위 객 호

野死諒不葬, 腐肉安能去子逃.
야 사 량 부 장 부 육 안 능 거 자 도

水深激激, 蒲葦冥冥.
수 심 격 격 포 위 명 명

梟騎戰鬥死, 駑馬徘徊鳴.
효 기 전 투 사 노 마 배 회 명

梁築室, 何以南何北.
양 축 실 하 이 남 하 북

禾黍不穫君何食, 願爲忠臣安可得.
화 서 불 확 군 하 식   원 위 충 신 안 가 득

思子良臣, 良臣誠可思.
사 자 량 신   양 신 성 가 사

朝行出攻, 暮不夜歸.
조 행 출 공   모 불 야 귀

성 남쪽에서 싸우다가

성곽 남쪽에서 싸우다가 성곽 북쪽에서 죽었다네.

들에서 죽어 묻히지 못했으니 까마귀밥이로다.

날 위해 까마귀에게 말해 주오.

망자 위해 잠시 호곡이나 하게나,

들에서 죽어 묻히지 못했으니

썩은 살 어이 네게서 도망갈 수 있겠나?

물은 깊고 철철 흐르며, 부들 갈대 무성하구나.

날랜 기병 싸우다가 죽으니 지친 말 서성이며 운다네.

집 짓는 들보는 왜 남으로 북으로 놓는가.

곡식을 거두지 않으면 임금은 어이 먹는가.

충신이 되고 싶지만 어찌 될 수 있으리.

그대들 훌륭한 신하가 그립구나, 훌륭한 신하 참으로 그립다네.

아침에 출정 갔다가 저녁에 돌아오지 않으니.

■ 주 석

豪(호) : 호嚎와 같다. 울부짖다. 통곡하다.

諒(양) : 생각건대 정말로.

梟騎(효기) : 날랜 기병.

梁築室(양축실) : 양梁자에 대해서는 해설이 분분하다. 첫째, 교량으로 해석한다. 다리 위에 집을 짓는다 또는 전쟁 중에 다리 위에 보루를 쌓는다고 풀이한다. 둘째, 의미 없는 의성어로 본다. 셋째, 들보로 본다. 넷째, 양자 앞에 빠진 글자가 있는 것으로 보고, 양을 교량 또는 들보로 해석한다. 여기서는 셋째 들보로 보는 해석을 취한다. 청나라 승배원承培元은《설문인경증례說文引經證例》에서 "집을 짓는 제도로 동서로 놓은 것을 동, 남북으로 놓은 것을 양이라고 한다(屋制, 東西架曰棟, 南北架曰梁)"고 하였다. 이 구는 흥興의 수법으로 보면 전후 맥락이 잘 통한다.(劉金榮, 〈從修辭角度理解"梁築室"〉,《修辭學習》, 2001.5.)

君(군) : 임금. 일반적으로 모든 사람을 가리킨다고도 볼 수 있다.

■ 해 제

서한 요가십팔곡鐃歌十八曲 중의 한 곡이다. 요가는 군가이다. 이 노래는 전사한 군인을 애도하는 민요로 당시에 군가로 불렸다.

有所思
유 소 사

有所思, 乃在大海南.
유 소 사   내 재 대 해 남

何用問遺君, 雙珠玳瑁簪, 用玉紹繚之.
하 용 문 유 군   쌍 주 대 모 잠   용 옥 소 료 지

聞君有他心, 拉雜摧燒之.
문 군 유 타 심   납 잡 최 소 지

摧燒之, 當風揚其灰.
최 소 지   당 풍 양 기 회

從今以往, 勿復相思, 相思與君絶.
종 금 이 왕   물 부 상 사   상 사 여 군 절

雞鳴狗吠, 兄嫂當知之.
계 명 구 폐　　 형 수 당 지 지

秋風肅肅晨風颸, 東方須臾高知之.
추 풍 숙 숙 신 풍 시　　 동 방 수 유 고 지 지

그리운 님

그리운 님, 큰 바다 남쪽에 계시네.

무엇을 보내 그대 안부 물을까, 쌍주 박은 대모잠, 옥으로 칭칭 감았지.

그대 딴 맘 있단 말 듣고서 마구 부러뜨려 태워버렸네.

태워서 그 재를 바람에 날려버렸네.

이제부터 그리워하지 않으리, 그대 그리움 끊어버리리.

닭 울고 개 짖던 일, 올케는 안다네.

가을바람 싸늘한데 꿩이 짝을 찾는구나.

동방이 곧 밝으면 알리라.

■ 주 석

雙珠玳瑁簪(쌍주대모잠) : 대모잠玳瑁簪은 거북 껍질로 만든 비녀. 그 비녀의 양끝에 진주를 박은 것을 쌍주대모잠이라고 한다.

紹繚(소료) : 감다.

拉雜(납잡) : 마구. 아무렇게나.

雞鳴狗吠(계명구폐) : 남녀의 비밀스런 만남을 뜻한다.

晨風颸(신풍시) : 신풍晨風은 꿩. 시颸는 사思로 보아 꿩이 짝을 찾는다는 의미로 풀이한다.

高(고) : 호暠, 호皓와 같다. 호일皓日로 풀이한다.

요가십팔곡의 한 곡이다. 여인이 변심한 연인에 대한 절교를 선언하는 시이다. 임에게 선물을 준비하였다가 변심했다는 소식을 듣고 태워서 재조차 바람에 날려버리는 행위는 여인의 깊은 사랑을 말해 준다. 이전 밀회할 때 개가 짖고 닭이 울던 일을 올케가 안다는 말은 당시 여인들의 연애 행태를 알려준다.

上邪
상 야

上邪, 我欲與君相知, 長命無絶衰.
상 야　아 욕 여 군 상 지　장 명 무 절 쇠

山無陵, 江水爲竭, 冬雷震震夏雨雪,
산 무 릉　강 수 위 갈　동 뢰 진 진 하 우 설

天地合, 乃敢與君絶.
천 지 합　내 감 여 군 절

하늘이시여

하늘이시여, 저와 님의 사랑 길이 시들지 않게 하소서.

산에 언덕 없어지고 강물이 마르며,

겨울에 우레 우르렁우르렁, 여름에 눈이 내리며,

하늘과 땅이 붙으면

비로소 님과 헤어지겠습니다.

■ 주 석

上(상) : 하늘.

長命(장명) : 장령長令으로 풀이한다.

雨雪(우설) : 눈이 내리다.

요가십팔곡의 한 곡이다. 영원한 사랑을 맹세하는 연가이다. 하늘과 땅이 붙어야
님과 헤어지겠다는 발상은 멀리 고려가요에 연결된다.

江南
강 남

江南可採蓮, 蓮葉何田田.
강 남 가 채 련　　연 엽 하 전 전

魚戲蓮葉間, 魚戲蓮葉東, 魚戲蓮葉西,
어 희 련 엽 간　　어 희 련 엽 동　　어 희 련 엽 서

魚戲蓮葉南, 魚戲蓮葉北.
어 희 련 엽 남　　어 희 련 엽 북

강남

강남에서 연밥 따기 좋다네. 연잎은 얼마나 때글때글한가.

물고기는 연잎 사이에서 노니네.

물고기는 연잎 동쪽에서 노니네.

물고기는 연잎 서쪽에서 노니네.

물고기는 연잎 남쪽에서 노니네.

물고기는 연잎 북쪽에서 노니네.

■ 주 석

田田(전전) : 무성하게 자란 모양.

■ 해제

상화가사相和歌辭로, 강남의 민간에서 연밥을 따면서 부르던 노동요이다. 반복적인 노동 행위를 반복적인 시형을 통해 잘 전달하고 있다.

陌上桑 (三解)
맥 상 상 삼 해

日出東南隅, 照我秦氏樓.
일 출 동 남 우 조 아 진 씨 루

秦氏有好女, 自名爲羅敷.
진 씨 유 호 녀 자 명 위 라 부

羅敷喜蠶桑, 採桑城南隅.
나 부 희 잠 상 채 상 성 남 우

靑絲爲籠係, 桂枝爲籠鉤.
청 사 위 롱 계 계 지 위 롱 구

頭上倭墮髻, 耳中明月珠.
두 상 왜 타 계 이 중 명 월 주

緗綺爲下裙, 紫綺爲上襦.
상 기 위 하 군 자 기 위 상 유

行者見羅敷, 下擔捋髭鬚.
행 자 견 라 부 하 담 랄 자 수

少年見羅敷, 脫帽著帩頭.
소 년 견 라 부 탈 모 착 초 두

耕者忘其犁, 鋤者忘其鋤.
경 자 망 기 려 서 자 망 기 서

來歸相怒怨, 但坐觀羅敷. (一解)
내 귀 상 노 원 단 좌 관 라 부 일 해

使君從南來, 五馬立踟躕.
사군종남래 오마립지주

使君遣吏往, 問是誰家姝.
사군견리왕 문시수가주

秦氏有好女, 自名爲羅敷.
진씨유호녀 자명위라부

羅敷年幾何, 二十尙不足, 十五頗有餘.
나부년기하 이십상부족 십오파유여

使君謝羅敷, 寧可共載不.
사군사라부 영가공재불

羅敷前置辭, 使君一何愚.
나부전치사 사군일하우

使君自有婦, 羅敷自有夫. (二解)
사군자유부 나부자유부 이해

東方千餘騎, 夫婿居上頭.
동방천여기 부서거상두

何用識夫婿, 白馬從驪駒.
하용식부서 백마종려구

靑絲繫馬尾, 黃金絡馬頭.
청사계마미 황금락마두

腰中鹿盧劍, 可直千萬餘.
요중록로검 가직천만여

十五府小史, 二十朝大夫.
십오부소사 이십조대부

三十侍中郞, 四十專城居.
삼십시중랑 사십전성거

爲人潔白皙, 鬤鬤頗有鬚.
위인결백석 염렴파유수

盈盈公府步, 冉冉府中趨.
영 영 공 부 보　염 염 부 중 추

坐中數千人, 皆言夫婿殊. (三解)
좌 중 수 천 인　개 언 부 서 수　　삼 해

밭두렁의 뽕나무

해가 동남쪽에 솟아 우리 진씨집 비추네.

진씨에게 좋은 딸 있어 이름을 나부라고 한다네.

나부는 양잠을 좋아하여 성 남쪽에서 뽕을 딴다네.

푸른 실로 바구니 끈 만들고, 계수나무 가지로 바구니 고리 달았지.

이마 앞으로 쪽을 드리우고, 귀에는 명월주를 달았드랬지.

연노랑 비단으로 치마 짓고, 보랏빛 비단으로 저고리 지었다네.

행인들 나부 보고 수염 쓰다듬으며, 청년들 나부 보고 관 벗고 망
건 만지며,

밭 갈던 이는 쟁기를 잊고, 김 매던 이는 호미를 잊었다네.

돌아와 화를 내는 건 나부를 보았기 때문이라지.

사또가 남쪽에서 오다가 수레 멈춰 머뭇거리네.

사또는 아전을 보내 누구집 미녀인지 물었지.

진씨에게 좋은 딸 있어 이름을 나부라고 한답니다.

나부는 나이가 몇인가?

스물은 되지 않고 열다섯은 넘는답니다.

사또가 나부에게 물었네, 수레 함께 타지 않겠느냐고.

나부가 앞으로 나와 말하네, 사또는 왜 이리 어리석은가요?

사또께는 부인 있고, 나부에게는 남편 있습니다.

동방에 기병 천여 기, 남편은 그 우두머리입니다.

남편인 줄 어떻게 아냐구요? 백마가 검은 말 거느리지요.

푸른 실 말꼬리에 매고, 황금 줄 말머리 묶었답니다.

허리의 녹로검은 천만 금이 넘어요.

열다섯에 태수부의 소사가 되었고, 스물에 조정의 대부가 되었어요.

서른에는 시중랑, 마흔에는 성을 차지하였답니다.

생김새가 깨끗하고 희며, 길게 수염 드리웠습니다.

점잖게 부중을 걸어다니고, 의젓이 부중을 왔다갔다하셔요.

좌중의 수천 명이 모두 남편이 빼어나다 말한답니다.

■ 주 석

倭墮髻(왜타계) : 옛날 부녀의 머리 형식의 하나로 이마 앞으로 쪽을 드리
운다.

帩頭(초두) : 관을 쓰기 전에 머리카락을 모아 덮는 건.

坐(좌) : ~ 때문이다.

驪駒(여구) : 검은 말.

鹿盧劍(녹로검) : 옛날의 명검. 녹로는 칼의 손잡이 끝에 다는 장식물로서
이 장식물을 단 칼을 녹로검이라 부른다. 녹로는 녹로鹿轤로도 쓰며
도르래이다.

府小史(부소사) : 태수부의 소사. 소사는 옛날의 낮은 관직이다. 한대에는
지방관청의 하급 관리도 소사라고 불렀다.

朝大夫(조대부) : 조정의 대부.

專城居(전성거) : 한 성을 차지하고 지내다. 한 성을 주관하는 주목州牧이
나 태수太守 등 지방관을 말한다.

■ 해 제

〈염가나부행艶歌羅敷行〉이라고도 한다. 뽕 따는 여인의 미모에 반한 태수가 유혹하고, 여인이 그 유혹을 물리치는 간단한 줄거리를 갖춘 서사적인 시가이다. 추호秋胡의 전설과도 관련이 있다.

薤露
해 로

薤上露, 何易晞.
해 상 로　하 이 희

露晞明朝更復落, 人死一去何時歸.
노 희 명 조 갱 부 락　인 사 일 거 하 시 귀

부춧잎의 이슬

부춧잎 위 이슬은 얼마나 쉬 마르는가.

이슬 마르면 내일 아침 다시 내리지만,

사람은 한 번 가면 언제 돌아오나.

■ 주 석

薤(해) : 염교. 부추.

■ 해 제

상화가사로서 장례 때에 부르는 만가輓歌이다.

十五從軍征
십 오 종 군 정

十五從軍征, 八十始得歸.
십 오 종 군 정　팔 십 시 득 귀

道逢鄉里人, 家中有阿誰.
도 봉 향 리 인　가 중 유 아 수

遙看是君家, 松栢冢累累.
요 간 시 군 가　송 백 총 루 루

兎從狗竇入, 雉從梁上飛.
토 종 구 두 입　치 종 량 상 비

中庭生旅穀, 井上生旅葵.
중 정 생 려 곡　정 상 생 려 규

舂穀持作飯, 采葵持作羹.
용 곡 지 작 반　채 규 지 작 갱

羹飯一時熟, 不知貽阿誰?
갱 반 일 시 열　부 지 이 아 수

出門向東看, 淚落霑我衣.
출 문 향 동 간　누 락 점 아 의

열다섯에 군대 가서

열다섯에 군대 가서 팔십에야 돌아왔네.

길에서 고향사람 만나서, 우리집에 누가 있소?

멀리서 보니 그대의 집인데 소나무숲에 무덤만 총총.

토끼가 개구멍으로 드나들고, 꿩은 들보 위에 날더이다.

안마당에는 저절로 곡식이 자라고, 우물가에는 저절로 아욱이 우거졌네.

곡식 찧어 밥하고, 아욱 따서 국 끓였네.

국과 밥 익었건만 누구에게 주어야 할까?

문 나서 동쪽 바라보니 눈물만 옷을 적신다.

■ 주 석

狗竇(구두) : 개구멍.

旅穀(여곡) : 씨가 날아와 저절로 자라는 곡식.

飯(반) : 飯과 같다.

■ 해 제

전쟁이 끊이지 않던 시절을 산 백성의 한이 녹아 있다. 한평생 살면서 전쟁을 겪지 않은 사람은 그것만으로도 행복하였을 것이다.

東漢 末葉 民謠
동 한 말 엽 민 요

髮如韭, 剪復生. 頭如鷄, 割復鳴.
발 여 구 전 부 생 두 여 계 할 부 명

吏不必可畏, 小民從來不可輕.
이 불 필 가 외 소 민 종 래 불 가 경

동한 말엽의 민요

머리칼은 부추 같아 잘라도 다시 돋아나고,

머리는 닭 같아 잘라도 다시 운다네.

관리 무서워할 것 없고,

백성들 예부터 가벼이 여겨서는 안 된다네.

닭 모가지를 비틀어도 새벽은 온다. 관리는 언제나 백성을 두려워해야 한다. 황건적黃巾賊의 봉기와 관련이 있을 법하다.

白鵠
백곡

飛來雙白鵠, 乃從西北來.
비 래 쌍 백 곡　　내 종 서 북 래

十十五五, 羅列成行. (一解)
십 십 오 오　　나 렬 성 행　　일 해

妻卒被病, 行不能相隨.
처 졸 피 병　　행 불 능 상 수

五里一反顧, 六里一裴回. (二解)
오 리 일 반 고　　육 리 일 배 회　　이 해

吾欲銜汝去, 口嘴不能開.
오 욕 함 여 거　　구 취 불 능 개

吾欲負汝去, 毛羽何摧. (三解)
오 욕 부 여 거　　모 우 하 최　　삼 해

樂哉新相知, 憂來生別離.
낙 재 신 상 지　　우 래 생 별 리

躊躇顧群侶, 淚下不自知. (四解)
주 저 고 군 려　　누 하 부 자 지　　사 해

念與君別離, 氣結不能言.
염 여 군 별 리　　기 결 불 능 언

各各重自愛, 道遠歸還難.
각 각 중 자 애　　도 원 귀 환 난

妾當守空房, 閉門下重關.
첩 당 수 공 방　폐 문 하 중 관

若生當相見, 亡者會黃天.
약 생 당 상 견　망 자 회 황 천

今日樂相知, 延年萬歲期. (趨)
금 일 락 상 지　연 년 만 세 기　추

고니

쌍쌍이 나는 고니 서북에서 오누나.

대여섯 마리씩 나란히 줄을 지었네.

아내가 병들어 행렬을 따를 수 없네.

5리에 한 번 돌아보고, 6리에 한 번 맴도는구나.

내 그대를 물고 가고 싶지만 부리를 열 수 없구나.

내 그대를 업고 가고 싶지만 깃털이 얼마나 꺾였나.

즐겁구나 새 사랑, 슬프도다 생이별.

동무들 돌아보며 머뭇거리니 절로 눈물 흐른다.

그대와 헤어질 생각에 기 막혀 말조차 할 수 없네.

각자 자중자애하세, 길은 멀어 돌아오기 어려우니.

저는 빈 방 지켜 겹겹이 문 닫아 걸리다.

살면 다시 볼 터이요 죽으면 황천에서 만나리.

오늘 즐겁게 사랑하여 해를 이어 만년을 기약하리.

■ **주 석**

白鵠(백곡) : 고니.

卒(졸) : 갑자기. 졸猝과 같다.

■ 해제

〈염가하상행艶歌何嘗行〉 또는 〈비곡행飛鵠行〉이라고도 한다. 헤어지는 부부가 고니에 비유하여 그 슬픔을 노래하였다. 해설과 대화가 섞여 있으니 가무로 연출하였을 것이다.

古詩十九首（其一）
고 시 십 구 수　　기 일

行行重行行, 與君生別離.
행 행 중 행 행　　여 군 생 별 리

相去萬餘里, 各在天一涯.
상 거 만 여 리　　각 재 천 일 애

道路阻且長, 會面安可知.
도 로 조 차 장　　회 면 안 가 지

胡馬依北風, 越鳥巢南枝.
호 마 의 북 풍　　월 조 소 남 지

相去日已遠, 衣帶日已緩.
상 거 일 이 원　　의 대 일 이 완

浮雲蔽白日, 遊子不顧返.
부 운 폐 백 일　　유 자 불 고 반

思君令人老, 歲月忽已晚.
사 군 령 인 로　　세 월 홀 이 만

棄捐勿復道, 努力加餐飯.
기 연 물 부 도　　노 력 가 찬 반

고시 19수 (제1수)

가고 가고 또 가서 그대와 생이별하였네.

서로 만여 리 떨어져 각자 하늘 끝에 있구나.

길은 멀고 또 험하니 만날지 어찌 알 수 있으랴.

호마는 북풍을 쐬고 남방에서 월조는 남쪽 가지에 둥지 틀지.

서로 날이 갈수록 멀어지고 허리띠도 날이 갈수록 느슨해져요.

뜬구름 해를 가리고, 나그네는 돌아오려 하지 않네.

그대 생각하면 사람 늙으니 세월 어느덧 저물었습니다.

버려두고 다시는 말도 말고 힘써 밥 많이 먹을래요.

■ 주 석

胡馬(호마) : 북방에서 온 말.

越鳥(월조) : 남방에서 온 새.

加餐飯(가찬반) : 밥을 많이 먹다. 당시의 인사말.

■ 해 제

동한 말 혼란의 와중에 이별은 일상사가 되었다. 남편은 무엇 때문에 어디로 간 것일까. 군대에 끌려갔거나 부역에 동원되었거나, 아니면 장사차 멀리 집을 떠났음직하다. 홀로 남은 여인은 애타게 그리워하다가, 그리워해도 소용 없는 줄 깨닫고 마음을 다잡는다. 밥 많이 먹고 건강하게 오래 살면 언젠가는 만날 날이 오니까. 수십년 후의 재회가 드문 일은 아니다.

古詩十九首 (其七)
고 시 십 구 수   기 칠

明月皎夜光, 促織鳴東壁.
명 월 교 야 광   촉 직 명 동 벽

玉衡指孟冬, 衆星何歷歷.
옥 형 지 맹 동   중 성 하 력 력

白露沾野草, 時節忽復易.
백 로 첨 야 초　시 절 홀 부 역

秋蟬鳴樹間, 玄鳥逝安適.
추 선 명 수 간　현 조 서 안 적

昔我同門友, 高擧振六翮.
석 아 동 문 우　고 거 진 륙 핵

不念攜手好, 棄我如遺跡.
불 념 휴 수 호　기 아 여 유 적

南箕北有斗, 牽牛不負軛.
남 기 북 유 두　견 우 불 부 액

良無盤石固, 虛名復何益.
양 무 반 석 고　허 명 부 하 익

고시 19수 (제7수)

밝은 달 환히 비치는 밤, 귀뚜라미 동쪽 벽에서 운다.

북두성 자루는 초겨울 가리키고, 뭇별들 얼마나 역력한가.

백로가 들풀 적시니 시절 문득 또 바뀌었다.

가을 매미는 나무 사이에서 울고, 제비는 어디로 가는가.

예전 나의 동문 벗들은 높이 날아 날개를 퍼득이네.

손 잡아 좋았던 시절 생각지 않고 발자국처럼 나를 버렸네.

남쪽의 기수 북쪽의 북두 소용없고, 견우도 멍에를 못 매지.

반석 같은 굳음이 없다면 허명이 또 무슨 도움이 될까.

■ 주 석

促織(촉직) : 귀뚜라미.

玉衡(옥형) : 북두칠성에서 자루에 해당하는 제 5, 6, 7성.

六翮(육핵) : 새의 두 날개.

南箕北有斗(남기북유두) : 남방의 기수箕宿와 북방의 두수斗宿.
軛(액) : 멍에.

■ 해 제
쓸쓸한 가을에 쓸쓸한 세태를 읊었다. 함께 공부하던 벗들은 모두 출세하였지만 나
홀로 뒤처졌다. 그 벗들은 나를 본 척도 않는다.

古詩十九首 (其十五)
고 시 십 구 수   기 십 오

生年不滿百, 常懷千歲憂.
생 년 불 만 백   상 회 천 세 우

晝短苦夜長, 何不秉燭遊.
주 단 고 야 장   하 불 병 촉 유

爲樂當及時, 何能待來茲.
위 락 당 급 시   하 능 대 래 자

愚者愛惜費, 但爲後世嗤.
우 자 애 석 비   단 위 후 세 치

仙人王子喬, 難可與等期.
선 인 왕 자 교   난 가 여 등 기

고시 19수 (제15수)

살아서 백 년을 못 채우면서 늘 천 년의 시름 품었네.

낮은 짧고 참으로 밤은 기니 왜 촛불 잡고 놀지 않으리.

행락은 제때 해야지 어이 훗날을 기다릴까.

어리석은 이 돈을 아끼지만 후세에 웃음거리 된다네.

신선 왕자교, 그와 같이 되기는 어렵다네.

苦(고) : 참으로. 진실로. 괴로워하다로 풀이할 수 있다.

來玆(내자) : 내년. 훗날.

王子喬(왕자교) : 전설 속의 신선. 주周나라 영왕靈王의 태자로 이름은 희
진姬晉.

■ 해 제

짧은 인생, 쏜살 같은 세월을 아쉬워한다. 그렇다. 백년도 못 살면서 천년의 시름을
품을 이유가 없다. 급시행락을 강조하지만, 이는 그렇게 하지 못한 회한이 더 크기
때문이다. '노세 노세, 젊어서 노세'를 젊은 사람이 부르지는 않는다.

古詩十九首(其十九)
고 시 십 구 수   기 십 구

明月何皎皎, 照我羅床幃.
명 월 하 교 교   조 아 라 상 위

憂愁不能寐, 攬衣起徘徊.
우 수 불 능 매   남 의 기 배 회

客行雖云樂, 不如早旋歸.
객 행 수 운 락   불 여 조 선 귀

出戶獨彷徨, 愁思當告誰.
출 호 독 방 황   수 사 당 고 수

引領還入房, 淚下沾裳衣.
인 령 환 입 방   누 하 첨 상 의

고시 19수 (제19수)

밝은 달 얼마나 환한가, 내 비단 휘장 비추네.

우수에 잠 못 들어 옷 걸치고 일어나 배회하네.

나그네길 즐겁다고 말하지만 빨리 돌아오는 것이 더 좋아요.

문 나서 홀로 방황하니 시름을 누구에게 말하리.

목을 빼 보다가 다시 방에 들어오니 눈물 흘러 옷을 적시네.

■ 주 석

床幃(상위) : 침상에 치는 휘장.

引領(인령) : 멀리 보려고 목을 빼다.

■ 해 제

달 밝은 밤에는 외로움이 더하다. 독수공방할 적에 하필 달이 더욱 밝다. 잠이 올리 없다. 문을 열고 나가 행여나 오시나 멀리 바라보지만, 역시 눈물로 옷을 적실수밖에.

2. 위진남북조시魏晉南北朝詩

한말漢末부터 위魏·진晉 시기까지는 오언시가 발전하고 성숙한 시기로서, 중국 문인 시의 발전은 대체로 건안建安 시기로부터 시작된다고 할 수 있다. 건안은 본래 동한東漢 말末 헌제獻帝의 연호(196~220)지만 중국문학사에서 통상 말하는 건안문학은 삼국三國 전기前期까지의 약 40년간을 포괄한다.

한대漢代의 악부시樂府詩를 살펴보면 당시의 사회문제를 반영하고 인생의 의미를 탐구하는 내용이 적지 않게 들어있는데, 건안 시기의 시인들은 거기서 한 걸음 더 나아가 이 둘을 통일시켜 동한 문인들의 부정적이고 비관적인 인생관을 건강하고 긍정적인 인생관으로 바꾸어놓았다. 그들은 이상과 현실의 모순 속에서 적극적인 현실참여를 통하여 국가와 인민을 구하고, 자신이 처한 시대와 사회를 반영하고 비판함으로써 인생의 영원한 정신적 가치를 찾고자 하였다. 물론 이와 같은 건안풍력建安風力은 위진남북조魏晉南北朝라는 격변의 시대 속에서 작가들이 처한 상황에 따라 상이한 내용으로 표현되었다.

조조曹操·조비曹丕·조식曹植과 건안칠자建安七子 등은 신구新舊 왕조의 교체기에 처하여 사회의 동란을 종결짓고 이상적인 정치를 회복할 것을 자신들의 사명으로 삼아 남다른 호기와 기백을 보여주었고, 정시正始·양진兩晉 시기의 완적阮籍·혜강嵇康·좌사左思·도연명陶淵明 등은 시대의 격변 속에서 젊은 시절에 지녔던 이상의 실현이 불가능해지자 현실에 대한 회의와 부정으로 인해 그들의 작품에는 강한 현실비판정신이 내재되어 있다. 이 진보적인 문인들의 작품은 모두가 인생의 이상을 추구하는 과정

속에서 나온 것이어서 그들이 선택한 길이 현실참여이건 은둔이건 방황이건 간에 인생의 의미에 대한 진지한 사고와 불후한 명성의 추구를 출발점으로 삼았으니, 그것이 바로 건안풍력의 기본정신이며 진晉·송宋 이전 '한위흥기漢魏興寄'의 핵심내용이다.

건안풍력이 진·송 이후에 점차 사라지게 된 것은 당시의 정치 상황 및 지식인들의 보편적인 정신면모와 밀접한 관련이 있다. 서진西晉의 통치자들은 정권찬탈의 정당성을 확보하기 위해 인민이 고통스런 현실 속에서 토해내는 애원哀怨의 소리를 애써 외면하고 황제의 덕정에 의한 태평성대를 찬미하고 칭송하는 시가를 요구하였다. 그에 따라 비판과 풍자의 내용이 시가에서 배제되고 전아한 말이 풍미하게 되었다. 이와 같이 한대漢代 유가儒家 시가이론의 핵심사상인 시교설詩教說이 미자병중美刺並重으로부터 찬미와 칭송 위주로 바뀐 것이 시가가 갈수록 아화雅化되고 경직된 원인이다. 서진 이후의 시교설은 한·위 악부시가 지녔던 현실비판의 정신을 계승하지 못했을 뿐만 아니라 전아하고 교조적이며 판에 박힌 듯한 시풍을 조장할 수 있을 뿐이었다.

한편 서진 이후 문단을 독점한 것은 제왕帝王·종실宗室·귀족貴族과 대사족大士族이었는데, 그들의 특권의식이 사상 감정의 빈곤을 초래하였고, 찬탈이 빈번히 자행되었던 시대환경 속에서 문인들은 자신이 처한 현실에 무감각해져 버렸다. 사족士族과 한족寒族을 막론하고 모두들 더 이상 진지한 태도로써 인생의 의미와 사회에 대한 책임을 생각하지 않고 일신의 안락과 영화를 추구하면서 정치변란이 자신에게 가할지도 모르는 재앙을 두려워하는 것이 대다수 문인들의 심리상태였다.

그런 정신면모 속에서 남북조南北朝 문인들은 건안풍골建安風骨을 계승하는 대신 제왕을 모신 자리에서의 응조시應詔詩 및 신변잡사를 가영하고 음풍농월吟風弄月하는 한정시閑情詩를 대량으로 창작하였다. 이렇게 하여 진·송 이전 언지술회言志述懷에 치우쳤던 서정시가 응수應酬와 오정娛情으로 방향을 바꾸게 되었다.

서진의 문인들이 찬미와 칭송의 시가관념에 사로잡혀 단조로운 아송체雅頌體의 시가를 창작하고, 악부樂府와 오언고시五言古詩를 아화雅化시켜 초기 악부 고시의 소박하고 통속적이며 평이한 본래의 면모를 상실했을 때, 소박하고 자유로운 삶을 추구하면서 당시의 다른 시인들과는 달리 수사에 힘을 쏟지 않고 자신의 생각과 마음을 진솔하게 표현하는 데 주력한 시인이 도연명陶淵明이다.

중국의 시단은 동진東晉에 들어서면서 손작孫綽과 허순許詢 등의 현언시玄言詩가 유행했는데, 그들의 시는 대부분 지나치게 심오한 철학적 이치를 논해 시로서의 풍부한 맛이 없다. 도연명의 시에도 다른 시인들처럼 철학적 이치를 다룬 것이 여러 편 있지만, 자신이 일상생활 속에서 생각하고 느낀 것을 바탕으로 했으므로 현언시와는 모습과 내용을 달리했다. 도연명이 관직을 내던지고 농사지으며 사는 것을 선택한 동기가 암담한 현실과 개인적 번민으로부터 빠져나가 유유자적한 생활 속에서 인생을 사색하는 데 있었으므로, 그의 시는 바로 일상생활에서 깨닫는 철학적 이치와 서정성이 하나로 결합되어 있다.

송·제·양·진으로 이어진 남조는 물산이 비교적 풍부한 편이라 백성들의 경제생활이 상당히 안정되어 있었다. 더구나 영가永嘉 5년(311)에 오호십륙국 가운데 하나인 전조前趙가 낙양을 침공하여 진晉나라 회제懷帝를 포로로 잡아가고 왕공귀족 3만여 명을 살해한 이른바 영가지란이 일어난 뒤로 중원 땅에 거주하던 사대부들이 대거 강남으로 피난하였다. 그리하여 남조에는 뛰어난 문인들이 운집해 있었는데, 이러한 분위기 속에서 남조의 군주와 귀족들이 호사스러운 생활을 추구했기 때문에 문인들이 이들의 수요에 부응하여 화려한 언어로 상류사회 인사들의 쾌락을 노래하는 부화浮華한 시풍이 문단을 지배했다.

다시 말하면, 내용보다는 예술적 형식을 중시하는 유미주의의 시풍이 극도로 발달하여 지금까지의 각종 시적 형식 이외에 성률聲律의 조화까지도 지나칠 정도로 강구하기에 이르렀다. 이 시기의 시는 내용상 산수시와 궁정시가 주류를 이루었다고 할 수 있다.

송나라 문제의 원가元嘉(424~453) 연간에는 진晉나라 때의 태강체太康體를 계승하여 대우對偶을 중시하고 애써 기이한 표현을 추구함은 물론 전고典故를 즐겨 사용하는 이른바 원가체가 성행했다. 이 시풍의 대표자로는 안연지顔延之 · 사영운謝靈運 · 포조鮑照 · 탕혜휴湯惠休 등이 있다.

안연지(384~456)는 사영운과 시명을 나란히하여 당시 사람들이 '안사'라고 병칭할 정도였다. 그러나 그의 시는 지나치게 귀족적이라는 비판을 받는다는 사실을 통하여 짐작할 수 있는 바와 같이 임금의 명을 받들어서 지은 것이 많고 시어가 화려하고 전고를 많이 쓰는 등 형식미를 다듬는데 치중하여 자연스러운 맛이 떨어진다.

사영운(385~433)은 강락공康樂公 사현謝玄의 손자로서 어릴 때부터 귀족 집안에서 풍요로운 생활을 영위하였다. 그는 중국시단에 산수시라는 새로운 전통을 수립하였는데, 그의 산수시는 산수의 아름다움을 그리는 가운데 그 속에 자신의 정치적 불우에 대한 불만이나 인생에 대한 감개를 깃들였다. 사영운의 시는 산수시라는 새로운 전통을 수립했다는 공로가 있지만 그의 시 역시 지나친 조탁과 번다한 수식이 감정의 자연스러운 표현을 손상시켰다는 비판을 면하기는 어려웠다.

포조(414?~466?)는 안연지 · 사영운과 더불어 '원가삼대가'라고 불리지만 그는 보잘것없는 집안에서 태어난 데다 관직도 미천했던 만큼 귀족적인 시풍이 강했던 다른 두 사람과는 크게 다른 바가 있었다. 그의 시는 자신의 불우한 신세에 대한 분개는 물론 부정부패가 만연한 당시의 사회적 현실도 비교적 잘 반영하고 있다. 그는 특히 악부 형식의 시에서 사회적 문제를 많이 지적했는데 그의 시 가운데 악부시의 비중이 큰 것은 이런 맥락에서 이해될 수 있을 것이다.

탕혜휴(?~?)는 한때 불문佛門에 귀의했다가 송나라 효무제의 명을 받고 환속하여 양주자사를 지냈는데 포조와의 교유가 깊었기 때문에 당시 사람들이 이들을 '휴포'라고 불렀다. 그는 불문에 귀의했던 사람답지 않게 화려한 언어로 염정艶情을 노래한 시를 많이 지었다.

제齊·양梁·진陳 시기에는 시에 유미주의의 색채가 더욱 짙어졌다. 이 시기에는 성률의 강구가 특히 심하여 심약沈約 같은 사람은 이른바 사성 팔병설四聲八病說을 제기하여 중국어 특유의 성조聲調를 시가 창작에 십분 활용할 것과 성운상의 각종 병폐를 극력 피할 것을 요구했다. 이렇게 성 률을 강구하는 시풍은 제나라 무제의 영명永明(483~493) 연간에 확립됐 기 때문에 영명체라고 하는데 영명 연간의 대표적인 시인으로는 사조謝 朓·임방任昉·심약·육수陸倕·범운范雲·소침蕭琛·왕융王融·소연蕭衍 등 경릉왕竟陵王 소자량蕭子良의 문하에서 활동한 경릉팔우가 있는데 이 가운데 사조와 심약이 비교적 두드러졌다.

심약(441~513)은 사성팔병설과 같은 시가창작의 이론에 특히 밝아 당시 의 많은 시인들이 그의 주장에 따라 시를 지었다. 그러나 창작면에서는 오히려 사조에 못미쳤다.

사조(464~499)는 귀족 집안 출신으로 생활환경과 시풍이 모두 사영운과 많이 비슷했다. 그는 사영운의 영향을 받아 산수시를 많이 지었는데 그의 산수시는 성률聲律과 대장對仗을 애써 강구한 결과 음악적인 아름다움이 크면서도 사영운의 시보다 조탁의 흔적이 적은 것으로 평가된다.

이러한 유미주의의 시풍은 갈수록 도를 더하여 진陳나라의 서릉徐陵·음 갱陰鏗·강총江總·진후주陳後主에 이르러서는 지나칠 정도가 되었다. 그 들은 늘 미사여구와 성률을 최대한으로 강구하여 특별한 내용도 없는 남 녀간의 염정을 관능적으로 노래했다.

북조는 이민족의 나라였기 때문에 중국문학의 창작이 이루어지기 어려웠 다. 더구나 영가지란 이후 중원 땅에 거주하던 사대부들이 대거 강남으로 이주했기 때문에 북조에 남아 있는 유민들 가운데 시가를 창작할 만한 사 람도 별로 없는 상황이었다. 북조의 시인 가운데 손꼽을 만한 사람으로는 왕포王褒와 유신庾信이 있는데 이들은 모두 남조 사람으로 북조에 사신으 로 나갔다가 그곳에 체류하게 된 사람들이다.

왕포(513?~576)는 원래 남조의 양梁나라 사람이었는데 양나라가 망한 뒤 북조의 북주北周에서 중용되었다. 양나라에 있을 때는 경박하고 부화한 시를 많이 지었으나 북주로 들어간 이후에는 대개 나그네의 시름, 고국에 대한 그리움, 변방의 풍취와 정경 등을 많이 노래하여 시풍이 비교적 웅장하고 강건한 편이다.

유신(513~581) 역시 원래 남조의 양나라 사람이었는데 사신으로서 북조의 서위西魏로 들어갔는데 서위에서 그의 문재文才를 흠모한 나머지 그를 억류하여 돌려보내지 않았다. 왕포와 마찬가지로 그의 시도 양나라에서 지은 전기의 시는 염려하고 경박한 데 반하여 서위에서 지은 후기의 시는 고향과 고국에 대한 그리움이 주조를 이루어 시풍이 강건하고 비장하다. 그는 특히 성률을 중시하는 남방 시의 예술기교와 북방 시의 웅건한 풍격을 결합함으로써 그 당시 사람들의 본보기가 되었을 뿐만 아니라 당시唐詩의 선구자가 되기도 했다.

남북조 시대에는 위진魏晉의 뒤를 이어 악부 민가가 상당히 발달했다. 남조는 북조에 비하여 기후가 온화하고 물산이 풍부하고 전란의 피해도 비교적 적어 백성들이 마음놓고 생업에 종사하며 나름대로 인생을 즐길 수 있었다. 당연한 결과로 이런 정서가 그들의 노래에 반영되어, 남조의 악부 민가는 청춘남녀의 순박한 사랑을 구가한 것이 주류를 이룬다. 남조의 악부 민가에는 지금의 강소성 남경을 중심으로 한 장강長江 하류지역에서 유행한 오성가곡吳聲歌曲과 지금의 호북성 형주荊州·의창宜昌·양번襄樊 및 지금의 하남성 등주鄧州 일대에서 유행한 서곡가西曲歌가 있었다.

북조는 남조에 비해 지세가 험준하고 기후가 좋지 않은 등 생활환경이 열악한 데다 북방의 이민족들이 자주 침범하여 전란이 잦았기 때문에 이들의 민가에는 강인한 생활력을 반영한 것과 군대생활의 고통이나 전쟁의 참상을 노래한 것이 많다. 남조의 민가가 대체로 부드럽고 낭만적인 정조를 띠고 있다면, 북조의 민가는 대체로 비장하고 현실적인 정조를 띠고 있는 것이 특징이다.

2-1 위진남북조魏晉南北朝 문인시文人詩

채염蔡琰(177?~239?)

자字는 본래 소희昭姬였는데 문희文姬로 바꾸었으며, 진류어陳留圉(지금의 하남성河南省 개봉開封 기현杞縣) 출신이다. 후한後漢의 중신 채옹蔡邕의 딸로, 박학다재하고 음률에 정통했다. 〈호가십팔박胡笳十八拍〉〈비분시悲憤詩〉등의 시가 전해지는데, 특히 〈비분시〉는 중국시사詩史상 최초의 자전체自傳體 장편 서사시敍事詩로 꼽힌다.

悲憤詩
비 분 시

漢季失權柄, 董卓亂天常.
한 계 실 권 병   동 탁 란 천 상

志欲圖簒弑, 先害諸賢良.
지 욕 도 찬 시   선 해 제 현 량

逼迫遷舊邦, 擁主以自強.
핍 박 천 구 방   옹 주 이 자 강

海內興義師, 欲共討不祥.
해 내 흥 의 사   욕 공 토 불 상

卓衆來東下, 金甲耀日光.
탁 중 래 동 하   금 갑 요 일 광

平土人脆弱, 來兵皆胡羌.
평 토 인 취 약   내 병 개 호 강

獵野圍城邑, 所向悉破亡.
엽 야 위 성 읍   소 향 실 파 망

斬截無孑遺, 尸骸相撐拒.
참 절 무 혈 유   시 해 상 탱 거

馬邊懸男頭, 馬後載婦女.
마변현남두 　마후재부녀

長驅西入關, 迴路險且阻.
장구서입관 　형로험차조

還顧邈冥冥, 肝脾爲爛腐.
환고막명명 　간비위란부

所略有萬計, 不得令屯聚.
소략유만계 　부득령둔취

或有骨肉俱, 欲言不敢語.
혹유골육구 　욕언불감어

失意幾微間, 輒言斃降虜.
실의기미간 　첩언폐항로

要當以亭刃, 我曹不活汝.
요당이정인 　아조불활여

豈復惜性命, 不堪其詈罵.
기부석성명 　불감기리매

或便加箠杖, 毒痛參幷下.
혹편가추장 　독통참병하

旦則號泣行, 夜則悲吟坐.
단즉호읍행 　야즉비음좌

欲死不能得, 欲生無一可.
욕사불능득 　욕생무일가

彼蒼者何辜? 乃遭此阨禍.
피창자하고 　내조차액화

슬픔과 한

한나라 말기에 조정이 대권을 잃으니
동탁이 나와 하늘의 이치를 어지럽혔다.

그의 뜻은 시해와 찬탈을 꾀하는 것이라
먼저 여러 어진 신하들을 살해하였다.
조정을 핍박하여 옛 도읍으로 천도하고
황제를 끼고 자신의 권력을 강화하려 했다.
나라 도처에서 의로운 군대가 일어나
함께 역적을 토벌하고자 했다.
동탁의 무리가 나타나 동쪽으로 내려오니
금빛 갑옷이 햇빛을 받아 번쩍거렸다.
평평한 중원의 사람들은 무르고 약한데
내려온 군대는 모두 용맹한 오랑캐였다.
들판에서 사냥하듯 성읍을 포위하니
그들이 향하는 곳마다 파멸과 죽음이었다.
한 사람도 남기지 않고 베어 죽이니
시체가 즐비하여 어지럽게 쌓여 있었다.
말 옆에는 남자들의 머리를 매달고
말 뒤에는 부녀자들을 싣고 갔다.
멀리 말을 몰아 서쪽으로 함곡관에 드니
머나먼 길은 험난하고 장애물이 많았다.
온 길을 돌아보니 까마득히 멀어서
슬픔에 애간장이 모두 썩어 문드러진다.
끌려온 사람 수는 만 명을 헤아리건만
약탈자들은 함께 모여 있지 못하게 했다.
골육지친이 함께 끌려오기도 했지만
말하고 싶어도 감히 입밖에 내지 못했다.

끌려온 사람들이 조금만 마음에 차지 않아도

불쑥 내뱉는다네 "네놈들 모두 죽여버리리.

칼로 내리쳐 숨통을 끊어 놓을 것이니

우리는 네깟 것들을 결코 살려두지 않겠다."

어찌 감히 목숨을 아까워하리오!

그들의 욕과 협박을 더는 견딜 수 없었다.

때로는 몽둥이로 포로들을 때려서

원한과 고통이 함께 치밀어 오른다.

아침이 되면 엉엉 울부짖으며 걷고

밤이 되면 앉아서 슬픔에 신음한다.

죽으려고 해도 죽을 수 없고

살고자 하면 전혀 방도가 없다.

하늘이시여 우리가 무슨 죄를 지었기에

이런 재앙과 수모를 겪어야 하나요?

■ 주 석

權柄(권병) : 조정朝廷의 대권大權.

董卓(동탁) : 한말漢末의 군벌로 하동河東에 군대를 주둔시키고 있으면서
　　병주목幷州牧을 맡았다.

天常(천상) : 천리天理. 천도天道.

篡弒(찬시) : 군주를 시해하고 제위를 빼앗다.

諸賢良(제현량) : 여러 어진 신하. 주필周珌, 오경伍瓊 등을 가리킨다.

舊邦(구방) : 옛 도읍. 장안長安을 가리킨다.

義師(의사) : 의로운 군대. 동탁을 토벌하기 위해 규합된 관동關東 제후의
　　토벌 연합군을 가리킨다.

卓衆(탁중) : 동탁의 무리. 이각李催, 곽사郭汜가 이끄는 군대를 가리킨다. 그들은 섬서陝西에서 함곡관函谷關을 나와 동쪽으로 진류陳留, 영천潁川의 여러 현을 공략했다.

平土(평토) : 평평한 땅. 중원中原을 가리킨다.

胡羌(호강) : 동탁 군대 안의 강족羌族과 저족氐族 사람들을 가리킨다.

相撐拒(상탱거) : 서로 버팀목이 되어주다. 시체가 어지럽게 널려 있는 모양을 형용하였다.

邈冥冥(막명명) : 아득하게 먼 모양.

失意(실의) : 조심하지 않다. 방심하다. 상대방의 뜻을 놓치다.

幾微間(기미간) : 아주 짧은 시간.

斃降虜(폐항로) : 항복한 포로들을 죽이다. 약탈자들이 욕하는 말이다.

亭刃(정인) : '정인停刃'과 같아서 칼로 내려친 후에 멈춘다는 말이다.

毒痛(독통) : 마음에 사무친 원한과 몸이 받는 고통.

厄禍(액화) : 재앙과 수모. '액화厄禍'와 같다.

■ 해 제

이상이 제1단락으로 동한 말기에 동탁의 군대가 자행한 난폭한 행동과, 시인 자신이 포로가 되어 끌려가는 도중에 겪은 비인간적인 학대를 서술하였다.

邊荒與華異, 人俗少義理.
변 황 여 화 이　　인 속 소 의 리

處所多霜雪, 胡風春夏起.
처 소 다 상 설　　호 풍 춘 하 기

翩翩吹我衣, 肅肅入我耳.
편 편 취 아 의　　숙 숙 입 아 이

感時念父母, 哀歎無窮已.
감 시 념 부 모　　애 탄 무 궁 이

有客從外來, 聞之常歡喜.
유객종외래　문지상환희

迎問其消息, 輒復非鄉里.
영문기소식　첩부비향리

邂逅徼時願, 骨肉來迎己.
해후요시원　골육래영기

已得自解免, 當復棄兒子.
이득자해면　당부기아자

天屬綴人心, 念別無會期.
천속철인심　염별무회기

存亡永乖隔, 不忍與之辭.
존망영괴격　불인여지사

兒前抱我頸, 問母欲何之?
아전포아경　문모욕하지

人言母當去, 豈復有還時?
인언모당거　기부유환시

阿母常仁惻, 今何更不慈?
아모상인측　금하경부자

我尚未成人, 奈何不顧思?
아상미성인　내하불고사

見此崩五內, 恍惚生狂癡.
견차붕오내　황홀생광치

號泣手撫摩, 當發復回疑.
호읍수무마　당발부회의

兼有同時輩, 相送告離別.
겸유동시배　상송고리별

慕我獨得歸, 哀叫聲摧裂.
모아독득귀　애규성최렬

馬爲立踟蹰, 車爲不轉轍.
마위립지주　거위부전철

觀者皆歔欷, 行路亦嗚咽.
관 자 개 허 희 행 로 역 오 열

머나먼 변방 지역은 중원과 달라서

사람들 풍속에 의리가 별로 없다.

거처하는 곳에 서리와 눈이 많고

거센 북풍이 봄여름에도 일어나

펄럭펄럭 내 옷을 스치며 불어오면

소슬한 바람소리가 내 귀에 든다.

이런 처지에서 부모를 생각하면

슬픔과 탄식이 그칠 줄 모른다.

어쩌다 외지에서 손님이 찾아오면

소식을 듣고 언제나 기뻐했지만

맞이하여 그에게 고향 소식을 물으면

내 고향 사람이 아니어서 낙담했다.

평소의 소원이 뜻밖에 이루어져서

골육지친이 나를 데려가려 찾아왔다.

자신은 포로생활에서 풀려나게 되었지만

여기서 난 아이들을 두고 가야만 했다.

천륜의 부모자식은 마음이 이어졌건만

이별을 생각하니 다시 만날 기약이 없다.

살아서도 죽어서도 영원한 이별이라

차마 아이들과 작별할 수가 없다.

아이가 앞으로 나와 내 목을 끌어안고

묻는다 "어머니는 어디로 가려고 하시나요?

사람들은 어머니가 가셔야 한다지만
떠나면 돌아오실 때가 있긴 하나요?
어머니는 늘 저희에게 인자하셨는데
지금은 어찌하여 더욱 몰인정하신가요?
저는 아직 성인이 되지 못했거늘
어찌하여 제 생각은 하지 않나요?”
그 모습을 보니 오장육부가 찢어져
정신이 멍한 것이 미칠 것만 같았다.
소리 내어 울면서 손으로 쓰다듬자니
출발할 때가 되자 다시 머뭇거려진다.
아울러 함께 붙들려왔던 사람들이
나를 전송하며 이별을 고한다.
나 홀로 돌아가게 된 것을 부러워하며
슬피 우는 소리가 내 가슴을 찢는다.
말은 그 때문에 서서 머뭇거리고
수레는 그로 인해 바퀴가 구르지 못한다.
보는 사람들도 모두가 흐느껴 울고
길 가던 사람들도 따라서 오열한다.

■ 주 석

邊荒(변황) : 머나먼 변방지역. 채염이 포로가 되어 거주한 남흉노南
    匈奴 지역(지금의 산서山西 임분臨汾 부근)을 가리킨다. 195년 11월
    에 이각, 곽사의 군대가 남흉노 좌현왕左賢王에게 크게 격파되어 그때
    채염이 남흉노에게 끌려갔을 것이다.

翩翩(편편) : 바람이 옷에 불어 펄럭이는 모양.

肅肅(숙숙) : 바람이 소슬하게 부는 모양.

邂逅(해후) : 우연히 만나다. 뜻밖에 마주치다.

骨肉(골육) : 골육지친. 일가친척.

解免(해면) : 남흉노의 굴욕적인 포로생활에서 벗어나다.

天屬(천속) : 천연의 친속. 직계 친속. 천륜의 부모자식.

乖隔(괴격) : 격리. 이별.

五內(오내) : 오장육부. '오장五臟'과 같다.

恍惚(황홀) : 정신이 멍하다.

同時輩(동시배) : 동시에 함께 포로가 된 사람들.

跩躕(지주) : 머뭇거리다.

歔欷(허희) : 흐느껴 울다.

行路(행로) : 길을 가는 사람. '행로자行路者'와 같다.

■ 해 제

이상이 제2단락으로 시인의 외롭고 고달픈 이역 생활, 고향과 친족에 대한 그리움, 고향으로 돌아갈 수 있음을 알게 되었을 때의 기쁨, 아이들을 데려가지 못하는 비통한 심정 및 함께 끌려왔지만 함께 돌아가지 못하는 벗들과의 쓰라린 이별 등을 서술하였다.

去去割情戀, 邁征日遐邁.
거 거 할 정 련　천 정 일 하 매

悠悠三千里, 何時復交會?
유 유 삼 천 리　하 시 부 교 회

念我出腹子, 胸臆爲摧敗.
염 아 출 복 자　흉 억 위 최 패

既至家人盡, 又復無中外.
기 지 가 인 진　우 부 무 중 외

城郭爲山林, 庭宇生荊艾.
성 곽 위 산 림　정 우 생 형 애

白骨不知誰, 從橫莫覆蓋.
백 골 부 지 수　종 횡 막 복 개

出門無人聲, 豺狼號且吠.
출 문 무 인 성　시 랑 호 차 폐

煢煢對孤景, 怛咤糜肝肺.
경 경 대 고 영　달 타 미 간 폐

登高遠眺望, 魂神忽飛逝.
등 고 원 조 망　혼 신 홀 비 서

奄若壽命盡, 旁人相寬大.
엄 약 수 명 진　방 인 상 관 대

爲復强視息, 雖生何聊賴?
위 부 강 시 식　수 생 하 료 뢰

託命於新人, 竭心自勗勵.
탁 명 어 신 인　갈 심 자 욱 려

流離成鄙賤, 常恐復捐廢.
유 리 성 비 천　상 공 부 연 폐

人生幾何時, 懷憂終年歲!
인 생 기 하 시　회 우 종 년 세

모자지간의 정을 끊고 떠나와

빠르게 가니 날마다 멀어진다.

아득히 3천리나 떨어졌으니

언제 다시 아이들과 만나랴?

내 배로 난 아이들을 생각하면

기가 막히고 가슴이 미어진다.

집에 도착하니 식구들 아무도 없고
친척과 인척들도 온데간데없다.
성곽은 산림으로 변해 버렸고
뜰에는 잡목과 잡초가 우거졌다.
백골은 누구 것인지도 알 수 없는데
덮이지도 못하고 마구 뒤엉켜 있었다.
대문을 나서면 사람 소리라곤 없고
승냥이와 이리들이 울부짖는다.
쓸쓸히 외로운 그림자를 마주하니
가슴이 문드러져 슬퍼하고 탄식한다.
높은 곳에 올라가 멀리 바라보니
혼백이 홀연히 날아간다.
갑자기 수명이 다해 죽을 것 같은데
주위 사람들이 마음을 크게 먹으라고 한다.
다시금 억지로 몸을 추슬러 보지만
산다고 해도 무엇에 의지할 수 있을까?
새사람에게 목숨을 의탁했으니
있는 힘을 다해 스스로 노력해야지.
이리저리 떠돌며 비천해졌으니
언제나 다시 버려질까 두렵다.
나의 삶이 얼마나 가려나?
근심 안고서 생을 마감하겠지!

■ 주 석

情戀(정련) : 모자지간의 정을 가리킨다.

遄征(천정) : 빨리 가다. '질행疾行'과 같다.

日遐邁(일하매) : 나날이 멀어지다.

悠悠(유유) : 아득히 먼 모양.

出腹子(출복자) : 내 배에서 난 자식. '친생자親生子'와 같다.

中外(중외) : 내종, 외종, 이종사촌과 관련된 친척.

荊艾(형애) : 가시나무와 쑥. 잡목과 잡초를 가리킨다.

從橫(종횡) : 이리저리 마구. '종횡縱橫'과 같다.

煢煢(경경) : 외로운 모양. 고독한 모양.

孤景(고영) : 외로운 그림자. '고영孤影'과 같다.

怛咤(달타) : 슬퍼하고 탄식하다.

相寬大(상관대) : 나에게 마음을 크게 먹으라고 하다.

視息(시식) : 눈을 뜨고 숨을 쉬다. 몸을 추스르다. 살아가다.

聊賴(요뢰) : 의지하다. 의탁하다.

勗厲(욱려) : 노력하다. 애쓰다. '면려勉勵'와 같다.

終年歲(종년세) : 생을 마치다. 생을 마감하다.

■ 해 제

이상이 제3단락으로 모자지간의 정 때문에 귀로 중에 겪은 마음의 고통, 귀향 후에 목도한 황폐해진 집과 식구들 및 친인척 사람들의 죽음으로 인한 비통함, 자신의 비참하고 처량한 신세 등을 서술하였다.

채염은 세상이 크게 어지러웠던 한나라 말기, 처음에 이각·곽사의 군대에 잡혀 있다가 나중에는 남흉노에 12년 동안 억류되어 있으면서 두 아들을 낳았다. 그후 조조曹操가 채옹에게 후사가 없음을 가엾이 여겨 그녀의 몸값을 지불하고 데려왔다. 〈비분시〉 2편은 하나는 오언시이고 하나는 소체騷體인데, 후자는 내용이 작가의 생애와 부합되지 않아 대체로 채염의 작품이 아닐 것이라고 추정한다. 이 시는 《후한서後漢書 열녀전烈女傳 동사처전董祀妻傳》에 가장 처음 보인다.

진림陳琳(?~217)

자字는 공장孔璋이며, 광릉廣陵 사양射陽(지금의 강소성江蘇省 양주시揚州市 보응현寶應縣 사양호진射陽湖鎭) 출신이다. 동한東漢 말의 저명한 문학가로, 건안칠자建安七子 중 한 사람이다. 하진何進의 휘하에서 문서를 담당하는 주부主簿였다가, 후에 원소袁紹의 막료가 되어 격문을 담당하였다. 이때 〈위원소격예주문爲袁紹檄豫州文〉 등의 명문을 남겼다. 원소가 패한 후에는 조조에게 투항하였는데, 조조가 그를 매우 신임하였다고 한다.

飮馬長城窟行
음 마 장 성 굴 행

飮馬長城窟, 水寒傷馬骨.
음 마 장 성 굴　수 한 상 마 골

往謂長城吏, 愼莫稽留太原卒.
왕 위 장 성 리　신 막 계 류 태 원 졸

官作自有程, 擧築諧汝聲.
관 작 자 유 정　거 축 해 여 성

男兒寧當格鬪死, 何能怫鬱築長城.
남 아 녕 당 격 투 사　하 능 불 울 축 장 성

長城何連連, 連連三千里.
장 성 하 련 련　연 련 삼 천 리

邊城多健少, 內舍多寡婦.
변 성 다 건 소　내 사 다 과 부

作書與內舍, 便嫁莫留住.
작 서 여 내 사　편 가 막 류 주

善侍新姑嫜, 時時念我故夫子.
선 시 신 고 장　시 시 념 아 고 부 자

報書往邊地, 君今出語一何鄙.
보 서 왕 변 지　군 금 출 어 일 하 비

身在禍難中, 何爲稽留他家子.
신 재 화 난 중　하 위 계 류 타 가 자

生男愼莫擧, 生女哺用脯.
생 남 신 막 거　생 녀 포 용 포

君獨不見長城下, 死人骸骨相撑拄.
군 독 불 견 장 성 하　사 인 해 골 상 탱 주

結髮行事君, 慊慊心意關.
결 발 행 사 군　겸 겸 심 의 관

明知邊地苦, 賤妾何能久自全.
명 지 변 지 고　천 첩 하 능 구 자 전

장성의 샘구멍에서 말에게 물을 먹이며

장성 옆의 샘구멍에서 말에게 물을 먹이니

물이 차서 말의 뼈를 상하게 할 정도다.

가서 장성의 군관에게 말한다.

"제발 태원 역졸의 귀향일을 늦추지 마세요."

"관의 공사는 정해진 기한이 있으니

너희는 영차영차 소리 맞추어 땅을 다지거라."

"남아는 적과 싸우다 죽어야 마땅하거늘

어찌 가슴 답답하게 장성을 쌓고 있겠습니까?"

장성은 얼마나 길게 이어져 있는가!

3천리에 걸쳐 길게 이어져 있다네.

변방의 장성엔 건장한 역졸이 많고

역졸의 집에는 독수공방하는 아내가 많다.

고향의 아내에게 보내는 편지를 쓴다.

"나를 기다리지 말고 다시 시집을 가시오.

새 시부모를 잘 섬기고

이따금 옛 남편을 생각해주시구려."

아내의 답장이 변방으로 갔다.

"방금 당신이 한 말 어찌 그리 야박하오?"

"이 몸이 장성 축조의 재앙 속에 있으니

무슨 면목으로 남의 집 여식을 붙잡아두겠소?

남아를 낳으면 제발 키우지 말고

여아를 낳으면 고기를 먹여 키우시구려.

그대 홀로 보지 못했소? 장성 밑에

죽은 자의 해골이 서로 엉겨 있는 것을!"

"결혼한 이래로 당신을 섬겨왔건만

이 마음 다하지 못하니 원망스럽네요.

변방에서 당신이 겪는 고통 잘 알고 있으니

천첩이 어떻게 오래 자신을 보전할 수 있겠어요?"

■ 주 석

長城窟(장성굴) : 장성 옆의 샘구멍.

太原卒(태원졸) : 태원 지방에서 차출되어 온 역졸, 노역부.

官作(관작) : 관부의 공사. 장성 축조의 일을 가리킨다.

擧築(거축) : 장성 축조를 위해 땅을 다지는 도구를 들다. 땅을 다지다.

連連(연련) : 끊임없이 길게 이어진 모양.

內舍(내사) : 변방에 있는 역졸의 고향 집.

寡婦(과부) : 독수공방하는 아내. 고대에는 홀로 지내는 아내를 '과부'로
　　칭할 수 있었다. 여기서는 역졸의 아내를 가리킨다.

姑嫜(고장) : 남편의 부모. 시부모.

故夫子(고부자) : 옛 남편. 편지를 쓴 역졸이 스스로를 지칭한 말이다.

他家子(타가자) : 남의 집 자녀. 여기서는 역졸의 아내를 가리킨다.

撑拄(탱주) : 떠받치다. 여기서는 시체가 어지럽게 엉겨 있는 것을 가리킨
　　다.

結髮(결발) : 결혼 첫날밤에 남자는 왼쪽에서, 여자는 오른쪽에서 머리를
　　틀어올려 쪽을 지던 의식에서 유래하여 '성혼成婚'을 의미하게 되었다.

慊慊(겸겸) : 원망하는 모양.

■ 해 제

〈음마장성굴행〉은 악부고제樂府古題로, 상화가相和歌 슬조곡瑟調曲에 속한다. 이 시
는 장성 축조의 노역이 끊임없이 지속되어 젊은 부부가 이별하여 고통을 겪는 비참
한 상황을 묘사하였다. 전편에 걸쳐 대화 형식을 사용하여 생동감이 풍부하고, 선
명한 민가 색채를 띠고 있다.

자字는 맹덕孟德, 묘호廟號는 태조太祖, 시호諡號는 무황제武皇帝이며, 패국沛國 초현譙縣(지금의 안휘성安徽省 박주亳州) 출신이다. 황건黃巾의 난을 평정하는 데 공을 세웠고, 동탁董卓이 죽자 후한後漢의 마지막 황제인 헌제獻帝를 옹립하고 정권을 휘두르게 되었다. 화북華北을 거의 평정한 뒤 남하南下를 꾀하였으나 적벽赤壁에서 손권孫權과 유비劉備의 연합군에게 패하였다. 216년, 위왕魏王의 자리에 올라 정치상 실권을 잡았다. 그가 죽은 후 아들 조비曹丕가 헌제에게 양위받아 황제가 되었고, 이에 조조는 태조 무황제로 추존되었다. 건안建安문학을 일으켰으며, 두 아들 조비·조식曹植과 함께 '삼조三曹'라 불린다.

蒿里行
호 리 행

關東有義士, 興兵討群凶.
관 동 유 의 사 흥 병 토 군 흉

初期會盟津, 乃心在咸陽.
초 기 회 맹 진 내 심 재 함 양

軍合力不齊, 躊躇而雁行.
군 합 력 부 제 주 저 이 안 항

勢利使人爭, 嗣還自相戕.
세 리 사 인 쟁 사 선 자 상 장

淮南弟稱號, 刻璽於北方.
회 남 제 칭 호 각 새 어 북 방

鎧甲生蟣蝨, 萬姓以死亡.
개 갑 생 기 슬 만 성 이 사 망

白骨露於野, 千里無雞鳴.
백 골 로 어 야 천 리 무 계 명

生民百遺一, 念之斷人腸.
생 민 백 유 일   염 지 단 인 장

호리행

함곡관 동쪽에 정의의 인사들이 있어
흉악한 무리를 토벌하려고 군대를 일으켰다.
애초에 맹진孟津에서 모이기로 기약했으니
그들의 마음은 한 왕실의 보위에 있었다.
군대를 합쳤지만 협력하지 않고
주저하며 늘어서 있기만 했다.
세력과 이권이 사람들을 다투게 하여
이윽고 자신들끼리 서로 죽이게 되었다.
회남에서 동생 원술袁術이 황제를 칭하였고
북방에서 원소袁紹는 옥새를 새기고 말았다.
병사들은 갑옷에 서캐와 이가 생기고
수많은 백성들이 죽음에 이르렀다.
백골이 들판에 널브러져 있고
천리에 걸쳐 닭 울음소리가 없었다.
백성들이 백에 하나도 남지 않았으니
그것을 생각하면 애간장이 끊어진다.

■ 주 석

關東(관동) : 함곡관函谷關 동쪽.
義士(의사) : 정의의 인사. 동탁董卓을 토벌하기 위해 군대를 일으킨 여러
주군州郡의 수령을 가리킨다.

群凶(군흉) : 흉악한 무리. 동탁과 그 무리를 가리킨다.

盟津(맹진) : '맹진孟津'을 가리킨다. 지금의 하남河南 맹현孟縣 남쪽으로, 당시 동탁 토벌군이 모인 곳이다.

咸陽(함양) : 진秦나라 도성으로, 고지故址는 지금의 섬서陝西 함양현咸陽縣 동쪽에 있다. 여기서는 이것으로 장안長安의 한漢나라 왕실을 가리켰다.

雁行(안항) : 날아가는 기러기 대열. 여기서는 동탁 토벌을 위해 모인 여러 주군의 군대가 전진은 하지 않고 대열을 이루어 관망만 하는 모습을 형용하였다.

嗣還(사선) : 그후에 오래지 않아. 이윽고.

淮南弟(회남제) : 회남淮南은 지금의 안휘安徽 수현壽縣을 가리키고, 제弟는 원소袁紹의 사촌동생 원술袁術을 가리킨다. 원술은 건안建安 2년(197)에 수춘壽春에서 황제를 칭하였다.

刻璽(각새) : 옥새를 새기다. 원소가 초평初平 2년(191)에 헌제獻帝를 폐하고 유주목幽州牧 유우劉虞를 세우려고 옥새를 새긴 사건이 있었다. 당시 원소는 하내河內(지금의 하남 심양沁陽)에 주둔하고 있었으므로 북방이라고 하였다.

蟣蝨(기슬) : 서캐와 이. 이 구절은 병사들이 오랜 기간 갑옷을 벗지 못했음을 형용한 말이다.

生民(생민) : 인민人民. 백성.

■ 해 제

초평 원년(190) 봄에 함곡관 동쪽의 각 주군은 동탁 토벌군을 일으키고 발해渤海 태수 원소를 맹주로 추대하였다. 이에 동탁은 낙양洛陽을 불사른 다음 헌제를 끼고 장안으로 천도하였다. 그러나 토벌을 위해 모인 각 주군은 속셈이 따로 있어서 관망만 할 뿐이고 전진하지 않았으며, 심지어는 자기 세력의 확대를 위해 내분을 일으키기도 하였다. 이 시는 상술한 상황을 진실성 있게 반영한 한편, 백성들에 대한 동정을 표시한 작품이다. 〈호리행〉은 악부고사樂府古辭로 〈상화가相和歌 상화곡相和曲〉에 속하는데, 일종의 장송곡이다.

短歌行
단 가 행

對酒當歌, 人生幾何?
대 주 당 가　　인 생 기 하

譬如朝露, 去日苦多.
비 여 조 로　　거 일 고 다

慨當以慷, 幽思難忘.
개 당 이 강　　유 사 난 망

何以解憂? 唯有杜康.
하 이 해 우　　유 유 두 강

靑靑子衿, 悠悠我心.
청 청 자 금　　유 유 아 심

但爲君故, 沈吟至今.
단 위 군 고　　침 음 지 금

呦呦鹿鳴, 食野之苹.
유 유 록 명　　식 야 지 평

我有嘉賓, 鼓瑟吹笙.
아 유 가 빈　　고 슬 취 생

明明如月, 何時可掇?
명 명 여 월　　하 시 가 철

憂從中來, 不可斷絶.
우 종 중 래　　불 가 단 절

越陌度阡, 枉用相存.
월 맥 도 천　　왕 용 상 존

契闊談讌, 心念舊恩.
결 활 담 연　심 념 구 은

月明星稀, 烏鵲南飛.
월 명 성 희　오 작 남 비

繞樹三匝, 何枝可依?
요 수 삼 잡　하 지 가 의

山不厭高, 海不厭深.
산 불 염 고　해 불 염 심

周公吐哺, 天下歸心.
주 공 토 포　천 하 귀 심

단가행

술을 마주하고 노래를 불러야 할지니,

한평생이 얼마나 되겠는가?

이를테면 아침이슬과 같아서,

지난 세월에 괴로움이 많았다.

비분강개하여 노래 부르니,

가슴 속에 맺힌 근심 잊을 수 없다.

무엇으로 근심을 풀 수 있을까?

오직 술이 있을 뿐이다.

푸르고 푸른 그대의 옷깃이여,

오래 내 마음에 간직되어 있다.

다만 그대를 잊지 못하여,

지금까지 깊은 그리움에 잠겨 있다.

메에메에 사슴이 소리 내어 우는 것은,

들판의 풀을 함께 먹으려는 것이다.

나에게 훌륭한 손님이 찾아오면,

거문고를 타고 생황을 불리라.

환하고 밝은 저 달은,

언제 그 운행을 멈출 수 있을까?

가슴 속에서 솟는 근심 또한,

마찬가지로 그칠 줄 모른다.

이 길 저 길을 건너고 넘어,

이곳에 안부를 물으러 왕림했으니

만난 기쁨에 잔치를 열고서,

마음에 옛 정을 품고 담소한다.

달빛 밝아 별빛 희미한데,

까마귀와 까치 남쪽으로 날아왔지만

나무 주위를 빙빙 돌 뿐이니,

어느 가지에 의탁할 수 있을까?

산은 높이를 꺼리지 않고,

바다는 깊이를 싫어하지 않는 법.

주공이 성심으로 선비를 대하자,

천하가 마음으로 귀의하였다.

■ 주 석

去日(거일) : 지나간 세월.

慨當以慷(개당이강) : '강개慷慨'와 같다. 여기서는 노랫소리가 비분강개함
   을 가리킨다.

杜康(두강) : 술을 처음 빚은 사람으로 황제黃帝 때 사람이라고도 하고,
   주周나라 사람이라고도 한다. 여기서는 이것으로 술을 지칭하였다.

靑衿(청금) : 주나라 때 학생의 복장. 이 두 구절은 《시경詩經 정풍鄭風 자금子衿》의 첫 두 구절을 그대로 인용한 것으로, 인재人才에 대한 그리움을 표시하였다.

呦呦(유유) 네 구절 : 《시경 소아小雅 녹명鹿鳴》의 첫 네 구절을 그대로 인용한 것으로, 인재 예우禮遇에의 갈망을 표현하였다.

枉用相存(왕용상존) : '왕枉'은 '왕림枉臨'의 뜻이고, '용用'은 '이以'와 같으며, '존存'은 안부를 묻는다는 말이다.

契闊(결활) : '이합집산離合集散'의 뜻인데, 여기서는 오랜 이별 후의 만남을 가리킨다.

烏鵲(오작) : 까마귀와 까치. 여기서는 이것으로 현자賢者를 비유하였다.

三匝(삼잡) : 여러번 돌다.

山不厭高(산불염고) 두 구 : 《관자管子 형세해形勢解》의 "바다는 물을 사양하지 않기 때문에 그 거대함을 이룰 수 있었고, 산은 흙과 돌을 사양하지 않기 때문에 그 높이를 이룰 수 있었고, 영명한 군주는 사람을 싫어하지 않기 때문에 그 무리를 이룰 수 있었고, 선비는 배움에 물리지 않기 때문에 그 고상함을 이룰 수 있다.(海不辭水, 故能成其大; 山不辭土石, 故能成其高; 明主不厭人, 故能成其衆; 士不厭學, 故能成其聖.)"에 의거한 것이다.

周公吐哺(주공토포) : 주공이 먹던 것을 뱉어내다. 《사기史記 노주공세가魯周公世家》의 "나는 한 번 머리 감는 동안 여러번 감던 머리를 잡아 올렸고, 한 번 밥을 먹는 동안 여러번 먹던 밥을 뱉으면서까지 곧바로 일어나 선비를 맞이했는데도, 오히려 천하의 현인을 놓칠까 두려워했다.(我一沐三捉髮, 一飯三吐哺, 起以待士, 猶恐失天下之賢人.)"에서 나온 말로, 선비를 맞이함에 있어서 성심을 다한다는 의미이다.

〈단가행〉은 연회에 사용되던 가사인데, 조조의 작품은 《악부시집樂府詩集》에 2수가 실려 있다. 이것은 제1수인데, 먼저 살같이 흘러가는 세월을 탄식하였고, 이어서 세상을 구할 현인을 갈망하는 심정을 토로하였고, 마지막으로 자신의 웅지를 언급하였다. 전체적으로 작가의 드높은 기개와 어지러운 세상을 함께 구원할 현인을 구하겠다는 의지가 잘 표현되어 있다.

조비曹丕(187~226)

자字는 자환子桓, 시호諡號는 문제文帝로 위魏나라의 초대 황제이다. 조조曹操가 사망한 뒤 후한後漢의 헌제獻帝에게 양위 받아 황제가 되었다. 즉위 후 구품관인법九品官人法을 실시하고 환관과 외척의 전횡을 막기 위한 정책을 폈으며, 사형私刑을 금지하는 등, 사회 혼란을 극복하고 왕조의 기반을 공고히 하기 위해 내정 개혁에 힘썼다. 그러나 재위 7년 만에 죽고 만다. 동생 조식曹植과 함께 문인으로서 이름이 높아, 그가 쓴 시와 부 100여 편이 전해진다. 또한 〈전론典論〉을 저술하여 문학이론 비평의 단초를 열었다. 《위문제집魏文帝集》 2권이 전해진다.

雜詩 (其二)
잡시　기 이

西北有浮雲, 亭亭如車蓋.
서 북 유 부 운　정 정 여 거 개

惜哉時不遇, 適與飄風會.
석 재 시 불 우　적 여 표 풍 회

吹我東南行, 行行至吳會.
취 아 동 남 행　행 행 지 오 회

呉會非我鄕, 安得久留滯.
오 회 비 아 향　　안 득 구 류 체

棄置勿復陳, 客子常畏人.
기 치 물 부 진　　객 자 상 외 인

잡시 (제2수)

북서쪽에 뜬 구름이 있는데

우뚝 솟은 것이 수레덮개와 같다.

안타깝구나 좋은 때를 만나지 못하고

때마침 휘몰아치는 바람을 만났다.

나를 불어 남동쪽으로 가게 하여

가고 또 가서 오회지방에 이르렀다.

오회지방은 내 고향이 아니니

어찌 오래 머물 수 있겠는가?

버려두고 더는 말하지 말아야지

나그네는 늘 타인을 두려워한다네.

■ **주 석**

亭亭(정정) : 우뚝 솟아 있어서 의지할 데 없는 모양.

飄風(표풍) : 휘몰아치는 바람. 폭풍.

吳會(오회) : 오군吳郡과 회계군會稽郡으로 지금의 강소江蘇 절강浙江 일
　　대.

我(아) : 부운浮雲의 자칭이면서 또한 나그네를 가리킨다.

棄置(기치) : 버려두다. 이 구절은 악부시의 상투어이다.

〈잡시〉는 그 뜻이 '잡문雜文'·'잡감雜感'과 마찬가지로, 상황에 따라 자신의 감흥을 적은 것이다. 현존하는 잡시는 건안建安시인의 작품이 가장 이른데, 공융孔融·왕찬王粲·조식曹植 등에게 모두 잡시가 있다. 이 시는 조비의 〈잡시〉 2수 중 두 번째 작품으로, 뜬 구름을 빌려 타향을 떠도는 나그네를 비유하였고, 마지막에서 오랜 타향살이의 억울한 심정을 토로하였다.

燕歌行
연 가 행

秋風蕭瑟天氣涼, 草木搖落露爲霜.
추 풍 소 슬 천 기 량　초 목 요 락 로 위 상

群燕辭歸鵠南翔, 念君客遊多思腸.
군 연 사 귀 혹 남 상　염 군 객 유 다 사 장

慊慊思歸戀故鄕, 君何淹留寄他方?
겸 겸 사 귀 연 고 향　군 하 엄 류 기 타 방

賤妾煢煢守空房, 憂來思君不敢忘,
천 첩 경 경 수 공 방　우 래 사 군 불 감 망

不覺淚下沾衣裳.
불 각 루 하 첨 의 상

援琴鳴絃發淸商, 短歌微吟不能長.
원 금 명 현 발 청 상　단 가 미 음 불 능 장

明月皎皎照我牀, 星漢西流夜未央.
명 월 교 교 조 아 상　성 한 서 류 야 미 앙

牽牛織女遙相望, 爾獨何辜限河梁?
견 우 직 녀 요 상 망　이 독 하 고 한 하 량

연가행

가을바람 쓸쓸히 불어 날씨 서늘해지니
초목은 시들어 떨어지고 이슬이 서리된다.
제비 무리 돌아가고 고니 남쪽으로 날아가
타향살이하는 그대 그리워 슬픔이 솟는군요.
그대도 고향 그리워 우수에 싸여있을 텐데
어찌 타향에 그렇게 오래 머물러 있는 건가요?
소첩은 쓸쓸히 빈 방을 혼자 지키고 있어서
그대 생각 잊을 수 없어 슬픔이 솟구치니
나도 모르게 눈물이 흘러 옷을 적시는군요.
가야금 가져다 줄 퉁기며 청상곡을 타지만
노랫가락이 빠르고 높아 계속할 수 없군요.
밝은 달빛이 교교하게 제 침상을 비추고
은하수 서쪽으로 흐르며 밤은 깊었는데
견우와 직녀는 멀리서 서로 바라만 보니
너희 둘만 어찌하여 다리 없인 못 만나는가?

■ 주 석

蕭瑟(소슬) : 쓸쓸한 바람소리.
搖落(요락) : 초목이 시들어 떨어지다.
多思腸(다사장) : 그리움이 깊어 단장斷腸의 슬픔이 일다.
慊慊(겸겸) : 근심하는 모양. 마음에 흡족하지 않은 모양.
淹留(엄류) : 오래 머물러 있다. '구류久留'와 같다.
煢煢(경경) : 외로운 모양. 고독한 모양.

淸商(청상) : 청상곡淸商曲. 고대의 악곡명.

短歌微吟(단가미음) : 고대에는 금琴의 연주에 노래를 곁들였다. 그 노랫
　가락이 촉급하고 높아서 가늘게 부른다는 뜻이다.

不能長(불능장) : 연장할 수 없다. 계속할 수 없다.

夜未央(야미앙) : 밤이 이미 깊다. '미앙未央'은 '미진未盡'과 같다.

何辜(하고) : 무엇 때문에. 어찌하여. '하고何故'와 같다.

限河梁(한하량) : 은하 다리에 제한되어 있다. 즉, 은하에 다리가 놓여야
　만 서로 만날 수 있다는 말이다.

■ 해 제

〈연가행〉은 악부 상화가相和歌 평조곡平調曲에 속한다. 조비의 작품은 2수인데, 모두
집 떠난 남자와 그를 그리워하는 아내를 묘사한 시이다. 현존하는 문인 작품 중에
서 최초의 가장 완비된 칠언시이다. 이 작품은 가을밤에 여인이 집을 떠나 멀리 나
가 있는 남편을 그리워하는 내용을 다루었다. 작가는 섬세하고 완곡한 필치로 남편
을 그리워하는 여인의 심정을 곡진하게 그려냈으며, 성조가 맑게 울리고 언어가 아
름다워서 조비의 시가풍격을 대표하는 작품이라고 할 수 있다.

조식曹植(192~232)

자字는 자건子建, 시호諡號는 사思이며, 진사왕陳思王이라고도 불린다. 위魏 무제武帝 조조曹操의 아들이자, 문제文帝 조비曹丕의 동생이다. 맏형 비와 태자 계승문제로 암투하다가 29세 때 아버지가 죽고 형이 황제가 된 뒤, 조식의 측근자들은 죽임을 당하였고 조식도 여러 봉지로 옮겨 다니며 형에게 감시를 당하였다. 조비의 요구에 따라 지었다는 〈칠보시七步詩〉는 자신과 형을 한 뿌리에서 난 콩과 콩대에 비유하여 형제간의 불화를 상징적으로 노래한 것으로 유명하다. 그는 공융孔融, 진림陳琳 등의 건안칠자建安七子와 문학적으로 교유하였고 서정적인 오언시를 남겨 후대에 큰 영향을 미쳤다. 시 뿐만 아니라 부賦·송頌·명銘·표表 등에도 능하여 〈낙신부洛神賦〉〈유사부幽思賦〉 등의 작품을 남겼다. 《조자건집曹子建集》10권이 남아 있다.

贈徐幹
증 서 간

驚風飄白日, 忽然歸西山.
경 풍 표 백 일　홀 연 귀 서 산

圓景光未滿, 衆星粲以繁.
원 경 광 미 만　중 성 찬 이 번

志士營世業, 小人亦不閑.
지 사 영 세 업　소 인 역 불 한

聊且夜行遊, 遊彼雙闕間.
요 차 야 행 유　유 피 쌍 궐 간

文昌鬱雲興, 迎風高中天.
문 창 울 운 흥　영 풍 고 중 천

春鳩鳴飛棟, 流猋激櫺軒.
춘 구 명 비 동　유 표 격 영 헌

顧念蓬室士,　貧賤誠足憐.
고 념 봉 실 사　　빈 천 성 족 련

薇藿弗充虛,　皮褐猶不全.
미 곽 불 충 허　　피 갈 유 부 전

忼慨有悲心,　興文自成篇.
강 개 유 비 심　　흥 문 자 성 편

寶棄怨何人,　和氏有其愆.
보 기 원 하 인　　화 씨 유 기 건

彈冠俟知己,　知己誰不然.
탄 관 사 지 기　　지 기 수 불 연

良田無晩歲,　膏澤多豐年.
양 전 무 만 세　　고 택 다 풍 년

亮懷璵璠美,　積久德逾宣.
양 회 여 번 미　　적 구 덕 유 선

親交義在敦,　申章復何言.
친 교 의 재 돈　　신 장 부 하 언

서간께 드리다

거센 바람이 중천의 태양에 불어 닥치니
해는 갑자기 서산으로 돌아갔습니다.
달은 아직 빛이 가득 차지 않았지만
뭇별들은 찬란하고도 많습니다.
뜻 있는 분은 가업을 경영하시고
소인 또한 한가롭지 않습니다.
잠시 또 밤에 외출하여
저 두 누관 사이를 돌아다닙니다.
문창전은 구름 뚫고 서 있고

영풍관도 하늘 높이 솟아 있습니다.

봄 비둘기는 높은 용마루 보에서 울고

회오리바람은 복도에 불어 닥칩니다.

초가에 사는 선비를 생각해 보니

진실로 그 가난함을 가련히 여길 만하군요.

고사리와 콩잎으로는 허기를 채울 수 없고

짧은 가죽옷도 오히려 온전치 않으시겠죠.

슬픈 마음 가지고 격분하시어

글을 써내니 절로 한 편이 완성되었습니다.

보옥이 버려졌으니 누구를 원망하겠습니까?

화씨에게 그 잘못이 있겠지요.

갓을 털려면 지기를 기다릴 것인데

지기 중에 누군들 그렇지 않겠습니까?

좋은 밭에선 수확이 늦는 법 없고

윤택한 비 내리면 대부분 풍년입니다.

진정 아름다운 보옥을 품고 있다면

오랜 시간 지나 덕은 더욱 드러나겠지요.

친밀한 사귐은 그 뜻이 격려에 있으니

이 시를 드릴 뿐 다시 무슨 말을 하겠습니까?

■ 주 석

驚風(경풍) : 거센 바람. 이 두 구절은 나라가 외부의 거센 세력에 의해 기
    울어지게 되었음을 암시한 말이다.

圓景(원경) : 달. 이 두 구절은 세상을 구할 진정한 영웅이 출현하려면 좀

더 기다려야 하겠지만 영웅을 보좌할 현인들이 많아 다행이라는 말로 보인다.

志士(지사) : 뜻 있는 분. 서간徐幹 등의 현인을 가리킨다.

世業(세업) : 집안 대대로 전해오는 일.

小人(소인) : 여기서는 조식이 자신을 낮추어 칭한 말이다.

雙闕(쌍궐) : 황궁 앞 양쪽에 서있는 높은 망루望樓. 이 두 구절은 조식이 현인들을 찾기 위해 노력하고 있다는 말이다.

文昌(문창) : 업궁鄴宮의 정전正殿인 문창전文昌殿.

迎風(영풍) : 업성鄴城에 있는 영풍관迎風觀. 이 두 구절은 위나라의 위용을 언급한 말이다.

春鳩(춘구) : 봄 비둘기. 비둘기는 비가 올 것을 예보하는 능력이 있다고 한다.

櫺軒(영헌) : 격자창이 있는 긴 복도. 이 두 구절은 나라에 앞으로 위기가 닥칠 것임을 암시한 말이다.

薇藿(미곽) : 고사리와 콩잎. 가난한 사람들이 허기를 채우는 음식이다.

興文(흥문) : 느낀 바를 글로 써내다. 이 구절은 서간이 《중론中論》20여 편을 지은 것을 가리킨다.

寶(보) : 보옥. 화씨벽和氏璧을 가리킨다. 서간이 화씨벽과 같은 귀한 존재임을 암시한 말이다.

和氏(화씨) : 변화卞和. 초楚나라 무왕武王과 성왕成王에게 벽璧을 바쳤는데, 그것이 보옥임을 알아주지 않아 두 다리를 잘리는 형벌을 받았지만 문왕文王 때에 이르러 그 진가를 인정받아 유명한 화씨벽이 되었다는 이야기가 《한비자韓非子 화씨》에 수록되어 있다. 여기서 화씨는 조식 자신을 가리킨다. 조식이 자신을 화씨에 빗댄 것은 자신이 화씨처럼 결국은 서간과 같은 인재를 조정에 인정받게 할 자신이 있음을 암시한 것으로 보인다.

彈冠(탄관) : 갓 위의 먼지를 털어내다. 출사出仕한다는 뜻이다.

誰不然(수불연) : 누군들 그렇지 않겠는가? "누군들 서간을 추천해주지 않
　겠는가?"라는 말이다.
璵璠(여번) : 춘추시대 노魯나라가 소유했던 미옥美玉. 덕이 있고 품성이
　고결함을 비유한다.

■ 해제

이 작품은 조식이 건안칠자 중 한 사람인 서간徐幹(170~217)에게 쓴 증시贈詩다. 한
漢나라 영제靈帝 말기, 권문세족들이 권력을 다툴 때 서간은 문을 걸어 잠그고 바깥
세상과 소통하지 않았다. 조조는 가난하게 살고 있던 그를 불러들여 관직을 맡게
하였으나 병을 핑계로 끝내 응하지 않았다. 이 시는 서간이 속세를 멀리하고 가난
하게 생활하고 있을 때 조식이 그에게 준 작품으로 추정되는데, 여기서 그는 서간
에게 출사出仕를 권하며 자신에게 힘이 되어 줄 것을 바라는 마음을 표출하였다.

野田黃雀行
야 전 황 작 행

高樹多悲風, 海水揚其波.
고 수 다 비 풍　　해 수 양 기 파

利劍不在掌, 結友何須多?
이 검 부 재 장　　결 우 하 수 다

不見籬間雀, 見鷂自投羅?
불 견 리 간 작　　견 요 자 투 라

羅家得雀喜, 少年見雀悲.
나 가 득 작 희　　소 년 견 작 비

拔劍捎羅網, 黃雀得飛飛.
발 검 소 라 망　　황 작 득 비 비

飛飛摩蒼天, 來下謝少年.
비 비 마 창 천　　내 하 사 소 년

들판의 참새

높은 나무는 바람 잘 날 없고
바다에는 언제나 파도가 인다.
칼을 손에 쥐고 있지 않으니
어찌 벗을 많이 사귀어야 하리?
못 보았는가 울 사이의 참새가
매를 보고는 그물에 뛰어드는 것을?
그물 주인은 참새를 잡고 기뻐하지만
소년은 참새를 보고서 슬퍼한다.
칼을 뽑아 그물망을 찢어버리니
참새는 자유롭게 훨훨 날아간다.
날아올라 창공 높이 솟구쳤다가
내려와 소년에게 감사를 표한다.

■ **주 석**

悲風(비풍) : 바람이 거세게 불어와 나뭇가지가 윙윙거리는 소리가 슬피
우는 것처럼 들린다는 말이다.

何須(하수) : 어찌 반드시. '하필何必'과 같다.

飛飛(비비) : '비飛'자를 중첩함으로써 나는 것이 경쾌한 모양을 표현하였
다.

摩蒼天(마창천) : 푸른 하늘에 닿다. 하늘 높이 솟아올랐다는 뜻이다.

■ **해 제**

이 시는 송宋 곽무천郭茂倩의 《악부시집樂府詩集 상화가사相和歌辭 슬조곡瑟調曲 사
四)에 실려 있다. 조비가 조조의 뒤를 이어 황제가 된 후에 조식에 대한 탄압을 노

골화하여 그의 측근들을 제거하기 시작했다. 시인은 그런 상황에 처하여 소년이 검을 뽑아 그물망을 찢어 참새를 구한 이야기를 빌려서, 위급한 처지에 빠진 측근들을 구해내지 못하는 자신의 참담한 심정을 토로하였다.

七哀詩
칠 애 시

明月照高樓, 流光正徘徊.
명 월 조 고 루   유 광 정 배 회

上有愁思婦, 悲歎有餘哀.
상 유 수 사 부   비 탄 유 여 애

借問歎者誰, 言是宕子妻.
차 문 탄 자 수   언 시 탕 자 처

君行踰十年, 孤妾常獨棲.
군 행 유 십 년   고 첩 상 독 서

君若淸路塵, 妾若濁水泥.
군 약 청 로 진   첩 약 탁 수 니

浮沈各異勢, 會合何時諧.
부 침 각 이 세   회 합 하 시 해

願爲西南風, 長逝入君懷.
원 위 서 남 풍   장 서 입 군 회

君懷良不開, 賤妾當何依.
군 회 량 불 개   천 첩 당 하 의

칠애시

밝은 달이 높은 누각을 비추자

흐르는 빛이 이리저리 배회한다.

그리움에 젖은 누각 위의 여인은

비탄에 잠겨 슬픔이 넘친다.

탄식하는 사람이 누구냐고 물으니

떠나간 나그네의 아내라고 한다.

당신이 가신 지 10년도 넘었는데

소첩만 외롭게 늘 혼자 지냈지요.

당신이 길 위의 가벼운 먼지라면

소첩은 탁한 물속의 진흙이랍니다.

각자 떠돌고 가라앉은 처지가 달라

언제나 화목하게 만날 수 있을까요?

원컨대 이 몸 남서풍이 되어서

먼 길을 가 당신 품에 안기렵니다.

당신 가슴이 끝내 열리지 않는다면

천첩은 어디에 의지해야 할까요?

■ 주 석

七哀(칠애) : 이 뜻에 대해서는 여러 가지 설이 있으나 분명치 않다. 아마
도 악부고제樂府古題로서 음악과 관련이 있을 것이다. 《문선文選》에는
잡시류雜詩類에 실려 있고, 《악부시집樂府詩集》에는 〈상화가相和歌 초
조곡楚調曲〉에 〈원시행怨詩行〉이라는 제목으로 실려 있다.

借間(차문) : 묻다. 고시에 흔히 보이는 가설성의 묻는 말로서, 일반적으
로 앞 구절에 나오고 뒤 구절에 작가의 자답自答이 따른다.

宕子(탕자) : 집을 떠나 오랫동안 객지에서 떠도는 나그네. '탕자蕩子'와
같다.

清路塵(청로진) : 길 위의 가벼운 먼지. '노청진路清塵'의 뜻인데, 대장對仗
을 맞추기 위해 이렇게 썼다.

浮沈(부침) : 떠돌고 가라앉다. 여인이 남편을 '먼지'에 비유하고 자신을
   '진흙'에 비유했으므로 이렇게 말한 것이다.

長逝(장서) : 오래 가다. 먼 길을 가다.

良(양) : 참으로. 끝내.

■ 해 제

이 시는 규원閨怨의 내용을 다루고 있지만 시인이 자신의 형인 조비와의 불화로 인
한 감개를 기탁한 작품으로 보기도 한다. 유리劉履가 《선시보주選詩補注》에서 "조식
은 문제와 한 어머니에서 태어난 형제인데도 지금은 부침의 처지가 달라 서로 가
까이 지낼 수 없게 되었으므로 고첩孤妾으로 자신을 비유하였다."(子建與文帝同母
骨肉, 今乃浮沈異勢, 不相親與, 故以孤妾自喩.)라고 한 말을 참고할 만하다.

白馬篇
백 마 편

白馬飾金羈, 連翩西北馳.
백 마 식 금 기　　연 편 서 북 치

借問誰家子, 幽幷遊俠兒.
차 문 수 가 자　　유 병 유 협 아

少小去鄉邑, 揚聲沙漠垂.
소 소 거 향 읍　　양 성 사 막 수

宿昔秉良弓, 楛矢何參差.
숙 석 병 량 궁　　호 시 하 참 치

控弦破左的, 右發摧月支.
공 현 파 좌 적　　우 발 최 월 지

仰手接飛猱, 俯身散馬蹄.
앙 수 접 비 노　　부 신 산 마 제

狡捷過猴猿,　勇剽若豹螭.
교 첩 과 후 원　　용 표 약 표 리

邊城多警急,　虜騎數遷移.
변 성 다 경 급　　노 기 수 천 이

羽檄從北來,　厲馬登高隄.
우 격 종 북 래　　여 마 등 고 제

長驅蹈匈奴,　左顧凌鮮卑.
장 구 도 흉 노　　좌 고 릉 선 비

棄身鋒刃端,　性命安可懷.
기 신 봉 인 단　　성 명 안 가 회

父母且不顧,　何言子與妻.
부 모 차 불 고　　하 언 자 여 처

名編壯士籍,　不得中顧私.
명 편 장 사 적　　부 득 중 고 사

捐軀赴國難,　視死忽如歸.
연 구 부 국 난　　시 사 홀 여 귀

백마편

백마는 금빛 재갈로 장식하고
쉬지 않고 서북방으로 달려간다.
누구네 집 자식이냐고 물으니
유주·병주 출신의 유협이란다.
어려서부터 고향을 떠나
사막의 변방에서 이름을 날렸다.
언제나 좋은 활을 손에 쥐었는데
호목 화살은 얼마나 날카로운가!
활을 당겨 왼쪽 과녁을 격파하고

오른쪽으로 월지 과녁을 뚫어버린다.

손을 들어 나는 원숭이를 맞아 쏘고

몸을 굽혀 마제 과녁을 부숴버린다.

교묘하고 민첩하기는 원숭이를 능가하고

용맹하고 빠르기는 표범과 교룡 같다.

변방의 성채는 긴급한 상황이 많고

오랑캐 기병은 끊임없이 쳐들어온다.

긴급을 알리는 문서가 북방에서 와

말을 채찍질하여 높은 둑에 오른다.

멀리 달려 흉노의 진영을 짓밟고

동으로 눈을 돌려 선비족을 깔아뭉갠다.

날카로운 칼끝에 몸을 던지리니

어찌 생명을 아까워할 수 있으랴?

부모조차도 돌아볼 수 없거늘

처자식은 말해 무엇하겠는가?

이름이 장사의 명부에 올랐으니

안으로 개인의 일을 생각할 수 없다.

몸 바쳐 나라의 위난에 달려가니

죽음을 그저 귀향과 같이 여긴다.

■ 주 석

連翩(연편) : 쉬지 않고 나는 듯이 빨리 달리다.

幽幷(유병) : 유주幽州와 병주幷州. 지금의 하북河北 산서山西 두 성省의 북
　　부 지역으로, 역사상 유협이 많이 배출되었다.

沙漠垂(사막수) : 사막의 변방.

宿昔(숙석) : 늘. 언제나.

楛矢(호시) : 호목으로 만든 화살. 호목은 화살을 만들기에 적합한 나무라고 한다.

參差(참치) : 들쭉날쭉하다. 여기서는 화살촉의 날카로움을 형용하였다.

月支(월지) : 과녁 이름. '소지素支'라고도 한다.

馬蹄(마제) : 과녁 이름.

警急(경급) : 긴급한 상황.

羽檄(우격) : 긴급을 알리는 문서.

厲馬(여마) : 말을 채찍질하다. '책마策馬'와 같다.

高隄(고제) : 높은 둑. 여기서는 적과 대치하고 있는 방어선을 뜻한다.

左顧(좌고) : 왼쪽으로 돌아보다. 고대 중국에서는 동쪽을 '좌左'로, 서쪽을 '우右'로 표현했는데, 흉노匈奴가 서방에 있고 선비鮮卑가 동방에 있었으므로 '좌고'라고 하였다.

中顧私(중고사) : 안으로 개인의 일을 돌보다. '중中'은 '내內'와 같다.

捐軀(연구) : 몸을 바치다. '헌신獻身'과 같다.

■ 해 제

이 시는 악부 〈잡곡가사雜曲歌辭 제슬행齊瑟行〉에 속하며, 제목을 〈유협편遊俠篇〉이라고도 한다. 시인은 여기서 변방의 젊은 유협이 나라를 위해 국경을 지키면서 날래고 용맹하며 무예가 출중하여 사막의 변방에서 이름을 날리는 모습을 묘사했는데, 솜씨 좋고 민첩한 몸놀림과 남다른 애국정신을 지닌 형상은 시인 자신의 모습을 그려낸 것이라고 할 수 있다.

자字는 공간公幹이며, 동평東平(지금의 산동山東) 출신이다. 동한東漢의 문학가로 건안칠자建安七子 중 한 사람이다. 조조曹操의 신임을 얻어 승상연속丞相掾屬 등을 역임했다. 《모시의사毛詩義詞》10권을 저술하였다. 15수의 시가 전해지는데, 대부분이 증답시贈答詩이다.

贈從弟 三首（其一）
증 종 제 삼 수　　기 일

汎汎東流水, 磷磷水中石.
범 범 동 류 수　　인 린 수 중 석

蘋藻生其涯, 華葉紛擾溺.
빈 조 생 기 애　　화 엽 분 요 닉

采之薦宗廟, 可以羞嘉客.
채 지 천 종 묘　　가 이 수 가 객

豈無園中葵, 懿此出深澤.
기 무 원 중 규　　의 차 출 심 택

사촌 동생에게 주다 3수 (제1수)

콸콸 동쪽으로 흐르는 물

선명하게 보이는 물속의 바위.

마름과 말이 그 물가에서 자라는데

꽃과 잎이 무성하게 물속에서 흔들린다.

그것을 따서 종묘에 바치고

귀빈들에게 맛보일 수 있다.

채소밭에 어찌 아욱이 없겠는가?

이들이 깊은 못에서 나와 아름답다네.

從弟(종제) : 사촌 동생. '당제堂弟'라고도 한다.

汎汎(범범) : 물이 시원스럽게 흐르는 모양. 콸콸.

磷磷(인린) : 물속으로 바위가 선명하게 보이는 모양. 물이 맑고 깨끗함
   을 말한다.

華葉(화엽) : 꽃과 잎. '화엽花葉'과 같다.

擾溺(요닉) : 마름과 말이 물의 흐름에 의해 흔들리는 모양.

嘉客(가객) : 귀빈. 좋은 손님.

懿(의) : 아름답다. '미美'와 같다.

贈從弟 三首 (其二)
증 종 제 삼 수   기 이

亭亭山上松, 瑟瑟谷中風.
정 정 산 상 송   슬 슬 곡 중 풍

風聲一何盛, 松枝一何勁.
풍 성 일 하 성   송 지 일 하 경

冰霜正慘悽, 終歲常端正.
빙 상 정 참 처   종 세 상 단 정

豈不罹凝寒, 松柏有本性.
기 불 리 응 한   송 백 유 본 성

사촌 동생에게 주다 3수 (제2수)

우뚝 솟은 산 위의 소나무

쏴아 부는 골짜기의 바람.

바람소리 어찌 그리 세차고

소나무 가지는 어찌 그리 굳센가?

얼음과 서리가 참으로 혹독하지만

1년 내내 늘 단정하게 서 있다.

어찌 엄동설한을 만나지 않겠느냐만

그것이 소나무 잣나무의 본성이란다.

■ 주 석

亭亭(정정) : 우뚝 솟은 모양.

瑟瑟(슬슬) : 바람소리를 표현하는 의성어. 쏴아.

慘悽(참처) : 매섭고 혹독하다.

終歲(종세) : 한 해를 마치도록. 1년 내내.

罹凝寒(이응한) : 엄동설한을 만나다. '이罹'는 '걸리다', '만나다'의 뜻.

贈從弟 三首（其三）
증 종 제 삼 수　　기 삼

鳳凰集南嶽, 徘徊孤竹根.
봉 황 집 남 악　　배 회 고 죽 근

於心有不厭, 奮翅凌紫氛.
어 심 유 불 염　　분 시 릉 자 분

豈不常勤苦, 羞與黃雀群.
기 불 상 근 고　　수 여 황 작 군

何時當來儀, 將須聖明君.
하 시 당 래 의　　장 수 성 명 군

사촌 동생에게 주다 3수 (제3수)

봉황이 남악에 둥지를 틀고

큰 대나무 뿌리 옆을 배회한다.

마음에 만족스럽지 않음이 있어서

날개를 떨쳐 하늘 높이 날아오른다.

어찌 늘 힘들고 괴롭지 않겠는가?

참새와 한 무리됨을 부끄러워해서라네.

언제나 봉황이 날아 돌아올까?

성군의 출현을 기다리고 있으리.

■ 주 석

南嶽(남악) : 단혈산丹穴山.《산해경山海經 남산경南山經》에 "단혈산에 새가 있는데, 그 모습이 학과 같고 다섯 가지 빛깔의 무늬가 있어서 이름을 봉이라고 한다.(丹穴之山有鳥焉, 其狀如鶴, 五采而文, 名曰鳳.)"라고 하였다.

孤竹(고죽) : 큰 대나무. '대죽大竹'과 같다.《시경詩經 대아大雅 권아卷阿》의 정전鄭箋에 "봉황의 기질은 오동이 아니면 깃들지 않고 대나무 열매가 아니면 먹지 않는다.(鳳凰之性, 非梧桐不棲, 非竹實不食.)"라고 하였다.

不厭(불염) : 만족스럽지 않다.

紫氛(자분) : 하늘. 하늘은 높을수록 색이 짙어지므로 이렇게도 칭한다. '자허紫虛'라고도 한다.

來儀(내의) : 돌아오다. '내귀來歸'와 같다.

須(수) : 기다리다. '대待'와 같다.

■ 해 제

〈증종제삼수〉는 모두 비흥比興의 기법을 사용하여 각각 마름과 말, 소나무, 봉황으로 사촌 동생을 비유하였는데, 이는 찬미와 격려의 두 가지 뜻을 깃들인 것이다. 이로써 그가 자신을 굳게 지켜 외압으로 인해 본성을 잃지 않기를 희망하였는데, 이는 사실상 시인 자신에 대한 말이기도 하다. 전체적으로 구성이 근엄하면서도 자연스럽고 언어가 소박하여 평담한 속에 깊은 사려를 녹여 넣은 장점이 돋보인다.

완적阮籍(210~263)

자字는 사종嗣宗이며, 진류陳留(지금의 하남河南 개봉開封 근처) 출신이다. 아버지는 건안칠자建安七子 중 한 사람인 완우阮瑀이다. 완적은 죽림칠현竹林七賢의 중심인물로, 위魏나라 말기의 정치적 위기 속에서 반예교적 사상과 강한 개성을 관철하기 위하여 술을 마시고 기이한 행동을 하며 자신을 위장하고 살았다. 사마씨司馬氏의 막료를 지냈으나 권력과의 밀착을 꺼렸으며, 자신의 처세와 사상을 시문에 의탁하였다. 대표작인 〈영회詠懷〉 82수는 오언시 연작의 선구가 되었으며, 〈대인선생전大人先生傳〉 등의 문장을 남겼다.

詠懷 (其三)
영 회   기 삼

嘉樹下成蹊,　東園桃與李.
가 수 하 성 혜　　동 원 도 여 리

秋風吹飛藿,　零落從此始.
추 풍 취 비 곽　　영 락 종 차 시

繁華有憔悴,　堂上生荊杞.
번 화 유 초 췌　　당 상 생 형 기

驅馬舍之去,　去上西山趾.
구 마 사 지 거　　거 상 서 산 지

一身不自保,　何況戀妻子.
일 신 부 자 보　　하 황 련 처 자

凝霜被野草,　歲暮亦云已.
응 상 피 야 초　　세 모 역 운 이

회포 (제3수)

좋은 나무 밑에는 길이 생기게 마련이니
동쪽 뜰에 있는 복숭아와 자두나무여라.
가을바람에 콩잎이 흩날리는 때가 오면
이제부터는 시들어 떨어지기 시작하지.
아름답고 무성하던 꽃이 말라비틀어지고
저택의 대청에도 가시나무가 자란다네.
이것들을 버리고 말을 몰아 달려가
수양산 기슭으로 가서 숨어버릴까?
내 한 몸도 스스로 지키지 못하니
하물며 어떻게 처자식을 돌보겠는가?
된서리가 들판의 풀을 뒤덮었으니
이 한 해도 다시 저물었구나.

■ 주 석

嘉樹(가수) : 좋은 나무. 여기서는 복숭아나무와 자두나무를 가리킨다. 이
　　　두 구절은《한서漢書 이광전李廣傳》찬어贊語의, "복숭아나무와 자두나
　　　무는 말이 없건만, 그 밑에는 저절로 길이 생긴다.(桃李不言, 下自成
　　　蹊.)"에서 나왔다.
零落(영락) : 시들어 떨어지다. 화려하고 무성하던 복숭아나무와 자두나
　　　무가 가을이 되어 시들어 떨어진다는 말이다.
生荊杞(생형기) : 가시나무가 자라다. 이 구절은 훌륭한 저택도 주인이 몰
　　　락하면 황폐해진다는 말이다.
西山(서산) : 백이伯夷·숙제叔齊가 은거하던 수양산首陽山을 가리킨다.
已(이) : 그치다. 다 되다. '지止'와 같다.

■ 해제

완적의 영회시는 현존하는 것이 모두 82수인데, 일시에 지은 것이 아니라 오랜 기간을 두고 읊은 것을 모은 것이다. 완적이 작시활동을 했던 시기는 위魏·진晉 교체기여서 정치와 사회가 극도로 혼란스러웠으며 언론의 자유가 없던 상황이어서 그는 자신의 회포를 직서하지 못하고 아리송하게 표현할 수밖에 없었다. 그렇지만 영회시의 문학적 가치는 매우 높아서 그 중심사상이 역대 독자들의 보편적인 공감을 불러일으키고 있으며, 진자앙陳子昂과 장열張說의 감우시感遇詩에 지대한 영향을 끼쳤다. 이 시에서 시인은 세상사에 흥망성쇠가 있게 마련이어서 혼란한 시기에는 은거할 수밖에 없다는 생각을 토로하였다.

詠懷(其十一)
영회 기십일

湛湛長江水, 上有楓樹林.
담 담 장 강 수 상 유 풍 수 림

皐蘭被徑路, 靑驪逝駸駸.
고 란 피 경 로 청 려 서 침 침

遠望令人悲, 春氣感我心.
원 망 령 인 비 춘 기 감 아 심

三楚多秀士, 朝雲進荒淫.
삼 초 다 수 사 조 운 진 황 음

朱華振芬芳, 高蔡相追尋.
주 화 진 분 방 고 채 상 추 심

一爲黃雀哀, 淚下誰能禁.
일 위 황 작 애 누 하 수 능 금

회포 (제11수)

수심 깊게 흘러가는 장강의 물

강변에는 단풍나무 숲이 있다.

물가에는 난초가 길을 뒤덮었고

검푸른 말이 이 길을 달려간다.

멀리 바라보니 마음이 슬퍼지고

봄기운은 내 우수를 촉발시킨다.

초나라엔 뛰어난 문사 많았지만

음탕한 이야기로 군왕께 아첨만 했다.

붉은 꽃이 향기를 한껏 내뿜으면

고채에선 서로 즐기기만 할 뿐이다.

탄환에 맞은 참새의 슬픔을 생각하니

흐르는 눈물을 누가 멈출 수 있으리?

■ 주 석

湛湛(담담) : 물이 깊은 모양. 이 두 구절은 《초사楚辭 초혼招魂》의 "깊이
　　흐르는 강물이여 물가에는 단풍숲이 있구나.(湛湛江水兮上有楓.)"에
　　서 나왔다.

皋蘭(고란) : 물가의 난초.

靑驪(청려) : 검푸른 말.

駸駸(침침) : 말이 빠르게 달리는 모양.

三楚(삼초) : 초나라 일대를 가리킨다. 고대에 강릉江陵을 '남초南楚', 오吳
　　를 '동초東楚', 팽성彭城을 '서초西楚'라 하고, 이 셋을 합하여 '삼초'라고
　　하였다.

秀士(수사) : 뛰어난 문사. 여기서는 이로써 조상曹爽 주위의 명사들을 암
　　시하였다.

朝雲(조운) : 무산巫山 신녀神女. 즉, 송옥宋玉의 〈고당부高唐賦〉를 가리킨

다. 이 구절은 초나라의 재능 있는 문사들이 송옥의 〈고당부〉같이 음탕한 이야기로 군왕에게 아첨만 할 뿐이었다는 말이다.

高蔡(고채) : 지명. 지금의 하남성河南省 상채현上蔡縣.

黃雀哀(황작애) : 참새의 슬픔. 《전국책戰國策 초책楚策 사四》에 다음과 같이 있다. ‘장신이 초양왕에게 간청하여 아뢰었다. “참새는 고개 숙여 흰 쌀알을 쪼고, 우러러 무성한 나무에 살며 날개치거나 날거나 하며 태평하게 지내면서 사람과 다투는 일이 없사옵니다. 하지만 귀공자들이 왼손에 새총을 들고 오른손에 탄환을 쥐고 열 길 높이의 상공에서 저들을 쏴 맞히려 하고 모조리 사로잡으려고 마음먹기만 하면 눈 깜짝할 동안에 귀공자의 수중으로 떨어진다는 것을 모르옵니다. 따라서 낮에는 숲에서 놀고 있어도 저녁에는 식탁에 오르는 것입니다. 이 참새 이야기는 작은 것이지만, ……군왕의 일도 같은 경우가 있사옵니다. 주후가 왼쪽에서, 하후가 오른쪽에서 모시게 하고 언릉군과 수릉군을 봉련에 배승시키시고 경대부의 읍을 돌아다니시면서 그 봉록을 거두어들이고 사방의 군현을 돌아다니면서 그 상납전을 쌓아 넣고 운몽택을 수레로 달리시면서 천하국가의 일은 관심이 없나이다. 양후가 진왕에게서 명령을 받아 민새 남쪽을 취하여 막고 자신을 민새의 북쪽에 내던지려 하고 있다는 것을 모르고 계신 것입니다.”(莊辛諫楚襄王曰 : 黃雀俯啄白粒, 仰栖茂樹, 鼓翅奮翼, 自以爲無患, 與人無爭也; 不知夫公子王孫, 左挾彈, 右攝丸, 將加己乎十仞之上, 以其類爲招, 晝遊乎茂樹, 夕調乎酸咸, 倏忽之間, 墜於公子之手. 夫雀, 其小者也 ……君王之事因是以. 左州侯, 右夏侯, 輦從鄢陵君與壽陵君, 飯封祿之粟, 而載方府之金, 與之弛騁乎雲夢之中, 而不以天下國家爲事, 不知夫穰侯方受命乎秦王, 塡黽塞之內, 而投己乎黽塞之外.)’

이 시의 내용에 대해 일반적으로는 유리劉履의 설을 채택하여 위나라의 군주 조방曹芳이 황음무도하여 사마씨司馬氏에 의해 폐위되고 제왕齊王으로 봉해진 것을 풍자한 것이라고 본다. 그러나 당시의 역사 사실을 고려해보면 당시의 조상曹爽 집단이 황음무도하여 당시의 상황에 신중하게 대처하지 못하고 사마씨 집단의 계략에 걸려 일망타진된 것을 풍자한 것이라고 보는 것이 좋을 것 같다.

詠懷（其十五）
영 회　기십오

昔年十四五,　志尙好書詩.
석년십사오　지상호서시

被褐懷珠玉,　顔閔相與期.
피갈회주옥　안민상여기

開軒臨四野,　登高望所思.
개헌림사야　등고망소사

丘墓蔽山岡,　萬代同一時.
구묘폐산강　만대동일시

千秋萬歲後,　榮名安所之.
천추만세후　영명안소지

乃悟羨門子,　噭噭今自嗤.
내오선문자　교교금자치

회포 (제15수)

내 나이 열네댓이었을 때
유가 경전에 뜻을 두었었다.
거친 옷을 입었지만 이상은 높아서
안연顔淵과 민자건閔子騫을 기약했었다.

창문을 열어 사방 들판을 바라보고
산에 올라 그리운 옛사람 생각한다.
올망졸망한 무덤이 언덕을 뒤덮어
만대에 걸쳐 한결같은 모습이로다.
천년이 흐르고 만년이 지난 뒤에
영광과 명예는 어디로 갈 것인가?
여기서 나는 선문자羨門子를 깨닫고는
키득키득 이제 스스로를 조소한다.

■ 주 석

書詩(서시) : 《서경書經》과 《시경詩經》 등의 유가경전을 가리킨다.

懷珠玉(회주옥) : 인덕仁德을 품다. 높은 이상을 지니다. 《노자老子(70장
  章)》에 "나를 알아주는 사람은 드물고, 나를 본받는 사람은 얻기 어렵
  다. 그러므로 성인은 남루한 옷을 입고 있지만 높은 이상을 지니고 있
  다.(知我者希, 則我者貴. 是以聖人被褐懷玉.)"고 하였다.

顔閔(안민) : 안연 과 민자건閔子騫. 모두 공자孔子의 뛰어난 제자였다.

望所思(망소사) : 그리운 사람을 생각하다. 여기서는 그리운 사람이 바로
  안연과 민자건 같은 옛날의 현인을 가리킨다.

萬代同一時(만대동일시) : 어느 시대에나 그 시대를 풍미하던 사람들도
  결국은 죽어 한줌의 흙으로 돌아감에 있어서는 똑같은 운명이라는 말
  이다.

羨門子(선문자) : 고대의 신선. 《사기史記 진시황본기秦始皇本紀》에 "시황
  은 32년(BC 215)에 갈석산碣石山에 이르러 연燕나라 사람 노생盧生을
  시켜 선문羨門과 고서高誓를 찾게 했다"는 기록이 보인다.

嗷嗷(교교) : 키득키득. 웃는 소리의 의성어. 여기서는 자조自嘲의 웃음소
  리를 형용한다.

인간은 죽음이라는 종착역에 생각이 미치면 인생에 있어서의 모든 가치 있는 존재가 빛을 잃고, 소년시절의 자부심은 단지 가슴 아픈 추억이 되어 인생무상을 느끼게 된다. '교교嗷嗷'하며 자조하는 시인의 마음에 과거는 단지 쓰라린 허상을 투영하는 것일 뿐이다. 따라서 이 시를 일관하는 어둡고 격렬한 감정은 세속적인 모든 가치가 허상일 뿐이라는 진리를 깨닫지 못했던 자신의 순진했던 과거에 대한 후회로부터 유발된 것이라고 하겠다.

詠懷 (其 十 七)
영 회   기 십 칠

> 獨坐空堂上, 誰可與親者.
> 독 좌 공 당 상   수 가 여 친 자

> 出門臨永路, 不見行車馬.
> 출 문 림 영 로   불 견 행 거 마

> 登高望九州, 悠悠分曠野.
> 등 고 망 구 주   유 유 분 광 야

> 孤鳥西北飛, 離獸東南下.
> 고 조 서 북 비   이 수 동 남 하

> 日暮思親友, 晤言用自寫.
> 일 모 사 친 우   오 언 용 자 사

회포 (제17수)

홀로 빈 방에 앉아 있으니
누가 나와 함께 벗할 것인가?
문밖에 나와 대로를 마주해도
오가는 거마가 보이지 않는다.

높은 산에 올라 천하를 바라보니
아득하게 광야가 펼쳐져 있다.
외로운 새 한 마리 북서로 날고
무리 떠난 짐승 동남으로 달린다.
해질녘에 친한 벗들이 그리우니
만나서 이 마음 토로할 수 있기를!

■ 주 석

永路(영로) : 끝없이 펼쳐져 있는 길. 대로. '장로長路'와 같다.

九州(구주) : 고대에는 중국을 구주로 나누었다. 여기서는 천하를 가리킨
　다.

悠悠(유유) : 넓고 먼 모양.

離獸(이수) : 무리에서 홀로 떨어진 짐승.

自寫(자사) : 자신의 속마음을 써내다. 자신의 마음을 토로하다. '용用'은
　'이以'와 같다.

■ 해 제

이 시는 자신이 세상과 맞지 않아 고독할 수밖에 없는 고민의 심정을 표현한 것이
다. 여기서 시인은 지독한 외로움에 직면하고 있다. 문밖에 나서도 거마車馬조차 보
이지 않으며, 높은 산에서 아래를 내려다보아도 자신처럼 무리에서 벗어나 홀로 헤
매고 있는 새와 짐승만 보일 뿐이다. 시인은 자신의 마음을 터놓을 수 있는 벗을
간절히 원하지만 그것이 불가능함을 누구보다도 잘 알고 있다. 결국 시인의 고독과
좌절은 허무와 짝을 이루고 있다고 하겠다.

자字는 숙야叔夜이며, 초국질譙國銍(지금의 안휘성安徽省 북부) 출신이다. 죽림칠현 중 한 명으로 전통적 유교사상을 통렬하게 비판하고, 인간 본래의 진실성을 되찾아야 한다고 주장하였다. 당시 주류였던 오언시보다 《시경》이래의 사언시를 주로 창작하였고, 시에 철학적 내용을 담았다. 〈금부琴賦〉 등의 부를 남겼고, 〈고사전高士傳〉 〈성무애락론聲無哀樂論〉 〈석사론釋私論〉 등을 저술하였다.

贈秀才入軍 (其十四)
증 수 재 입 군   기 십 사

息徒蘭圃, 秣馬華山.
식 도 란 포   말 마 화 산

流磻平皐, 垂綸長川.
유 파 평 고   수 륜 장 천

目送歸鴻, 手揮五弦.
목 송 귀 홍   수 휘 오 현

俯仰自得, 游心太玄.
부 앙 자 득   유 심 태 현

嘉彼釣叟, 得魚忘筌.
가 피 조 수   득 어 망 전

郢人逝矣, 誰與盡言.
영 인 서 의   수 여 진 언

군으로 들어가는 수재에게 드리다 (제14수)

난초 들판에서 병사들을 쉬게 하고
화초 그득한 산에서 말을 먹인다.

평원의 소택지에서 주살 돌을 던지고
길게 뻗은 시내에서 낚시를 드리운다.
남쪽으로 돌아가는 기러기를 전송하며
손으로 오현금五弦琴을 연주한다.
언제 어디서나 스스로 터득함이 있고
마음은 천지자연의 대도를 따라 노닌다.
훌륭하도다 저 낚시 드리운 노인이여
물고기를 얻고는 통발을 잊었구나.
초나라의 영郢 사람이 죽었으니
누구와 더불어 속마음을 이야기하나?

■ 주 석

徒(도) : 병사. 군대. 여기서는 혜희稽喜의 병사들을 가리킨다.

蘭圃(난포) : 난초가 피어 있는 들판.

秣馬(말마) : 말에게 꼴을 먹이다. 말이 풀을 뜯어 먹게 하다.

華山(화산) : 화초가 그득한 산.

流磻(유파) : 주살 돌을 던지다. '파磻'는 화살에 맨 줄 한쪽 끝에 다시 돌을 매어놓은 것을 말한다.

五弦(오현) : 오현금五弦琴. 비파와 비슷하면서 약간 작은 악기이다.

太玄(태현) : 천지자연의 대도大道.

嘉(가) : 찬미하다. 훌륭하다고 찬양하다.

釣叟(조수) : 낚시 드리운 노인. 여기서는 혜희를 가리킨다.

得魚忘筌(득어망전) : 물고기를 얻고 나면 통발을 잊다. 《장자莊子 외물外物》 중 "통발은 그 목적이 물고기에 있으므로 물고기를 잡고 나면 통발을 잊는다. 올무는 그 목적이 토끼에 있으므로 토끼를 잡고 나면 올무를 잊는다. 말은 그 목적이 뜻에 있으므로 뜻을 얻고 나면 말을 잊는다.(筌者所以在魚, 得魚而忘筌; 蹄者所以在兎, 得兎而忘蹄; 言者所以在意, 得意而忘言.)"에서 나온 말로 목적을 달성하고 나면 그 수단이나 도구는 잊게 된다는 말인데, 여기서는 사물의 본질만을 추구할 뿐이고 그 형적에는 관심을 두지 않는 것을 비유하였다.

郢人(영인) : 초楚나라의 도읍지 영郢에 사는 사람.《장자 서무귀徐無鬼》에 실려 있는 장석匠石과 영인郢人의 고사를 인용한 것으로, 이 두 구절은 영인이 죽은 후에는 장석이 도끼 솜씨를 발휘할 상대가 없었던 것과 마찬가지로, 혜희도 깨달음을 얻은 후 더불어 속마음을 터놓고 이야기할 상대가 없을 것이라는 말이다.

■ 해 제

〈증수재입군〉 18수는 사마씨司馬氏의 군막軍幕으로 들어가는 형 혜희를 전송하며 지은 일종의 사언 연작시이지만, 각각 독립적인 작품으로 볼 수도 있다. 이것들은 낮부터 밤까지의 시간 순서에 따라 눈앞의 정경과 이별 후의 그리움을 엇섞어 배치하면서 반복적으로 형제간 이별의 슬픈 정회를 서술하였다. 여기에 수록한 것은 제14수로서 혜희의 행군을 상상하면서 그가 산수 자연 속에서 잠시 쉴 때 대도大道를 깨닫는 모습을 묘사하였다.

자字는 휴혁休奕이며, 북지군北地郡 이양泥陽(지금의 섬서성陝西省 요현耀
縣 동남쪽) 출신이다. 서진西晉 초의 문학가이자 사상가이다. 60여 수의
시를 남겼으며, 악부시가 상당수를 차지한다.

車遙遙篇
거 요 요 편

車遙遙兮馬洋洋,　追思君兮不可忘.
거 요 요 혜 마 양 양　　추 사 군 혜 불 가 망

君安遊兮西入秦,　願爲影兮隨君身.
군 안 유 혜 서 입 진　　원 위 영 혜 수 군 신

君在陰兮影不見,　君依光兮妾所願.
군 재 음 혜 영 불 견　　군 의 광 혜 첩 소 원

수레는 멀리 있어도

수레는 멀리 있고 말은 돌아오지 않아도

그대가 그리워서 잊을 수가 없답니다.

그대 어디로 가셨나요? 서쪽 진땅으로 들어갔으니

원컨대 그림자 되어 그대를 따르고 싶답니다.

그대가 그늘에 있으면 그림자가 보이지 않을 테니

그대여 빛에 의지하소서 소첩이 바라는 것이랍니다.

■ 주 석

遙遙(요요) : 아득히 멀리 있는 모양.

洋洋(양양) : 멀리 나가서 돌아오지 않는 모양.

이 시는 《옥대신영玉臺新咏》 권9에 수록되어 있는 것으로, 이별 후 여인의 그리움을
묘사한 것이다. 여인이 그리운 사람의 그림자가 되어 따르고 싶다고 한 표현이 새
롭고도 진지하며, 마지막 두 구절은 함의가 풍부하다. 즉, 그 사람이 빛을 받고 있
어야 그림자가 보인다고 말함으로써 그 사람이 광명정대한 길을 갈 것을 염원한
것이다. 여인은 그리움을 토로하며 그림자가 되어서라도 언제나 임의 곁에 머물고
싶지만, 그렇게 되기 위해서는 임이 언제나 떳떳한 모습을 보여야 한다고 암시하여
일종의 자존과 자신감을 보인 것이다. 이것이 이 시가 지닌 독특한 점이라고 하겠
다.

豫章行·苦相篇
예 장 행 고 상 편

苦相身爲女, 卑陋難再陳.
고 상 신 위 녀 비 루 난 재 진

男兒當門戶, 墮地自生神.
남 아 당 문 호 타 지 자 생 신

雄心志四海, 萬里望風塵.
웅 심 지 사 해 만 리 망 풍 진

女育無欣愛, 不爲家所珍.
여 육 무 흔 애 불 위 가 소 진

長大逃深室, 藏頭羞見人.
장 대 도 심 실 장 두 수 견 인

垂淚適他鄕, 忽如雨絶雲.
수 루 적 타 향 홀 여 우 절 운

低頭和顔色, 素齒結朱脣.
저 두 화 안 색 소 치 결 주 순

跪拜無復數, 婢妾如嚴賓.
궤 배 무 부 수 비 첩 여 엄 빈

情合同雲漢, 葵藿仰陽春.
정 합 동 운 한　규 곽 앙 양 춘

心乖甚水火, 百惡集其身.
심 괴 심 수 화　백 악 집 기 신

玉顔隨年變, 丈夫多好新.
옥 안 수 년 변　장 부 다 호 신

昔爲形與影, 今爲胡與秦.
석 위 형 여 영　금 위 호 여 진

胡秦時相見, 一絶逾參辰.
호 진 시 상 견　일 절 유 삼 진

예장행 · 고달픈 운명

고달픈 운명 받은 여자로 태어나서
비루한 삶을 두번 진술하기 어렵다.
남자는 집안의 권력을 장악하여
태어나면서부터 늠름하게 보인다.
웅지는 온 천하를 향해 펼치고
만리에 걸쳐 바람과 먼지 일으킨다.
여자로 태어나면 사랑 받지 못하고
집에서 아끼는 존재가 되지 못한다.
성장하면 깊숙한 규방으로 숨어들어
얼굴을 감추고 남 보길 부끄러워한다.
눈물을 흘리며 타향으로 시집가면
갑자기 구름 떠난 빗방울같이 된다.
고개를 숙이고 상냥한 낯빛을 짓고
다소곳이 붉은 입술 다물어야 한다.

무릎 꿇어 절하기를 셀 수 없이 하고

계집종도 귀한 손님 모시듯 해야 한다.

마음이 맞았을 땐 견우직녀와 같았고

해바라기가 봄볕을 우러르는 듯했다.

마음이 떠나자 불이 물을 싫어하듯하여

모든 잘못이 여인의 몸에 집중된다.

아름다운 얼굴은 세월 따라 바뀌고

낭군들은 대부분 새사람을 좋아한다.

지난날엔 몸과 그림자처럼 따랐는데

지금은 오랑캐와 중국처럼 멀어졌다.

오랑캐와 중국은 만날 때가 있지만

남편과 헤어지니 삼성參星과 진성辰星보다 못하다.

■ 주 석

苦相(고상) : 고달픈 운명. '상相'은 '명命'과 같다.

當門戶(당문호) : 집안을 관장하다. '주문호主門戶'와 같다.

墮地(타지) : 땅에 떨어지다. 즉, 이 세상에 태어나는 것을 뜻한다.

望風塵(망풍진) : 바라보면 바람과 먼지를 일으킨다. 남자들은 장성하면
　　천하를 돌아다니며 사업을 일으킨다는 말이다.

適他鄕(적타향) : 타향에 가다. 여기서는 타향으로 시집간다는 말이다.

雨絶雲(우절운) : 빗방울이 구름을 떠나 단절되다. 여자가 시집을 가면 출
　　가외인이 되어 친정 식구들과 다시 만나기 어렵다는 말이다.

素齒結朱脣(소치결주순) : 흰 치아가 붉은 입술과 결합되다. 이 말은 여자
　　는 언동이 다소곳하여 말을 아끼고, 혹 말을 하더라도 입술 안의 치아
　　가 드러나도록 해서는 안 된다는 뜻이다.

同雲漢(동운한) : 은하수와 같다. 이 말은 은하수를 사이에 두고 만나지 못하다가 1년에 한 번 감격 속에 만나는 견우牽牛와 직녀織女처럼 서로 사랑한다는 뜻이다.

葵藿(규곽) : 해바라기와 콩잎. 이 구절은 여인이 남편의 은애恩愛를 바라는 것이 마치 해바라기와 콩잎이 봄볕을 우러르는 것과 같다는 말이다.

甚水火(심수화) : 남편이 아내를 멀리하는 것이 물과 불이 서로를 피하는 것보다도 심하다는 말이다. '심어수화甚於水火'와 같다.

玉顔(옥안) : 옥같이 희고 고운 얼굴. 여인의 아름다운 얼굴을 가리킨다.

胡與秦(호여진) : 오랑캐와 중국. 이 구절은 서로의 관계가 오랑캐와 중국처럼 소원해졌다는 말이다.

參辰(삼진) : 삼성參星과 진성辰星. 이 두 별은 서로 반대 방향에 있어서 아무리 운행해도 서로 만날 수 없다고 한다.

■ 해 제

〈예장행〉은 고악부의 곡조명으로 〈상화가사相和歌辭 청조곡淸調曲〉에 속하고, 〈고상편〉은 이 시의 제목이다. 이 시는 한 여인이 출생하여 장성한 후 시집가서 힘겹게 시집살이를 하다가 남편에게 버림받아 쫓겨나는 전 과정을 묘사하였다. 이것은 절대 다수의 부녀가 봉건가정에서 받고 있는 부당한 대우와 고통을 적나라하게 서술함으로써 당시의 남녀불평등에 대해 강력하게 고발한 것이다.

장화張華(232~300)

자字는 무선茂先이며 범양范陽 방성方城(지금의 북경北京 대흥구大興區) 사람이다. 서진西晉의 문학가이자 정치가로 32수의 시를 남겼다. 부부의 이별과 그리움을 읊은 〈정시情詩〉 5수가 유명하다. 《박물지博物志》를 편찬하기도 하였다.

情詩（其三）
정 시　기 삼

清風動帷簾, 晨月照幽房.
청 풍 동 유 렴　신 월 조 유 방

佳人處遐遠, 蘭室無容光.
가 인 처 하 원　난 실 무 용 광

襟懷擁虛景, 輕衾覆空牀.
금 회 옹 허 영　경 금 복 공 상

居歡惜夜促, 在戚怨宵長.
거 환 석 야 촉　재 척 원 소 장

撫枕獨嘯歎, 感慨心內傷.
무 침 독 소 탄　감 개 심 내 상

애정시 (제3수)

맑은 바람 불어 휘장 주렴 흔들리고
새벽달이 그윽한 규방을 비추고 있다.
그리운 임이 아득히 먼 곳에 있으니
난향 그윽한 규방도 빛을 잃고 말았다.
가슴속에 다만 헛된 그림자를 안고
가벼운 이불은 빈 침상을 덮고 있다.

즐거울 때는 밤이 짧은 것이 아쉽고

슬플 때는 밤이 길어서 원망스럽다.

베개를 안고서 홀로 탄식하자니

감개가 일어 마음속이 몹시 아프다.

■ 주 석

幽房(유방) : 그윽한 방. 여인이 거처하는 규방을 가리킨다.

佳人(가인) : 좋아하는 사람. 제5수에서는 부부간의 호칭으로 '가인佳人'을
　　사용했는데, 여기서는 남편을 가리킨다.

蘭室(난실) : 난향 그윽한 방. 여인이 거처하는 규방을 가리킨다.

襟懷(금회) : 가슴. '흉회胸懷'와 같다.

虛景(허영) : 헛된 그림자. '영景'은 '영影'과 통한다.

■ 해 제

〈정시〉는 모두 5수가 있는데, 모두가 부부가 이별한 후의 그리움을 묘사한 것이다.
이 시는 제3수로서, 아내가 홀로 빈 방을 지키고 있으면서 멀리 떨어져 있는 남편
을 그리워하는 마음을 묘사하였다.

좌사左思(250?~305?)

자字는 태충太沖이며, 제국齊國 임치臨淄(지금의 산동성山東省 치박淄博) 출신이다. 그가 지은 〈삼도부三都賦〉가 당시 문단의 영수였던 장화張華에게 칭송을 받아 유명해졌다. 당시 문인들이 이 작품을 앞다투어 필사하여 "낙양의 종잇값을 높인다(洛陽紙貴)"는 말이 나오기도 하였다. 오언시에도 능하였다.

詠史 (其一)
영 사 　 기 일

弱冠弄柔翰, 卓犖觀群書.
약 관 롱 유 한 　 탁 락 관 군 서

著論準過秦, 作賦擬子虛.
저 론 준 과 진 　 작 부 의 자 허

邊城苦鳴鏑, 羽檄飛京都.
변 성 고 명 적 　 우 격 비 경 도

雖非甲冑士, 疇昔覽穰苴.
수 비 갑 주 사 　 주 석 람 양 저

長嘯激淸風, 志若無東吳.
장 소 격 청 풍 　 지 약 무 동 오

鉛刀貴一割, 夢想騁良圖.
연 도 귀 일 할 　 몽 상 빙 량 도

左眄澄江湘, 右盼定羌胡.
좌 면 징 강 상 　 우 반 정 강 호

功成不受爵, 長揖歸田廬.
공 성 불 수 작 　 장 읍 귀 전 려

영사 (제1수)

약관의 나이에 붓을 다룰 줄 알았고
두루 독서하여 무리 중에 뛰어났다.
논문은 〈과진론〉을 모범으로 삼았고
부는 〈자허부〉와 견주어가며 지었다.
변방의 성은 외적의 도발에 시달렸고
긴급문서는 나는 듯이 서울로 전해졌다.
비록 갑옷과 투구 걸친 무사는 아니나
지난날 사마양저의 병법서를 보았다.
길게 휘파람 불어 청풍을 일으키고
높은 웅지는 동오가 안중에 없었다.
납칼도 한 번 쓰이는 것이 귀중하니
훌륭한 계책 펼칠 수 있기를 상상했다.
왼쪽으로 장강과 상수의 평정을 살피고
오른쪽으로 강족의 평정을 계획하였다.
공을 세우고 나면 작위를 받지 않고서
하직의 예를 올리고 고향으로 돌아가리.

■ 주 석

弱冠(약관) : 남자가 20세가 되면 관례冠禮를 치르고 성인의 반열에 오르
　　지만, 아직 신체는 충분히 굳세지 못하므로 '약관弱冠'이라고 칭했다.
弄柔翰(농유한) : 붓을 다루다. 글을 잘 쓴다는 뜻이다.
卓犖(탁락) : 무리 중에 뛰어나다. '탁월卓越'과 같다.
過秦(과진) : 〈과진론過秦論〉. 서한西漢 가의賈誼의 《신서新書》 중의 편명.
子虛(자허) : 〈자허부子虛賦〉. 사마상여司馬相如가 지은 부 이름.

鳴鏑(명적) : 우는 화살. '효시嚆矢'와 같다. 옛날에는 이것을 발사하여 전투의 개시를 알렸는데, 본래 흉노가 만든 것이라고 한다.

羽檄(우격) : 긴급문서. 한 자 두 치 길이의 목간木簡에 쓴 것인데, 긴급함을 알리기 위해 새의 깃을 꽂았으므로 이렇게 불렀다.

穰苴(양저) : 춘추春秋시대 제齊나라 사람으로, 전씨田氏이다. 제나라 경공景公 때 진晉과 연燕의 공격을 막아낸 공이 있어서 대사마大司馬의 칭호를 받았으므로 '사마양저司馬穰苴'로 불렸다. 여기서는 사마양저의 병법서를 가리킨다.

東吳(동오) : 삼국三國시대의 오吳나라를 가리킨다. 좌사가 이 시를 지었을 때는 아직 오나라가 멸망하기 전이었다.

鉛刀(연도) : 납칼. 이 구절은 납으로 만든 칼이 비록 무디긴 하지만 그래도 한 번의 쓰임새는 있다는 말로, 비록 자신의 재능이 보잘것없기는 하지만 일단 포부를 펼칠 기회가 있기를 바란다는 뜻이다.

澄江湘(징강상) : 장강長江과 상수湘水를 맑게 하다. 즉, 장강과 상수 일대를 평정한다는 말이다. 이곳이 동남쪽에 있으므로 '좌면左眄'이라고 하였다.

羌胡(강호) : 오호五胡 중의 강족羌族. 중국의 서북쪽인 감숙甘肅과 청해靑海 일대에 분포되어 있었으므로 '우반右盼'이라고 하였다.

長揖(장읍) : 두 손을 모아서 높이 들었다가 아래로 내리며 예를 행하다. 여기서는 하직의 예를 올리는 것을 말한다.

■ 해 제

좌사의 〈영사〉 시는 모두 8수인데, 모두 지난 일을 언급하며 그것으로 현재의 일을 빗대어 풍자하고, 자신의 회포와 불평을 토로하였다. 이 시는 제1수인데, 여기서 시인은 자신의 재능과 포부를 서술하며 역사적 사실은 언급하지 않아 일종의 서시序詩로 볼 수 있다. 특기할 것은 마지막의 두 구절인데, 그와 같은 높은 기개에 대한 찬미는 좌사에게서 처음 표현된 것으로 건공입업建功立業의 웅지雄志와 노장사상老

莊思想이 융합된 결과로 보이며, 이와 같은 사상은 성당盛唐 시인들에게 최고의 이상으로 받아들여졌다.

詠史 (其二)
영사　기이

鬱鬱澗底松,　離離山上苗.
울 울 간 저 송　이 리 산 상 묘

以彼徑寸莖,　蔭此百尺條.
이 피 경 촌 경　음 차 백 척 조

世胄躡高位,　英俊沈下僚.
세 주 섭 고 위　영 준 침 하 료

地勢使之然,　由來非一朝.
지 세 사 지 연　유 래 비 일 조

金張藉舊業,　七葉珥漢貂.
김 장 자 구 업　칠 엽 이 한 초

馮公豈不偉,　白首不見招.
풍 공 기 불 위　백 수 불 견 초

영사 (제2수)

시내 밑에 자리 잡은 울창한 소나무

산 위에 자리 잡은 축 늘어진 묘목.

저 직경 한 치의 줄기를 지닌 것이

이 백 자나 되는 나무를 가리고 있다.

세족의 자제들은 고위직에 오르지만

재능이 출중해도 하위직에 머무른다.

지세가 그들을 그렇게 만든 것이어서

그 유래는 하루아침에 된 것이 아니다.

김씨와 장씨 가문은 조상의 공 덕분에

7대에 걸쳐 고위 관직을 차지하였다.

풍당이 어찌 출중한 인재가 아니었으리?

그런데도 백발이 되도록 중용되지 못했다.

■ 주 석

鬱鬱(울울) : 울창하고 무성한 모양.

離離(이리) : 아래로 축 늘어진 모양.

蔭(음) : 덮다. 가리다. '차遮'의 뜻. 이 두 구절은 갓 나온 묘목이 산 위에
　　자리 잡고 있기 때문에 시내 밑에 있는 거대한 소나무를 가릴 수 있다
　　는 말이다.

世胄(세주) : 세가世家의 자제子弟. '주胄'는 '후예後裔'의 뜻.

英俊(영준) : 재능이 출중한 사람. 여기서는 재능은 출중하지만 세족 출신
　　이 아닌 사람을 가리킨다.

金張(김장) : 김일제金日磾의 가문과 장탕張湯의 가문. 김일제의 가문은 한
　　漢 무제武帝 때부터 평제平帝 때까지 7대에 걸쳐 내시內侍를 지냈고, 장
　　탕의 가문은 아들 장안세張安世를 비롯하여 시중侍中, 중상시中常侍 등
　　의 고관을 지낸 자가 10여 명에 이른다.

漢貂(한초) : 한 왕조의 초미貂尾. 한 왕조에서는 시중, 중상시 등의 고관
　　은 관모에 담비 꼬리를 장식으로 꽂았다고 한다.

馮公(풍공) : 풍당馮唐을 가리킨다. 그는 한 문제 때 중랑서장中郎署長을
　　지냈지만 출중한 재능을 지녔음에도 늙도록 말단관리에 머물러 있었다.

見招(견초) : 부름을 받다. 여기서는 군왕의 부름을 받아 중용된다는 뜻으
　　로 사용되었다.

이 시는 먼저 시내 밑에 자리 잡은 거송巨松과 산 위에 자리 잡은 묘목의 극명한 대비를 통해 "상품에는 서족 출신이 없고, 하품에는 세족 출신이 없다(上品無寒門, 下品無世族)"의 현상과 실질을 폭로하였다. 시인은 이어서 서한西漢의 김일제와 장탕 두 가문이 7대에 걸쳐 고관을 지낸 반면, 풍당은 백발이 성성하도록 낭서에 머물렀던 역사 사실을 언급하여 불합리한 현상의 역사적 근원을 밝혔다. 시 전체가 비흥比興 의론議論과 영사詠史를 겸용하여 서진西晉 사회제도의 고질병을 개괄하는 한편, 서족 계층의 억울한 심정을 대변해내었다고 할 수 있다.

곽박郭璞(276~324)

자字는 경순景純이며 문희聞喜(지금의 산서성山西省에 속함) 출신이다. 원제元帝 때 저작좌랑著作佐郎과 상서랑尚書郎을 역임하였고 나중에는 정남대장군征南大將軍 왕돈王敦의 기실참군記室參軍이 되었는데, 왕돈이 무창武昌에서 반란을 일으킬 때 반대하였다가 죽임을 당하였다. 시 중에는 〈유선시遊仙詩〉 14수가 유명하며, 부 중에서는 〈강부江賦〉가 널리 알려져 있다. 《이아爾雅》《산해경山海經》《방언方言》《초사楚辭》 등에 주註를 달기도 하였다.

遊仙詩(其一)
유선시 기일

京華游俠窟, 山林隱遁棲.
경 화 유 협 굴　산 림 은 둔 서

朱門何足榮, 未若托蓬萊.
주 문 하 족 영　미 약 탁 봉 래

臨源挹淸波, 陵岡掇丹荑.
임 원 읍 청 파　능 강 철 단 이

靈溪可潛盤, 安事登雲梯.
영 계 가 잠 반　안 사 등 운 제

漆園有傲吏, 萊氏有逸妻.
칠 원 유 오 리　내 씨 유 일 처

進則保龍見, 退爲觸藩羝.
진 즉 보 룡 현　퇴 위 촉 번 저

高蹈風塵外, 長揖謝夷齊.
고 도 풍 진 외　장 읍 사 이 제

유선시 (제1수)

서울의 번화한 곳은 유협의 활동장소
산림은 은둔자들이 깃드는 곳이다.
부귀한들 어찌 영화가 족할까?
봉래산에 의탁하는 것만 못하다.
수원지에 다다라 맑은 물을 떠 마시고
언덕에 올라가 영지를 주워 먹는다.
영계는 은거하여 배회할 만하니
무엇하러 구름사다리를 타고 오를까?
칠원에는 도도한 관리가 있었고
노래자에겐 은거를 택한 아내가 있었다.
벼슬하면 용을 대면하는 것이 보장되겠지만
물러나려 하면 울타리에 뿔이 걸린 양 꼴이 된다.
세속을 벗어나 높이 발을 내딛고
정중히 인사하고 백이숙제와 작별하리.

■ 주 석

京華(경화) : 서울의 번화한 곳. 서울.

游俠窟(유협굴) : 유협들이 출몰하는 곳. 유협들의 활동무대.

朱門(주문) : 붉은 대문. 부귀한 집을 가리킨다.

蓬萊(봉래) : 바다 위에 있다는 선산仙山으로, 여기서는 은둔의 이상적인 장소를 가리킨다.

丹荑(단이) : 영지靈芝. '단丹'은 단지丹芝이고, '이荑'는 갓 돋아난 풀의 통칭이다.

靈溪(영계) : 물 이름. 이선李善 주注에 유중옹庾仲雍의 《형주기荊州記》를 인용하여 "대성大城에서 서쪽으로 9리 떨어진 곳에 영계수靈溪水가 있다."라고 하였다.

潛盤(잠반) : 은거하여 배회하다.

雲梯(운제) : 구름사다리. 옛 사람들은 선인仙人이 구름사다리를 타고 승천한다고 생각했다.

漆園(칠원) : 《사기史記 노장신한열전老莊申韓列傳》에 보면 장자莊子가 일찍이 칠원리漆園吏였다고 한다.

萊氏(내씨) : 노래자老萊子. 《열녀전烈女傳》에 보면 노래자가 초왕楚王의 권유에 따라 출사하려 했을 때 아내가 남에게 매여 지내는 삶이 싫다며 은거하려고 하자 노래자가 그녀를 따라 은둔했다고 한다.

龍見(용현) : 군왕을 알현하다. 군왕을 대면하다. 군왕에 의해 중용됨을 뜻한다.

觸藩羝(촉번저) : 울타리를 뿔로 받아 뿔이 울타리에 걸려 옴짝달싹 못하게 된 수양. 진퇴양난이 되어 곤경에 처했음을 뜻한다.

風塵(풍진) : 속세. 인간세상.

長揖(장읍) : 두 손을 잡아 높이 들고 허리를 굽히는 인사 방법. 정중히 인사하다.

謝夷齊(사이제) : 백이伯夷·숙제叔齊와 작별하다. '사謝'는 '사辭'와 같다.

이는 자신의 은둔이 백이 · 숙제보다 더 높은 경지의 것이어서 속세를 완전히 초탈하겠다는 의지를 표명한 것이다.

■ 해 제

곽박의 〈유선시〉는 모두 14수인데, 이 시에서 시인은 유선遊仙의 고결함을 내세워 부귀와 출사를 부정하였다. 그러나 이 시에 묘사된 유선은 진실로 선경仙境을 추구하는 것이라기보다는 은둔을 뜻하는 것이라고 하겠다.

장협張協(?~307)

자字는 경양景陽이며, 서진西晉 사람으로 안평安平(지금의 하북성河北省에 속함) 출신이다. 어려서부터 문재가 있어 형 장재張載와 이름을 나란히하였다. 성도왕成都王이자 정북장군征北將軍이었던 사마영司馬穎 아래에 있었고, 그후에는 중서시랑中書侍郎 등을 역임하였다. 세상이 혼란해지자 은거하면서 시를 짓고 살았다.

雜詩（其一）
잡 시　기 일

秋夜涼風起, 清氣蕩暄濁.
추 야 량 풍 기　청 기 탕 훤 탁

蜻蛚吟階下, 飛蛾拂明燭.
청 렬 음 계 하　비 아 불 명 촉

君子從遠役, 佳人守煢獨.
군 자 종 원 역　가 인 수 경 독

離居幾何時, 鑽燧忽改木.
이 거 기 하 시　찬 수 홀 개 목

房櫳無行跡, 庭草萋以綠.
방 롱 무 행 적   정 초 처 이 록

靑苔依空牆, 蜘蛛網四屋.
청 태 의 공 장   지 주 망 사 옥

感物多所懷, 沈憂結心曲.
감 물 다 소 회   침 우 결 심 곡

잡시 (제1수)

가을밤에 서늘한 바람이 불어와
맑은 기운이 덥고 탁한 기운을 씻어냈다.
귀뚜라미는 섬돌 아래에서 울고
나방은 밝은 촛불을 스치며 난다.
낭군은 멀리 군역에 나가 있고
아내는 홀로 외로움을 달래고 있다.
떨어져 지낸 지 얼마나 되었을까?
부싯돌용 나무가 어느새 바뀌었다.
방안에는 낭군의 자취 보이지 않고
뜰 안의 풀은 무성하고 푸르다.
푸른 이끼는 빈 담장에 기대어 있고
거미는 집안 사방에 거미줄을 쳤다.
눈앞의 경물이 많은 상념을 일으켜
깊은 근심이 마음속에 응어리진다.

暗濁(훤탁) : 무덥고 혼탁한 기운.

蜻蛚(청렬) : 귀뚜라미. '실솔蟋蟀'과 같다.

君子(군자) : 아내가 남편을 부르는 말. 낭군.

煢獨(경독) : 홀로 되어 외롭다. 여기서는 '독수공방獨守空房'의 뜻으로 쓰였다.

鑽燧(찬수) : 마른 나무에 구멍을 뚫듯이 비벼서 불을 얻다.

改木(개목) : 계절에 따라 불을 얻는 나무를 바꾸다. 이 구절은 계절이 매우 빠르게 바뀐다는 말이다.

房櫳(방롱) : 방안의 창문. 여기서는 '실내'의 뜻으로 쓰였다.

萋以綠(처이록) : 무성하고 푸르다. '처이록萋而綠'과 같다.

感物多所懷(감물다소회) : (눈앞의) 경물에 느낌이 일어 가슴에 품은 바가 많다.

心曲(심곡) : 마음속의 깊고 은밀한 곳.

■ 해 제

〈잡시〉 10수는 장협의 대표작이다. 그의 생애와 연계해서 살펴보면 이 조시組詩의 구성은 좌사의 영사시가 그렇듯이 영회詠懷의 방식을 사용하여 자기 일생에 걸친 출사와 은거의 경과를 서술한 것이다. 그 첫 번째 시인 이 작품은 가을을 맞아 멀리 떠나 있는 남편을 그리워하는 아내의 고독과 그리움을 묘사했는데, 후반부에서 아내의 심리 묘사에 중점을 두어 표현의 각도가 이와 같은 제재를 다룬 한위漢魏 고시古詩와 다른 점을 보여주고 있다. 이런 점이 진시晉詩의 발전과정에서 장협이 이룩한 공헌이라고 하겠다.

도연명陶淵明(365~427)

이름은 연명淵明이고 자字가 원량元亮인데, 왕조가 동진東晉에서 송宋으로 바뀌자 잠潛으로 개명하였다. 스스로 오류선생五柳先生이라 칭하였다. 동진 때 사람으로 심양潯陽 시상柴桑(지금의 강서성江西省 구강시九江市) 출신이다. 증조부는 서진西晉의 도간陶侃이며, 외조부는 맹가孟嘉였다고 전한다. 29세 때에 벼슬길에 올라 좨주祭酒가 되었지만 얼마 안 가서 사임하였는데, 그후 군벌항쟁의 세파에 밀리면서 진군참군鎭軍參軍, 건위참군建衛參軍 등의 관직을 역임하였다. 항상 전원생활을 꿈꾸었던 그는 41세 때에 누이의 죽음을 구실로 하여 팽택현彭澤縣의 현령縣令을 그만 둔 뒤 다시는 벼슬하지 않았고, 이때 〈귀거래사歸去來辭〉를 지었다. 전원에서 은거하며 농사를 지으며 여생을 보냈으며, 62세에 사망한 뒤 정절선생靖節先生이라고 일컬어졌다. 그의 시는 사언시와 오언시를 합하여 126수가 전해진다. 작품은 주로 전원의 생활을 노래한 것들이어서 당시의 사영운謝靈運 같은 시인들과는 매우 대조적이었다. 이러한 평담平淡한 시풍은 당시에는 크게 주목받지 못하고 후대에 널리 칭송받게 되었다. 당대唐代의 맹호연孟浩然, 왕유王維, 저광희儲光羲, 위응물韋應物 등을 비롯하여 많은 시인들에게 영향을 끼쳤다. 〈오류선생전五柳先生傳〉과 〈도화원기桃花源記〉 등의 산문작품도 남겼다.

命子
명 자

厲夜生子, 遽而求火.
여 야 생 자　거 이 구 화

凡百有心, 奚特於我.
범 백 유 심　해 특 어 아

旣見其生, 實欲其可.
기 견 기 생　　실 욕 기 가

人亦有言, 斯情無假.
인 역 유 언　　사 정 무 가

아들의 이름을 지어주며

문둥이도 밤중에 아들 낳으면
서둘러서 불을 찾아 살펴본다.
모든 사람이 다 같은 마음이지
어찌 다만 나 혼자 그렇겠는가?
자식이 태어난 것을 보게 되면
참으로 그가 좋게 되길 바란다.
사람들도 모두 그렇게 말했듯이
그러한 마음에는 거짓이 없다.

■ 주 석

厲(여) : 문둥이. 나병 환자. '나癩'와 같다.

凡百(범백) : 모든 사람. 사람마다. '인인人人'과 같다.

特(특) : 다만. '단但'과 같다.

其可(기가) : 그가 좋게 되다. '가可'는 '양호良好'의 뜻이다.

■ 해 제

〈명자〉는 모두 10수로 이루어져 있는데 이 작품은 제9수이다. 이 시는 시인의 초기 작품으로 맏아들 엄儼을 낳았을 때 지은 것이다. 10수의 전체적인 내용은 가전家傳(집안에 대대로 전해져 내려오는 교훈의 말)을 서술하며 자식을 훈계하고 격려한 것이다. 그 가운데 이 작품은 나병 환자의 예를 들어 자식에 대한 깊은 정과 기대를 표현하였다.

歸園田居 (其一)
귀 원 전 거   기 일

少無適俗韻, 性本愛邱山.
소 무 적 속 운   성 본 애 구 산

誤落塵網中, 一去三十年.
오 락 진 망 중   일 거 삼 십 년

羈鳥戀舊林, 池魚思故淵.
기 조 련 구 림   지 어 사 고 연

開荒南野際, 守拙歸園田.
개 황 남 야 제   수 졸 귀 원 전

方宅十餘畝, 草屋八九間.
방 택 십 여 무   초 옥 팔 구 간

榆柳蔭後簷, 桃李羅堂前.
유 류 음 후 첨   도 리 라 당 전

曖曖遠人村, 依依墟里煙.
애 애 원 인 촌   의 의 허 리 연

狗吠深巷中, 鷄鳴桑樹顚.
구 폐 심 항 중   계 명 상 수 전

戶庭無塵雜, 虛室有餘閒.
호 정 무 진 잡   허 실 유 여 한

久在樊籠裏, 復得返自然.
구 재 번 롱 리   부 득 반 자 연

전원으로 돌아와 (제1수)

어려서부터 세속에 맞추는 기질 없었고
천성이 본래 산과 언덕을 좋아했다.
잘못하여 세속의 그물 속으로 떨어져
어느새 13년 세월이 흘러가 버렸다.

새장에 갇힌 새는 옛 숲을 그리워하고

연못의 물고기는 옛 호수를 생각한다.

남녘의 들가 황무지를 개간하고

소박함 지키고자 전원으로 돌아왔다.

네모난 택지 10여 이랑에

여덟 칸 남짓한 초가를 지었다.

느릅나무와 버들은 뒤 처마에 그늘 드리우고

복숭아와 자두나무는 대청 앞에 늘어섰다.

사람 사는 마을은 저 멀리 아스라하고

동네의 연기가 가물가물 피어오를 때

마을 깊숙한 곳에서는 개가 짖고

뽕나무 가지 끝에서는 닭이 운다.

집안에는 세속의 잡된 일이 없고

빈방에는 한가로움이 넘친다.

오랫동안 새장에 갇혀 있다가

드디어 자연으로 돌아올 수 있었다.

■ 주 석

適俗韻(적속운) : 세속에 맞추는 기질.

落(낙) : 떨어지다. 이것을 '낙絡'의 뜻으로 보고 '걸려들다'로 새기기도 한다. 《장자莊子 추수秋水》에서 "말의 머리를 잇다(落馬首)"라고 했는데, 《회남자淮南子 원도原道》에서 '낙落'을 '낙絡'으로 썼고, 《한서漢書 서역전西域傳》에서 "수후지주와 화씨지벽으로 휘감았다(落以隨珠和璧)"라고 했는데, 안사고顔師古의 주注에서 "낙여낙동落與絡同"이라고 했으니, 모두 두 글자가 통용되었다는 증거다. '낙絡'과 '망網'이라고 하면

의미가 상응하게 된다[차주환車柱環《한역도연명전집韓譯陶淵明全集》
449쪽 참조].

塵網(진망) : 세속의 그물. 일반적으로 세속의 속박을 가리키는데, 시인에
　게 세속의 속박은 '벼슬살이'를 지칭한다고 보면 되겠다.

三十年(삼십년) : 시인이 처음 주좨주州祭酒가 된 때부터 팽택령을 사직할
　때까지의 기간이 13년이므로, '30년'은 '13년'을 잘못 쓴 것으로 보인
　다. 또한 '삼三'은 '이二'를 잘못 쓴 것이어서 본래 '십十'이라는 어림수
　로 벼슬살이 기간을 표시한 것이라는 설도 있다.

羈鳥(기조) : 새장 속에 갇혀 있는 새.

池魚(지어) : 잡혀 와서 작은 못에 갇혀 지내는 물고기.

故淵(고연) : 옛날에 살던 크고 깊은 못.

守拙(수졸) : 소박한 삶을 지키다.

曖曖(애애) : 어둡고 어렴풋한 모양. 멀어서 아스라한 모양.

依依(의의) : (연기 따위가) 가볍게 흔들리며 피어오르는 모양.

塵雜(진잡) : 세속의 잡된 일.

■ 해 제

진晉 안제 의희義熙 원년(405) 11월에 도연명은 팽택령을 사직하고 전원으로 돌아
와 은거하며 직접 농사를 지으며 살기 시작했다. 〈전원으로 돌아와〉 5수는 대략 그
이듬해에 지은 것인데, 전원생활의 유쾌한 심정, 궁벽한 시골에 거처하는 편안함,
노동의 즐거움과 수고로움, 은거생활에 대한 애호 등을 묘사했다. 그 첫 수인 이 작
품은 전원생활의 운치를 잘 표현해 전원시인으로서의 면모를 잘 보여주고 있다. 전
원시로 분류되는 도연명의 작품 중에는 전원생활의 고통을 묘사한 작품도 적지 않
지만 여기서는 그런 면모를 찾아볼 수 없고, 시인의 평화롭고 안정된 심정이 돋보
인다. 아무래도 전원으로 돌아온 지 얼마 되지 않아 벼슬살이의 속박에서 벗어난
해방감과 전원생활에 대한 기대가 충만해 있기 때문일 것이다.

또한 이 작품에는 전원과 일체감을 느끼는 시인의 심리 상태가 잘 묘사되어 있다.

그 과정에서 시인의 이성과 감성이 하나로 융합되어 가는 광경을 관찰할 수 있는데, 시인의 시선도 그에 상응해 일정한 궤적을 그리고 있음을 볼 수 있다.

移居(其一)
이 거 기 일

昔欲居南村, 非爲卜其宅.
석 욕 거 남 촌   비 위 복 기 택

聞多素心人, 樂與數晨夕.
문 다 소 심 인   낙 여 삭 신 석

懷此頗有年, 今日從茲役.
회 차 파 유 년   금 일 종 자 역

敝廬何必廣, 取足蔽牀席.
폐 려 하 필 광   취 족 폐 상 석

鄰曲時時來, 抗言談在昔.
인 곡 시 시 래   항 언 담 재 석

奇文共欣賞, 疑義相與析.
기 문 공 흔 상   의 의 상 여 석

이주 (제1수)

전부터 남촌에 살고자 한 것은
집터가 좋다고 해서가 아니었다.
마음이 소박한 사람 많다기에
그들과 자주 어울리고 싶었다.
그런 뜻 지닌 지 꽤 여러 해인데
오늘에서야 그 일을 실현했다.
사는 집은 넓어야 할 필요 없고

눕고 앉을 자리 있으면 족하다.

이웃 사람들 수시로 찾아와서

얼굴 맞대고 옛날이야기 나눈다.

좋은 글 있으면 함께 감상하고

어려운 곳은 다 같이 연구해 본다.

■ 주 석

南村(남촌) : '남리南里'라고도 하며, 지금의 강서성江西省 구강시九江市 서
남쪽 교외에 있다.

卜其宅(복기택) : '복택卜宅'은 거주할 집터를 잡는다는 말이다. 여기서 '기
其'는 시인이 바라는 '이상적인' 집터라는 의미를 지닌다.

素心人(소심인) : 욕심이 없고 마음 씀씀이가 맑은 사람. 마음이 소박한
사람.

數晨夕(삭신석) : 자주 어울리다. '삭數'은 '자주'의 뜻이고, '신석晨夕'은 아
침저녁으로 안부를 묻는다는 뜻이다. 《예기禮記 소의少儀》에 "자주 만
나는 것을 조석이라고 한다.(亟見曰朝夕.)"가 있으므로 '삭신석'은 자
주 어울린다는 뜻으로 보는 것이 좋겠다. '수數'를 '센다'는 뜻의 동사
로 보기도 한다. '아침저녁을 센다'는 말은 아침저녁을 손꼽아 기다린
다는 뜻으로 그곳 사람들과 자주 어울리고 싶다는 마음을 표현한 것이
다.

有年(유년) : 여러 해. '유有'는 '많다'는 뜻으로 사용되었다.

茲役(자역) : 이 일. 그 일. 여기서는 이사하는 일을 가리킨다.

敝廬(폐려) : 누추한 집. 자신이 사는 집에 대한 겸칭이다.

蔽牀席(폐상석) : 침상과 자리를 덮다. 즉 침상과 앉을 자리를 가려줄 만
한 최소한의 공간을 말한다.

鄰曲(인곡) : 이웃. 이웃 사람. '인거鄰居'와 같다. '곡曲'은 구석진 장소라

는 뜻이다.

抗言(항언) : 얼굴을 맞대고 이야기를 나누다. '숨김없이 직설적으로 말하
　　다'는 뜻으로 풀이해 '허심탄회하게'로 번역해도 무방하겠다.

談在昔(담재석) : 옛날을 이야기하다. 과거에 있었던 일을 이야기하다.

奇文(기문) : 훌륭한 문장. 좋은 글.

疑義(의의) : 뜻이 의심스러운 곳. 의미 파악이 난해한 곳.

■ 해제

도연명은 44세 되던 무렵인 408년에 심양 상경上京의 집이 화재로 소실된 후 잠시
배를 집으로 삼아 생활하다가 2년 후인 410년에 심양의 남촌으로 이사하고 〈이주〉
2수를 지었다. 이 시에서는 앞에서 새로운 거주지를 남촌으로 선택하게 된 배경과
새집의 규모를 언급한 다음 그곳 생활의 일면을 서술했다. 도연명의 시에 등장하는
마을 사람들은 대개 〈전원으로 돌아와〉(제2수)에 보이는 "만나야 바깥세상 이야기
는 하지 않고, 다만 뽕나무와 삼의 작황 이야기만 하는" 순박한 농민들이지만, 여기
서는 시인과 함께 글을 감상하고 연구하는 지식인들이 주된 서술 대상이다. 그 지
식인 중에는 안연지顔延之, 은경인殷景仁 등과 같이 당대의 일류 명사들도 있었다고
한다.

讀山海經 (其一)
독 산 해 경　　기 일

孟夏草木長,　繞屋樹扶疏.
맹 하 초 목 장　　요 옥 수 부 소

衆鳥欣有託,　吾亦愛吾廬.
중 조 흔 유 탁　　오 역 애 오 려

旣耕亦已種,　時還讀我書.
기 경 역 이 종　　시 환 독 아 서

窮巷隔深轍, 頗迴故人車.
궁 항 격 심 철 　 파 회 고 인 거

歡言酌春酒, 摘我園中蔬.
환 언 작 춘 주 　 적 아 원 중 소

微雨從東來, 好風與之俱.
미 우 종 동 래 　 호 풍 여 지 구

汎覽周王傳, 流觀山海圖.
범 람 주 왕 전 　 유 관 산 해 도

俯仰終宇宙, 不樂復何如.
부 앙 종 우 주 　 불 락 부 하 여

산해경을 읽으며 (제1수)

초여름이라 초목이 자라서

집을 둘러싸고 나무가 우거졌다.

새들은 의탁할 곳 있어 기뻐하고

나 역시 내 오두막집을 사랑한다.

밭을 갈고 씨도 뿌려놓은 뒤라서

틈을 내서 돌아와 책을 읽는다.

궁벽한 골목이라 큰 수레 길과 떨어져 있어

번번이 친구의 수레를 돌아가게 만든다.

즐겁게 봄 술을 따라 마시고

텃밭에서 채소를 딴다.

가랑비가 동쪽에서 묻어오니

기분 좋은 바람이 함께 불어온다.

목천자전을 대충 훑어보고

산해경도 두루 살펴본다.

잠시 동안에 우주를 다 돌아보니

어찌 즐겁지 않을 수가 있겠는가.

■ 주 석

孟夏(맹하) : 초여름. 음력 4월을 가리킨다.

扶疏(부소) : 나뭇가지와 잎이 무성한 모양.

欣有託(흔유탁) : 의탁할 곳이 있음을 기뻐하다. 보금자리가 있음을 기뻐
하다.

旣(기)~亦(역) : ~일 뿐만 아니라 또한.

時還(시환) : 때를 틈타 돌아오다. 틈을 내서 돌아오다.

深轍(심철) : 큰 수레가 다니는 길. 수레바퀴 자국이 깊다는 것은 부귀한
사람들이 타는 큰 수레가 다니는 길이라는 말이다.

頗(파) : 자주. 번번이. 여기서는 빈도를 나타내는 부사로 사용되었다.

歡言(환언) : 즐겁게. 여기서 '언言'은 조사로서 '연然'과 같다.

春酒(춘주) : 봄 술. 한겨울에 담갔다가 봄에 걸러낸 술.

汎覽(범람) : 대충 훑어보다.

周王傳(주왕전) : 《목천자전》을 가리킨다. 주周 목왕穆王이 팔준마八駿馬를
타고 서방西方을 정벌했다는 이야기가 담겨 있다.

流觀(유관) : (특정한 곳에 주의를 집중하지 않고) 쭉 훑어보다. 두루 살펴
보다.

山海圖(산해도) : 그림과 해설이 첨부되어 있는 《산해경》.

俯仰(부앙) : 고개를 숙이고 드는 데 소요되는 짧은 시간. 잠깐 동안.

終宇宙(종우주) : 우주를 다 돌아보다. '종終'은 여기서 '종견終見'의 뜻으
로 사용되었다.

〈산해경을 읽으며〉 13수는 초여름의 일시적인 농한기를 틈타 《목천자전穆天子傳》과 《산해경山海經》을 보면서 책에 있는 특정 내용을 제재로 삼아 자신의 감회를 서술한 작품이다. 이들은 대부분 신화적인 내용을 제재로 해 환상적인 것을 다루고 있지만 연작시의 첫 수로서 서시에 해당되는 이 작품은 농경 생활의 여가 중에 즐기는 독서의 기쁨을 표현했다. 그래서 이 작품은 도연명의 대표적인 전원시 중 하나로 간주되어 사람들의 사랑을 받아왔다.

飮酒（其五）
음주　　기오

結廬在人境，而無車馬喧.
결려재인경　　이무거마훤

問君何能爾，心遠地自偏.
문군하능이　　심원지자편

採菊東籬下，悠然見南山.
채국동리하　　유연견남산

山氣日夕佳，飛鳥相與還.
산기일석가　　비조상여환

此中有眞意，欲辨已忘言.
차중유진의　　욕변이망언

음주 (제5수)

마을 안에 엮어놓은 오두막집이지만

수레와 말의 시끄러운 소리가 없다.

그대에게 묻노니 "어떻게 그럴 수가 있나요?"

"마음이 초연하니 사는 곳이 절로 외지다오."

동쪽 울타리 아래에서 국화를 따다가

(허리를 펴니) 편안히 남산이 보인다.
산의 모습은 저녁 되어 아름다운데
새들도 함께 보금자리 찾아 돌아간다.
여기에 진실의 암시가 담겨 있어서
따져서 말하려다 이미 말을 잊었다.

■ 주 석

人境(인경) : 사람들이 거주하는 곳. 사람들이 모여 사는 농촌 마을을 가
리킨다.

車馬喧(거마훤) : 수레와 말의 시끄러운 소리. 이 구절은 시인이 속세의
일에 전혀 관심을 두지 않아 속세인(관리)들의 왕래가 없다는 말이다.

爾(이) : 그와 같다. '여차如此'의 뜻이다. 이 두 구절은 시인이 자문자답한
것으로, 마음이 속세와 멀리 떨어져 있으므로 사는 곳이 어디건 간에
그곳은 속세인들의 관심이 닿지 않는 외진 곳이라는 뜻이다.

採菊(채국) : 국화를 따다. 이 행위는 시인이 감상을 위해 국화를 한두 송
이 꺾어 들었다는 말이 아니고, 바깥일을 마치고 저녁나절 집안의 울
타리 밑에 있는 국화밭에서 국화를 수확한다는 말이다. 술잔의 술에
띄우기 위해 꽃잎을 따는 것이라고 보는 견해도 있다.

悠然(유연) : 한가하고 편안한 모습. 시인의 몸이 편안함과 남산의 모습
이 주는 편안함을 함께 표현한 말이다. 이 구절은 시인이 울타리 밑에
서 국화를 수확하다가 허리가 아파서 잠시 쉬기 위해 허리를 펴니 눈
에 들어오는 남산의 모습이 편안하게 다가와 농사를 지으며 사는 전원
생활의 즐거움과 보람이 느껴진다는 말이다. 이것을 '아득히 멀리 있
는 모양'으로 풀이하기도 한다.

山氣(산기) : 산의 모습. 산의 자태. '기氣'는 '자姿'의 뜻이다. 이것을 '산의
구름과 안개 기운'으로 보기도 한다.

相與還(상여환) : 함께 더불어 돌아가다. 이 구절은 시인이 날아가는 새를 보고 새들도 농부와 마찬가지로 저녁이 되니 하루 일과를 마치고 보금자리를 찾아 돌아가는 것으로 보인다는 말이다. 아침에 일어나 밖에 나가 일하고, 저녁이 되면 보금자리 찾아 돌아와 쉬는 노동생활이 자연의 섭리이며 가장 자연스럽고 보람 있는 삶임을 암시하고 있다.

此中(차중) : 여기에. '중中'은 여기서 단순히 장소를 나타내는 말로 쓰였다.

眞意(진의) : 진실의 암시. 본연의 삶에 대한 암시. 이것을 '시인이 추구하는 참된 경지, 즉 인간의 이상理想을 총괄하는 고상한 정신'으로 보는 견해도 있다.

忘言(망언) : 말을 잊다. 참된 뜻을 체득했다는 말이다. 《장자莊子 외물外物》 중 "통발은 그 목적이 물고기에 있으므로 물고기를 잡고 나면 통발을 잊는다. 올무는 그 목적이 토끼에 있으므로 토끼를 잡고 나면 올무를 잊는다. 말은 그 목적이 뜻에 있으므로 뜻을 얻고 나면 말을 잊는다.(筌者所以在魚, 得魚而忘筌; 蹄者所以在兎, 得兎而忘蹄; 言者所以在意, 得意而忘言.)"에서 나온 말이다.

■ 해 제

이 시는 시인이 전원에 은거해 직접 농사를 지으며 자연을 벗삼아 살아가는 생활의 정취와 인생철학이 함축적으로 잘 표현되어 있다. 허신이 《설문해자》에서 '취醉'자를 "예의에 어그러짐 없이 자신의 주량이 한계에 도달한 것(卒其度量, 不至於亂也)"이라고 풀이한 이래 음주 행위는 서서히 고대 중국 지식인들에게 일상에서 벗어나 정신적인 면에 빠져드는 것으로 인식되었다. 그후 위진魏晉 교체기에 사회가 극도로 혼란해지자 죽림칠현 중의 한 사람인 유영이 〈주덕송〉을 지었는데, 그 이후 시인들은 종종 술 마시는 행위를 '암담한 현실과 개인적인 번민으로부터 빠져나가는 수단'으로 서술했다. 도연명은 이 시에서 '암담한 현실과 개인적인 번민으로부터 빠져나가는 수단'으로 은둔생활을 선택했으므로 시 제목을 〈음주〉라고 붙인 것이다.

飮酒（其九）
음주　기구

淸晨聞叩門, 倒裳往自開.
청 신 문 고 문　도 상 왕 자 개

問子爲誰與, 田父有好懷.
문 자 위 수 여　전 부 유 호 회

壺漿遠見候, 疑我與時乖.
호 장 원 견 후　의 아 여 시 괴

襤褸茅簷下, 未足爲高栖.
남 루 모 첨 하　미 족 위 고 서

一世皆尙同, 願君汩其泥.
일 세 개 상 동　원 군 골 기 니

深感父老言, 稟氣寡所諧.
심 감 부 로 언　품 기 과 소 해

紆轡誠可學, 違己詎非迷.
우 비 성 가 학　위 기 거 비 미

且共歡此飮, 吾駕不可回.
차 공 환 차 음　오 가 불 가 회

음주 (제9수)

이른 아침에 대문 두드리는 소리를 듣고는
허겁지겁 옷 거꾸로 걸치고 나가 문을 연다.
"당신은 누구신지요?"하고 물었더니
좋은 마음 가지고 찾아온 늙은 농부였다.
술병 들고 먼 길을 마다 않고 인사 와서는
내가 시세와 다르게 군다며 나무란다.
"남루한 옷 걸치고 초가집에 사는 것은

이상적인 삶이라고 할 수 없지요.
온 세상이 다 세태 따라서 살자고 하니
그대도 흙탕물 휘저으며 함께 사시구려."
"어르신 말씀 대단히 감사하오나
타고난 기질이 남과 어울릴 줄 모른답니다.
삶의 방식 바꾸라는 말씀 진정 배움직하나
천성을 거스르면 그것이 잘못된 것이겠지요.
잠시 함께 이 술자리나 즐기시지요.
이제 와서 수레를 돌릴 수는 없답니다."

■ 주 석

倒裳(도상) : 옷을 거꾸로 입다. 여기서 '도상'은 '전도의상顚倒衣裳'의 뜻이
　　다. 즉 저고리를 아래에, 바지를 위에 걸치는 것을 말하며, 이는 황급
　　하게 손님을 맞는 것을 가리킨다. 《시경詩經 제풍齊風 동방미명東方未
　　明》에 "동녘이 채 트기도 전에 허겁지겁 옷을 거꾸로 입고(東方未明,
　　顚倒衣裳)"라고 했다.

田父(전부) : 늙은 농부. 나이가 많은 농부.

壺漿(호장) : 한 병의 술. '호주壺酒'와 같다.

見候(견후) : 안부를 묻다. '문후問候'와 같다.

疑我(의아) : 나를 나무라다. 나에게 애정 어린 충고를 하다.

與時乖(여시괴) : 시대와 어그러지다. 지금의 시대 풍조와 다르게 굴다.

檻褸(남루) : 옷이 떨어져 너덜너덜한 것. 몹시 가난한 옷차림을 말한다.

高栖(고서) : 고상하고 이상적인 거주지. 여기서는 '당신같이 훌륭한 사람
　　이 추구할 만한 이상적인 삶'이라는 뜻으로 사용되었다.

尙同(상동) : 세태를 따라 함께 어울리는 것을 숭상하다. 즉 당시의 많은
　　지식인이 겸제천하의 유가적 이상을 추구해 관직에 나아가는 것을 숭

상하는 것은 일리가 있는 것이라고 말한 것이다.

汨其泥(골기니) : 물 밑의 진흙을 휘저어 물을 더럽히다. 이 말은 물을 더럽히는 물 밑의 진흙을 휘저어 제거하지 않으면 물은 결코 근본적으로 맑아지지 않는 것처럼 세상의 혼탁함을 없애려면 먼저 혼탁한 무리와 어울리는 것을 피하지 말아야 한다고 충고한 것이다. '골汨'은 '굴淈'과 같다. 《초사楚辭 어부사漁父辭》에 "세상 사람이 모두 혼탁하다면, 어찌하여 물 밑의 진흙을 휘저어 더러운 물결을 일으키지 않는가?(世人皆濁, 何不淈其泥而揚其波?)"라고 하였다.

稟氣(품기) : 타고난 기질. '천성天性'과 같다.

紆轡(우비) : 수레의 방향을 바꾸다. 삶의 방식을 바꾸다.

違己(위기) : 자신을 위배하다. 자신의 천성을 거스르다.

詎非迷(거비미) : 어찌 미혹된 바가 아니겠는가?

■ 해 제

이 시는 〈음주〉 가운데 '제5수'와 함께 많은 사람이 애호하는 작품이다. 도연명은 여기서 벼슬살이에 대한 유혹을 떨쳐버리고 전원에 은거하겠다는 의지를 표명했다. 이 시의 구성과 내용은 굴원의 이름 아래 지어진(그러나 굴원의 작품이 아니라는 것이 정설이다) 〈어부사漁父辭〉를 연상시킨다. 늙은 농부가 시인의 집에 찾아와 세태에 적당히 영합해 관직에 나아갈 것을 은근히 권유하는 것은 〈어부사〉에서 어부가 굴원에게 한 말과 같으며, 농부의 권유를 거절하는 시인의 태도 역시 어부의 권유를 뿌리친 굴원의 태도와 다르지 않다. 다른 점이 있다면 굴원은 어부의 권유를 단호하게 뿌리쳤지만, 도연명은 농부의 말을 경청하고 일단 감사의 뜻을 표했다는 점이다. 어떤 이는 바로 이 점이 자살을 한 굴원과 나름대로 천수를 누린 도연명의 차이라고 하는데, 참고할 만하다.

形影神 三首 幷序
형 영 신 삼 수 병 서

貴賤賢愚, 莫不營營以惜生, 斯甚惑焉. 故極陳形影
귀 천 현 우   막 불 영 영 이 석 생   사 심 혹 언   고 극 진 형 영

之苦言, 神辨自然以釋之. 好事君子, 共取其心焉.
지 고 언   신 변 자 연 이 석 지   호 사 군 자   공 취 기 심 언

形贈影
형 증 영

天地長不沒, 山川無改時.
천 지 장 불 몰   산 천 무 개 시

草木得常理, 霜露榮悴之.
초 목 득 상 리   상 로 영 췌 지

謂人最靈智, 獨復不如玆.
위 인 최 령 지   독 부 불 여 자

適見在世中, 奄去靡歸期.
적 견 재 세 중   엄 거 미 귀 기

奚覺無一人, 親識豈相思.
해 각 무 일 인   친 식 기 상 사

但餘平生物, 擧目情悽洏.
단 여 평 생 물   거 목 정 처 이

我無騰化術, 必爾不復疑.
아 무 등 화 술   필 이 불 부 의

願君取吾言, 得酒莫苟辭.
원 군 취 오 언   득 주 막 구 사

몸과 그림자와 정신 3수 및 서문

고귀한 사람이건 비천한 사람이건, 현명한 사람이건 우둔한 사람이건,

다들 악착같이 살려고 버둥거리는데, 이는 몹시 미혹된 짓이다. 그래서 몸과 그림자의 괴로움을 철저하게 진술하고 정신이 자연의 이치를 가려내는 것을 말해 그 미혹을 풀었다. 이 문제를 좋아하는 군자들은 함께 그 의미를 취해주기 바란다.

몸이 그림자에게 주는 말

하늘과 땅은 영원히 없어지지 않고
산과 시내도 변함없이 그대로 있다.
초목은 영원한 자연의 이치를 따라
서리와 이슬과 함께 꽃피고 시든다.
사람이 영장이며 지혜롭다고 하지만
유독 천지 산천과 초목만 못하다.
이제 막 세상에 사는 것 보았는데
홀연히 떠나가서 돌아올 줄 모른다.
한 사람 없어진 것을 어찌 느낄 거며
친지들도 어찌 그대를 그리워하겠는가.
그저 생전에 쓰던 물건들 남아 있어서
바라보면 마음이 서글퍼져 눈물 흐른다.
내게 신선 되어 하늘에 오를 방법 없으니
반드시 죽으리라는 것을 더 이상 의심치 않는다.
원컨대 그대는 나의 말을 믿고 받아들여
술이 생기거든 멋대로 사양하지 마시게.

無改時(무개시) : 바뀔 때가 없다. 변함없이 그대로 있다.

得常理(득상리) : 불변의 이치를 얻다. 자연의 규칙을 따르다.

榮悴之(영췌지) : 초목을 꽃피고 시들게 하다.

最靈智(최령지) : 만물의 영장이며 지혜롭다.

不如玆(불여자) : 그들만 못하다. 천지 산천처럼 영원히 존재하지도 못하고, 초목처럼 시들었다가 다시 꽃을 피우지도 못한다는 말이다.

適見(적견) : 이제 방금 보다. 이제 막 보다.

奄去(엄거) : 갑자기 떠나가다. 얼마 살지 못하고 죽는다는 말이다.

靡歸期(미귀기) : 돌아올 기약이 없다. 다시 살아 돌아오지 못한다는 말이다.

親識(친식) : 친척과 지인들. 친지.

洏(이) : 눈물을 흘리는 모양.

騰化術(등화술) : 신선이 되어 하늘에 오르는 방법.

必爾(필이) : 반드시 그렇게 되다. 반드시 죽음에 이르다. '이爾'는 '여차如此'와 같다.

■ 해 제

이것은 육신이 그림자에게 한 말이다. 여기서 그림자는 사람이 추구하는 명예 같은 것을 가리킨다. 천지 산천은 영원히 존재하며 변함없이 그대로 있고, 초목도 시들고 나면 다음 해에 다시 꽃을 피우지만, 사람은 잠시 이 세상에 살다가 죽으면 그것으로 끝이므로 명예같이 허망한 것을 추구하지 말고 즐길 수 있을 때 사양 말고 즐기라고 권하고 있다.

影答形
영답형

存生不可言, 衛生每苦拙.
존 생 불 가 언　위 생 매 고 졸

誠願遊崑華, 邈然玆道絶.
성 원 유 곤 화　막 연 자 도 절

與子相遇來, 未嘗異悲悅.
여 자 상 우 래　미 상 이 비 열

憩蔭若暫乖, 止日終不別.
게 음 약 잠 괴　지 일 종 불 별

此同旣難常, 黯爾俱時滅.
차 동 기 난 상　암 이 구 시 멸

身沒名亦盡, 念之五情熱.
신 몰 명 역 진　염 지 오 정 열

立善有遺愛, 胡爲不自竭.
입 선 유 유 애　호 위 부 자 갈

酒云能消憂, 方此詎不劣.
주 운 능 소 우　방 차 거 불 렬

그림자가 몸에 대답하는 말

삶을 존속시킨다는 말 믿을 수 없고
삶을 지키는 일은 늘 고달프고 졸렬하다.
곤륜산과 화산에 가서 노닐고 싶지만
그 길은 아득하니 끊어지고 말았다.
내가 그대 몸과 만나 함께한 이래로
슬픔이건 기쁨이건 달리한 적 없었다.
그늘에서 쉬면 잠시 떨어지게 되지만

태양 아래 있는 한 끝내 헤어지지 않는다.

이와 같은 동반이 영원할 수는 없으니

그대가 소멸할 때 나도 함께 없어진다.

몸이 죽으면 이름 또한 사라져버리니

이를 생각하면 다섯 가지 감정이 달아오른다.

선을 행해야 미명을 후세에 남길 수 있으니

어찌 스스로 노력을 다하지 않을 수 있을까.

술로 근심을 없앨 수 있다고 하지만

이에 비하면 어찌 저열하지 않겠는가.

■ 주 석

影(영) : 그림자. 제7구와 8구에서 밝히고 있듯이 그림자의 특성은 햇빛 아래 있으면 존재하다가 햇빛이 없어지면 사라지는 것이다. 그런데 고대 중국에서 해는 임금을 비유하는 말이고, 유가 사상에 의하면 사람이 관직에 진출하는 목적이 임금을 보좌해 겸제천하하는 것이므로 그림자는 결국 '임금 밑에 존재하면서 겸제천하를 추구하는 관리로서의 명예'라고 볼 수 있다. 《장자莊子 어부漁父》에 다음의 문장이 있다. "공자는 슬픈 듯이 탄식하며 두 번 절하고 일어나 말했다. '저는 노나라에서 두 번이나 쫓겨났고, 위나라에서 추방당하고, 송나라에서는 나무를 베어 넘겨 저를 죽이려 했고, 진나라와 채나라 사이에서는 포위를 당했습니다. 제가 잘못한 것을 알지 못하겠는데도 이런 네 가지 고통을 겪었던 것은 어째서입니까?' 어부는 슬픈 듯이 얼굴빛을 바꾸면서 말했다. '선생은 정말 깨우칠 줄을 모르시는군요. 어떤 사람이 자기 그림자가 두렵고 자기 발자국이 싫어서 그것들로부터 달아나려 했는데, 발을 빨리 움직일수록 발자국은 더욱 많아졌고, 아무리 빨리 뛰어도 그림자는 그의 몸을 떠나지 않았다고 합니다. 그래도 그 자신은 아직도 느리게 뛰기 때문이라 생각하고, 쉬지 않고 질주하다가 결국에는 지쳐 죽고 말았다는군요. 그늘 속에서 쉬면 그림자가 사라지고, 고요히 있으면 발자국이 생기지 않는다는 것을 알지 못했던 것이니 어리석음이 지나쳤던 것입니다. 그런데 선생은 어짊과 의로움의 뜻을 자세히 알고 있고, 사리가 같고 다른 한계를 잘 살피고 있고, 움직이고 고요히 있는 변화를 잘 관찰하고 있고, 받고 주는 정도를 적절히 할 줄 알고, 좋아하고 싫어하는 감정을 잘 다스릴 줄 알고, 기쁨과 노여움의 절도를 조화시킬 줄 알지만 아무리 애를 써도 화를 면할 수는 없을 것입니다. 자기 몸을 삼가 닦고 그 진실함을 신중히 지켜 명예 같은 외물은 사람들에게 되돌려주면 아무런 환란도 없을 것입니다. 지금 몸을 닦지 않고서 남에게 그 이유를 묻고 있으니 이것은 사실을 벗어나는 것이 아니겠습니까?'(孔子愀然而歎, 再拜而起曰, 丘再逐於魯, 削跡於衛, 伐樹於宋, 圍於陳蔡. 丘不知所失, 而離此四謗者何也? 客悽然變容曰, 甚矣子之難悟也! 人有畏影惡跡而去之走者, 舉足愈數而跡愈多, 走愈疾而影不離身, 自以爲尙遲, 疾走不休, 絶力而死. 不知處陰以休影, 處靜以息跡, 愚亦甚矣! 子審仁義之間, 察同異之際, 觀動靜之變, 適受與之度, 理好惡之情, 和喜怒之節, 而幾於不免矣. 謹修而身, 愼守其眞, 還以物與人, 則無所累矣. 今不修之身而求之人, 不亦外乎!)"

不可言(불가언) : 장담할 수 없다. 믿을 수 없다. '불가신不可信'과 같다. 이 구절은 사람에게 영생은 불가능하다는 말이다.

遊崑華(유곤화) : 곤륜산崑崙山과 화산華山에 가서 노닐다. 즉 곤륜산과 화산에 가서 신선의 도를 구하겠다는 말이다.

邈然(막연) : 아득히 먼 모양.

止日(지일) : 태양 아래 거하는 동안. '거일居日'과 같다.

難常(난상) : 항상 하기 어렵다. 영원할 수 없다.

黯爾(암이) : 암담해 낯빛이 변하는 모양.

名亦盡(명역진) : 이름 또한 사라지다. 인간 존재로서의 이름이 다하다.

이름으로 대변되는 '나'라는 존재가 없어진다는 말이다.

五情(오정) : 다섯 가지 감정. '희喜, 노怒, 애哀, 낙樂, 원怨'을 가리킨다.

立善(입선) : 선을 행하다. 훌륭한 업적을 쌓다.

有遺愛(유유애) : 후세에 남기는 사랑이 있다. 백성에 대한 사랑을 실천하
면 미명美名이 후세에 전해진다는 말이다.

方此詎(방차거) : 이에 비하면 어찌. '방方'은 '비比'와 같고, '거詎'는 '기豈'
와 같다.

■ 해 제

이것은 그림자(명예)가 육신에게 대답한 말이다. 그림자가 보기에는 술을 마시면 근심이 사라지게 할 수는 있겠지만 경제천하와 관련된 훌륭한 업적을 쌓는 것과 비교해 보면 저열한 짓에 불과하다. 그러니 살아 있는 동안 훌륭한 업적을 많이 쌓아서 사후의 명성을 추구하는 것이 중요하다고 주장한 것이다.

神釋
신 석

大鈞無私力, 萬理自森著.
대 균 무 사 력　만 리 자 삼 저

人爲三才中, 豈不以我故.
인 위 삼 재 중　기 불 이 아 고

與君雖異物, 生而相依附.
여 군 수 이 물　생 이 상 의 부

結托旣喜同, 安得不相語.
결 탁 기 희 동　안 득 불 상 어

三皇大聖人, 今復在何處.
삼 황 대 성 인　금 부 재 하 처

彭祖愛永年, 欲留不得住.
팽 조 애 영 년　　욕 류 부 득 주

老少同一死, 賢愚無復數.
노 소 동 일 사　　현 우 무 부 수

日醉或能忘, 將非促齡具.
일 취 혹 능 망　　장 비 촉 령 구

立善常所欣, 誰當爲汝譽.
입 선 상 소 흔　　수 당 위 여 예

甚念傷吾生, 正宜委運去.
심 념 상 오 생　　정 의 위 운 거

縱浪大化中, 不喜亦不懼.
종 랑 대 화 중　　불 희 역 불 구

應盡便須盡, 無復獨多慮.
응 진 편 수 진　　무 부 독 다 려

정신의 해명

대자연의 조화에는 사사로운 작용 없이
온갖 이치가 저절로 성대하게 드러난다.
사람이 천지와 나란히 할 수 있는 것은
나 정신이 있기 때문이 아니겠는가.
그대들과 비록 다른 존재이긴 하지만
태어나면서부터 서로 의지해 왔다.
우리의 결합을 이미 함께 기뻐했으니
서로 어찌 상관하지 않을 수 있겠는가.
그 옛날의 삼황은 위대한 성인이지만
지금은 그런데 어디에 있단 말인가.

8백 년을 산 팽조는 장수를 즐겼다지만

영원히 살고자 했어도 그럴 수 없었다.

장수하건 요절하건 다 죽게 마련이고

잘났건 못났건 누구나 부활의 운수는 없다.

날마다 취하면 잊을 수 있을지는 모르나

어찌 죽음을 재촉하는 것이 아니겠는가.

선을 행하는 것은 언제나 기쁜 일이지만

누가 나서서 그대를 칭찬해 주겠는가.

지나친 추구는 우리의 삶을 해칠 뿐이니

마땅히 자연에 맡겨서 살아가야 하리.

자연의 조화 속에서 내키는 대로 지내며

기뻐하지도 않고 두려워하지도 않으리.

죽어서 사라져야 한다면 죽어야 하리.

더이상 유별나게 많은 근심 하지 말게.

■ 주 석

大鈞(대균) : 자연 조화. 우주 자연의 조화.

私力(사력) : 사사로운 작용. 편애.

三才(삼재) : 고대에 하늘과 땅과 사람을 합해 칭한 말.

結托(결탁) : 서로 결합되어 의탁하다.

喜同(희동) : 같이 있는 것을 좋아하다.

相語(상어) : 그대들에게 말하다. 상관하다.

三皇(삼황) : 중국의 전설에 나오는 세 황제. 문헌에 따라 그 설이 분분하다. 신농神農·복희伏羲·황제黃帝라고 하기도 하고, 신농과 복희는 그대로 두고 황제의 자리에 수인燧人·축융祝融·여왜女媧 중의 하나를 넣기도 하고, 천황天皇·지황地皇·인황人皇의 셋이라는 설도 있다.

彭祖(팽조) : 중국의 전설상 장수의 대표적 인물. 성은 전籛이고 이름은 갱鏗이다. 오제五帝의 한 사람인 전욱顓頊의 손자로, 요堯임금 때부터 벼슬을 하기 시작해 하夏와 은殷을 거쳐 주周나라 초에 이르기까지 8백여 년을 살았다고 한다.

復數(부수) : 부활의 운수.

將非(장비) : 어찌 아니겠는가? '기비豈非'와 같다.

促齡具(촉령구) : 죽음을 재촉하는 방법.

甚念(심념) : 몹시 추구하다. 지나치게 추구하다. 근심을 잊기 위해 매일 술을 마시는 것과 훌륭한 업적을 쌓기 위해 노심초사하는 것을 가리킨다.

委運(위운) : 자연에 맡기다. 자연에 일임하다.

縱浪(종랑) : 내키는 대로 지내다. '방랑放浪'과 같다.

大化(대화) : 자연의 조화.

■ 해 제

정신(이성)은 육신과 그림자가 주장하는 음주행락飲酒行樂과 입선구명立善求名이 무익하다고 판단하고, 우리의 삶을 자연에 맡겨서 순리에 따라 살아가야 천지와 병존할 수 있다고 해명한다.

〈몸과 그림자와 정신〉 3수는 내용으로 보아 생사의 문제를 다룬 철학시라고 볼 수 있다. 여기서 '형形(육신)'이 개진하는 인생관은 도가 사상을 이어받아 위진남북조 시대에 형성된 청담 사상의 한 부류 중, 유가 사상에 입각한 세속적인 가치를 부정함으로써 자신들의 이론을 실천했던 이른바 광달파曠達派의 인생관을 가리키는 것이라고 할 수 있다. 이에 반해서 '영影(명예)'이 주장하는 바는 입덕立德·입공立功·입언立言의 삼불후三不朽를 신봉하는 유가 사상의 가치관을 대변한다고 할 수 있다. 이 두 가치관이 '신神(이성)'에 의해 일면 포용되면서도 결국 부정되고 있어서 도연명의 사상이 독특한 것임을 짐작할 수 있다. '신神'은 삶이라 해 크게 기뻐할 것도 없고 죽음이라 해 크게 슬퍼할 것도 없으니, 이 모든 것들을 자연 조화로 받아들일 것을 권고한다. 이러한 관점은 아내의 죽음에 대야를 두드리며 "무無에서 난 사람이 다시 무로 돌아가는 것은 오히려 축하할 일"[〈지락至樂〉]이라고 노래했던 장자의 생사관과 일치한다. 결국 도연명의 생사관은 인위적인 조작을 부정하고 자연에 순응할 것을 주장한 선진先秦 도가 사상과 유사하다고 하겠다.

乞食
걸 식

飢來驅我去, 不知竟何之.
기 래 구 아 거　부 지 경 하 지

行行至斯里, 叩門拙言辭.
행 행 지 사 리　고 문 졸 언 사

主人解余意, 遺贈豈虛來.
주 인 해 여 의　유 증 기 허 래

談諧終日夕, 觴至輒傾杯.
담 해 종 일 석　상 지 첩 경 배

情欣新知歡, 言詠遂賦詩.
정 흔 신 지 환　언 영 수 부 시

感子漂母惠, 愧我非韓才.
감 자 표 모 혜　괴 아 비 한 재

銜戢知何謝, 冥報以相貽.
함 즙 지 하 사　명 보 이 상 이

걸식

굶주림이 나를 구걸로 내몰았지만

도대체 어디로 가야 한단 말인가.

여기저기 헤매다 이 마을에 이르러

문을 두드리고는 말을 더듬었더니

주인이 내 마음을 알아차리고는
먹을 걸 내주니 헛걸음은 아니었다.
마음 맞아 대화가 저물도록 이어졌고
술잔이 내게 오면 즉시 잔을 비웠다.
새 친구를 사귄 기쁨에 마음 즐거워
시 이야기하다 마침내 시를 지었다.
"빨래 아줌마 같은 당신의 은혜 고마운데
내가 한신 같은 인재 아니라 부끄럽구려.
마음 깊이 간직하지만 사례할 길 없으니
저승에 가서나 당신에게 갚아드리리다."

■ 주 석

飢來(기래) : 굶주림이 (우리 식구에게) 닥치다.

驅我去(구아거) : 나를 몰아서 구걸 가게 하다.

何之(하지) : 어디로 가나? '지하之何'와 같지만 의문대명사가 동사의 목적
　　어로 사용되었으므로 '하何'가 '지之' 앞에 놓였다.

行行(행행) : 가고 또 가다. 여기저기 헤매다. "가고 가고 또 가고 가니,
　　그대와 생이별을 한다.(行行重行行, 與君生別離)."[〈고시십구수古詩
　　十九首〉]

拙言辭(졸언사) : 말을 서툴게 하다. 구걸하러 왔다는 말이 차마 나오지
　　않아 말을 더듬었다는 말이다.

遺贈(유증) : (먹을 것을) 주다.

豈虛來(기허래) : 어찌 헛되이 왔겠는가. 어찌 헛걸음을 했겠는가.

談諧(담해) : 대화가 마음에 맞다. 의기투합해 이야기하다.

情欣(정흔) : (내가) 마음으로 기뻐하다.

新知(신지) : 새로 사귄 친구. '신교新交'와 같다.

賦詩(부시) : 시를 짓다. 시를 읊다.

漂母惠(표모혜) : 빨래하던 아낙이 베풀어준 은혜. 작지만 가장 어려울 때 도와준 은혜를 가리킨다. 한漢 고조高祖 유방劉邦을 도와 한나라를 개국하는 데 혁혁한 공을 세운 명장 한신韓信이 벼슬길에 나가지 못하고 있을 때 빨래를 하던 한 아낙이 낚시를 하고 있는 한신의 배고픈 기색을 보고는 밥을 주었던 일을 말한다. 한신은 아낙의 은혜에 감사하며 반드시 후사하겠다고 다짐했지만 아낙은 화를 벌컥 내며 "대장부가 되어 밥벌이도 못하는 자네가 불쌍해서 밥을 준 것이니 어찌 보답을 바라겠는가?"라고 대꾸했다고 한다. 한신은 그후 초왕楚王이 되어 천금千金으로 아낙의 은혜에 보답했다고 한다.

銜戢(함즙) : 마음속에 깊이 간직하다.

知何謝(지하사) : 어떻게 사례해야 할지 모르겠다. '부지하사不知何謝'와 같다.

冥報(명보) : 저승에 가서 보답하다. 결초보은의 심정을 말한 것이다.

■ 해 제

가난 속에서도 자신이 정한 삶의 방식을 굳게 지키며 살던 도연명이 배고픔에 내몰려 구걸에 나섰지만 부끄럽고 어색해서 어물거리고 있는 모습이 눈에 선하다. 다행히도 집주인이 도연명의 내심을 먼저 알아차리고 흔쾌히 그를 맞아들여 먹을 것을 주었을 뿐만 아니라 술상까지 보아주니 그 은혜가 백골난망이다. 그러나 도연명은 현실 속에서 그 은혜를 갚을 길이 없어 저승에 가서라도 보답하겠다는 '결초보은結草報恩'의 심정을 말했다. 도연명이 걸식에 나섰을 때 어디로 가야 할지 몰랐다는 말이 있긴 하지만 뜻밖에도 지기知己를 만나기까지는 그 나름대로의 고려가 있었음을 짐작할 수 있다. 도연명은 평소에 자신이 달가워하지 않는 사람에게서 도움 받는 것을 고사했던 사람인데, 그런 그가 이 시에서 "헛걸음은 아니었다"라고 했으니 집주인이 비록 평소에 깊은 친분을 쌓은 사람은 아니지만 자신을 이해해 줄 만한 사람일 것이라는 심증을 가지고 있었을 것이다. 그 짐작이 사실로 확인되었기 때문에 도연명은 첫 대면에서 그의 도움을 받아들이고 허심탄회하게 이야기를 나누며 함께 술을 마실 수 있었을 것이다.

責子
책 자

白髮被兩鬢, 肌膚不復實.
백 발 피 량 빈　기 부 불 부 실

雖有五男兒, 總不好紙筆.
수 유 오 남 아　총 불 호 지 필

阿舒已二八, 懶惰故無匹.
아 서 이 이 팔　나 타 고 무 필

阿宣行志學, 而不愛文術.
아 선 행 지 학　이 불 애 문 술

雍端年十三, 不識六與七.
옹 단 년 십 삼　불 식 륙 여 칠

通子雖九齡, 但覓梨與栗.
통 자 수 구 령　단 멱 리 여 율

天運苟如此, 且進杯中物.
천 운 구 여 차　차 진 배 중 물

자식들을 꾸짖으며

백발이 양쪽 살쩍을 뒤덮었고
피부는 이제 탄력을 잃었다.
아들놈 다섯이나 있긴 하지만
모두 공부를 좋아하지 않는다.
아서는 벌써 열여섯 살이지만
게으르기는 정말 적수가 없다.

아선도 곧 열다섯 살이 되지만

그런데도 글공부는 가까이 않는다.

옹과 단은 나이가 열세 살인데도

여섯과 일곱도 구분할 줄 모른다.

통동은 아홉 살이 다 되었는데도

배와 밤밖에는 찾을 줄 모른다.

하늘의 운명이 진정 이와 같다면

그저 술이나 들이킬 수밖에.

■ 주 석

不復實(불부실) : 더 이상 충실하지 않다. 피부가 이미 탄력을 잃었다는
말이다.

五男兒(오남아) : 다섯 아들. 이들의 이름은 나이순으로 서엄舒儼, 선사宣
俟, 옹빈雍份, 단일端佚, 통동通佟인데, 이들 중 옹빈과 단일은 나이가
같다고 하니 쌍둥이였던 것 같다.

紙筆(지필) : 종이와 붓. '글 쓰는 일' 또는 '학문'을 뜻한다.

懶惰(나타) : 게으르다.

故無匹(고무필) : 본래 필적할 사람이 없다. 여기서 '필匹'은 형태상 앞에
나온 '이팔二八'을 합성한 글자로 볼 수도 있어서 '무필無匹'이란 말 속
에는 "열여섯 살에 어울리는 행동을 하지 못한다"는 의미가 암시되어
있다.

行志學(행지학) : 열다섯 살이 되어가다. '행行'은 근접 미래를 나타내는
부사로 사용되어 '장將'과 같고, '지학志學'은 "나는 열다섯 살에 학문에
뜻을 두었다(吾十有五而志于學)"(《논어論語 위정爲政》)라는 말에서 비
롯되어 '열다섯 살'을 가리킨다. 그러면서도 '지학'의 의미가 그대로 살
아 있어서 다음 구와 함께 '공부를 해야 할 나이에 글공부를 가까이하

지 않는다'는 의미를 전달하고 있다.

文術(문술) : 글쓰기. 글공부.

不識六與七(불식륙여칠) : 여섯과 일곱도 구분할 줄 모르다. 여섯과 일곱
　을 더하면 그들의 나이인 열셋이 되므로 '나잇값을 하지 못한다'는 뜻
　이 암시되어 있다.

但覓梨與栗(단멱리여율) : 배와 밤밖에는 찾을 줄 모른다. '공융양리孔融讓
　梨(공융이 배를 양보하다)' 전고를 보면 공융은 어려서부터 총명한데다
　남을 배려할 줄 알아 네 살 때 형제들과 함께 배를 먹으면서 가장 작은
　것을 집어 들고는 "나는 어리므로 작은 것을 먹는 것이 당연하지요"라
　고 말했다고 한다. 곧 네 살 때 벌써 욕심을 자제하고 양보의 미덕을
　보인 사람도 있는데, 자기 자식은 아홉 살이나 되었는데도 전혀 그렇
　지 못함을 탄식한 것이다.

杯中物(배중물) : 술잔 속의 물건. 술을 가리킨다.

■ 해 제

도연명의 해학이 돋보이는 작품으로, 시어 구성에 유희적인 면도 엿보인다. 그가
자식들이 못나서 제 구실을 하지 못함을 희화적으로 묘사한 것을 두고 후세인들은
평가가 엇갈린다. 자식에게 연연하는 것은 속세를 멀리한 사람으로서는 어울리지
않는다고 비판하는 이가 있는가 하면, 자식 문제를 희화적으로 웃어넘긴 도연명의
소박한 성격이 잘 나타나 있는 작품이라고 평가하는 이도 있다. 어떻게 보건 이 작
품은 시인이 인생은 결국 운명(타고난 본성)에서 벗어날 수 없다는 점을 토로하면
서 '유가적 가치관'에 대한 갈등과 그 갈등을 체념을 통해 극복해 나간 과정을 해학
적으로 표현한 것으로 보인다.

怨詩楚調示龐主簿鄧治中
원시초조시방주부등치중

天道幽且遠, 鬼神茫昧然.
천 도 유 차 원 　귀 신 망 매 연

結髮念善事, 僶俛六九年.
결 발 념 선 사 　민 면 륙 구 년

弱冠逢世阻, 始室喪其偏.
약 관 봉 세 조 　시 실 상 기 편

炎火屢焚如, 螟蜮恣中田.
염 화 루 분 여 　명 역 자 중 전

風雨縱橫至, 收斂不盈廛.
풍 우 종 횡 지 　수 렴 불 영 전

夏日長抱飢, 寒夜無被眠.
하 일 장 포 기 　한 야 무 피 면

造夕思鷄鳴, 及晨願烏遷.
조 석 사 계 명 　급 신 원 오 천

在己何怨天, 離憂悽目前.
재 기 하 원 천 　이 우 처 목 전

吁嗟身後名, 於我若浮煙.
우 차 신 후 명 　어 아 약 부 연

慷慨獨悲歌, 鍾期信爲賢.
강 개 독 비 가 　종 기 신 위 현

초조곡의 원시행을 모방하여 방주부와 등치중에게 주는 시

하늘의 뜻은 심원하기만 하고

귀신의 일은 아득하여 알 수 없다.

소년 시절에 좋은 일 하기로 마음먹고

스스로 힘써온 이래 54세가 되었다.
20세의 나이에 험난한 세상을 만났고
30세가 되어서는 아내를 잃고 말았다.
불길 같은 뙤약볕은 타는 듯 내리쬐고
명충과 멸구는 밭 안에 우글거린다.
게다가 비바람이 종횡으로 들이쳐서
수확한 양식은 가족을 먹여 살릴 수 없다.
여름날엔 언제나 주린 배를 움켜쥐고
추운 밤에는 덮고 잘 이불이 없다.
저녁이 되면 새벽닭이 울기를 기다리고
아침이 되면 해가 빨리 지기를 바란다.
다 내 탓이니 어찌 하늘을 원망하랴만
닥치는 근심에 눈앞이 캄캄하기만 하다.
아아! 이 몸이 죽은 뒤의 명성이란
나에게는 뜬구름과 같이 부질없는 것.
비분강개하여 홀로 슬피 노래하지만
종자기 같은 자만이 그 뜻을 알겠지.

■ 주 석

天道(천도) : 하늘의 뜻. '천명天命'과 같다.

幽且遠(유차원) : 깊고 멀다. '심원深遠'과 같다.

結髮(결발) : 소년 시절. 옛날 중국에서는 남자 나이 15세가 되면 머리를
  묶었다.

僶俛(민면) : 노력해 행하다.

弱冠(약관) : 20세의 나이. 옛날 중국에서는 남자가 20세가 되면 성인으

로서 머리에 관을 쓰기 시작했지만 아직 다 장성한 것은 아니므로 '약
관'이라고 했다.

始室(시실) : 30세의 나이. 《예기禮記 내칙內則》에 "30세가 되면 아내를
맞고, 남자의 일을 맡아 하기 시작한다.(三十而有室, 始理男事.)"라고
했다.

喪其偏(상기편) : 옛날 중국에서는 남편 또는 아내가 죽는 것을 편상偏喪
이라고 했는데, 여기서는 상처喪妻를 가리킨다.

螟蟊(명역) : 명충과 멸구. 멸구는 벼의 싹을 갉아먹는 해충.

不盈廛(불영전) : 고대에 평민 한 가족이 성읍에서 차지하고 있는 가옥과
토지를 '전廛'이라고 했다. 여기서는 이것으로 온 가족을 지칭했다.

造夕(조석) : 저녁이 되다. '조造'는 '도到'와 같다. 이 두 구절은 밤에는 추
위 때문에 빨리 날이 밝기를 기다리고, 낮에는 주린 배를 움켜쥐고 일
해야 하므로 빨리 해가 지기를 바란다는 말이다.

離憂(이우) : 근심이 닥치다. '이離'는 '우遇'의 뜻이다.

浮煙(부연) : '부운浮雲'과 같다. 여기서는 운韻을 맞추기 위해 '연煙'이라고
했다.

鍾期(종기) : 종자기鍾子期. 백아伯牙가 금琴을 타면 그 뜻을 종자기만이
알아들었다고 한다. 종자기가 참으로 현명했다는 말은 시인이 부르는
비가悲歌의 뜻을 종자기 같은 자(여기서는 방주부와 등치중을 가리킴)
만이 알아들을 수 있으리라는 의미다.

■ 해 제

한漢 악부樂府 〈초조곡楚調曲〉에 〈원시행怨詩行〉이 있는데, 이 시가 〈원시초조怨詩楚
調〉라고 제목을 붙인 것으로 보아 그 체재를 따른 것이다. '주부'는 부와 현에서 문
서를 관장하는 관리다. '방주부龐主簿'는 방준龐遵으로 시인의 고우故友다. '치중治中'
은 주州와 군郡에서 제조諸曹의 문서를 처리하는 관리인데, 등치중鄧治中이 누구인
지는 알 수 없다. 이 시는 시인이 소년 시절의 포부가 좌절된 후 농촌에 은거해 직

접 농사를 지으며 살아온 고난의 인생 역정을 서술한 것이다. 직접 체험하지 않으면 써낼 수 없는 힘겨운 생활 모습과, 그럼에도 불구하고 절조를 지켜나가는 꿋꿋한 의지가 진하고 깊은 감동을 준다.

詠荊軻
영 형 가

燕丹善養士, 志在報强嬴.
연 단 선 양 사 지 재 보 강 영

招集百夫良, 歲暮得荊卿.
초 집 백 부 량 세 모 득 형 경

君子死知己, 提劍出燕京.
군 자 사 지 기 제 검 출 연 경

素驥鳴廣陌, 慷慨送我行.
소 기 명 광 맥 강 개 송 아 행

雄髮指危冠, 猛氣衝長纓.
웅 발 지 위 관 맹 기 충 장 영

飲餞易水上, 四座列群英.
음 전 역 수 상 사 좌 렬 군 영

漸離擊悲筑, 宋意唱高聲.
점 리 격 비 축 송 의 창 고 성

蕭蕭哀風逝, 淡淡寒波生.
소 소 애 풍 서 담 담 한 파 생

商音更流涕, 羽奏壯士驚.
상 음 갱 류 체 우 주 장 사 경

心知去不歸, 且有後世名.
심 지 거 불 귀 차 유 후 세 명

登車何時顧, 飛蓋入秦庭.
등 거 하 시 고 비 개 입 진 정

凌厲越萬里, 逶迤過千城.
능 려 월 만 리　위 이 과 천 성

圖窮事自至, 豪主正怔營.
도 궁 사 자 지　호 주 정 정 영

惜哉劍術疎, 奇功遂不成.
석 재 검 술 소　기 공 수 불 성

其人雖已沒, 千載有餘情.
기 인 수 이 몰　천 재 유 여 정

형가를 노래하며

연태자 단은 인재를 잘 양성했는데
그의 뜻은 진왕에 복수하는 것이었다.
출중한 용사를 모집하던 중
해가 바뀔 무렵에 형가를 얻었다.
군자는 지기를 위해 죽는 법이라
칼을 들고 연나라 서울을 나섰다.
하얀 준마는 큰길에서 울부짖고
모두들 격앙되어 나를 전송하니
곤두선 머리칼에 관이 솟아오르고
맹렬한 기세가 긴 갓끈을 찌른다.
역수 가에서 한잔 술로 전송할 때
숱한 재사들이 자리에 둘러앉았다.
고점리는 축으로 슬픈 곡 연주하고
송의는 목청을 돋우어 노래했다.
쏴아 하고 쓸쓸하게 바람 불어와

출렁출렁 차가운 물결이 일어난다.
처량한 상음은 더욱 눈물짓게 하고
비장한 우조는 장사를 격동시킨다.
이제 가면 돌아오지 못할 줄 알지만
장차 후세에 이름을 남기게 되리라.
수레에 올라 고개 한 번 돌리지 않고
나는 듯이 진나라 조정으로 향했다.
힘차게 나아가 만리 길 뛰어넘고
구불구불 천 개의 성을 지나갔다.
지도가 다 펼쳐지자 일 벌어지니
강력한 진왕도 놀라서 허둥대었다.
애석하구나, 칼솜씨 미숙하여
기이한 공을 결국 이루지 못했다.
그 사람 비록 죽어 사라졌지만
천년토록 사람 마음을 격동시킨다.

■ 주 석

荊軻(형가) : 전국시대 제齊나라 사람인데 연燕나라에 가서 태자太子 단丹
　　의 문객門客이 되어 부탁을 받고 진왕秦王을 암살하려 했지만 실패하
　　고 죽임을 당했다. 그의 사적이 《사기史記 자객열전刺客列傳》에 수록되
　　어 있다.

燕丹(연단) : 연나라 태자 단. 한때 진나라에 인질로 잡혀가서 진왕(나중
　　의 진시황)에게 굴욕적인 대접을 받고는 탈출해, 그를 살해하고자 널
　　리 인재를 불러 모으다 형가를 얻게 되었다.

士(사) : 여기서는 춘추전국시대에 제후들이 거두어 양성한 문객들을 가

리킨다.

强嬴(강영) : 횡포한 진나라 왕. '영嬴'은 진나라 황실의 성姓이다.

百夫良(백부량) : 백 명을 능가하는 인재. 출중한 인재.

知己(지기) : 자신을 알아주는 사람.

燕京(연경) : 연나라 서울. 지금의 북경北京 지역.

素驥(소기) : 하얀 준마. 흰색은 장송葬送을 상징한다. 사서史書의 기록을
   보면 진왕을 암살하러 떠나는 형가가 일의 성패를 떠나 죽을 수밖에
   없음을 알고 있는 태자 단과 문객들이 장송의 뜻을 담아 상복인 흰 의
   관을 차려입고 역수 가에서 형가를 전송했다고 하는데, 도연명은 이를
   '하얀 준마'라고 표현했다.

雄髮(웅발) : 곤두선 머리카락. 분기탱천한 모습을 형용하는 말.

指危冠(지위관) : (머리카락이) 곤두서서 높은 관을 가리키다. 이 표현은
   곤두선 머리카락에 의해 관이 높이 솟아올랐다는 말이다.

飮餞(음전) : 길가에 술자리를 마련해 길 떠나는 사람을 전송하다.

易水(역수) : 형가를 전송하던 곳으로, 지금의 허베이성 서쪽에 있다.

漸離(점리) : 고점리高漸離. 전국시대 연나라 사람으로 형가의 지기였다.
   형가가 진왕 암살에 실패하자 스스로 눈을 파내 장님이 된 다음 축
   연주가로 진왕에게 접근해 암살하려고 했지만 그 역시 실패해 살해되
   었다.

宋意(송의) : 연나라의 용사.

蕭蕭(소소) : 바람소리를 묘사하는 말. 쏴아.

哀風(애풍) : 스산하게 부는 찬바람. '비풍悲風'과 같다.

淡淡(담담) : 물이 출렁이는 것을 형용하는 말.

商音(상음) : 중국 고대 음악의 기본 음조인 오음五音(궁宮 · 상商 · 각角 ·
   치徵 · 우羽)의 하나로서 매우 처량한 느낌을 준다고 한다.

羽奏(우주) : 우음羽音을 연주하다. 우음은 비장한 느낌을 준다고 한다.

何時顧(하시고) : 언제 돌아보겠는가. 전혀 뒤돌아보지 않다.

飛蓋(비개) : 나는 듯이 빨리 달리는 수레. '개蓋'는 수레 덮개로서 수레를 가리킨다.

凌厲(능려) : 힘차고 맹렬하게 앞으로 나가는 모양.

逶迤(위이) : 길이 구불구불하게 나 있는 모양. 그런 길을 따라 나아가는 모양.

圖窮(도궁) : (형가가 진왕에게 바친) 지도가 다 펼쳐지다. 그 지도 속에 비수가 감추어져 있었다고 한다.

事自至(사자지) : (암살의) 일이 절로 벌어지다.

豪主(호주) : 강력한 주군. 진왕秦王을 가리킨다.

怔營(정영) : 놀라서 허둥대는 모양.

劍術疎(검술소) : 검술이 미숙하다. 형가가 진왕의 암살에 실패한 것을 가리킨다.

奇功(기공) : 기이한 공. 뛰어난 공적.

餘情(여정) : 마음에 깊이 남아 잊히지 않는 감정.

■ 해 제

이 시는 전설적인 자객 형가가 진왕秦王을 암살하려다가 실패한 것을 노래한 영사시詠史詩인데, 시의 분위기가 비분강개해 대체로 평담하다는 평가를 받는 도연명의 시로서는 좀 특이한 편에 속한다. 도연명과 형가의 성격을 비교해 보면 도연명은 기질이 강하기는 했지만 현실의 부조리에 대해서 정면 도전하지 않고 은거를 택하는 소극적인 태도를 취했다. 이에 비해 형가는 적극적인 태도로 대의를 위해 스스로 죽음을 택했다. 그러나 이 두 사람은 평생 대아大我와 소아小我 사이에서 갈등했다는 공통점을 지니고 있다. 목숨을 걸고 거사에 나선 형가의 심중에는 대의를 위하는 대아와 생명을 아끼고 싶은 소아 간에 갈등이 있었을 것이고, 도연명도 겸제천하의 포부와 함께 귀은으로 향하는 독선기신獨善其身의 희망 사이에서 갈등을 겪었을 것이다. 바로 이러한 공통점이 시인으로 하여금 형가에 대한 추모의 정을 깊게 했고, 형가의 운명에 대해 동류의식을 느끼게 했을 것이다.

사영운謝靈運(385~433)

원래 진군陳郡 양하陽夏(지금의 하남성 태강太康) 사람인데 회계會稽 시녕始寧(지금의 절강성 상우上虞)에서 태어났다. 동진東晉의 명장 사현謝玄의 손자로서 강락공康樂公이라는 봉호를 세습했기 때문에 사강락謝康樂이라고 불린다. 송宋나라에 들어가서는 강락공에서 강락후康樂侯로 작위가 강등되고, 이어서 영가태수永嘉太守로 좌천되었다가 얼마 되지 않아 사직하고 회계에서 은거하며 대자연 속에서 산수를 즐겼다. 그는 대량의 산수시를 지음으로써 당시 시단을 풍미하던 현언시풍玄言詩風을 바로잡고 산수시풍을 열었다. 문집으로 《사강락집謝康樂集》이 있다.

歲暮
세 모

> 殷憂不能床, 苦此夜難頹.
> 은 우 불 능 상   고 차 야 난 퇴
>
> 明月照積雪, 朔風勁且哀.
> 명 월 조 적 설   삭 풍 경 차 애
>
> 運往無淹物, 年逝覺易催.
> 운 왕 무 엄 물   연 서 각 이 최

세모

근심으로 단잠을 이룰 수가 없다 보니
이 밤을 몹시도 지내기가 어렵구나.
밝은 달은 쌓인 눈을 훤히 비추고
북풍은 매섭고도 구슬프게 부는구나.
세월 앞에 변하지 않는 것이 있으랴만
한 해가 가는 것이 이다지도 빠르구나.

■ 주 석

淹物(엄물) : 변하지 않고 정지해 있는 사물.

年逝(연서) : 세월의 흐름.

■ 해 제

계절이 금방 바뀌어 어느새 눈 내리고 찬바람 부는 한겨울이 되고, 또 그것마저 다 지나 곧 해가 바뀌려 하는 것을 보며 세월의 흐름이 너무 빠름을 한탄한 시이다. 평이하고 직설적인 언어로 인생무상에 대한 감개를 진솔하게 토로한 점이 돋보인다. 그리고 제3–4구에 생동감 있게 묘사된 겨울 풍경이 아직도 머릿속에 선명하게 기억되어 있는 여름철의 광경과 극명한 대조를 이룸으로써 시의 형상성을 크게 증강시키고 있다.

石壁精舍還湖中作
석 벽 정 사 환 호 중 작

昏旦變氣候, 山水含淸暉.
혼 단 변 기 후　　산 수 함 청 휘

淸暉能娛人, 遊子憺忘歸.
청 휘 능 오 인　　유 자 담 망 귀

出谷日尙早, 入舟陽已微.
출 곡 일 상 조　　입 주 양 이 미

林壑斂暝色, 雲霞收夕霏.
임 학 렴 명 색　　운 하 수 석 비

芰荷迭映蔚, 蒲稗相因依.
기 하 질 영 울　　포 패 상 인 의

披拂趨南徑, 愉悅偃東扉.
피 불 추 남 경　　유 열 언 동 비

慮澹物自輕, 意愜理無違.
여 담 물 자 경　　의 협 리 무 위

寄言攝生客, 試用此道推.
기 언 섭 생 객　시 용 차 도 추

석벽정사에서 호수로 돌아와서

조석으로 기후가 쉬임없이 변하니

산수가 맑은 빛을 머금었는데

맑은 빛이 사람을 즐겁게 하매

유람객은 마음이 편해 돌아갈 줄 모른다.

골짜기를 나설 때는 해가 아직 이르더니

배를 타자 해가 이미 어슴푸레해져서

수풀과 골짜기는 어둠 속에 사라지고

구름과 노을은 저녁 안개에 스며든다.

마름과 연은 번갈아가며 싱싱한 자태를 비추고

창포와 피는 얼키설키 서로 엉켜 있는데

그것들을 헤치고 남쪽 길로 달려가서

흐뭇한 마음으로 동쪽 방에 눕는다.

생각이 담박하니 만물이 다 하찮고

마음이 흡족하니 섭리에 어긋나지 않는도다.

섭생하는 사람에게 말 전하노니

이 이치로 세상을 한번 살아보게나.

■ **주 석**

石壁精舍(석벽정사) : 사영운의 은거처인 시녕始寧(지금의 절강성 상우上
　虞)에 있던 절.

湖中(호중) : 사영운의 별장이 있던 무호巫湖 안의 섬을 가리킨다.

出谷(출곡) : 석벽정사가 있는 계곡에서 출발한 것을 가리킨다.

入舟(입주) : 무호 안에 있는 자신의 별장으로 들어가기 위해 배를 탄 것을 가리킨다.

夕霏(석비) : 저녁 무렵의 안개.

意愜(의협) : 마음이 흡족하다.

攝生(섭생) : 몸과 마음을 건강하게 해서 오래 살기를 꾀하다.

■ 해 제

사영운은 영가태수의 직에서 물러나 시녕에서 은거했다. 이 시는 시녕의 별장에서 은거중이던 원가元嘉 원년(424)에서 원가 2년 사이에 지은 것이다. 새벽에 석벽정사를 떠나 저녁에 무호巫湖 안의 작은 섬에 있는 자신의 거처로 돌아가는 도중에 본 산수의 아름다움과, 자연의 섭리에 순응하면서 그 속에 은거하는 즐거움을 노래했다.

登池上樓
등 지 상 루

潛虯媚幽姿, 飛鴻響遠音.
잠 규 미 유 자　비 홍 향 원 음

薄霄愧雲浮, 棲川怍淵沈.
박 소 괴 운 부　서 천 작 연 침

進德智所拙, 退耕力不任.
진 덕 지 소 졸　퇴 경 력 불 임

徇祿反窮海, 臥痾對空林.
순 록 반 궁 해　와 아 대 공 림

衾枕昧節候, 褰開暫窺臨.
금 침 매 절 후　건 개 잠 규 림

傾耳聆波瀾, 擧目眺嶇嶔.
경 이 령 파 란　거 목 조 구 금

初景革緒風, 新陽改故陰.
초 경 혁 서 풍　　신 양 개 고 음

池塘生春草, 園柳變鳴禽.
지 당 생 춘 초　　원 류 변 명 금

祁祁傷豳歌, 萋萋感楚吟.
기 기 상 빈 가　　처 처 감 초 음

索居易永久, 離群難處心.
삭 거 이 영 구　　이 군 난 처 심

持操豈獨古, 無悶徵在今.
지 조 기 독 고　　무 민 징 재 금

지상루에 올라가

못에 잠겨 사는 용은 그윽한 자태를 뽐내고
하늘을 나는 기러기는 소리를 멀리 울리는데
하늘에 가까이 다가가자니 구름에게 부끄럽고
시내에 머물러 있자니 규룡에게 부끄러웠도다.
덕망을 펼치자니 지혜가 부족하고
물러나 밭을 갈자니 감당할 힘이 부쳤는데
봉록을 좇다 도리어 궁벽한 바닷가로 와서
병상에 누워 빈 숲을 바라보고 있었도다.
이부자리 속에 묻혀 시절을 알지 못하다가
걷어치우고 잠시 일어나 바깥 세상을 엿보며
두 귀를 갖다대어 물소리도 들어보고
눈을 들어 험준한 산줄기도 바라본다.
초봄의 햇살은 남아 있는 찬바람을 물리치고
새 햇볕은 오랜 음지를 따스하게 바꿨는데

연못가엔 봄풀이 뾰족뾰족 돋아나고

정원 버드나무에는 새소리가 달라졌다.

빈풍의 〈칠월〉을 노래 부르며 상심하다가

초사의 〈초은사〉를 생각하며 감상에 빠져보나니

홀로 있으매 세월이 긴 것이 쉽사리 느껴지고

무리를 떠나 있는지라 마음을 안정시키기 어렵도다.

지조를 지키는 게 어찌 옛사람에게만 있으랴 ?

번민 없는 삶의 증거가 여기에도 있도다.

■ 주 석

池上樓(지상루) : 지금의 절강성 온주溫州에 있는 누각.

潛虬(잠규) : 물속에 사는 용. '규虬'는 뿔이 있는 작은 용을 가리킨다.

薄(박) : 가까이 다가가다.

淵沈(연침) : 연못에 숨어 사는 규룡虬龍을 가리킨다.

進德(진덕) : 덕을 펼치다. 벼슬길에 나아가는 것을 가리킨다.《문선文選 오신주五臣註》에 "규룡은 물속에 깊이 숨어 살면서 스스로 만족하고 기러기는 하늘에 높이 날면서 소리를 떨치는바, 하나는 숨어서 살고 하나는 밖으로 나가서 산다는 점에서 둘이 서로 다르지만 역시 각자 자기가 살 장소를 찾은 것인데, 지금 나는 하늘에 가까이 다가가자니 덕을 베푸는 일에 졸렬하여 할 수 있는 것이 없는지라 하늘을 나는 기러기에게 부끄럽고, 물러나 시내에 깃들기를 본받자니 힘써 밭 가는 일을 감당하지 못해 스스로를 먹여 살릴 수 없는지라 물속에 숨어 있는 규룡에게 부끄럽다는 것을 말한다(言虬以深潛而自媚, 鴻能奮飛而揚音. 二者出處雖殊, 亦各得其所矣. 今我希近薄霄, 則拙於施德, 無能爲用, 故有愧于飛鴻; 退效棲川, 則不任力耕, 無以自養, 故有慚於潛虬也)"라고 했다.

徇祿(순록) : 봉록을 추구하다. 벼슬길에 나아가는 것을 가리킨다.

窮海(궁해) : 자신이 영가태수永嘉太守로 좌천된 일을 가리킨다.

嶇嶔(구금) : 산세가 험한 모양. 험준한 산을 가리킨다.

初景(초경) : 이른봄의 햇살.

緒風(서풍) : 남은 바람. 봄에 부는 겨울바람을 가리킨다.

新陽(신양) : 초봄이 되어 새로 생긴 햇볕.

故陰(고음) : 지난해의 음지.

祁祁(기기) : 많은 모양. 《시경 빈풍豳風 칠월七月》에 "봄날은 해가 길어, 쑥을 캐는 사람들 들판에 가득한데, 여인네들 마음은 서글프나니, 주인집 아들과 함께 돌아갈까 겁난다네(春日遲遲, 采蘩祁祁. 女心傷悲, 殆及公子同歸)"라는 구절이 있다. 이 〈칠월〉은 빈나라 농촌의 생활상을 묘사한 시이다.

豳歌(빈가) : 〈빈풍〉의 하나인 〈칠월〉을 가리킨다.

萋萋(처처) : 초목이 무성한 모양.

楚吟(초음) : 초사楚辭 〈초은사招隱士〉를 가리킨다. 여기에 "왕손이 안 돌아오고 돌아다니네, 봄풀이 수북하게 돋아났는데(王孫遊兮不歸, 春草生兮萋萋)"라는 구절이 있다.

索居(삭거) : 친한 사람들과 떨어져서 혼자 외롭게 살다.

處心(처심) : 마음을 안정시키다.

無悶(무민) : 번민이 없다. 대개 벼슬에서 물러난 사람의 심경을 가리킨다.

■ 해제

영가태수로 재임 중이던 송나라 경평景平 원년(423) 봄에 영가군永嘉郡(지금의 절강성 온주溫州)에 있는 지상루池上樓에 올라가서 봄풍경을 바라본 감회를 노래한 것이다. 이 시 가운데 "연못가엔 봄풀이 뾰족뾰족 돋아나고, 정원 버드나무에는 새소리가 달라졌다(池塘生春草, 園柳變鳴禽)"라는 구절이 특히 유명하다. 사영운은 422년 7월, 조정에서 물러나 영가태수로 부임해 왔는데 이곳에 온 지 얼마 안 되어서 병이 들었다. 이 시는 그가 오랫동안 병석에 누워 있다가 병세가 조금 호전되었을 때 지은 것으로 현실참여 사상과 현실도피 사상이 갈등을 일으키고 있다.

포조鮑照(414?~466?)

남조 송宋나라의 동해東海(지금의 강소성 연수漣水) 사람으로 건강建康(지금의 강소성 남경南京)에 살았으며 자字가 명원明遠이다. 가문이 빈한하여 처음에는 관직이 낮았으나 나중에 임천왕臨川王 유의경劉義慶의 인정을 받아 국시랑國侍郞이 된 뒤로 말릉현령秣陵縣令·중서사인中書舍人 등의 관직을 역임했다. 임해왕臨海王 유자욱劉子頊이 형주荊州에 주둔할 때 전군참군前軍參軍이 되었기 때문에 포참군이라고도 불린다. 나중에 유자욱이 반란을 일으켰을 때 반란군에게 피살되었다. 그는 시가 방면에서 커다란 성취를 이루었으니 악부와 칠언시에 뛰어나 칠언가행체七言歌行體의 발전에 기여한 바가 크다. 그의 시는 내용이 준일俊逸하고 필치가 강건하여 음풍농월을 주로 하던 당시 시단에 새로운 바람을 일으켰다. 두보가 〈봄날에 이백을 그리며(春日憶李白)〉에서 이백의 시를 평하여 "청신하기는 유개부요, 준일하기는 포참군이다(淸新庾開府, 俊逸鮑參軍)"라고 한 것처럼 이백과 두보가 그의 영향을 많이 받았다. 문집으로 《포참군집鮑參軍集》이 있다.

擬行路難 (其六)
의 행 로 난   기 륙

對案不能食, 拔劍擊柱長嘆息.
대 안 불 능 식   발 검 격 주 장 탄 식

丈夫生世會幾時, 安能蹀躞垂羽翼?
장 부 생 세 회 기 시   안 능 접 섭 수 우 익

棄置罷官去, 還家自休息.
기 치 파 관 거   환 가 자 휴 식

朝出與親辭, 暮還在親側.
조 출 여 친 사   모 환 재 친 측

弄兒床前戲, 看婦機中織.
농 아 상 전 희   간 부 기 중 직

自古聖賢盡貧賤, 何況我輩孤且直?
자 고 성 현 진 빈 천   하 황 아 배 고 차 직

〈행로난〉을 본떠서 (제6수)

밥상을 앞에 놓고 먹을 수가 없어서

칼을 뽑아 기둥을 치며 길게 탄식하노라.

대장부 한세상 그 얼마나 된다고

날개를 드리우고 어정버정할 수 있으랴?

벼슬을 내던지고 훌쩍 떠나가

고향집에 돌아가서 스스로 편히 쉬리라.

아침에 나가면서 어버이께 아뢰고

저녁에 돌아와서 어버이 곁에 있으리라.

침대맡에서 놀고 있는 아이들을 어르고

베틀에서 베 짜는 아내를 바라보리라.

예로부터 성현은 다 빈천했거늘

힘도 없고 우직한 우리 같은 사람이랴!

■ 주 석

蹀躞(접섭) : 배회하다. 머뭇거리다. '섭접躞蹀'·'접섭蹀躞'과 같다.

棄置(기치) : 버려두다. 그만두다.

孤(고) : 권세가 약하다.

관직생활이 여의치 않음에 대한 회재불우의 심정과 그로 인해 생긴 결연한 은일의
의지를 노래했다. 가족들과의 정겨운 생활에 대한 형상적이고 실감나는 묘사가 은
일생활을 동경하는 그의 심경이 허장성세가 아니라, 진정하고 절실한 염원임을 말
해주고 있다.

擬行路難 (其八)
의 행 로 난　기 팔

中庭五株桃, 一株先作花.
중 정 오 주 도　일 주 선 작 화

陽春妖冶二三月, 從風簸蕩落西家.
양 춘 요 야 이 삼 월　종 풍 파 탕 락 서 가

西家思婦見悲惋, 零淚霑衣撫心歎.
서 가 사 부 견 비 완　영 루 점 의 무 심 탄

初我送君出門時, 何言淹留節回換.
초 아 송 군 출 문 시　하 언 엄 류 절 회 환

床席生塵明鏡垢, 纖腰瘦削髮蓬亂.
상 석 생 진 명 경 구　섬 요 수 삭 발 봉 란

人生不得恒稱意, 惆悵徙倚至夜半.
인 생 부 득 항 칭 의　추 창 사 의 지 야 반

〈행로난〉을 본떠서 (제8수)

뜨락의 다섯 그루 복숭아나무

그 가운데 한 그루가 먼저 꽃을 피워서

봄볕이 화사한 이 이삼월에

바람따라 하늘하늘 이웃집에 떨어지니

임을 여읜 이웃 여인 슬픔에 빠져

눈물로 옷을 적시면서 가슴 치며 탄식한다.

"애초에 집 떠나는 우리 낭군 보낼 때

뭣 때문에 계절이 바뀌도록 오래 머물라 했으리?"

침대에는 먼지 앉고 거울에는 때가 끼고

허리는 앙상하고 머리는 쑥대머리.

인생살이 언제나 흡족할 순 없는데

슬픔 안고 밤늦도록 서성거린다.

■ 주 석

中庭(중정) : 뜰 안.

妖冶(요야) : 요염하다. 아리땁다.

簸蕩(파탕) : 키로 곡식을 까부르는 것처럼 이리저리 마구 흔들리다.

思婦(사부) : 남편을 그리는 여인.

悲惋(비완) : 슬픔에 빠져서 한탄하다.

淹留(엄류) : 오랫동안 머물다.

節回換(절회환) : 계절이 순환하여 바뀌다.

床席(상석) : 침대와 돗자리.

瘦削(수삭) : 여위고 앙상하다.

不得(부득) : ~ 할 수 없다.

稱意(칭의) : 마음에 맞다. 흡족하다.

惆悵(추창) : 실의에 젖어 있는 모양.

徙倚(사의) : 배회하다.

남편을 먼 곳으로 떠나 보낸 한 여인이 복숭아꽃이 떨어지는 것을 보고 그리움이
배가되어 시름에 겨워하는 모습을 그린 것이다.

擬行路難 (其十九)
의 행 로 난   기 십 구

諸君莫嘆貧, 富貴不由人.
제 군 막 탄 빈   부 귀 불 유 인

丈夫四十强而仕, 余當二十弱冠辰.
장 부 사 십 강 이 사   여 당 이 십 약 관 진

莫言草木委冬雪, 會應蘇息遇陽春.
막 언 초 목 위 동 설   회 응 소 식 우 양 춘

對酒敍長篇, 窮途運命委皇天.
대 주 서 장 편   궁 도 운 명 위 황 천

但願樽中九醞滿, 莫惜床頭百個錢.
단 원 준 중 구 온 만   막 석 상 두 백 개 전

直須優游卒一歲, 何勞辛苦事百年.
직 수 우 유 졸 일 세   하 로 신 고 사 백 년

〈행로난〉을 본떠서 (제19수)

여러분 가난하다 탄식하지 마시오.

부귀는 사람에게 달린 것이 아니라오.

대장부는 마흔 살에 벼슬을 한다는데

나는 지금 스무 살의 약관일 뿐이라오.

초목이 겨울눈에 시든다고 하지 마오.

따뜻한 봄이 오면 틀림없이 소생하오.

술잔을 앞에 놓고 긴 노래나 부르고

막다른 길의 운명일랑 하늘에 맡기시오.

술동이에 좋은 술이 가득하길 바랄 뿐

침대맡의 돈 백 냥은 아까워하지 마오.

유유자적하면서 세월을 보내야지

어찌하여 백년토록 고생스레 일하리오?

■ 주 석

四十强而仕(사십강이사) : 《예기禮記 곡례曲禮》에 "마흔 살을 강이라 하는
　　데 벼슬길에 나아간다(四十日强而仕)"라고 한 말을 변용한 것이다.

弱冠(약관) : 남자 나이 스무 살을 일컫는 말.

會應(회응) : 틀림없이 ~할 것이다.

蘇息(소식) : 소생하다. 부활하다.

九醞(구온) : 여러 차례 빚어서 맛이 좋은 술.

直須(직수) : ~해야 한다.

優游(우유) : 한가하고 느긋하게 지내다.

■ 해 제

표면적으로는 부귀영화와 같은 세속적인 가치에 대하여 초연해질 것을 주장하는
것 같지만, 가난과 고생으로부터 벗어나지 못하는 자신의 신세를 자위하려는 안쓰
러운 노력임이 느껴진다.

贈范曄
증 범 엽

折花逢驛使, 寄與隴頭人.
절 화 봉 역 사　기 여 롱 두 인

江南無所有, 聊贈一枝春.
강 남 무 소 유　요 증 일 지 춘

범엽에게

꽃 한 가지 꺾어 들고 우체부를 만나서

농두에 있는 사람에게 부쳐 보냈네.

강남에는 아무것도 없기 때문에

한 가지의 봄빛이나 보낸 거라네.

■ 주 석

花(화) : 매화를 가리킨다. 《태평어람太平御覽》에 인용된 남조 송나라 성홍
지盛弘之의 《형주기荊州記》에 "육개는 범엽과 친하게 지냈는데 강남에
서 매화 한 가지를 장안에 있는 범엽에게 가져다 주라고 부치고 아울
러 '……'라고 꽃을 읊은 시도 함께 보냈다(陸凱與范曄相善, 自江南寄
梅花一枝, 詣長安與曄, 幷贈花詩曰: '……')"라고 했다.

驛使(역사) : 공문이나 서신 따위를 전하는 사람.

隴頭(농두) : 원래 섬서성 농현隴縣 서북쪽에 있는 농산의 꼭대기라는 뜻이지만 북방을 가리키는 범칭泛稱으로 쓰인다.

一枝春(일지춘) : 봄소식을 전해주는 한 가지의 매화를 가리킨다.

■ 해 제

남조 성홍지의 《형주기》에는 육개가 범엽에게 보낸 것이라고 했지만 당나라 여악汝諤의 《고시해古詩解》에는 "범엽은 강남 사람이고 육개는 대북 사람이므로 당연히 범엽이 육개에게 보낸 것이다(曄爲江南人, 陸凱代北人, 當是范寄陸耳)"라고 했다. 평이하고 비근한 언어 속에 깊고 진지한 우정을 잘 담아낸 명작으로 널리 인구에 회자한다.

심약沈約(441~513)

남조시대의 오흥군吳興郡 무강武康(지금의 절강성 덕청德淸) 사람으로 자字가 휴문休文이며 송·제·양 세 왕조에 걸쳐서 활동했다. 경릉팔우竟陵八友의 한 사람으로서 문학가일 뿐만 아니라 역사가이기도 한 그는 《진서晉書》 《송서宋書》 등의 역사서도 지었다. 시에 있어서는 사성팔병설四聲八病說을 제창하여 영명체永明體를 창시했으니 율시의 기초를 다진 셈이다. 그의 시는 성률聲律을 중시하고 화려한 시어를 즐겨 사용했을 뿐 내용이 빈약한 편이지만, 내용이 진실되고 풍격이 청신한 작품도 적지 않게 있다. 문집으로 《심은후집沈隱侯集》이 있다.

夜夜曲 (其一)
야 야 곡   기 일

河漢縱且橫, 北斗橫復直.
하 한 종 차 횡   북 두 횡 부 직

星漢空如此, 寧知心有憶.
성 한 공 여 차　　영 지 심 유 억

孤燈曖不明, 寒機曉猶織.
고 등 애 불 명　　한 기 효 유 직

零淚向誰道, 鷄鳴徒歎息.
영 루 향 수 도　　계 명 도 탄 식

야야곡 (제1수)

은하수는 세로로 뻗었다 가로로 돌고

북두성은 가로로 누웠다 세로로 섰다 하지만

북두성과 은하수야 괜히 이러는 것이지

마음속에 그리움이 있는 줄을 어찌 알리?

외로운 등불은 침침하여 어두운데

차가운 베틀이 새벽에도 찰칵대네.

눈물을 흘리면서 누구에게 말하리?

닭이 우는 소리에 한숨만 짓네.

■ **주 석**

夜夜曲(야야곡) : 악부 곡조 이름.

河漢(하한) : 은하수.

星漢(성한) : 앞에서 말한 북두칠성과 은하수를 가리킨다.

■ **해 제**

〈야야곡〉이라는 악부는 심약이 창시한 것으로 《악부해제樂府解題》에 "〈야야곡〉은
혼자 지내는 것을 마음아파한 것이다(〈夜夜曲〉, 傷獨處也)"라고 한 바와 같이 주로
외로움의 하소연을 내용으로 한다. 심약의 2수도 모두 이러한 내용인데 이것은 그

가운데 첫 번째 작품으로 독수공방하는 한 여인의 모습을 묘사한 것이다.

效阮公詩 (其一)
효 완 공 시   기 일

歲暮懷感傷, 中夕弄清琴.
세 모 회 감 상   중 석 롱 청 금

戾戾曙風急, 團團明月陰.
여 려 서 풍 급   단 단 명 월 음

孤雲出北山, 宿鳥驚東林.
고 운 출 북 산   숙 조 경 동 림

誰謂人道廣, 憂慨自相尋.
수 위 인 도 광   우 개 자 상 심

寧知霜雪後, 獨見松竹心.
영 지 상 설 후   독 견 송 죽 심

완공의 시를 본떠서 (제1수)

세모를 맞이하여 마음이 편치 않아

밤중에 낭랑하게 거문고를 울리자니

휘익휘익 새벽바람 급하게 불고

둥글둥글 보름달이 빛을 잃는다.

북쪽 산에서 조각구름 생겨나오고

동쪽 숲에서 잠자던 새 푸드득댄다.

인생의 길 넓다고 그 누가 말하는가

근심과 분개가 서로 꼬리 무는데?

어찌 알리 서리와 눈이 내리면

소나무와 대나무의 마음만이 보이는 걸?

■ 주 석

阮公(완공) : 완적阮籍을 가리킨다.

戾戾(여려) : 바람 부는 소리.

■ 해 제

완적의 시 〈영회詠懷〉를 모방하여 지은 15수의 연작시 중의 첫 번째 작품이다. 세모를 맞이하여 일어난 착잡한 심경을 노래하는 가운데 당시의 정세를 걱정하고, 아울러 자신의 지조가 결코 꺾이지 않을 것임을 넌지시 내비치고 있다.

남조 양梁나라의 동해군東海郡 담현郯縣(지금의 산동성 담성郯城 서쪽) 사람으로 자字가 중언仲言이다. 여덟 살 때 이미 시를 지을 줄 알아서 당시의 명사들에게 칭송을 들었다. 상서수부랑尚書水部郎을 역임했기 때문에 하수부라고도 불리고, 건안왕建安王 소위蕭偉의 수조참군水曹參軍을 역임했기 때문에 하수조라고도 불린다. 민가의 장점을 많이 흡수한 그의 시는 풍격이 청신한 편인데 특히 그의 산수시는 당시 사람들로부터 사조謝朓와 비슷하다는 평가를 받았다. 문집으로 《하기실집何記室集》이 있다.

詠早梅
영 조 매

兔園標物序, 驚時最是梅.
토 원 표 물 서　　경 시 최 시 매

銜霜當路發, 映雪擬寒開.
함 상 당 로 발　　영 설 의 한 개

枝橫却月觀, 花繞凌風臺.
지 횡 각 월 관　　화 요 릉 풍 대

朝灑長門泣, 夕駐臨邛杯.
조 쇄 장 문 읍　　석 주 림 공 배

應知早飄落, 故逐上春來.
응 지 조 표 락　　고 축 상 춘 래

일찍 핀 매화

토원에는 시절이 나타나는데

사람을 놀라게 하는 데는 매화가 으뜸이라.

서리를 입에 문 채 길가에 피고

눈에 자태를 비추며 추위 속에 피어났네.

그 가지가 각월관에 여기저기 뻗어 있고

그 꽃이 능풍대를 빙 둘러싸고 있네.

아침에는 장문궁의 눈물을 뿌리게 하고

저녁에는 임공의 술잔을 멈추게 할 만한데

금방 떨어져 흩날릴 줄 알고 있기에

이른봄에 때맞추어 온 것이라네.

■ 주 석

兔園(토원) : 한나라 때 양효왕梁孝王의 원림園林으로 지금의 하남성 상구
商丘 동쪽에 있었는데 사방 3백여 리나 되었다. 여기서는 양주揚州에
있던 건안왕建安王 소위蕭偉의 방림원芳林苑을 가리킨다.

物序(물서) : 시절의 변화.

驚時(경시) : 시절의 변화에 놀라다.

當路(당로) : 길에 임하다. 길에 다가가다.

擬寒(의한) : 한기를 마주하다.

却月觀(각월관) : 양주에 있던 누대.

凌風臺(능풍대) : 양주에 있던 누대.

長門(장문) : 장문궁. 한나라 때 무제의 총애를 듬뿍 받던 진황후陳皇后
가 나중에 총애를 잃고 유폐되어 있던 궁전. 사마상여司馬相如가 그녀
를 위해 〈장문부〉를 지었다. 이 구절은 진황후가 매화를 보면 사마상
여가 지은 〈장문부〉를 보고 그랬듯이 시절이 바뀌었음을 알고 슬퍼할
것이라는 말이다.

臨邛(임공) : 사천성에 있는 현縣. 사마상여가 임공에 가서 술을 마시며
거문고를 탔더니 탁문군卓文君이 그에게 반해서 그를 따라 함께 성도
成都로 도망쳤다가 다시 임공으로 돌아가서 술을 팔았다. 이 구절은

사마상여도 매화의 아름다움에 도취하지 않을 수 없을 것이라는 말이다. 이 연聯은 표면적으로 일찍 핀 매화의 아름다움을 노래하면서 이면적으로는 여덟 살 때부터 시를 지을 줄 안 자신의 재능을 사마상여의 그것에 비견한 것이다.

上春(상춘) : 봄 석 달 가운데 첫 번째 달, 즉 음력 정월.

■ 해 제

양주揚州에 있을 때 지은 것으로 추운 날씨 속에 유달리 일찍 핀 매화의 고고한 자태를 칭송하는 형식으로, 일찍부터 두각을 드러낸 자신의 재능에 대한 믿음과 굳은 절개에 대한 의지를 토로하고, 길지 않은 인생을 적극적으로 살겠다는 원대한 포부를 드러냈다.

도홍경陶弘景(456~536)

남조의 단양군丹陽郡 말릉秣陵(지금의 강소성 남경南京) 사람으로 자字가 통명通明이고 자호自號가 화양은거華陽隱居였다. 송·제 두 왕조에 걸쳐서 활동했으며 양나라 때는 구곡산句曲山(일명 모산茅山)에 은거하며 무제가 몇번이나 불러도 산에서 나오지는 않고, 대신 조정에 중대한 일이 있을 때만 자문에 응했기 때문에 산중재상山中宰相이라는 별명을 얻었다. 그의 시는 쉽고 시원스러워 도연명의 풍미가 있다. 문집으로 《도은거집陶隱居集》이 있다.

詔問山中何所有賦詩以答
조 문 산 중 하 소 유 부 시 이 답

山中何所有, 嶺上多白雲.
산 중 하 소 유　　영 상 다 백 운

只可自怡悦, 不堪持贈君.
지 가 자 이 열 불 감 지 증 군

임금님이 산속에 무엇이 있느냐고 물어서 시를 지어 답한다

산속에 무엇이 있느냐고요?
산마루에 흰 구름이 많이 있지요.
그것은 스스로 즐길 수가 있을 뿐
가져다 임금님께 드릴 수가 없군요.

■ 주 석

詔問(조문) : 임금이 신하에게 조칙을 내려서 묻다.
怡悦(이열) : 좋아하다. 즐기다.
不堪(불감) : ～할 수 없다.

■ 해 제

남조시대에 양梁나라 무제武帝가 도홍경이 조정에 와서 자기를 보필해 줄 것을 요청해도 듣지 않자, 마침내 조서를 보내 산속에 도대체 무슨 귀중한 물건이 있다고 그토록 완고하게 구느냐고 물었다. 무제로서는 이해가 안 되는 일이었던 것이다. 그러나 귀중하게 여기는 물건은 사람마다 다르다. 이에 도홍경이 이 시를 지어서 답장에 대신했으니 가히 우문현답이라고 할 만하다. 도홍경의 초월적 가치관을 한눈에 알아볼 수 있는 시이다.

사조謝朓(464~499)

남조 제齊나라의 진군陳郡 양하陽夏(지금의 하남성 태강太康) 사람으로 자字가 현휘玄暉이다. 경릉왕竟陵王 소자량蕭子良의 총애를 받아 경릉팔우의 한 사람이 되었으며 선성태수宣城太守·상서이부랑尙書吏部郞 등의 관직을 역임했다. 나중에 정적들의 모함을 받아 서른여섯 살의 젊은 나이에 옥중에서 죽었다. 그의 시는 사영운의 영향을 많이 받아 산수시가 가장 뛰어난데 청일수려淸逸秀麗하고 묘사가 핍진한 것이 특색이다. 그는 성률聲律과 대장對仗을 중시하는 영명체永明體의 대표적 시인으로 근체시의 형성에 크게 영향을 미쳤다. 문집으로《사선성집謝宣城集》이 있다.

新亭渚別范零陵雲
신 정 저 별 범 령 릉 운

洞庭張樂地, 瀟湘帝子游.
동 정 장 악 지　소 상 제 자 유

雲去蒼梧野, 水還江漢流.
운 거 창 오 야　수 환 강 한 류

停驂我悵望, 輟棹子夷猶.
정 참 아 창 망　철 도 자 이 유

廣平聽方藉, 茂陵將見求.
광 평 청 방 자　무 릉 장 견 구

心事俱已矣, 江上徒離憂.
심 사 구 이 의　강 상 도 리 우

신정의 물가에서 영릉내사 범운을 전송하며

동정호는 황제가 음악을 울리던 곳

소상강은 아황과 여영이 다니던 곳

구름은 창오의 들판으로 날아가고

물은 장강과 한수의 하류로 돌아가네.

나는 수레 세우고 슬픈 눈으로 바라보고

그대는 노를 멈추고 머뭇거리네.

광평태수에 비긴단 말 듣고 비로소 위안이 되나니

황제께서 무릉으로 나를 찾아오실 것이네.

마음속에 있는 일들 모두 얘기했건만

강가에 이별의 근심만 남아 있네.

■ 주 석

新亭(신정) : 지금의 강소성 남경시南京市 서남쪽에 있던 정자로 육조시대
　에 그 일대에서 가장 유명한 정자였다.

范零陵雲(범령릉운) : 영릉내사零陵內史 범운. 영릉은 지금의 호남성 영원
　현寧遠縣 남쪽으로 당시에는 사람이 많지 않은 오지였다. 범운은 제량
　齊梁 때의 시인으로 경릉팔우竟陵八友의 한 사람이었다.

洞庭(동정) : 동정호. 호남성과 호북성 사이에 있는 큰 호수. 범운이 부임
　해 갈 영릉에서 가깝다.

張樂(장악) : 음악을 연주하다. 황제黃帝가 동정호에서 〈함지咸池〉라는 음
　악을 연주했다고 전해 온다.

瀟湘(소상) : 소수瀟水와 상강湘江. 호남지방에 있는 두 개의 큰 강으로 영
　릉 남쪽에서 합류하여 동정호로 흘러들기 때문에 흔히 소상강이라고
　한다. 범운이 부임해 갈 영릉에서 가깝다.

帝子(제자) : 요임금의 두 딸로 순임금의 왕비가 된 아황娥皇과 여영女英을
　가리킨다. 이들은 남쪽을 순수하러 나간 순임금을 찾아나섰다가 순임
　금이 창오蒼梧에서 붕어했다는 소식을 듣고 슬픔을 이기지 못해 상강
　에 몸을 던져 자살했다고 한다.

雲(운) : 하늘의 구름과 친구 범운을 동시에 가리키는 중의적 표현이다.

蒼梧(창오) : 창오산, 즉 구의산九嶷山. 호남성 영원현 남쪽에 있는 산.

水(수) : 시인 자신을 가리킨다.

江漢流(강한류) : 장강長江과 한수漢水의 하류. 당시의 도성이었던 남경을
    가리킨다. 장강과 한수는 호북성 무한武漢에서 합류하여 강소성 남경
    을 지나 황해로 들어간다.

悵望(창망) : 슬픈 심정으로 바라보다.

夷猶(이유) : 망설이다. 머뭇거리다.

廣平(광평) : 범운은 자신을 선정을 많이 베풀어 백성들의 추앙을 받은 진
    晉나라의 광평태수 정무鄭袤에 비기곤 했다.

茂陵(무릉) : 지금의 섬서성 흥평興平 부근. 한나라 사부가辭賦家 사마상여
    司馬相如가 만년에 병들어 무릉에서 지낼 때, 무제가 그에게 글을 받아
    오라고 사람을 보냈는데 그는 그 전에 이미 죽었다고 한다.

見求(견구) : 나를 찾다. '견見'은 동사 앞에 놓여서 자기 자신을 가리킨
    다.

心事(심사) : 마음속에 담아두고 있는 일. 위의 두 구절에서 말한 두 사람
    의 미래에 대한 소망을 가리킨다.

■ 해 제

곧 영릉내사로 부임해 갈 친구 범운范雲을 전송하여 지은 것이다. 전반부에서 범운
이 부임해 갈 곳에 대해서 묘사하고, 후반부에서 그와 헤어지는 아쉬움을 토로했
다. 영릉이 당시에는 아직까지 타지 사람이 생활하기 어려운 곳이었기 때문에 이별
의 아쉬움이 더 큼은 물론 조정의 처사에 대한 원망도 다소 섞여 있다.

之宣城出新林浦向板橋
지 선 성 출 신 림 포 향 판 교

江路西南永, 歸流東北騖.
강 로 서 남 영　귀 류 동 북 무

天際識歸舟, 雲中辨江樹.
천 제 식 귀 주　운 중 변 강 수

旅思倦搖搖, 孤遊昔已屢.
여 사 권 요 요　고 유 석 이 루

旣懽懷祿情, 復協滄州趣.
기 환 회 록 정　부 협 창 주 취

囂塵自茲隔, 賞心於此遇.
효 진 자 자 격　상 심 어 차 우

雖無玄豹姿, 終隱南山霧.
수 무 현 표 자　종 은 남 산 무

선성으로 가는 길에 신림포에서 나와 판교로 가며

수로는 서남쪽으로 기다랗게 뻗어 있고

도성으로 돌아가는 강은 동북쪽으로 달리는데

하늘 가엔 배들이 아스라이 떠있고

구름 속엔 나무들이 우뚝하게 솟아 있다.

객수에 지쳐서 마음이 불안하지만

외로운 유랑생활 이미 이골이 났고

이번 부임은 녹에 연연하는 내 마음도 만족시키고

은거하고픈 취향과도 잘 어울린다.

소음과 먼지는 이제부터 멀어지고

마음에 드는 일은 이제 만날 것이니

내 비록 검은 표범의 자태는 없을지라도

끝까지 남산의 안개 속에 숨으련다.

■ 주 석

宣城(선성) : 지금의 안휘성 선성현.

新林浦(신림포) : 강소성 남경시 서남쪽에 있는 포구. 신림항新林港이라고
　도 한다.

板橋(판교) : 판교포板橋浦. 신림포 남쪽에 있는 포구.

江路(강로) : 장강長江을 따라 선성으로 가는 수로를 가리킨다.

歸流(귀류) : 바다로 돌아가는 강물.

旅思(여사) : 여수旅愁. 객수客愁.

搖搖(요요) : 마음이 불안정한 모양.

旣(기)~ 復(부)~ : 이미 ~한 데다 ~하기도 하다.

懷祿情(회록정) : 관직에 연연하는 마음.

滄州趣(창주취) : 은거하고자 하는 취향.

賞心(상심) : 마음을 즐겁게 하다.

玄豹(현표) : 《열녀전烈女傳 도답자처陶答子妻》에 "남산에 검은 표범이 있
　는데 7일 동안 비와 안개를 맞으면서 산 밑으로 내려가 먹이를 찾지
　않았으니 무엇 때문일까요? 자기 털에 광택이 나게 해서 무늬를 만들
　고자 함입니다. 그렇기 때문에 숨어서 해를 피한 것입니다(南山有玄
　豹, 霧雨七日而不下食者, 何也? 欲以澤其毛而成文章也, 故藏而遠害)"
　라는 말이 있다. 나중에는 재주를 품고 있으면서도 두려워서 은거하는
　사람을 비유하는 말로 쓰이게 되었다.

■ 해 제

선성태수로 좌천되어 도성을 떠나 선성으로 가는 도중 신림포를 지나면서 지은 것
이다. 표면적으로는 좌천에 대한 불만을 극복하고 초연한 태도를 취한 것 같지만

이면을 들여다보면 좌천에 따른 불만이 대단히 컸음을 알 수 있다. 그렇기 때문에
그의 이러한 자위의 노력이 더욱 안쓰럽게 느껴진다.

晩登三山還望京邑
만 등 삼 산 환 망 경 읍

灞涘望長安, 河陽視京縣.
파 사 망 장 안　하 양 시 경 현

白日麗飛甍, 參差皆可見.
백 일 려 비 맹　참 치 개 가 견

餘霞散成綺, 澄江静如練.
여 하 산 성 기　징 강 정 여 련

喧鳥覆春洲, 雜英滿芳甸.
훤 조 복 춘 주　잡 영 만 방 전

去矣方滯淫, 懷哉罷歡宴.
거 의 방 체 음　회 재 파 환 연

佳期悵何許, 涙下如流霰.
가 기 창 하 허　누 하 여 류 산

有情知望鄉, 誰能鬒不變.
유 정 지 망 향　수 능 진 불 변

저녁에 삼산에 올라 서울을 돌아보며

파하 가에 이르러 장안을 바라보고

하양에서 서울을 바라보자니

햇살 받아 더욱 고운 날아가는 용마루가

들쭉날쭉 하나같이 볼만하구나.

저녁놀은 흩어져서 무늬비단이 되고

맑은 강은 잔잔한 게 누인 명주 같은데

요란한 새소리는 모래섬을 뒤덮고

여러 가지 꽃잎은 들판을 메웠구나.

한참 오래 머물던 곳 마침내 떠나오니

끝나버린 즐거운 잔치 자리 그립구나.

아아 좋은 시절 언제 다시 오려나?

싸락눈이 쏟아지듯 눈물이 흐르누나.

정이 있는 사람이면 고향이 그리운 법

그 누가 검은 머리 세지 않겠나?

■ 주 석

三山(삼산) : 강소성 남경시 서남쪽의 장강 가에 있는 산. 봉우리가 세 개이기 때문에 이렇게 부른다.

京邑(경읍) : 경성. 지금의 강소성 남경을 가리킨다.

灞涘(파사) : 파하灞河 가. 파하는 섬서성 남전藍田에서 발원하여 북쪽으로 흘러 서안의 동북쪽에서 위하渭河로 들어가는 강이다.

長安(장안) : 지금의 섬서성 서안西安.

河陽(하양) : 지금의 하남성 맹현孟縣 서쪽.

京縣(경현) : 경성. 하남성 낙양洛陽을 가리킨다. 낙양은 진晉나라의 도성이었다. 이 연聯은 왕찬王粲이 〈칠애시七哀詩〉에서 "남쪽으로 파릉의 언덕에 올라, 고개 돌려 장안을 바라보노라(南登灞陵岸, 回首望長安)"라고 한 말과, 반악潘岳이 〈하양현河陽縣〉에서 "고개를 뽑아서 서울을 바라본다(引領望京室)"라고 한 말을 차용하여 자신이 삼산에 올라 도성인 금릉金陵(지금의 강소성 남경)을 바라보는 것을 가리킨다.

參差(참치) : 가지런하지 않고 들쭉날쭉하다.

芳甸(방전) : 꽃향기가 가득한 들판.

方(방) : 한창.

滯淫(체음) : 오래 머물다.

流霰(유산) : 하늘에서 떨어지는 싸락눈.

鬒(진) : 검고 윤기가 있는 머리카락.

■ 해 제

선성태수宜城太守로 부임하기 위해 경성인 금릉을 떠나 장강을 거슬러 서쪽으로 가는 도중, 삼산을 지나갈 때 배에서 내려 산에 올라 경성을 돌아본 감회를 노래한 것이다. 오랫동안 살아온 경성을 떠나는 아쉬움과 이로 인하여 일어난 망향의 정이 드러나 있다.

유운柳惲(465∼517)

남조시대의 하동군河東郡 해현解縣(지금의 산서성 운성運城 서남쪽) 사람으로 자字가 문창文暢이다. 제·양 두 왕조에 걸쳐서 활동했는데 청렴결백하여 백성들의 존경을 받았다. 젊을 때 시문으로 이름을 떨쳤으며 거문고와 바둑에도 능통했다. 그의 시는 제량시대에 유행한 염려하고 부화한 시풍과는 달리 청신한 편이다.

江南曲
강 남 곡

汀洲採白蘋, 日落江南春.
정 주 채 백 빈　일 락 강 남 춘

洞庭有歸客, 瀟湘逢故人.
동 정 유 귀 객　소 상 봉 고 인

故人何不返, 春華復應晩.
고 인 하 불 반　춘 화 부 응 만

不道新知樂, 只言行路遠.
부 도 신 지 락　지 언 행 로 원

강남곡

물속의 모래섬에서 흰 네가래 따노라니
강남의 봄날에 해가 저물어 가네.
동정호에서 돌아오는 어느 나그네
소상강 가에서 우리 임을 만났다네.
"우리 임은 어찌하여 돌아오지 않나요
봄꽃이 또 다 지고 말 텐데?"하니
새사람과 사귀는 게 즐겁다곤 하지 않고
그저 길이 멀어서 그럴 거라 말하네.

■ **주 석**

江南曲(강남곡) : 악부 곡조 이름.

洞庭(동정) : 동정호. 호남성과 호북성 사이에 있는 호수.

瀟湘(소상) : 소수와 상강. 둘 다 호남성 남부에서 북쪽으로 흐르는 강인
　　데 영주永州에서 합류하여 동정호로 들어간다.

故人(고인) : 옛날의 정인情人을 가리킨다.

不道(부도) : 말하지 않다.

新知(신지) : 새로 알게 된 사람.

■ **해 제**

사랑하는 남자를 멀리 떠나보내고 기다림 속에서 나날을 보내는 한 여인이 온갖
꽃이 만발하는 봄날을 맞아 그리움이 배가되어 있던 참에, 우연하게도 자신의 정인
을 만났다는 한 남자의 입을 통해 자기 정인에게 새사람이 생겼다는 사실을 알고,
형언하기 어려운 착잡한 심경에 빠지는 모습을 형상감 있게 묘사한 시이다.

오균吳均(469~520)

남조 양梁나라의 오흥군吳興郡 고장故鄣(지금의 절강성 안길安吉 서북쪽)
사람으로 자字가 숙상叔庠이다. 그의 시문은 음률이 조화를 잘 이루면서
도 청신하고 탈속적이어서 예술적 성취가 비교적 높아 당시 사람들에게
큰 영향을 미쳤다. 문집으로 《오조청집吳朝請集》이 있다.

山中雜詩（其一）
산 중 잡 시　　기 일

山際見來烟, 竹中窺落日.
산 제 견 래 연　죽 중 규 락 일

鳥向檐上飛, 雲從窗裏出.
조 향 첨 상 비　운 종 창 리 출

산속에서 (제1수)

산등성이 저 위로 저녁 연기 올라오고

대나무 숲 틈새로 해가 지는데

새들은 처마 위로 날아오르고

구름은 창문으로 날아 나온다.

■ 주 석

山際(산제) : 산봉우리가 하늘과 맞닿은 곳.

來烟(내연) : 산 너머에 있는 마을에서 산 위로 피어오르는 연기를 가리
　　킨다.

窺(규) : 작은 틈으로 보일락말락 간신히 보인다는 말이다.

〈산중잡시〉3수 가운데 첫 번째 작품으로 어느 날 저녁나절의 산속 풍경을 한 폭의 그림처럼 묘사해 놓은바, 자연히 그 속에서 유유자적하는 시인의 한적한 심경이 잘 나타나 있다. 자신의 방에 가득하던 구름이 바람의 방향에 따라 바깥으로 날아 나오는 광경을 묘사한 마지막 구절이 그의 집이 얼마나 높은 산속에 있는지를 시각적으로 잘 표현하고 있다.

왕적王籍(?~547?)

남조의 낭야군琅邪郡 임기臨沂(지금의 산동성 임기) 사람으로 자가 문해文海이다. 제·양 두 왕조에 걸쳐 활동했는데 배우기를 좋아하고 재주가 뛰어나 심약沈約 등의 인정을 받았으나 벼슬길이 순탄하지는 않았다. 그의 시는 산수의 묘사가 뛰어나다.

入若耶溪
입 약 야 계

艅艎何泛泛, 空水共悠悠.
여 황 하 범 범   공 수 공 유 유

陰霞生遠岫, 陽景逐回流.
음 하 생 원 수   양 경 축 회 류

蟬噪林逾靜, 鳥鳴山更幽.
선 조 림 유 정   조 명 산 갱 유

此地動歸念, 長年悲倦游.
차 지 동 귀 념   장 년 비 권 유

약야계에 들어가

배들은 어찌 저리 둥실둥실 떠다니나?

하늘과 강이 모두 까마득하다.

음산한 노을은 먼 동굴에서 생기고

화창한 햇살은 소용돌이를 쫓아간다.

매미소리 시끄러워 숲이 더욱 고요하고

새소리 요란하여 산이 더욱 깊숙하다.

이곳을 보니 돌아가고픈 마음 간절하나니

오랜 객지생활이 서글퍼진다.

■ 주 석

若耶溪(약야계) : 절강성 소흥紹興의 약야산 아래로 흐르는 강.

艅艎(여황) : 원래 오나라에서 만든 큰 배 이름이었는데 나중에는 큰 배
　　를 두루 가리키게 되었다.

泛泛(범범) : 물 위에 떠다니는 모양.

空水(공수) : 창공과 물.

悠悠(유유) : 멀고 아득한 모양.

回流(회류) : 선회하는 강물. 소용돌이.

動歸念(동귀념) : 전원으로 돌아가고 싶은 마음을 발동시키다.

長年(장년) : 장기간.

倦游(권유) : 관직을 따라 여기저기로 떠돌아다니는 생활에 싫증이 나다.

■ 해 제

절강성 소흥에 있는 약야계에 갔다가 그곳의 평화롭고 아름다운 풍경을 그리고, 그
로 인하여 일어난 귀향의 염원을 노래했다. 이 시는 산수시의 걸작으로 널리 알려
져 있는데 특히 제5-6구의 표현이 예사롭지 않다.

왕포 王褒(513?~576)

낭야군琅琊郡 임기臨沂(지금의 산동성 임기) 사람으로 자가 자연子淵이다. 재주가 뛰어나 일곱 살 때 글을 지을 줄 알았다. 원래 남조의 양梁나라에서 이부상서吏部尙書, 좌복야左僕射 등의 높은 관직을 역임했는데 양나라가 망한 뒤 북조의 북주北周에서 중용되어 유신庾信과 이름을 나란히 했다. 양나라에 있을 때는 경박하고 부화한 시가 많았으나 북주로 들어간 뒤에 지은 시는 대개 나그네의 시름, 고국에 대한 그리움, 변방의 풍취와 정경 등을 읊은 것으로 웅장하고 강건한 풍격을 지니고 있다. 문집으로 《왕사공집王司空集》이 있다.

渡河北
도 하 북

秋風吹木葉, 還似洞庭波.
추 풍 취 목 엽　 환 사 동 정 파

常山臨代郡, 亭障繞黃河.
상 산 림 대 군　 정 장 요 황 하

心悲異方樂, 腸斷隴頭歌.
심 비 이 방 악　 장 단 롱 두 가

薄暮驅征馬, 失道北山阿.
박 모 구 정 마　 실 도 북 산 아

하북으로 건너가

가을바람 불어서 낙엽이 흩날리니

이것 역시 동정호의 파도 같구나.

상산은 대군과 붙어 있어서

초소와 보루가 황하를 감쌌구나.

낯선 땅의 음악에 슬픔이 복받치고

〈농두가〉 한 곡조에 애간장이 끊어지며

땅거미 질 무렵에 말을 몰고 가다가

북산의 비탈에서 그만 길을 잃었구나.

■ 주 석

河北(하북) : 하북지방. 황하의 북쪽.

洞庭(동정) : 동정호. 호남성과 호북성 사이에 있는 큰 호수.

常山(상산) : 상산관. 지금의 하북성 당현唐縣 서북쪽의 태항산太行山 동
  쪽 기슭에 있던 관문.

代郡(대군) : 지금의 하북성 울현蔚縣. 한나라 때 북방의 요충지였다.

亭障(정장) : 변방의 요충지에 설치해 놓은 초소와 보루.

異方(이방) : 이국. 이역. 원래 양나라 사람인 왕포의 관점에서 본 북주
  를 가리킨다.

隴頭歌(농두가) : 악부 곡조 이름.

征馬(정마) : 먼 길 가는 말. 자신의 말을 가리킨다.

■ 해 제

양나라에서 벼슬살이하던 왕포가 북주로 들어간 뒤 황하를 건너 북쪽으로 가면서
보고 느낀 바를 읊은 것이다. 조국을 잃은 채 산천도 다르고 음악도 다른 이국 땅
에서 살아야 하는 비통한 심경이 잘 그려져 있다.

유신庾信(513~581)

남양군南陽郡 신야新野(지금의 하남성 신야) 사람이다. 남조 제량齊梁 시기의 유명한 궁정시인 유견오庾肩吾의 아들로 어릴 적부터 궁정에 드나들며 경박하고 화려한 궁체시를 많이 지었다. 나중에 그가 사신으로서 북조의 서위西魏로 들어간 사이에 양나라가 망하자, 서위에서 그의 문재文才를 흠모한 나머지 그를 억류하고 돌려보내지 않았다. 서위가 망하고 북주北周가 들어선 뒤에도 계속하여 벼슬살이를 하다가 병이 들어 사직했다. 서위에 있을 때 개부의동삼사開府儀同三司를 역임했기 때문에 유개부라고 불린다. 그의 전기 시는 염려하고 경박하여 별로 볼 만한 것이 없으며, 고향과 고국에 대한 그리움이 주조를 이루는 후기 시는 시풍이 강건하고 비장하며 감정이 진지하고 심원하여 예술적 성취도가 상당히 높다. 특히 성률을 중시하는 남방 시의 예술기교와 북방 시의 웅건한 풍격을 결합함으로써 그 당시 사람들의 본보기가 되었을 뿐만 아니라 당시唐詩의 선구자가 되기도 했다. 문집으로《유자산집庾子山集》이 있다.

梅花
매 화

當年臘月半,　已覺梅花闌.
당 년 랍 월 반　이 각 매 화 란

不信今春晚,　俱來雪裏看.
불 신 금 춘 만　구 래 설 리 간

樹動縣冰落,　枝高出手寒.
수 동 현 빙 락　지 고 출 수 한

早知覓不見,　眞梅著衣單.
조 지 멱 불 견　진 매 착 의 단

매화

옛날에는 섣달이 반쯤 지나면
매화가 벌써 철 지났다는 느낌이 들었는데
올봄에는 늦게 핀다는 생각을 못해
다들 나와 눈 속에서 찾아보았네.
나무가 흔들려서 얼음이 떨어지고
가지가 높아서 내미는 손이 차네.
일찌감치 못 찾을 줄 알았어야 하는데
옷을 얇게 입은 것이 정말 후회스럽네.

■ 주 석

當年(당년) : 남방의 양나라에 있던 때를 가리킨다.

臘月(납월) : 섣달. 음력 12월.

闌(난) : 시들어 떨어지다.

今春晚(금춘만) : 북방의 서위에 있는 올봄에는 남방에 있던 예년보다 늦
　　게 핀다는 뜻이다.

縣冰落(현빙락) : 매화를 찾으려고 매화나무를 뒤지자 나무에 걸려 있던
　　얼음이 흔들려 떨어진다는 말이다.

出手(출수) : 매화를 찾기 위해 나무에 쌓인 눈을 걷어내기 위해 손을 내
　　미는 것.

■ 해 제

강남은 날씨가 따뜻하기 때문에 매화가 일찍 피는바, 오랫동안 강남에서 산 시인이
지금은 북쪽에 머물고 있다는 사실을 잊고 예년과 비슷한 때에 매화를 찾아나섰다
가 허탕친 것을 계기로 남방의 고국 생각에 잠긴 것이다.

擬詠懷 (其七)
의 영 회　기 칠

擬詠懷（其七）

榆關斷音信, 漢使絶經過.
유 관 단 음 신　한 사 절 경 과

胡笳落淚曲, 羌笛斷腸歌.
호 가 락 루 곡　강 적 단 장 가

纖腰減束素, 別淚損橫波.
섬 요 감 속 소　별 루 손 횡 파

恨心終不歇, 紅顔無復多.
한 심 종 불 헐　홍 안 무 부 다

枯木期塡海, 靑山望斷河.
고 목 기 전 해　청 산 망 단 하

영회시를 본떠서 (제7수)

유관에는 남쪽 나라 소식이 끊어지고

한나라의 사신은 발길이 끊어졌다.

호가는 내 눈물이 흐르게 하는 곡조

강적은 내 애가 끊어지게 하는 노래

가느다란 허리는 비단 묶음이 더 가늘어지고

이별의 눈물은 고운 눈매를 상하게 했다.

한탄하는 마음이 끝내 가시지 않으매

이제는 더 이상 홍안도 없다.

마른 나뭇가지로 바다 메우길 기대하고

청산이 황하를 막아주길 바란다.

■ 주 석

榆關(유관) : 산해관山海關. 여기서는 북방에 있는 보통의 관문을 가리킨다.

漢使(한사) : 한나라 사절. 여기서는 양나라의 사절을 가리킨다.

胡笳(호가) : 북방 호인胡人의 피리.

羌笛(강적) : 강족羌族의 피리.

束素(속소) : 한 묶음의 흰 비단. 여자들의 가는 허리를 가리킨다. 송옥宋玉의 〈등도자호색부登徒子好色賦〉에 "눈썹은 비취새의 깃털과 같고, 살결은 새하얀 눈과 같고, 허리는 묶어 놓은 흰 비단 같고, 이는 조개를 물고 있는 것 같습니다(眉如翠羽, 肌如白雪, 腰如束素, 齒如含貝)"라는 말이 있다.

橫波(횡파) : 옆으로 치는 파도. 여기서는 여인의 눈매를 가리킨다.

塡海(전해) : 염제炎帝의 딸이 동해에 빠져 죽어서 정위精衛라는 새로 변했는데, 그 새가 날마다 서산에 있는 나무와 돌을 물어 날라서 동해를 메우려고 했다는 중국 신화가 있다.(《산해경山海經 북산경北山經》 및 《술이기述異記》 참조)

靑山(청산) : 오악 중의 서악 화산을 가리킨다. 역도원酈道元의 《수경주水經注 하수河水》에 "화산은 본래 하나의 산으로서 황하를 가로막고 있었기 때문에 황하가 그 앞을 지날 때는 돌아서 갔는데, 황하의 신 거령이 손으로 치고 발로 밟아서 둘로 쪼갰는바 지금도 손바닥과 발의 자국이 여전히 남아 있다(華嶽本一山當河, 河水過而曲行, 河神巨靈, 手盪腳蹋, 開而爲兩, 今掌足之跡仍存)"라는 말이 있다. 이 연聯은 자신의 소망이 이루어질 수 없을 것이라는 절망감을 표현하는 동시에, 그럼에도 불구하고 기적이 한 번 일어나 주기를 기대하는 애절한 심경을 토로하고 있다.

단정할 수는 없지만 여러 가지 정황으로 미루어 볼 때 완적의 〈영회시〉를 본떠서
지은 것으로 보이는 유신의 〈영회시를 본떠서〉는 모두 27수로 구성된 연작시로, 서
위에 머물 때 망국의 한과 고국에 대한 그리움, 자신의 불우한 신세 등을 노래한
것이다. 이 시는 그 가운데 일곱 번째 것으로 한나라 때 화친을 맺기 위한 조건으
로 오랑캐에게 끌려간 왕소군王昭君 같은 여인이 고국을 그리는 형식으로, 자신의
고국에 대한 그리움을 노래한 것이다.

擬詠懷（其二十六）
의 영 회　기 이 십 륙

蕭條亭障遠, 凄慘風塵多.
소 조 정 장 원　처 참 풍 진 다

關門臨白狄, 城影入黃河.
관 문 림 백 적　성 영 입 황 하

秋風別蘇武, 寒水送荊軻.
추 풍 별 소 무　한 수 송 형 가

誰言氣蓋世, 晨起帳中歌.
수 언 기 개 세　신 기 장 중 가

영회시를 본떠서 (제26수)

초소와 보루가 저 멀리에 쓸쓸하고
먼지도 처량하게 자욱이 흩날린다.
관문은 백적을 향해 서있고
성벽은 황하에 그림자를 드리웠다.
추풍에 소무와 작별한 이릉이요
역수에서 연 태자가 떠나보낸 형가로다.

기개가 세상을 뒤덮는다 누가 말했나
새벽에 일어나 장막 안에서 〈해하가〉를 불렀거늘.

■ 주 석

蕭條(소조) : 쓸쓸한 모양.

亭障(정장) : 변방의 요충지에 설치해 놓은 초소와 보루.

凄慘(처참) : 처량하다.

風塵(풍진) : 바람에 흩날리는 먼지.

白狄(백적) : 춘추시대 적족狄族 가운데 하나. 여기서는 보통의 적국을
가리킨다.

蘇武(소무) : 한나라 때 사람으로 흉노족에게 억류되어 온갖 회유와 협
박에도 굴하지 않고 절개를 지키다가 19년 만에 귀국했다. 이때 흉노
의 회유와 협박을 못이겨 투항했던 친구 이릉李陵이 침통한 심경으로
그에게 송별연을 벌여주었다. 이 구절은 자신을 고국으로 돌아가지
못하는 이릉에 비유한 것이다.

荊軻(형가) : 전국시대 위衛나라 사람으로 위나라가 망한 뒤 연燕나라로
망명했는데 연나라 태자 단丹과 모의하여 진왕秦王 정政(나중의 진시
황제)을 암살하러 갔으나 사전에 발각되어 실패하는 바람에 피살되고
말았다. 그가 연나라를 떠날 때 태자 단이 역수易水 가에서 그를 위해
송별연을 열어주었다. 이 구절은 다시는 고국으로 돌아가지 못하는
자신을 형가에 비유한 것이다.

氣蓋世(기개세) : 기개가 세상을 뒤덮다. 항우項羽는 해하垓下에서 한나
라 군사에게 포위당한 이른바 사면초가四面楚歌의 상태에 처했을 때
장막 안에서 "나는 힘이 산을 뽑고 기개가 세상을 뒤덮는데, 시절이
불리하여 내 말이 앞으로 가지 않네. 내 말이 앞으로 가지 않으니 이
일을 어찌하리? 우희여 우희여, 그대를 어찌하리?(力拔山兮氣蓋世,

時不利兮騅不逝. 騅不逝兮可奈何? 虞兮虞兮奈若何?)"하고 〈해하가垓
下歌〉를 불렀다. 이 구절은 어찌해 볼 도리가 없는 자신의 신세를 항
우의 그것에 비유한 것이다.

■ 해제

북국의 변방 풍광을 보면서 간절해진 고국 생각과 어찌해 볼 도리가 없는 답답한
자신의 처지를 이릉·형가·항우 등에 비유하여 하소연한 것이다.

음갱陰鏗(?~?)

무위군武威郡 고장姑藏(지금의 감숙성 무위) 사람으로 양·진 두 왕조에
걸쳐 활동했으며 자字가 자견子堅이다. 청려한 시풍이 하손何遜과 유사하
기 때문에 당시 사람들이 음하陰何라고 병칭했다. 그의 시는 산수와 경물
의 묘사에 뛰어났다.

五洲夜發
오 주 야 발

夜江霧裏闊, 新月迥中明.
야 강 무 리 활   신 월 형 중 명

溜船唯識火, 驚鳧但聽聲.
유 선 유 식 화   경 부 단 청 성

勞者時歌榜, 愁人數問更.
노 자 시 가 방   수 인 삭 문 경

오주에서 밤에 떠나

넓디넓은 강에는 밤안개가 자욱하고

머나먼 하늘에는 초승달이 훤하다.

달려가는 배들은 불빛만 빤히 보이고

놀라서 깬 물오리는 푸덕이는 소리만 들린다.

지친 이는 이따금 노래하며 노를 젓고

불안한 이는 자꾸만 시간을 물어본다.

■ 주 석

五洲(오주) : 호북성 희수현浠水縣의 난계蘭溪 서쪽에 있는 장강 안의 섬.

溜船(유선) : 강 위를 미끄러지듯이 달려가는 배.

勞者(노자) : 노를 젓느라 지친 뱃사공을 가리킨다.

愁人(수인) : 배에 탄 승객을 가리킨다.

數(삭) : 자주.

問更(문경) : 몇 경이나 되었는지 묻다. 날 샐 때까지 얼마나 남았느냐고
　　묻는다는 뜻이다.

■ 해 제

안개가 자욱한 밤에 배를 타고 먼길을 가는 사람의 불안하고 초조한 심경을 노래
한 것이다. 전체적으로 엄격하게 대장對仗을 강구했으면서도 표현이 매우 자연스러
운 시이다.

2-2 남북조南北朝 악부樂府

2-2-1 남조악부南朝樂府

子夜歌（其一）
자 야 가   기 일

落日出前門, 瞻矚見子度.
낙 일 출 전 문   첨 촉 견 자 도

冶容多姿鬢, 芳香已盈路.
야 용 다 자 수   방 향 이 영 로

자야가 (제1수)

해질 무렵 앞문을 나섰다가

지나가는 그대를 바라보았지.

귀밑머리 곱게 넘겨 아름다운 얼굴

꽃다운 향기 길에 가득하네.

■ **주 석**

落日(낙일) : 지는 해. 석양.

瞻矚(첨촉) : 보다. 바라보다.

子度(자도) : '자子'는 그대, '도度'는 지나가다. '자도'를 인명으로 보기도 한
   다.

冶容(야용) : 아름다운 얼굴.

芳香(방향) : 꽃다운 향기.

子夜歌 (其二)
자 야 가 　기 이

芳是香所爲, 冶容不敢當.
방 시 향 소 위　　야 용 불 감 당

天不奪人願, 故使儂見郎.
천 불 탈 인 원　　고 사 농 견 랑

자야가 (제2수)

이 향내는 향수 때문이니

고운 얼굴이란 말 감당할 수 없어요.

하늘이 인간의 바람을 저버리지 않아서

저로 하여금 임을 뵙게 한 것이지요.

■ 주 석

儂(농) : 나. 저.

子夜歌 (其三)
자 야 가 　기 삼

宿昔不梳頭, 絲髮被兩肩.
숙 석 불 소 두　　사 발 피 량 견

婉伸郎膝上, 何處不可憐.
완 신 랑 슬 상　　하 처 불 가 련

자야가 (제3수)

지난 밤 머리 빗지 않고

실 같은 머리 양 어깨에 드리운 채,

임의 무릎 베고 누웠으니

어딘들 사랑스럽지 않았으랴?

■ 주 석

宿昔(숙석) : 지난 밤. '석昔'은 '석夕'과 통한다.

梳頭(소두) : 머리를 빗다.

婉伸(완신) : '굴신屈伸'과 같은 말로, 여러 가지 자태를 짓는 모양.

可憐(가련) : 사랑스럽다. 어여쁘다.

子夜歌 (其七)
자 야 가   기 칠

始欲識郎時, 兩心望如一.
시 욕 식 랑 시   양 심 망 여 일

理絲入殘機, 何悟不成匹.
이 사 입 잔 기   하 오 불 성 필

자야가 (제7수)

처음에 임을 알고자 했을 때

두 마음이 하나 되기를 바랐지요.

실을 고르며 짜던 베틀에 앉았으나

한 필도 다 짜지 못할 것 어찌 알았으리오?

■ 주 석

理絲(이사) : 실을 고르다. 실을 손질하다.

殘機(잔기) : 짜다 버려 둔 베틀.

成匹(성필) : 한 필을 완성하다. 필匹은 '배필配匹'을 암시한다.

■ 해 제

〈자야가子夜歌〉는 악부곡명樂府曲名으로 송대宋代 곽무천郭茂倩이 편집한 《악부시집樂府詩集》에 〈자야가〉가 42곡 실려 있다. 여기서는 그 중 4곡만을 뽑았다. 《송서宋書 악지樂志》에 의하면 이 노래는 진晉나라 때 자야子夜라는 여자가 지은 것이라 한다. 남조南朝의 가곡歌曲들은 이처럼 짧으면서도 애틋한 정. 특히 여인의 애상을 노래한 것이 많다.

子夜四時歌
자 야 사 시 가

春歌二十首 (其一)
춘 가 이 십 수　　기 일

春風動春心, 流目矚山林.
춘 풍 동 춘 심　　유 목 촉 산 림

山林多奇采, 陽鳥吐淸音.
산 림 다 기 채　　양 조 토 청 음

자야사시가

봄노래 20수 (제1수)

봄바람에 마음이 싱숭생숭해져서

두리번두리번 산림을 둘러보니

산림이 울긋불긋 곱기도 한데

봄새들이 예서제서 맑은 소리 토해낸다.

子夜四時歌(자야사시가) : 〈자야가〉를 변형시킨 것으로 춘가·하가·추
　　가·동가로 나누어진다. 곽무천의 《악부시집 청상곡사淸商曲辭》에 민
　　가 75수 이외에 문인들이 창작한 시도 다수 수록되어 있다. 민가 75수
　　는 다시 춘가 20수, 하가 20수, 추가 18수, 동가 17수로 나누어져 있
　　다.

春心(춘심) : 봄을 맞아 일어나는 싱숭생숭한 마음.

流目(유목) : 두리번거리며 여기저기 둘러보다.

奇采(기채) : 기이한 색채.

陽鳥(양조) : 따뜻한 곳을 찾아다니는 철새. 여기서는 작년에 떠났다가 봄
　　을 맞아 다시 돌아온 새를 가리킨다.

春歌二十首（其十）
춘 가 이 십 수　　기 십

春林花多媚, 春鳥意多哀.
춘 림 화 다 미　　춘 조 의 다 애

春風復多情, 吹我羅裳開.
춘 풍 부 다 정　　취 아 라 상 개

봄노래 20수 (제10수)

봄숲엔 꽃들 아름답고

봄새들 노랫소리 애달픈데.

봄바람은 또 다정스레

내게 불어와 비단 치마를 들추네.

■ 주 석

媚(미) : 아름답다.

夏歌二十首（其七）
하 가 이 십 수   기 칠

田蠶事已畢, 思婦猶苦身.
전 잠 사 이 필   사 부 유 고 신

當暑理絺服, 持寄與行人.
당 서 리 치 복   지 기 여 행 인

여름 노래 20수 (제7수)

뽕밭 일 이미 마쳤는데
시름겨운 아낙은 여전히 고달프네.
여름이라 고운 베옷을 만들어
객지에 있는 임에게 부치네.

■ 주 석

思婦(사부) : 시름 안고 있는 부인.
絺服(치복) : 고운 갈포로 지은 옷.
行人(행인) : 길 떠난 사람. 객지에 있는 남편을 뜻한다.

秋歌十八首（其二）
추 가 십 팔 수   기 이

清露凝如玉, 涼風中夜發.
청 로 응 여 옥   양 풍 중 야 발

情人不還臥, 冶遊步明月.
정 인 불 환 와　야 유 보 명 월

가을 노래 18수 (제2수)

맑은 이슬이 옥같이 맺히고
서늘한 바람이 밤중에 분다.
사랑하는 임 돌아와 눕지 않고
나돌아다니며 달빛 속을 걷는가?

■ 주 석

還臥(환와) : 돌아와 눕다.
冶遊(야유) : 나돌아다니다. 일 없이 남녀가 집밖에서 노는 것을 뜻한다.

冬歌十七首 (其一)
동 가 십 칠 수　기 일

淵冰厚三尺, 素雪覆千里.
연 빙 후 삼 척　소 설 복 천 리

我心如松柏, 君情復何似?
아 심 여 송 백　군 정 부 하 사

겨울 노래 17수 (제1수)

연못 얼음 두께는 3척
흰 눈 덮인 천리 길.
내 마음은 소나무 잣나무인데
그대의 정은 무엇과 같은가요?

淵冰(연빙) : 연못의 얼음.
素雪(소설) : 흰 눈.

■ 해 제

〈자야사시가〉는 〈자야가子夜歌〉의 가락을 모방하여 후세 사람들이 만든 사시四時 행락行樂의 노래로 대부분 애원哀怨과 연모戀慕의 정을 묘사하였다. 남조의 악부민가로 송대宋代 곽무천郭茂倩이 편집한 《악부시집樂府詩集 청상곡사淸商曲辭》에 수록되어 있는데, 현재는 〈춘가春歌〉 20곡, 〈하가夏歌〉 20곡, 〈추가秋歌〉 18곡, 〈동가冬歌〉 17곡 등 모두 75곡이 전해진다. 춘가와 하가가 20곡인 것으로 보아 추가에서 2곡, 동가에서 3곡이 실전失傳되었을 가능성이 있다. 〈오성사시가吳聲四時歌〉 혹은 〈자야오가子夜吳歌〉라고 하기도 하고, 간략하게 〈사시가四時歌〉라고 하기도 한다.

華山畿 (其一)
화 산 기   기 일

華山畿, 君旣爲儂死, 獨生爲誰施!
화 산 기   군 기 위 농 사   독 생 위 수 시

歡若見憐時, 棺木爲儂開.
환 약 견 련 시   관 목 위 농 개

화산기 (제1수)

화산의 기슭에서
그대 이미 저 때문에 세상을 떠났으니
누굴 위해 혼자서 살겠나이까?
임이 저를 가련히 여기신다면
저를 위해 관 뚜껑을 열어주소서.

■ 주 석

華山畿(화산기) : 남조시대에 건강建康(지금의 강소성 남경南京)을 중심으로 하는 장강 하류지역의 민가인 〈오성가곡吳聲歌曲〉의 하나. '화산華山'은 강소성 구용현句容縣 북쪽에 있는 산으로 서악 화산과는 무관하며 '기畿'는 주변을 가리킨다.

儂(농) : '나'를 가리키는 오지방의 방언.

施(시) : 목적어 '독생獨生'이 앞으로 도치된 형태로 '(혼자 사는 삶을) 살다'라는 뜻.

歡(환) : 사랑하는 사람.

見憐(견련) : 나를 사랑하다. 나를 가련히 여기다. 이밀李密의 〈진정표陳情表〉에 '태어난 지 여섯 달 만에 자상하신 아버지는 저를 버리셨습니다(生孩六月, 慈父見背)'라고 하고, 양만리楊萬里의 〈다음날 취해서 돌아가니(次日醉歸)〉에 '해 저물어 무척이나 돌아가고 싶은데, 주인이 한사코 나를 붙잡네(日晚頗欲歸, 主人苦見留)'라고 한 바와 같이, '견見'은 동사 앞에 놓여서 '나'를 가리킨다.

■ 해 제

곽무천郭茂倩의 《악부시집》에 〈화산기華山畿〉 25수가 수록되어 있는데 이것은 그 가운데 첫 번째 작품이다. 이 민가에 관하여 《고금악록古今樂錄》에 '〈화산기〉는 남조 송나라 소제 때의 〈오뇌곡〉의 하나로 역시 변형된 곡조이다(〈華山畿〉者, 宋少帝時懊惱一曲, 亦變曲也)'라고 설명한 뒤 다음과 같은 애절한 전설을 소개했다. 소제 때 남서南徐(지금의 강소성 진강鎭江) 땅의 한 선비가 화산 기슭에서 운양雲陽(지금의 강소성 단양丹陽)으로 가다가 여관에서 18, 9세 된 여자를 보고 좋아하게 되었으나 사귈 길이 없어서 상사병이 났다. 어머니가 그 까닭을 알고 화산으로 그녀를 찾아가 사실대로 얘기했더니 그 여자가 감동하여 자신의 무릎덮개를 주면서 몰래 요 밑에 넣어주어서 그것을 깔고 자게 하면 나을 것이라고 했다. 며칠이 지나자 과연 차도가 있었는데 선비가 갑자기 요를 들다가 무릎덮개를 발견하고는 끌어안고 있더니 마침내 그것을 삼키고 죽어버렸다. 숨이 끊어지려 할 때 그가 어머니에게 자기 영구차가 반드시 화산을 지나가게 해 달라고 했다. 수레가 그녀의 대문 앞에 이르자 영구차를 끄는 소가 아무리 때려도 앞으로 나아가려고 하지 않았다. 그때 그녀가 나와서 잠시 기다리라고 하더니 들어가 곱게 단장하고 나와서 이 노래를 불렀다. 그러자 관 뚜껑이 열리고 여자가 관 속으로 들어갔다. 가족들이 그녀를 구하려고 애썼지만 소용이 없었다. 두 사람을 합장하고 그 무덤을 신녀총神女冢이라고 했다.

讀曲歌 (其七十六)
독 곡 가　기 칠 십 륙

暫出白門前, 楊柳可藏烏.
잠 출 백 문 전　양 류 가 장 오

歡作沈水香, 儂作博山爐.
환 작 침 수 향　농 작 박 산 로

독곡가 (제76수)

오늘 잠시 백문 앞에 나가봤더니
까마귀가 숨을 만큼 버들가지 무성했네.
임께서는 침수향이 되시오소서
이 몸은 박산로가 되겠나이다.

■ 주 석

讀曲歌(독곡가) : 남조시대에 건강建康(지금의 강소성 남경南京)을 중심으로 하는 장강 하류지역의 민가인 〈오성가곡吳聲歌曲〉의 하나. '독곡讀曲'이란 곡조를 붙이지 않고 그냥 나직하게 읊조린다는 뜻으로 '독곡獨曲'으로도 쓰는바, 주로 남녀간의 연애감정을 노래하는 데 썼다. 《악부시집 청상곡사淸商曲辭》에 민가 89수와 장호張祜의 시 5수가 수록되어 있다.

白門(백문) : 남조시대의 건강성建康城 남문인 의양문宜陽門의 별칭.

歡(환) : 사랑하는 사람.

沈水香(침수향) : 향의 일종. '침향沈香' 또는 '밀향蜜香'이라고도 한다. 여기서는 보통의 향을 가리킨다.

儂(농) : '나'를 가리키는 오지방의 방언.

博山爐(박산로) : 뚜껑에 신선들이 산다는 바다 속의 산을 조각해 놓은 향로. 여기서는 보통의 향로를 가리킨다.

■ 해제

곽무천의 《악부시집》에 수록된 89수 가운데 76번째 작품이다. 봄이 와서 버들가지가 무성해진 것을 보고, 갑자기 춘정이 발동한 한 젊은 여인이 사랑하는 사람과 자신의 관계가 향과 향로처럼 되어 늘 함께 있을 수 있기를 바라는 염원을 노래한 시이다.

長干曲
장 간 곡

逆浪故相邀, 菱舟不怕搖.
역 랑 고 상 요   능 주 불 파 요

妾家揚子住, 便弄廣陵潮.
첩 가 양 자 주   편 롱 광 릉 조

장간곡

마주오는 풍랑을 기꺼이 맞이하며

마름 배가 흔들려도 겁내지 않네.

우리 집은 양자진 나루에 있어

광릉의 조수를 곧잘 탄다네.

長干曲(장간곡) : 남조시대에 장간(지금의 강소성 남경에서 남쪽으로 약
    5리 떨어진 곳) 지방에서 유행한 민가로 곽무천의《악부시집 잡곡가사
    雜曲歌辭》에 남조 민가인 이 시와 당나라 시인 최호崔顥가 지은 4수가
    수록되어 있다.

逆浪(역랑) : 사람을 향하여 다가오는 파도.

菱舟(능주) : 강남지방 특산물인 마름을 채취하기 위하여 타는 배.

妾(첩) : 여자들이 자기 자신을 낮추어 일컫는 말.

揚子(양자) : 양자진揚子津. 양주 부근의 장강을 양자강이라고 하는데 이
    양자강 북쪽 언덕에 양자진이라는 나루가 있었다.

便(편) : 익숙하다.

廣陵潮(광릉조) : 광릉의 조수 즉, 양자강의 조수. 광릉은 양주의 다른 이
    름이다.

■ 해 제

양자진이라는 강가의 마을에 사는 한 여인의 대담하고 활달한 모습을 노래한 것으
로, 소박하고 진실한 소시민의 감정을 평이하고 자연스러운 언어로 생동감 있게 묘
사했다.

2-2-2 북조악부北朝樂府

企喩歌辭 四曲 (其一)
기 유 가 사 사 곡   기 일

男兒欲作健, 結伴不須多.
남 아 욕 작 건   결 반 불 수 다

鷂子經天飛, 群雀兩向波.
요 자 경 천 비   군 작 량 향 파

기유가사 4곡 (제1수)

남아가 남아답고자 할 때

친구가 많아야 하는 법은 아니지.

새매가 하늘을 날고 있으면

뭇 참새 양쪽으로 흩어져 달아나는 법.

■ 주 석

健(건) : 건아健兒. 호걸다운 남자.

結伴(결반) : 친구를 맺다. 친구를 사귀다.

鷂子(요자) : 새매.

兩向波(양향파) : 좌우 양편으로 흩어져 달아나다. '파波'는 '파播'의 뜻으
　　로 달아나다, 도망하다.

企喩歌辭 四曲（其四）
기 유 가 사　사 곡　　기 사

男兒可憐蟲, 出門懷死憂.
남 아 가 련 충　출 문 회 사 우

尸喪狹谷中, 白骨無人收.
시 상 협 곡 중　백 골 무 인 수

기유가사 4곡 (제4수)

남아는 가련한 벌레

문을 나서게 되면 죽을 걱정을 해야 되니.

좁은 골짜기에서 죽어버리면

백골조차 거둘 사람이 없네.

■ 주 석

可憐蟲(가련충) : 가련한 벌레 같은 존재.

尸喪(시상) : 죽어버리다.

■ 해 제

〈기유가〉는 모두 4곡으로 《악부시집》의 양고각횡취곡梁鼓角橫吹曲에 수록되어 있
다. 일종의 군가軍歌와 같은 성격의 노래이며, 이 중 제4수는 부융苻融이 지은 시라
는 설이 있다.

折楊柳歌辭（其四）
절 양 류 가 사 　 기 사

遙看孟津河, 楊柳鬱婆娑.
요 간 맹 진 하 　 양 류 울 파 사

我是虜家兒, 不解漢兒歌.
아 시 로 가 아 　 불 해 한 아 가

절양류가사 (제4수)

저 멀리 맹진 앞의 황하를 바라보니

버들가지 너울너울 울창도 하다.

나는야 북방의 오랑캐이니

중국 노래 따위는 알 바 없도다.

■ 주 석

折楊柳歌辭(절양류가사) : 북조 민가의 하나. 곽무천의 《악부시집 횡취곡
　　사橫吹曲辭》에 5수가 수록되어 있는데 주제가 각기 다르다.

孟津(맹진) : 하남성 맹현孟縣 서남쪽의 황하 가에 있던 나루.

婆娑(파사) : 춤추는 모양.

虜家兒(노가아) : 북방 오랑캐.

漢兒(한아) : 한족漢族.

■ 해 제

곽무천의 《악부시집 횡취곡사橫吹曲辭》에 수록되어 있는 〈절양류가사〉 5수 가운데
네 번째 것으로, 북방의 이민족이 멀리서 황하를 바라보며 한족의 노래를 들은 감
회를 노래한 것이다. 마지막 구절에서 화자가 자기는 한족의 노래를 이해하지 못한
다고 했으므로 이 시는 원래 이민족의 언어로 지어진 것을 한문으로 번역한 것일

가능성이 크다. 한족과 이민족이 한데 섞여 산 북조시대의 사회상이 선명하게 나타나 있다.

折楊柳枝歌（其二）
절 양 류 지 가 기 이

門前一株棗, 歲歲不知老.
문 전 일 주 조 세 세 부 지 로

阿婆不嫁女, 那得孫兒抱.
아 파 불 가 녀 나 득 손 아 포

절양류지가 (제2수)

대문 앞에 서 있는 대추나무 한 그루
해마다해마다 늙을 줄을 모르네.
할머니 당신 딸이 시집가지 않으면
무슨 수로 손자를 안아 보겠소?

■ **주 석**

折楊柳枝歌(절양류지가) : 북조 민가의 하나. 곽무천의 《악부시집 횡취곡
　　사橫吹曲辭》에 4수가 수록되어 있는데 〈절양류가사〉와 거의 일치하는
　　제1수를 제외하면 나머지 3수는 시집가고 싶은 생각이 간절한 여인의
　　심리를 그린 것이다.
棗(조) : 대추나무. 다산多産의 상징으로 결혼하지 못하는 화자와 대조를
　　이룬다.
不知老(부지로) : 열매가 많이 열린다는 의미를 함유하고 있다.
阿婆(아파) : 할머니. 나이 많은 여자에 대한 경칭. 여기서는 자기 어머니

를 할머니라고 부름으로써 자신의 나이가 상당히 많음을 암시한다.

嫁女(가녀) : 딸을 시집보내다.

那得(나득) : 어떻게 ~할 수 있는가.

■ 해 제

곽무천의 《악부시집 횡취곡사橫吹曲辭》에 수록되어 있는 〈절양류지가〉 4수 가운데 두 번째 것으로 시집갈 때가 지난 한 여인의 심리상태를 묘사한 것이다. 빈번한 전쟁으로 인하여 젊은 남자의 수가 급격히 적어진 탓에 결혼 상대를 찾기 어려울 뿐만 아니라, 농사 지을 일손마저 부족해진 북조시대의 사회상이 해학적인 필치로 그려져 있다.

捉搦歌（其三）
착 닉 가　　기 삼

華陰山頭百丈井, 下有流水徹骨冷.
화 음 산 두 백 장 정　　하 유 류 수 철 골 랭

可憐女子能照影, 不見其餘見斜領.
가 련 녀 자 능 조 영　　불 견 기 여 견 사 령

착닉가 (제3수)

화음산 꼭대기의 백 길짜리 깊은 우물

그 아래의 맑은 물은 뼈에 사무치게 차네.

사랑스런 아가씨 자기 몸매 비추는데

다른 것은 안 보이고 기우뚱한 목만 보이네.

捉搦歌(착닉가) : 북조 민가의 하나. 곽무천의《악부시집 횡취곡사橫吹曲
辭》에 4수가 수록되어 있는데 모두 혼기에 찬 여인들의 춘정을 노래했
다. '착닉捉搦'이 붙잡는다는 뜻이기 때문에 청춘 남녀가 서로 상대방
의 환심을 사기 위해 부르는 노래라는 뜻으로 받아들여진다.

華陰山(화음산) : 화음(지금의 섬서성 화음현 동남쪽)에 있는 산을 두루
가리키는 범칭泛稱이다.

徹骨(철골) : 뼈를 꿰뚫다.

可憐(가련) : 사랑스럽다.

■ 해 제

곽무천의《악부시집 횡취곡사橫吹曲辭》에 수록되어 있는 〈착닉가〉 4수 가운데 세
번째 것으로 자기 몸매에 도취되어 있는 한 젊은 여인의 자태를 그렸다.

敕勒歌
칙 륵 가

敕勒川, 陰山下,
칙 륵 천   음 산 하

天似穹廬, 籠蓋四野.
천 사 궁 려   농 개 사 야

天蒼蒼, 野茫茫,
천 창 창   야 망 망

風吹草低見牛羊.
풍 취 초 저 견 우 양

칙륵가

칙륵천 가의

음산 기슭에

하늘은 파오처럼

사방의 들판을 동그랗게 에워쌌다.

하늘은 새파랗고

들판은 아득한데

바람 불어 풀이 눕자 소와 양이 보인다.

■ 주 석

敕勒歌(칙륵가) : 북조 민가의 하나. 곽무천의 《악부시집》에 인용된 《악
　　부광제樂府廣題》에 의하면 북제北齊의 신무神武 황제가 북주를 공격하
　　다가 대패하여 북주 황제의 비웃음을 사자 신무 황제가 곡률금曲律金
　　에게 명하여 이 노래를 부르게 했다고 한다. 《악부시집 잡가요사雜歌
　　謠辭》에 이 민가 이외에 온정균의 〈칙륵가〉 1수가 더 수록되어 있다.

敕勒川(칙륵천) : 칙륵족이 북조시대에 지금의 산서성 북부에 거주하던
　　종족이므로 칙륵천은 이들의 거주 지역에 있던 시내일 것이나 구체적
　　인 위치는 알려져 있지 않다.

陰山(음산) : 내몽고자치구에 있는 음산산맥을 가리킨다.

穹廬(궁려) : 옛날에 북방민족이 치고 살던 담요로 된 장막. 천막집. 파
　　오.

四野(사야) : 사방의 들판.

蒼蒼(창창) : 짙푸른 모양.

茫茫(망망) : 넓고 먼 모양.

《악부시집》의 해제에 '그 노래는 본래 선비족의 말로 지어졌는데 그것을 북제의 말로 바꾸었기 때문에 구절의 길이가 일정하지 않다(其歌本鮮卑語, 易爲齊言, 故其句長短不齊)'라고 했다. 북조시대에 칙륵족의 민가였던 이 시는 묘사가 그야말로 한 폭의 그림처럼 형상적이어서 북방 유목민족의 생활상이 눈앞에 펼쳐져 있는 듯하다.

3. 수당시隋唐詩

수隋나라는 오랜 기간 혼란과 분열의 양상을 보인 중국을 통일하였지만
겨우 30여년 간 유지하다가 당나라에 의하여 멸망되었다. 그 기간이 짧고
이렇다 할 시인이 없었기 때문에 시사상 큰 의미를 갖지 못하였고, 중국
고전 시가는 그를 이은 당나라에 와서 만개한다.

당대에는 시詩, 산문散文, 소설小說, 변문變文 등 다양한 장르의 문학이 함께
발전하였다. 그러나 그 중에서도 시가 최고의 번영을 구가하여, 한마디로 당
대唐代 문학은 시가 대표한다고 할 수 있을 정도이다. 시는 우선 양적으로 놀
랄 만큼 발전하였다. 당시唐詩를 전부 수록했다고는 볼 수 없는《전당시全唐
詩》에 의거하더라도 시인의 수가 2,200여 명이고, 수록된 시는 48,900여 수
首나 된다. 이는 당唐 이전의 것을 모두 합친 것보다도 많은 양이니, 당시의
양적 발전이 얼마나 급격한 것이었는지를 이 사실 하나만 보아도 짐작할 수
있을 것이다. 그리고 질적으로도 최고의 경지에 이르러, 율시律詩, 절구絶句
등의 근체시近體詩가 완성되었고 고체시古體詩가 더욱 원숙해졌다. 갖가지의
제재題材와 인간정서가 시에 다루어졌으며, 기법技法도 다양하고 세련되어졌
다.

당시가 이처럼 극성할 수 있었던 데에는 여러 가지 원인이 있다. 한대漢
代 이래로 악부 민가가 유행하고, 위진 이후로 많은 문인들이 시를 창작함
으로써 많은 시가詩歌가 전해졌고 다양한 시작 경험이 축적되었는데, 당
대의 시인들은 이러한 유산을 물려받을 수 있었다. 게다가 당조唐朝의 황
제들이 모두 시를 짓거나 읽기를 좋아하고 문인들의 부시賦詩를 격려하여
시 창작에 유리한 풍조가 조성되었으며, 시부詩賦로 취사取士하는 과거제

도科擧制度가 많은 사람들로 하여금 시를 존중 애호하게 하였고, 경제적인 번영과 교육의 보급 및 가무와 음악의 성행 등은 시의 일반화를 촉진시켰으니, 바로 이런 요인으로 인하여 당시가 극성할 수 있었던 것이다.

번성하던 당나라는 안사安史의 난을 겪어 쇠퇴해지고, 전화戰禍로 인하여 인민 대중이 참혹한 생활을 하게 된다. 이후 문란한 조정이 갖가지 정치적·사회적 문제를 노정하게 되었는데, 이러한 시대상황도 시인들로 하여금 깊은 자각을 하게 하고, 그것을 시에 반영하려는 욕구를 촉발시키게 되어, 이 또한 당시가 내용상 성숙해지는 계기가 되었다.

초당初唐은 당나라 개국(618)으로부터 현종玄宗이 즉위하기 전해(712)까지의 시기로, 이 시기의 시인들은 전대前代 시가에 대한 결산과 평가를 통해 점차 건안시가建安詩歌의 풍골風骨을 학습하고 제齊·양梁의 문풍文風을 비판할 필요성을 인식하였다.

당 태종太宗 때 궁정에는 여러 대신들이 왕정王政을 찬미하고 칭송하는 시를 지었다. 그들은 내용적으로 태평성대를 가송하면서 대우對偶와 화려한 표현에 심혈을 기울였다. 그 결과 상관의上官儀(608~664)의 주도로 이른바 상관체上官體가 용삭龍朔(661~663) 연간에 출현하였다.

초당사걸初唐四傑은 왕발王勃(650~676), 양형楊炯(650~694?), 노조린盧照隣(637?~689), 낙빈왕駱賓王(640?~684?)으로, 이들에 의해 당시는 혁신의 첫발을 내딛게 된다. 그들의 시를 읽어보면 정관貞觀 시기 이래 세상과 시대를 바로잡고 구하려는 의지를 노래하고, 위업과 공덕을 찬미하며, 교만과 광영에의 안주를 경계하는 내용을 담고 있음을 알 수 있다. 이런 시들이 궁정문학과 다른 점은 환상과 열정, 그리고 성명聖明이 펼쳐지는 시대에 초야에 묻혀 지내는 것을 달가워하지 않는 참여정신과, 그것이 실현되지 못했을 때의 불평이 터져 나왔다는 것인데, 이러한 기골氣骨이야말로 초당 시풍 변화의 핵심이다.

초당사걸을 이어 두심언杜審言(645?~708), 심전기沈佺期(656?~714?), 송지문宋之問(656?~712) 등의 시인이 배출되었는데, 이들은 시의 격률에

공력을 기울여, 중국 근체시는 이들에 의해서 완성되어갔다.

초당사걸 이후 당시의 형성과정에서 중요한 역할을 담당했던 사람으로 진자앙陳子昻(661~702)을 꼽을 수 있다. 그는 문학정신에 있어서 건안의 기골과 제·양의 문풍 사이의 차이점을 구별하여 초당사걸이 극복하지 못했던 이론과 창작 사이의 모순을 해결할 수 있었다. 그는 당초唐初의 상관체로부터 문장사우文章四友와 심전기·송지문에 이르기까지 꾸준히 발전해온 궁정의 형식주의 문풍을 비판하였고, 미자풍유美刺諷諭라는 유가儒家의 풍아관風雅觀을 탈피하여 한·위 풍골과 흥기興寄를 시에 담아내야 한다고 주장하였다.

진자앙 이후 초·성당 교체기에 당시의 형성과정에서 중요한 역할을 한 사람으로 장열張說과 장구령張九齡이 있다. 장열(667~730)은 진자앙과 동시대인으로 주로 측천무후 후기부터 현종玄宗 전기까지 정계政界와 문단에서 활약했는데, 성당의 많은 문인들이 흠모했던 문단의 종주였다고 할 수 있다. 그는 굴원屈原·송옥宋玉 이래의 역대 문학에 대해 전체적으로 긍정적인 태도를 지녔고, 왕발·양형·진자앙 등의 혁신의 공을 인정하면서도 그들의 편협한 면을 경계하였다.

장구령(673~740)은 정치와 문학에 있어서 장열과 뜻을 같이하여, 가의賈誼·사마상여司馬相如·조식曹植·왕찬王粲 등이 풍아를 어그러뜨렸다고 생각하는 왕발·양형 등의 편파적인 정통관념에 반대하였다. 장구령의 〈감우感遇〉 12수를 보면 관직에서 물러나 홀로 지내면서 자신의 절조를 지키는 한편, 적막한 자신의 처지를 달갑게 여기지 않는 현사賢士의 회한을 서술하는 것을 중심적 의도로 삼고 있어서, 그가 말하는 '수사愁思'와 '원자怨刺'라는 것이 주로 벼슬길에 나아가는 것과 물러나는 것에 대한 지식인의 감각을 말하는 것임을 알 수 있다.

성당盛唐은 현종玄宗 개원開元 연간(713~742)의 번영과 안사의 난으로 인한 파국을 함께한 시기이다. 당시는 이 시기에 급속도로 발전하고 다양한 모습으로 만개하였다. 안사의 난 이전 전성을 구가하던 시기에는 많은 시인들로 하여금 비범한 재능을 시작詩作에 쏟게 하고 자유로운 창작 정신을 마음껏 발휘하게 하였으며, 천보天寶(742~755) 이후의 쓰라린 체험은 이들에게 새로운 자각을 불러일으켜 사회상을 시에 반영하게 하여, 시의 황금시대를 이루었던 것이다. 따라서 이 시기의 시에는 전란 전의 시대정신을 반영한 낭만적이고 낙관적인 시풍이 있는가 하면, 전란 후의 시대상을 담고 있는 현실적이고 침울한 시풍도 있다.

그리고 가행체歌行體를 위주로 하여 변새의 풍물과 생활을 노래한 남성적인 시가 쓰여졌는가 하면, 도잠陶潛 이래로 잠시 단절되었던 자연시自然詩도 당시에 유행하였던 은일사상隱逸思想의 영향으로 본격적으로 쓰여졌다. 이 시기의 주요 작가로는 변새시파의 잠참岑參, 고적高適, 왕창령王昌齡, 산수전원시파의 왕유王維, 맹호연孟浩然, 낭만주의 시인인 이백李白, 현실주의 시인인 두보杜甫를 들 수 있다.

잠참(715~770)은 구속이 심한 율시체보다는 자유로운 악부민가의 어조로써 변새지방의 풍경이나 전쟁의 광경을 그려내었다. 그의 시는 애국심을 바탕으로 하여 호매한 의기와 분방한 정열이 반영되어 있어서, 시풍이 웅기雄奇한 특징이 있다. 고적(702?~765)은 변새시를 쓰면서 원정나간 지아비의 고통, 그들을 기다리는 부인의 애타는 심정까지 잘 표현하여, 그의 시는 호방한 가운데 애원哀怨도 깃들어 있다. 왕창령(698?~757?)은 변새파 시인에 속하지만 잠참, 고적과는 또 다른 특색이 있다. 잠참 등은 고시와 악부체에 뛰어났지만 왕창령은 절구, 특히 칠언절구를 잘 운용하였고, 운미韻味가 그들을 능가하였다. 그는 변새시 외에 규원시도 잘 지었다.

왕유(701~761)는 성당은 물론 당대唐代 전체를 대표하는 산수전원시인이다. 그의 산수시는 담백한 묘사에 자연스러운 표현으로 세속적인 꾸밈의 흔적이 없다. 그리고 화취畫趣가 있어 '시중유화詩中有畵'의 평을 받는다. 맹호연(689~740)은 시가 왕유시에 비해 초연한 맛이 적으나 나름대로 뛰어난 작품세계를 갖고 있다. 그리고 그의 산수시는 사의寫意보다는 사실寫實에 뛰어나다는 평을 받고 있다.

이백(701~762)은 당대 낭만파 시인의 제일인자로, 그의 시는 안사의 난 이전의 당대 시정신을 집대성한 것이라 할 수 있다. 그의 작품은 웅방한 기풍에 최대의 특색이 있다고는 하지만, 그의 천재적인 조예는 어느 한 방면에 국한되지 않아, 그의 시에는 비장, 표일, 퇴방, 향염, 한적 등 갖가지의 풍격이 보이고 시의 제재도 다양하다. 그리고 그가 가장 잘하였던 시체는 그의 자유분방한 시상을 표현하기에 적합한 5·7언 가행체歌行體였지만, 다른 악부체나 고시, 절구 역시 당대 최고의 경지를 보여주고 있다.

두보(712~770)는 사회시파의 개척자로서, 그의 시는 시사詩史라고 불리운다. 그는 유가적이고 현실주의적인 사상의 소유자로서, 그의 시에는 그대로 그의 사상이 반영되어 있다. 안사의 난으로 도탄에 빠진 동포의 참상이 그의 시정신을 격발시켜, 그는 시를 통해 현실의 비참한 실상을 반영하는 데 최대의 노력을 경주했고, 이에 따라 그의 시풍도 자연히 침울 비장하였다. 시율의 구속을 싫어했던 이백과는 달리 한 자 한 자를 심사숙고하여 시를 지었던 그는, 엄격한 규칙을 지키면서 치밀하게 시를 구성하여 자신의 사상과 감정을 담았고, 이로 인해 중국의 고전시 중 가장 시율이 엄격하다 할 수 있는 율시가 그에 의해서 비로소 본격적인 면모를 갖추게 되었다. 그리고 표현기교적인 면에서도 그의 시는 고전시의 새로운 지평을 열어, 이후 시작의 전범이 되었다.

이상의 시인들 외에도 변새시파 계열의 최호崔顥, 이기李頎, 왕지환王之渙, 왕한王翰 등과 산수자연시파 계열의 저광희儲光羲, 배적裵迪, 기무잠綦毋潛, 구위丘爲, 상건常建 등이 이 시기에 활동하면서 몇몇 우수한 작품들을 남기고 있다.

중당은 안사의 난 이후로 당 제국이 점점 와해되면서 사회와 문화 전반에 커다란 변혁이 진행된 때이다. 시인들은 민중의 생활과 감정에 근접하여 현실주의적 작품을 양산하면서 새로운 자아를 발견해 나갔다. 성당의 시가 전통을 계승하면서 악부시도 채택하여 문인의 시가 창작에 새로운 기풍을 형성하였다. 산수시, 변새시의 바탕 위에 사회문제를 다룬 현실주의적이며, 백성의 언어와 정서를 수용한 평이한 시가의 개척은 중당 시가의 큰 성과이다. 중당 말기 일군의 시인들이 시구를 갈고 다듬기에 힘쓴 기풍도 이 시대의 주요한 특징이다.

위응물韋應物(737~792)은 도연명陶淵明과 왕유王維, 맹호연孟浩然을 이어 산수 자연과 그 속의 은일생활을 읊었다. 유장경劉長卿(709~780?)도 산수시에 업적을 남겼다. 유종원柳宗元(773~819), 유우석劉禹錫(772~842)은 이 시기의 대표적인 자연시인이다. 유종원은 140여 수의 시를 남겨 작품은 적은 편이지만 〈강설江雪〉은 천고의 명편으로 꼽힌다. 그의 시는 언어가 소박하고 자연스러우면서도 내용이 심원하다. 유우석은 지금의 사천 지방의 풍물을 민가풍으로 읊은 〈죽지사竹枝詞 9수〉를 지어 후대 〈죽지사〉의 물길을 열었다. 대력십재자大曆十才子는 교유의 수단으로 시를 지으면서도 사회 현실을 외면하지는 않았다. 이익李益(746~829)과 대숙륜戴叔倫(732~789)은 사회문제에 적극적으로 시를 통해 발언하였다.

원결元結, 백거이白居易(772~846), 원진元稹(779~831)이 신악부운동新樂府運動을 전개하면서 민중의 정서를 수용하는 시를 대량으로 지어 중당 시의 뚜렷한 특징을 형성하였다. 특히 백거이는 신악부운동의 주도적인 인물로, 시의 공용적 가치를 중시하여 시를 통해 사회의 부조리와 민중의 고통을 알리고 위정자의 잘못을 풍간하려고 하였다. 〈신악부 50수〉와 〈진중음秦中吟 10수〉는 바로 이러한 의도로 지은 작품 가운데 가장 대표적인 것이다. 그리고 그는 시의 공용적 기능을 효과적으로 달성하기 위하여 평이하고 통속적인 표현을 사용하였다.

한유韓愈(768~824)와 맹교孟郊(751~814)는 두보를 계승하여 각자의 개성이 담긴 독자적인 시풍을 열어 나갔다. 한유는 대문장가답게 시의 창작에서도 이른바 '산문으로 시를 짓는다'는 주장을 폈으며, 용운도 평상의 궤도를 벗어나는 것이 많아 괴이스럽다는 평을 받는다. 자연히 그의 시는 산문에 가깝고 내용도 의론적인 작품이 많다. 맹교의 시도 한유와 풍격이 닮아 자주 한유와 병칭된다. 그의 시는 대부분이 고시이며 율시는 거의 없다. 수식을 배제한 담담하고 쉬운 시어로 하층민의 고통과 번진의 횡포를 읊었다.

가도賈島(779~843)는 시구를 갈고 다듬기에 힘써 '퇴고推敲'라는 어휘를 남겼으며, 스스로도 3년에 걸쳐 시구 2구를 얻었다고 실토하기도 하였다. 그는 자연히 율시에 뛰어났으며, 쓸쓸하고 처량한 정조를 즐겨 읊었다. 이하李賀(790~816)는 중국 시사에서 보기 드문 특별한 시인이다. 그는 초사와 고악부, 제량齊梁시대의 궁체시宮體詩, 이백과 두보, 한유 등을 학습하고, 나아가 자신의 독창을 더하여 독특한 시풍을 개척하였다. 그의 시의 가장 큰 특징은 풍부하고 기이한 상상력과 아름답고 산뜻한 시어라고 할 수 있다. 그의 시풍은 그만의 독특한 감성으로 낭만을 넘어 괴기스럽기까지하다.

만당은 극심한 혼란의 시기였다. 이러한 시기에는 지식인들이 사회의 부조리를 바로잡아 살기 좋은 세상을 만들어보려고 노력하기보다는 사회에 대한 관심을 아예 끊고 주색이나 즐기는 퇴폐적인 생활을 지향하는 경향이 있다. 따라서 문인들도 인생을 위한 문학이나 사회를 위한 문학을 지양하고, 문학 자체를 최고의 가치로 생각하는 이른바 문학을 위한 문학을 지향하는 경향이 있다. 만당의 시단 역시 예외가 아니어서 이 시기에는 남북조 시기에 성행했던 유미주의의 시풍이 부활하여 한 시대를 풍미했다. 이러한 시풍의 대표자로 두목杜牧과 이상은李商隱이 있다.

두목(803~852)은 우승유牛僧孺 일파와 이덕유李德裕 일파가 벌인 '우리 당쟁牛李黨爭'의 틈바구니에서 뜻을 제대로 펴보지 못한 채 주루기관酒樓妓館에서 풍류나 즐기며 지낸 시간이 많았기 때문에 이러한 정취가 그의 시에 많이 반영되어 있다. 그러나 그의 시 중에는 지나치게 화려하거나 난삽하다기보다는 평이하고 자연스러우며 그래서 감칠맛 나는 것이 많다. 당시 사람들이 그를 두보에 비견하여 '소두小杜'라고 불렀거니와 그는 만당의 대표적인 시인으로서 손색이 없다.

이상은(812~858) 역시 우리당쟁의 희생자로서 일생의 대부분을 지방의 하급관리로 보냈다. 그의 인생 역정은 두목과 비슷하지만 그의 시풍은 두목과 달랐다. 그는 어렵고 괴벽한 시어를 즐겨 쓰고 난해한 전고典故를 많이 인용했는데 이것은 시의 내용과 무관하지 않다. 그는 남녀간의 애정을 즐겨 노래했는데 이런 주제를 다루기에는 쉽고 자연스러운 표현보다는 애매모호하여 알 듯 말 듯한 표현을 쓰는 편이 유리하기 때문일 것이다. 어쨌든 이로 인하여 그의 시는 중국의 역대 시가 가운데 가장 난해하다는 평가를 받는다.

두목과 이상은 이외에 온정균溫庭筠·위장韋莊·한악韓偓 등도 화려한 언어로 감상적인 내용의 시를 즐겨 지었다.

만당 시기에는 이처럼 유미주의의 시풍이 성행했지만 그래도 사회의 부조리를 고발한 시가 없지는 않았다. 이런 시풍의 대표자로 피일휴皮日休와 두순학杜荀鶴이 있다.

피일휴(843?~883?)는 젊을 때 전국 각지를 돌아다니며 각지의 사회문제를 직접 목격했다. 그 뒤에 잠시 관직생활을 하기도 했으나 황소黃巢의 난에 가담했다가 피살되었을 정도로 사회의 부조리에 대하여 비분강개하는 성격의 소유자였다는 사실을 통하여 그의 시풍을 가늠해 볼 수 있다.

두순학(846~907)은 46세에 과거에 급제하여 관직생활은 순탄치 못했으나 시명詩名은 일찍부터 알려져 있었을 정도로 시재가 빼어났다. 그의 시는 황소의 난 이후의 각종 사회문제를 쉽고 통속적인 시어를 사용하여 악부체가 아닌 근체시 형식으로 노래했다는 것이 큰 특징이다.

피일휴와 두순학 이외에도 조업曹鄴·육구몽陸龜蒙·우분于濆·나은羅隱·섭이중攝夷中·진도옥秦韜玉 등이 당시의 사회적 문제를 자신의 시에 담았다.

양광楊廣(569~618)

수隋 양제煬帝로 홍농弘農 화음華陰(지금의 섬서성陝西省에 속함) 출신이다. 문제文帝의 차남으로 태어나 수나라의 두 번째 황제가 되어 604년부터 618년까지 재위하였다. 즉위한 뒤 만리장성을 축조하고 동도東都 낙양洛陽을 세웠으며 남북을 연결하는 대운하를 완성하는 등 대규모의 토목공사를 자주 벌였다. 백성에게 과중한 부담을 준 결과 각지에서 민란이 일어났고, 세 차례 고구려를 침입하였으나 대패하였다. 만년에는 전란을 외면하고 양주揚州에서 사치스런 생활을 하다가, 친위대 신하인 우문화급宇文化及에게 살해당했다. 문학을 애호하여 《전수시全隋詩》에 40여 수의 시가 전한다.

春江花月夜
춘 강 화 월 야

暮江平不動, 春花滿正開.
모 강 평 부 동 　 춘 화 만 정 개

流波將月去, 潮水帶星來.
유 파 장 월 거 　 조 수 대 성 래

봄강의 꽃피고 달 밝은 밤

저물녘의 강물은 잔잔하여 미동도 않고

봄꽃은 시야 가득히 활짝 피어 있다.

흐르는 물결은 달을 데려가고

조수는 별을 데리고 다가온다.

〈춘강화월야〉는 악부樂府 오성가곡명吳聲歌曲名으로, 남조南朝 진陳 후주後主 진숙보陳叔寶가 지었다. 원사原詞는 이미 없어졌지만, 수 양제(양광) 및 당唐의 장약허張若虛 · 온정균溫庭筠 · 장자용張子容 등이 이 제목으로 지은 작품이 남아 있다. 양광의 이 시는 평이한 시어를 사용하여 제목의 뜻을 잘 구현해 냈다는 평가를 받고 있다.

설도형薛道衡(540~609)

자字는 현경玄卿이며, 하동河東 분음汾陰(지금의 산서성山西省 만영萬榮) 출신이다. 수隋의 문신文臣으로 문제文帝의 신임을 받았으나, 양제煬帝에게 미움을 받아 죽임을 당했다. 수의 시인 중에서 성취가 가장 높았는데, 문집 30권은 소실되었으며 《설사예집薛司隷集》 1권이 전해진다. 《선진한위진남북조시先秦漢魏晉南北朝詩》에 20여 수의 시가 수록되어 있다.

昔昔鹽
석 석 염

垂柳覆金堤, 蘼蕪葉復齊.
수 류 복 금 제　　미 무 엽 부 제

水溢芙蓉沼, 花飛桃李蹊.
수 일 부 용 소　　화 비 도 리 혜

采桑秦氏女, 織錦竇家妻.
채 상 진 씨 녀　　직 금 두 가 처

關山別蕩子, 風月守空閨.
관 산 별 탕 자　　풍 월 수 공 규

恒斂千金笑, 長垂雙玉啼.
항 렴 천 금 소　　장 수 쌍 옥 제

盤龍隨鏡隱, 彩鳳逐帷低.
반 룡 수 경 은   채 봉 축 유 저

飛魂同夜鵲, 倦寢憶晨雞.
비 혼 동 야 작   권 침 억 신 계

暗牖懸蛛網, 空梁落燕泥.
암 유 현 주 망   공 량 락 연 니

前年過代北, 今歲往遼西.
전 년 과 대 북   금 세 왕 료 서

一去無消息, 那能惜馬蹄.
일 거 무 소 식   나 능 석 마 제

밤마다의 그리움

늘어진 버들이 금빛 제방을 덮고
궁궁이 잎이 다시 가지런히 돋았다.
맑은 물은 부용 못에 넘실거리고
복사꽃 자두꽃이 오솔길에 흩날린다.
뽕잎을 따는 진씨댁 아가씨
비단을 짜는 두씨댁 아내.
산 넘어 떠난 사내는 돌아오지 않는데
바람과 달빛 아래 아내는 빈 방 지킨다.
천금을 주고 살 미소는 거두어들이고
언제나 두 줄기 눈물 흘리며 울고 있다.
구불구불한 용무늬도 거울 따라 숨었고
채색 봉황도 휘장 따라 낮게 드리웠다.
떠도는 혼은 밤까치처럼 의지할 데 없고
밤에는 뒤척이며 새벽닭 울기를 기다린다.

닫힌 지 오랜 창문엔 거미줄이 걸려있고

텅 빈 들보에는 제비집 진흙이 떨어진다.

지난해에는 대군代郡의 북쪽을 지나갔는데

금년에는 요서 지방으로 갔다고 한다.

한 번 떠나간 뒤론 아무 소식 없지만

어찌 말굽을 아껴 돌아오지 않는 것이랴!

■ 주 석

昔昔鹽(석석염) : '석석昔昔'은 '야야夜夜'와 같고, '염鹽'은 '염艶'과 같아서 굳이 번역하면 '밤마다의 그리움' 정도가 될 것이다. 이것은 일종의 악부곡조로 근대곡近代曲에 속한다.

秦氏女(진씨녀) : 진씨댁 아가씨. 이 명칭은 뽕잎 따는 아가씨를 일반적으로 지칭한 것일 뿐, 구체적으로 한 여인을 지칭한 것이 아니다. 여기서는 한漢 악부민가 〈맥상상陌上桑〉에 나오는 진나부秦羅敷의 이미지를 빌려 그녀가 정절이 굳음을 암시하였다.

竇家妻(두가처) : 직금회문시織錦回文詩로 유명한 두도竇滔의 아내 소혜蘇蕙를 가리킨다. 여기서는 그녀가 소혜처럼 남편에 대한 정이 깊음을 암시하였다.

蕩子(탕자) : 집을 떠나 먼 타향에서 떠도는 나그네. 여기서는 여인의 남편을 가리킨다.

風月(풍월) : 청풍명월淸風明月의 준말로 아름다운 풍경을 가리킨다.

雙玉(쌍옥) : 두 눈에서 흘러내리는 맑은 눈물방울. '쌍루雙淚'와 같다.

盤龍(반룡) : 거울의 뒷면에 새겨진 구불구불한 용무늬. 이 구절은 여인이 화장할 마음이 내키지 않아 장시간 거울을 꺼내들지 않았다는 말이다.

彩鳳(채봉) : 휘장에 수놓은 채색 봉황. 이 구절은 여인이 침상에서 일어날 마음이 내키지 않아 휘장이 낮게 드리워져 있다는 말이다.

飛魂(비혼) : 떠도는 혼. 그리움 때문에 마음의 안정을 이루지 못하는 혼. 이 구절은 조조曹操의 〈단가행短歌行〉에 나오는 '달빛 밝아 별빛 희미한데, 까마귀와 까치 남쪽으로 날아왔지만, 나무 주위를 빙빙 돌 뿐이니, 어느 가지에 의탁할 수 있을까?(月明星稀, 烏鵲南飛, 繞樹三匝, 何枝可依?)'의 이미지를 빌려 그녀가 의지할 데 없는 처지임을 말한 것이다.

暗牖(암유) : 닫힌 지 오래되어 어두워진 창문.

燕泥(연니) : 제비가 집을 만드는 데 쓰는 진흙.

代(대) : 대군代郡. 지금의 하북河北·산서山西 두 성省 북쪽의 맞닿아 있는 곳.

遼西(요서) : 지금의 하북성河北省 북동부와 요녕遼寧 일대를 가리킨다.

惜馬蹄(석마제) : 말굽을 아까워하다. 이 구절은 남편이 어찌 말굽이 아까워서 돌아오려 하지 않겠느냐는 말이다.

■ 해 제

이 시는 악부구제樂府舊題를 빌려 규원閨怨을 묘사한 작품이다. 시인은 여인이 처한 환경과 처지를 다각도로 묘사하면서 멀리 떠난 남편을 그리워하며 독수공방하는 아내의 심정을 핍진하게 묘사하여 많은 독자들의 심금을 울렸다. 특히 '닫힌 지 오랜 창문엔 거미줄이 걸려있고, 텅 빈 들보에는 제비집 진흙이 떨어진다.(暗牖懸蛛網, 空梁落燕泥.)' 2구는 비유가 뛰어나고 묘사가 생동적이어서 명구名句로 전해진다.

3-2 당시唐詩

3-2-1 초당시初唐詩

노조린盧照隣(637?~689)

자字는 승지升之, 호號는 유우자幽憂子이며, 유주幽州 범양范陽(지금의 하북성河北省 탁현涿縣) 출신이다. 어려서부터 문명文名을 떨쳐 등왕부전첨鄧王府典籤을 역임하였다. 20대 중반에 큰병에 걸려 벼슬을 그만두고 각지를 전전하며 투병생활을 계속하였으나, 끝내는 영수潁水에 빠져 자살하였다. 이러한 인생역정으로 인해, 그의 전기 시는 기세가 있고 분방한 반면, 후기 시는 현실에 대한 불평을 위주로 하게 된다. 칠언가행에 뛰어났으며 《유우자집幽憂子集》 7권을 남겼다.

長安古意
장 안 고 의

長安大道連狹斜,　青牛白馬七香車.
장 안 대 도 련 협 사　　청 우 백 마 칠 향 거

玉輦縱橫過主第,　金鞭洛繹向侯家.
옥 련 종 횡 과 주 제　　금 편 락 역 향 후 가

龍銜寶蓋承朝日,　鳳吐流蘇帶晚霞.
용 함 보 개 승 조 일　　봉 토 류 소 대 만 하

百丈游絲爭繞樹,　一群嬌鳥共啼花.
백 장 유 사 쟁 요 수　　일 군 교 조 공 제 화

啼花戲蝶千門側,　碧樹銀臺萬種色.
제 화 희 접 천 문 측　　벽 수 은 대 만 종 색

複道交窗作合歡,　雙闕連甍垂鳳翼.
복 도 교 창 작 합 환　쌍 궐 련 맹 수 봉 익

梁家畫閣天中起,　漢帝金莖雲外直.
양 가 화 각 천 중 기　한 제 금 경 운 외 직

樓前相望不相知,　陌上相逢詎相識.
누 전 상 망 불 상 지　맥 상 상 봉 거 상 식

借問吹簫向紫煙,　曾經學舞度芳年.
차 문 취 소 향 자 연　증 경 학 무 도 방 년

得成比目何辭死,　願作鴛鴦不羨仙.
득 성 비 목 하 사 사　원 작 원 앙 불 선 선

比目鴛鴦眞可羨,　雙去雙來君不見.
비 목 원 앙 진 가 선　쌍 거 쌍 래 군 불 견

生憎帳額繡孤鸞,　好取門簾帖雙燕.
생 증 장 액 수 고 란　호 취 문 렴 첩 쌍 연

雙燕雙飛繞畫梁,　羅幃翠被鬱金香.
쌍 연 쌍 비 요 화 량　나 위 취 피 울 금 향

片片行雲著蟬鬢,　纖纖初月上鴉黃.
편 편 행 운 착 선 빈　섬 섬 초 월 상 아 황

鴉黃粉白車中出,　含嬌含態情非一.
아 황 분 백 거 중 출　함 교 함 태 정 비 일

妖童寶馬鐵連錢,　娼婦盤龍金屈膝.
요 동 보 마 철 련 전　창 부 반 룡 금 굴 슬

御史府中烏夜啼,　廷尉門前雀欲栖.
어 사 부 중 오 야 제　정 위 문 전 작 욕 서

隱隱朱城臨玉道,　遙遙翠幰沒金堤.
은 은 주 성 림 옥 도　요 요 취 헌 몰 금 제

夾彈飛鷹杜陵北,　探丸借客渭橋西.
협 탄 비 응 두 릉 북　탐 환 차 객 위 교 서

俱邀俠客芙蓉劍,　共宿娼家桃李蹊.
구 요 협 객 부 용 검　공 숙 창 가 도 리 혜

娼家日暮紫羅裙, 淸歌一囀口氛氳.
창가일모자라군　청가일전구분온

北堂夜夜人如月, 南陌朝朝騎似雲.
북당야야인여월　남맥조조기사운

南陌北堂連北里, 五劇三條控三市.
남맥북당련북리　오극삼조공삼시

弱柳靑槐拂地垂, 佳氣紅塵暗天起.
약류청괴불지수　가기홍진암천기

漢代金吾千騎來, 翡翠屠蘇鸚鵡杯.
한대금오천기래　비취도소앵무배

羅襦寶帶爲君解, 燕歌趙舞爲君開.
나유보대위군해　연가조무위군개

別有豪華稱將相, 轉日回天不相讓.
별유호화칭장상　전일회천불상양

意氣由來排灌夫, 專權判不容蕭相.
의기유래배관부　전권판불용소상

專權意氣本豪雄, 靑虯紫燕坐春風.
전권의기본호웅　청규자연좌춘풍

自言歌舞長千載, 自謂驕奢凌五公.
자언가무장천재　자위교사릉오공

節物風光不相待, 桑田碧海須臾改.
절물풍광불상대　상전벽해수유개

昔時金階白玉堂, 卽今唯見靑松在.
석시금계백옥당　즉금유견청송재

寂寂寥寥揚子居, 年年歲歲一床書.
적적료료양자거　연년세세일상서

獨有南山桂花發, 飛來飛去襲人裾.
독유남산계화발　비래비거습인거

장안에서 옛일을 생각하며

장안의 대로는 좁은 골목이 무수히 이어져 있고
청우靑牛와 백마白馬가 끄는 칠향거七香車가 쉴새없이 지나간다.
귀인의 옥수레가 종횡으로 공주의 저택을 방문하고
황금채찍 든 이들이 잇달아 왕후王侯의 저택으로 향한다.
기둥의 용이 물고 있는 수레덮개는 아침 해에 빛나고
봉 부리가 토해 내는 오색 술은 저녁놀을 띠고 있다.
길게 늘어져 날리는 유사游絲는 다투어 나무를 둘러싸고
한 무리의 아름다운 새가 함께 꽃속에서 지저귄다.
새 울고 나비 날아다니는 수많은 대궐 문 곁에는
푸른 나무 사이로 은빛 누대가 형형색색 빛난다.
누각을 잇는 복도의 격자 창문은 합환무늬를 이루고
두 망루는 용마루가 잇달아 봉황 날개를 드리웠다.
귀족 저택의 채색 누각은 하늘로 우뚝 솟아 있고
한漢 무제武帝가 세운 금빛 기둥이 구름 위로 솟아 있다.
누각 앞에서 위아래로 바라보아도 서로 모르고
길거리에서 만나도 어찌 서로를 알 수 있으랴?
퉁소를 불며 자색 구름 향해 날아간 이 누구인가?
일찍이 가무를 배우며 꽃다운 날을 보낸 여인이란다.
비목어比目魚같이 지낼 수만 있다면 어찌 죽음을 사양하랴?
한 쌍의 원앙이 될 수만 있다면 신선도 부럽지 않으리.
비목어와 한 쌍의 원앙은 참으로 부러워할 만하니
짝지어 오고가는 것을 그대는 보지 못했는가?

가장 미운 것은 휘장 입구에 수놓은 외로운 난새
문의 주렴에는 즐겨 한 쌍의 제비장식을 붙여놓는다.
제비는 쌍쌍이 날아다니며 채색 들보를 맴돌고
비단 휘장과 비취 이불에는 울금향이 배어 있다.
매미 날개 머리는 하늘에 떠가는 조각구름 같고
이마에 칠한 아황鴉黃은 가느다란 초승달처럼 보인다.
곱게 단장한 가기歌妓와 무녀舞女가 수레 안에서 나오니
교태를 머금은 표정이 각양각색으로 아리땁다.
곱게 화장한 가동歌童이 탄 것은 철련전鐵連錢 무늬의 보마寶馬
가기와 무녀가 탄 것은 용무늬의 황금빛 수레.
어사대부의 관저 안에서는 까마귀가 밤에 울고
사법관의 관청 문앞에는 참새가 깃들려고 한다.
보일 듯 말 듯 붉은 성벽은 옥도玉道에 임해 있고
아득히 푸른 수레 휘장은 금빛 둑으로 사라진다.
두릉杜陵 북쪽에서 탄환 끼고 매를 날리며 사냥하고
위교渭橋 서쪽에서 제비를 뽑아 청부살인을 한다.
건달들이 함께 모여 부용검을 차고 일을 행하고
복사꽃 길 따라 기생집으로 가서 함께 묵는다.
기생들은 해가 지자 붉은 비단치마를 입고서
맑은 노래 구성지게 부르니 입에서 향기가 풍긴다.
밤마다 북당北堂의 여인들은 아름답기가 달덩이 같고
아침마다 남쪽 거리에는 말 탄 손님이 구름 같다.
남쪽 길과 북당은 북리에 이어져 있어서
종횡으로 도로가 사통오달이라 장보기가 편하다.

하늘거리는 버들과 홰나무가 늘어져 땅을 스치고
열띤 분위기에 홍진이 일어 하늘을 어둡게 한다.
한대漢代의 금위군禁衛軍 집금오執金吾 천 명이 말을 타고 와서
비취빛 도소屠蘇 미주美酒를 앵무배鸚鵡杯에 따라 마시니
비단저고리와 아름다운 허리띠를 그대 위해 풀고
연燕과 조趙의 멋진 가무를 그대 위해 펼친다.
따로 장군과 재상을 호언장담하는 사람들이
황제의 마음을 돌리는 데 양보할 줄 모른다.
그로부터 비롯된 의기가 관부灌夫를 밀쳐내고
전권을 휘둘러 소망지蕭望之를 용납하지 않는다.
전권과 의기는 본래 세도가의 것이니
청룡마靑龍馬와 자연류紫燕騮를 타고 봄바람에 우쭐댄다.
스스로 가무가 천년을 지속하리라 말하고
부귀영화가 다섯 귀공貴公을 능가한다고 한다.
계절 따라 만물과 풍광은 머물러 있지 않아
상전桑田이 벽해碧海로 바뀌는 것도 순식간의 일이다.
지난날 금빛 계단과 백옥의 호화로운 저택이
지금은 모두 사라지고 푸른 소나무만 보인다.
적막하고 쓸쓸했던 양웅揚雄의 거처에는
세월이 흘러가도 서가의 책뿐이로다.
오직 종남산에 계수나무꽃이 피어나
바람에 흩날리며 내 옷깃에 떨어진다.

古意(고의) : '옛 주제의 모방'이란 뜻의 '의고擬古'와 같다. 전대前代의 고
사를 읊음으로써 자신의 뜻을 기탁하는 경우의 시제詩題이다.

狹斜(협사) : 좁은 골목. 이는 대개 기원妓院 등의 유흥업소로 통한다.

七香車(칠향거) : 일곱 가지 향목香木으로 만든 화려한 수레.

玉輦(옥련) : 옥으로 장식한 화려한 수레. 일반적으로 황제가 타는 수레를
가리키는 말이나 여기서는 귀족들이 타는 수레를 지칭하였다. 사람이
끄는 일종의 인력거이다.

主第(주제) : 공주의 저택.

金鞭(금편) : 황금으로 장식한 말채찍. 여기서는 이것으로 말탄 이를 지칭
하였다.

洛繹(낙역) : 끊임없이 이어진 모양.

龍銜寶蓋(용함보개) : 보석으로 장식한 원형 수레덮개를 떠받치고 있는
기둥에 용무늬를 새겨 넣어, 마치 용이 수레덮개를 물고 있는 듯한 형
상을 가리킨다.

鳳吐流蘇(봉토류소) : 수레 위 봉황 머리 모양의 갈고리에 술을 매달아 마
치 봉황이 부리로 술을 토해내고 있는 듯한 형상을 가리킨다. 이 두
구절은 귀족들의 수레가 아침해가 뜰 때 나와서는 해가 질 때까지도
돌아가지 않고 있다는 말이다.

游絲(유사) : 봄날 거미 등의 벌레가 토해내어 공중에 흩날리는 가느다란
실 같은 것을 가리킨다.

千門(천문) : 수많은 대궐 문. 궁전의 건축물이 많고 복잡함을 형용하였다.

複道(복도) : 궁전 안에서 누각과 누각을 연결하는 공중통로. 그 밑의 지
면에 길이 하나 더 있으므로 '복도複道'라고 칭하였다.

交窗(교창) : 무늬를 새겨 넣은 격자 창문.

合歡(합환) : 마앵화馬櫻花. 일명 합혼合昏 또는 야합夜合이라고도 한다.
깃 모양의 겹잎이 달려 있는데, 여러개의 작은 잎이 모여 한 개의 큰

잎을 구성한다. 그 작은 잎들이 낮에는 떨어져 있다가 밤이 되면 모여 들므로 '합환合歡'이라고 하였다. 이는 남녀간 만남의 기쁨을 뜻하기도 하여 애정을 상징하는 도안으로 사용되었다.

雙闕(쌍궐) : 궁문宮門 앞 양옆에 있는 망루望樓를 궐闕이라고 하는데, 한 대漢代의 미앙궁未央宮에는 동궐東闕과 북궐北闕이 있었으므로 쌍궐이 라고 하였다.

連甍(연맹) : 용마루가 잇닿아 있다.

垂鳳翼(수봉익) : 한대 궁전의 용마루에는 철봉황 장식이 있는데, 날개를 드리운 모양이므로 이렇게 표현하였다.

梁家(양가) : 동한東漢 순제順帝의 외척 양기梁冀가 낙양洛陽에 세웠던 호 화주택. 여기서는 이것으로 귀족의 저택을 지칭하였다.

漢帝金莖(한제금경) : 한 무제武帝가 건장궁建章宮 안에 세운 구리기둥. 높 이가 20장丈이며, 위에 선인仙人의 상像이 있는데 그 손바닥을 승로반 承露盤이라고 하여 이슬을 받았다. 무제가 그 이슬에 옥가루를 섞어 마 셔 불로장생不老長生을 구했다고 한다.

雲外直(운외직) : 구름 위로 솟아 있다. 이것은 구리기둥이 높이 솟아 있 음을 과장하여 말한 것이다.

樓前(누전) 두 구 : 장안長安이 매우 큰 도시이며 인구가 많음을 표현한 말 이다.

借問(차문) : 시에서 흔히 보이는 가설성假設性 문어問語로, 보통 상구上句 에 사용되고 하구下句에는 시인의 자답自答이 나온다.

吹簫(취소) : 퉁소를 불다. 전설에 의하면 춘추春秋시대 진秦 목공穆公 때 퉁소를 잘 부는 소사蕭史라는 자가 있었는데, 그가 퉁소를 불면 봉황 이 날아들었다고 한다. 목공에게 농옥弄玉이라는 딸이 있었는데, 소사 를 사모하여 그에게 시집가서 퉁소를 배웠다고 한다. 그후 그들 부부 는 신선이 되어 봉황을 타고 하늘에 올랐다고 한다.

紫煙(자연) : '자운紫雲'으로, 상서로운 구름을 뜻한다. 여기서는 가무하는 여인을 농옥에 비유하였다.

比目(비목) : 비목어比目魚. 물고기 이름인데, 두 눈이 모두 한쪽에 치우쳐 있어서 두 눈이 오른쪽에 있는 것을 '접鰈'이라 하고, 왼쪽에 있는 것을 '평鮃'이라 한다. 그래서 이 물고기는 접과 평이 몸을 나란히하여 다니므로 비목어라고 불렀는데, 고인들은 이것으로 부부가 떨어지지 않고 함께 생활하는 것을 비유하였다.

生憎(생증) : 가장 미워하다. '생生'은 '최最'와 같다.

帳額(장액) : 휘장 문의 상단에 걸어놓는 일종의 장식품.

孤鸞(고란) : 외로운 난새. 독신생활을 비유한다. 난새는 전설에 의하면 잉꼬처럼 한 쌍이 붙어 다녀서 사이좋은 부부를 비유하는데, 혼자가 되면 울지도 않고 춤도 추지 않는다고 한다.

好取(호취) : 기꺼이 갖다 놓다. 여기서 '쌍연雙燕'은 한 쌍의 부부를 상징한다.

翠被(취피) : 비취새의 깃털로 짠 이불.

鬱金香(울금향) : 울금수鬱金樹의 꽃으로 만든 향료. 외국에서 수입되는 향료로, 매우 귀하여 값이 비쌌다고 한다.

著蟬鬢(착선빈) : (구름이) 매미 날개 머리에 붙어 있다. '선빈蟬鬢'은 양쪽 귀밑머리를 매미 날개처럼 얇게 빗은 머리 모양을 가리킨다.

鴉黃(아황) : 육조六朝와 당대唐代의 여인들이 이마에 초승달 모양으로 연한 노란색 분을 칠한 것인데, '약황約黃'이라고도 한다.

鴉黃粉白(아황분백) : 이마에 칠한 아황鴉黃과 얼굴에 칠한 흰 분. 곱게 단장한 가기歌妓와 무녀舞女를 가리킨다.

情非一(정비일) : 표정과 자태가 각양각색이라는 말이다.

妖童(요동) : 미소년.

鐵連錢(철련전) : 말 이름. 청흑색靑黑色 바탕에 동전 모양의 원형 얼룩무늬가 있는 말.

屈膝(굴슬) : 경첩. 여기서는 수레의 문에 달린 경첩으로, 이것으로 수레를 지칭하였다.

盤龍(반룡) : '굴슬'에 새겨진 용 모양 무늬를 가리킨다.

御史(어사) : 어사대부御史大夫. 탄핵을 관장하였다.

廷尉(정위) : 진秦·한漢의 관명官名으로 형옥刑獄을 관장하였다. 한대漢代
　　의 적공翟公은 정위로 있을 때 빈객이 문전성시를 이루었지만, 물러난
　　후에는 아무도 얼씬거리지 않아 문앞에 그물을 설치하여 참새를 잡을
　　수 있을 정도였다는 이야기가 있다. 이 두 구절은 날이 어두워진 후의
　　장안 모습을 묘사하면서, 동시에 어사대부와 정위 같은 집법관執法官이
　　장안 건달들의 범죄행위에 관여할 수 없게 되었음을 암시하였다.

隱隱(은은) : 보일 듯 말 듯 어렴풋한 모양.

朱城(주성) : 궁성의 붉은색 벽.

玉道(옥도) : 바닥에 돌을 깐 도로의 미칭美稱.

金堤(금제) : 마치 금속으로 쌓은 것처럼 견고한 제방.

杜陵(두릉) : 한 선제宣帝의 능묘陵墓. 장안 동남쪽에 있는데, 당시 건달들
　　의 놀이터였다고 한다.

探丸(탐환) : 한대 장안 건달들의 살인조직. 한대 장안의 건달들 사이에
　　관리를 살해하는 전담조직이 있어서 청부살인을 했다고 한다. 그들은
　　행동에 옮기기 전에 홍紅·흑黑·백白의 세 가지 탄환으로 제비를 뽑
　　아 홍환紅丸을 뽑은 사람이 무관武官을 죽이고, 흑환黑丸을 뽑은 사람
　　이 문관文官을 죽이고, 백환白丸을 뽑은 사람이 행동 중에 죽은 동료의
　　후사를 돌봐주는 일을 맡았다고 한다.

借客(차객) : 고객을 대신하여 복수하다. '차객보구借客報仇'의 뜻.

渭橋(위교) : 위수渭水에 놓인 다리. 장안 서북쪽에 있다.

芙蓉劍(부용검) : 춘추시대 월越나라에서 제작되었다는 명검. 눈을 뜰 수
　　없을 정도로 광채가 대단했다고 한다.

娼家(창가) : 기생집. 이것은 공창公娼을 말하는 것이어서 앞에서의 창부
　　娼婦가 귀족의 가기家妓를 가리킨 것과는 다르다.

桃李蹊(도리혜) : 복사꽃길. 복사꽃과 자두꽃이 피면 사람들이 몰려들어 그 밑에 자연히 길이 생긴다는 말이 있는데, 여기서는 기생집으로 통하는 길을 가리킨다. 《사기史記 이장군열전李將軍列傳》에 '복사꽃과 자두꽃은 아무 말 않는데도, 그 밑에는 자연히 길이 생긴다.(桃李不言, 下自成蹊.)'고 하였다.

口氛氲(구분온) : 입에서 향기가 사방으로 풍겨 나오다.

北堂(북당) : 거실의 북쪽에 있는 여인들의 규방閨房. 여기서는 부귀한 집 가기들의 거처를 가리킨다.

南陌(남맥) : 기생집 문밖의 소로小路. 앞의 도리혜桃李蹊를 가리킨다.

北里(북리) : 평강리平康里. 당대唐代 장안의 기녀들이 모여 사는 곳이었다.

五劇三條(오극삼조) : 사통오달로 뚫려있어서 교통이 매우 편리하다는 말이다. '극劇'은 교차로를 가리키고 '조條'는 쭉 뻗은 길을 가리킨다.

三市(삼시) : 당시 장안에는 매일 조시朝市, 석시夕市, 야시夜市의 세 차례 장이 섰다고 한다.

佳氣(가기) : 번화한 기상. 열띤 분위기.

金吾(금오) : 집금오執金吾. 경성京城 금위군禁衛軍의 한 부대를 통솔하는 무관으로, 경성의 치안을 담당하였다.

屠蘇(도소) : 녹색 빛을 띤 술 이름.

鸚鵡杯(앵무배) : 앵무조개의 껍질로 만든 술잔.

燕歌趙舞(연가조무) : 아름답고 멋들어진 가무. 옛날 연燕과 조趙 두 곳에서 가무에 뛰어난 미녀들이 많이 배출되었다고 한다.

稱將相(칭장상) : 자칭 나가면 장군이고, 들어오면 재상이라고 하다.

轉日回天(전일회천) : 태양과 하늘의 운행방향을 되돌리다. 정치권력이 매우 커서 황제의 뜻을 바꿀 수 있음을 비유하는 말이다.

排灌夫(배관부) : 관부灌夫를 밀쳐내다. '관부'는 한 무제 때의 장군으로, 여러 사람 앞에서 호기 부리기를 좋아했는데, 승상丞相 전분田蚡의 미움을 사 일족이 주살되었다.

蕭相(소상) : 소망지蕭望之. 일찍이 어사대부, 태자태부太子太傅의 관직에 올라 자칭 '비위장상備位將相'이라고 하였는데, 후에 환관 석현石顯의 모함을 받아 자살했다. 일설에는 소하蕭何를 가리킨다. 그는 한 고조高祖 때 재상을 지냈는데, 고조의 의심을 받아 하옥된 적이 있다. 여기서 '판判'은 '변拚'(서슴없이 버리다)의 뜻이다.

豪雄(호웅) : 권세를 믿고 제멋대로 날뛰는 사람. 세도가.

靑虯(청규) : 청룡. 여기서는 이것으로 양마良馬를 지칭하였다.

紫燕(자연) : 자연류紫燕騮. 이 역시 양마의 이름이다.

五公(오공) : 서한西漢의 유명한 다섯 세도가 장탕張湯, 두주杜周, 소망지蕭望之, 풍봉세馮奉世, 사단史丹을 가리킨다.

節物(절물) : 계절에 따라 변화하는 만물.

桑田碧海(상전벽해) : 갈홍葛洪의 《신선전神仙傳》 기재에 의하면 여선女仙 마고麻姑가 왕방평王方平에게 그와 이별한 후 이미 동해東海가 상전桑田으로 바뀌는 것을 세 번이나 보았다고 말했다. 후인들은 이것으로 자연계나 인간계의 엄청난 변화를 비유하였다.

揚子(양자) : 서한 말년末年의 양웅揚雄을 가리킨다. 한 애제哀帝 때 양웅은 정치적으로 뜻을 펴지 못하고 집안에 들어앉아 저서에 몰두하여 후세에 이름을 남겼다.

南山(남산) : 종남산終南山. 진령秦嶺의 주봉主峰으로 장안 부근에 있는데, 옛날에 수양과 은둔의 지역이었다. 이 구절은 시인이 세상을 피해 은둔하겠다는 뜻을 깃들인 것이다.

襲人裾(습인거) : 계수나무 꽃이 옷깃에 떨어지다. 이상의 네 구는 시인이 자신을 양웅에 비겨 스스로를 위안한 것이다.

■ 해 제

이 시는 대략 당唐 고종高宗 함형咸亨 4년(673) 가을에 지어졌다. 시인은 건봉乾封 2년(667)에 천거를 받아 장안에 들어왔지만 임용되지 못하고 파촉巴蜀으로 돌아갔다. 함형 원년元年(670)에 관직을 그만두었고, 함형 4년에 풍질風疾을 치료하기 위해 다시 장안으로 와서 태백산太白山에 거주하였는데, 이 시는 그때 지어졌을 것이다. 시 전체는 대략 네 부분으로 나눌 수 있다. 처음에는 장안 귀족들의 호화로운 향락생활을 묘사하였고, 다음에는 장안에 거주하는 각양각색의 인물들이 어떻게 방탕한 밤을 보내는가를 묘사하였고, 다음에는 고위 귀족들이 암투를 벌여 권력을 차지하지만 오래가지 못함을 서술하였고, 마지막으로 자신을 양웅揚雄에 견주어 귀은의 뜻을 밝혔다.

노조린은 이 시에서 한대 장안의 번화했던 모습 및 귀족 관료들의 방탕과 사치를 묘사함으로써 당시의 지배계층을 비판하였다. 그가 비록 제齊·양梁의 화려한 언어 구사에서 벗어나지 못하긴 했지만 힘과 기세가 뛰어나고 묘사가 생동적이며 변화무쌍한 인생사의 서술을 통해 흥망성쇠에 대한 감회를 불러일으켜 주었으며, 옛일을 통해 현실을 풍자하고 비판하는 회고시懷古詩의 참모습을 보여주었다.

낙빈왕駱賓王(640?~684?)

자字는 관광觀光이며, 무주婺州 의오義烏(지금의 절강성浙江省 의오) 출신이다. 장안長安의 주부主簿였을 때 측천무후則天武后의 노여움을 사 임해臨海의 승丞으로 좌천된 바 있어 낙임해駱臨海 또는 낙승駱丞으로 불린다. 육조六朝의 시풍을 계승하면서 격조가 청려淸麗하였고, 특히 노조린과 함께 칠언가행에 뛰어났다. 《낙임해집駱臨海集》 4권이 있다.

在獄詠蟬
재 옥 영 선

西陸蟬聲唱, 南冠客思侵.
서 륙 선 성 창　　　남 관 객 사 침

那堪玄鬢影, 來對白頭吟.
나 감 현 빈 영　　　내 대 백 두 음

露重飛難進, 風多響易沉.
노 중 비 난 진　풍 다 향 이 침

無人信高潔, 誰爲表予心.
무 인 신 고 결　수 위 표 여 심

옥중에서 매미소리를 듣고

가을이라 매미소리 더욱 처량하여

옥에 갇힌 남쪽 사람 시름에 잠겼다.

어찌 견딜까 검은 머리의 매미가

백발의 나에게 울어대는 저 슬픈 소리를.

이슬 무거워 이제는 날 수도 없는 신세

바람 거세어 울음소리조차 잦아든다.

너의 고결함을 믿는 이 없으니

누가 날 위해 이 마음을 드러내주리 !

■ 주 석

西陸(서륙) : 가을. 중국 고대의 천문학에서는 태양이 황도黃道를 따라 동
　행東行하는데, 서륙西陸을 지나면 가을이라고 여겼다. 참고로 동륙東陸
　은 봄, 남륙南陸은 여름, 북륙北陸은 겨울이다.

南冠(남관) : '초관楚冠'이라고도 하며, 죄수를 가리킨다. 《좌전左傳 성공成
　公 9년》에 보면 초楚나라 사람 종의鍾儀가 죄수로 갇혀있으면서도 끝
　내 남쪽의 초나라 관모를 쓰고 있었다는 고사가 있다. 낙빈왕은 절강
　浙江 사람인데, 당시 북쪽인 장안長安에서 옥에 갇힌 몸이었으므로 이
　런 표현을 사용하였다.

玄鬢影(현빈영) : 검은 머리의 모습. 즉, 매미를 가리킨다. 진晉 최표崔豹
　의 《고금주古今注》에 보면 위魏 문제文帝 조비曹조가 사랑하던 막경수莫

瓊樹라는 여자가 '선빈蟬鬢'이라는 머리 모양을 하였는데 멀리서 보면 투명하여 마치 매미의 날개 같았다고 한다.

白頭吟(백두음) : 《서경잡기西京雜記》에 보면 한漢의 사마상여司馬相如가 딴 여자를 사랑하자 그의 아내인 탁문군卓文君이 〈백두음白頭吟〉이라는 노래를 짓고 자진해서 떠나려는 뜻을 나타내었는데 이에 감동하여 사마상여가 마음을 돌렸다는 고사故事가 있다. 그후 〈백두음〉은 "버림받은 사람의 애절한 노래"를 상징하게 되었다. 매미의 입장에서도 쓸쓸한 가을에 울고 있으니 세월에게 버림받았다는 느낌을 토로하는 것으로 들릴 수 있다. 따라서 시인은 자신의 신세를 매미에 투영시킨 것이라고 하겠다. 여기서 '백두음'은 "백발이 성성한 나에게 울어댄다"는 의미와 〈백두음〉이라는 노래의 뜻을 동시에 갖는 쌍관어雙關語로 사용되었다. 참고로 탁문군의 〈백두음〉은 "처량하고 또 처량하구나, 시집을 갔으면 울지 말아야지. 원컨대 마음이 한결같은 사람을 얻어, 흰머리 되도록 서로 헤어지지 않기를!(凄凄重凄凄, 嫁娶不須啼. 願得一心人, 白頭不相離.)"이다.

高潔(고결) : 고인古人들은 매미가 이슬만 먹고 다른 것은 먹지 않는다고 생각하여 매미를 매우 고결한 존재로 보았다.

誰爲(수위) : 누가 나를 위해. '수위아誰爲我'에서 '아我'가 생략된 것이다.

■ 해 제

당唐 고종高宗 의봉儀鳳 3년(678), 당시 시어사侍御史로 있던 낙빈왕은 정사와 관련하여 상소문을 올렸다가 무측천武則天의 노여움을 사서 뇌물수수·부정축재의 죄목으로 장안의 감옥에 갇히게 되었다. 이 시는 시인이 감옥에 갇혀있으면서 가을 바람 불고 이슬 내리는 쌀쌀한 때에 감옥 창살 밖 괴목 가지에서 힘없이 울고 있는 매미를 자신의 처지에 견주어 읊은 것인데, 연상의 범위가 넓어 오늘날의 독자들에게도 깊은 공감을 불러일으켜 주고 있다.

왕발王勃(650〜676)

자字는 자안子安이며, 강주絳州 용문龍門(지금의 산서성山西省 하진현河津縣) 출신이다. 6세 때부터 문재文才가 드러나 천재라고 불렸다. 패왕沛王 현賢의 부름을 받고 그를 섬겼으나, 투계鬪鷄에 대하여 장난으로 쓴 글이 고종高宗의 노여움을 사서 해직되었다. 사천四川 지방을 방랑하다가 교지交趾(베트남 북부)의 영슈으로 있던 아버지 복치福畤를 만나러 갔다가 돌아오던 중에 익사하였다. 성당시盛唐詩의 선구자로 불리며 특히 오언절구에 뛰어났다. 《왕자안집王子安集》16권을 남겼다.

送杜少府之任蜀州
송 두 소 부 지 임 촉 주

城闕輔三秦, 風煙望五津.
성 궐 보 삼 진 풍 연 망 오 진

與君離別意, 同是宦游人.
여 군 리 별 의 동 시 환 유 인

海內存知己, 天涯若比鄰.
해 내 존 지 기 천 애 약 비 린

無爲在岐路, 兒女共沾巾.
무 위 재 기 로 아 녀 공 첨 건

촉주로 부임하는 두소부를 전송하며

삼진이 보위하는 장안의 성곽 궁궐

바람 안개 아득한 오진을 바라본다.

그대와 이곳에서 지금 헤어지지만

다 같이 객지에서 벼슬사는 처지.

이 세상에 마음 알아주는 이 있으면

하늘 끝이 이웃에 붙어 있는 것 같으리.
이제 우리 갈라서야 하는 길목에 섰지만
아이처럼 손수건에 눈물 적시지 마세나.

■ 주 석

少府(소부) : 당시 '현위縣尉'에 대한 통칭. 치안을 담당하는 직책.

之任(지임) : 부임. '지之'는 여기서 '가다'라는 동사로 쓰였다.

蜀州(촉주) : 지금의 사천성四川省 숭경현崇慶縣 일대를 가리킨다.

城闕(성궐) : 궁성 문 양옆에 세워진 망루를 '궐闕'이라고 하였다. 여기서
는 장안의 성곽 궁궐을 가리킨다.

三秦(삼진) : 지금의 섬서성陝西省 일대를 통괄하는 칭호. 옛날 초楚 항우
項羽가 진秦을 멸망시키고 그 땅을 옹雍, 새塞, 적翟의 세 부분으로 나
누어 장함章邯 등 세 사람의 진나라 항장降將을 왕으로 봉하여 다스리
도록 했는데, 이를 삼진이라 하였다.

五津(오진) : 촉중蜀中 민강岷江 유역의 다섯 나루인 백화진白華津, 만리진
萬里津, 강수진江首津, 섭두진涉頭津, 강남진江南津을 말하는데, 여기서
는 이것으로 촉주蜀州를 지칭하였다.

宦游人(환유인) : 고향을 떠나 객지에서 근무하는 관리.

海內(해내) : 사해지내四海之內. 고대 중국인들은 자국의 영토가 바다에
의해 둘러싸여 있다고 생각해서 나라 안을 '해내'라고 하였다.

比鄰(비린) : 이웃에 바짝 붙어 있다. '비比'는 여기서 동사로서 '긴고緊靠'
의 뜻이다.

無爲(무위) : ~하지 말라. '불요不要'와 같다.

沾巾(첨건) : 눈물로 손수건을 적시다.

이 시는 왕발이 장안에 있을 때 촉주로 부임하는 친구를 송별하며 지은 것이다. 시인은 여기서 이별의 슬픔을 토로하는 대신, 친구를 아끼는 자신의 마음을 표현함으로써 그의 넓은 흉금과 호매한 풍도를 잘 나타내었다. 특히 제 5, 6구는 우정의 소중함을 표현한 명구名句로 알려져 있는데, 삼국三國 위魏나라 시인 조식曹植이 〈증백마왕표贈白馬王彪〉에서 "대장부가 천하에 뜻을 두니 만리가 이웃 같으며, 사랑하고 아끼는 마음이 변치 않는다면 멀리 있어도 그 정분은 날로 친밀해진다.(丈夫志四海, 萬里猶比隣. 恩愛苟不虧, 在遠分日親.)"라고 한 것과 뜻이 통한다.

하지장賀知章(659~744)

자字는 계진季眞 혹은 유마維摩, 호號는 사명광객四明狂客이며, 월주越州 영흥永興(지금의 절강성浙江省 회계會稽) 출신이다. 695년에 진사에 급제하고 태상박사太常博士를 거쳐 725년에는 예부시랑禮部侍郎이 되었고, 태자빈객太子賓客, 비서감秘書監을 역임하였다. 만년에 도교에 심취하여 사임하고 고향으로 돌아갈 때 황제에게 어시御詩를 하사받았다고 한다. 744년 귀향한 후 병사하였다. 두보杜甫의 〈음중팔선가飮中八仙歌〉에 첫 번째로 등장하며 이백李白을 발견한 인물로 알려져 있다.

回鄕偶書（其一）
회 향 우 서　　기 일

少小離家老大回, 鄕音無改鬢毛衰.
소 소 리 가 로 대 회　　향 음 무 개 빈 모 최

兒童相見不相識, 笑問客從何處來.
아 동 상 견 불 상 식　　소 문 객 종 하 처 래

고향으로 돌아와서 (제1수)

어려서 집을 떠나 늙어서야 돌아오니
사투리는 변함없지만 살쩍이 다 빠졌다.
아이는 나를 보고도 알아보지 못하고
"손은 어디서 오셨나요?" 웃으며 묻는다.

■ 주 석

偶書(우서) : 생각나는 대로 쓰다. 마음 내키는 대로 적다.

鄕音(향음) : 고향 사투리.

鬢毛衰(빈모최) : 살쩍이 다 빠졌다. 귀밑머리가 줄어들었다. 본래 '쇠衰'
는 상평성上平聲(4) '지支'운에 속하는데, 이 시에서 사용한 운韻이 상
평성(10) '회灰'운이기 때문에 운을 맞추기 위하여 여기서는 '최催'로 읽
는다.

相見(상견) : 나를 보다. 여기서 '상相'은 '견見'의 생략된 목적어 '아我' 대
신에 쓴 것이다. '상식相識'도 이와 마찬가지이다.

■ 해 제

이 시는 시인이 어려서 고향을 떠나 오랫동안 외지에서 살다 늙어서야 고향에 돌
아온 감회를 읊은 것이다. 하지장은 37세에 진사進士가 되었으니 그 이전에 고향을
떠났을 것이고, 은퇴하여 고향에 돌아왔을 때는 이미 80세가 지난 뒤였다. 시인은
고향을 떠나 있었던 기나긴 세월의 간극을 직접 묘사하는 대신, 고향 마을 아이의
질문을 통해서 가볍게 스쳐지나가듯이 언급하여 표현의 신선함과 함께 잔잔하면서
도 깊은 감동을 전달하는 데 성공하였다.

진자앙陳子昻(661~702)

자字는 백옥伯玉이며, 재주梓州 사홍射洪(지금의 사천성四川省에 속함) 출신이다. 24세 때 진사進士에 급제한 뒤 측천무후則天武后를 섬겨 우습유右拾遺에 올랐다. 38세 때 관직을 버리고 고향으로 돌아왔는데, 모함을 받아 옥중에서 죽었다. 당시의 시는 육조六朝의 궁정시풍宮廷詩風으로 수사修辭에 치중하는 경향이 있었으나, 그는 이와 달리 한위漢魏의 풍골風骨을 중시하여 초당初唐에서 성당盛唐으로 넘어가는 시풍 전환에 큰 영향을 끼쳤다. 100여 수의 시를 남겼는데, 〈감우感遇〉 38수가 대표작으로 꼽힌다. 문집으로《진백옥문집陳伯玉文集》10권이 있다.

登幽州臺歌
등 유 주 대 가

前不見古人, 後不見來者.
전 불 견 고 인   후 불 견 래 자

念天地之悠悠, 獨愴然而涕下.
염 천 지 지 유 유   독 창 연 이 체 하

유주의 누대에 올라

앞으로는 옛사람이 보이지 않고
뒤로는 올 사람이 보이지 않는다.
천지의 끝없는 영원함을 생각하니
홀로 슬픔에 젖어 눈물이 흐른다.

■ 주 석

幽州臺(유주대) : 유주幽州에 있는 계북루薊北樓를 가리킨다. 고지故址는 지금의 북경北京 서남쪽인 하북성河北省 대흥현大興縣에 있다.

古人(고인) : 연燕 소왕昭王이나 악의樂毅 등과 같은 전대前代의 명군현신明君賢臣을 가리킨다.

悠悠(유유) : 무궁무진한 모양. 끝없는 모양.

愴然(창연) : 슬퍼하는 모양. 비통한 모양.

■ 해 제

이 시는 진자앙이 〈계구람고칠수薊丘覽古七首〉 시를 읊은 후 감개에 북받쳐 뚝뚝 눈물을 흘리며 지은 것이라고 한다. 시인은 높다란 계북루薊北樓에 올라 멀리 아래를 내려다보고는 끝없는 천지와 유한한 인생, 광활한 우주와 왜소한 인간이 함께 가슴에 떠오르며 깊은 감개에 빠졌을 것이다. 더구나 자신의 정치적 이상이 실현될 수 없음을 뼈저리게 느끼고 있을 때라 회재불우懷才不遇의 상실감 속에서 자신을 알아주는 이를 만나지 못한 고독감이 시인을 무섭게 엄습했을 것이다.

感遇 (其二)
감 우 기 이

蘭若生春夏, 芊蔚何靑靑.
난 약 생 춘 하 천 위 하 청 청

幽獨空林色, 朱蕤冒紫莖.
유 독 공 림 색 주 유 모 자 경

遲遲白日晩, 裊裊秋風生.
지 지 백 일 만 요 뇨 추 풍 생

歲華盡搖落, 芳意竟何成.
세 화 진 요 락 방 의 경 하 성

살아가며 보고 느낀 것 (제2수)

난초와 두약이 봄여름에 자라나

무성하니 얼마나 파릇파릇한가!
적막한 숲속에서 홀로 피어나
붉은 꽃이 보랏빛 줄기를 덮었다.
서서히 태양은 서쪽으로 기울고
살랑살랑 가을바람이 불어온다.
꽃들이 모두 흩날려 떨어졌으니
봄기운은 도대체 언제 오려나.

■ 주 석

蘭若(난약) : 난초와 두약杜若. 두약은 일종의 향초로 주로 물가에서 자라
　　며 황적색 꽃이 핀다.
芊蔚(천위) : 초목이 무성한 모양을 말한다.
芳意(방의) : 봄기운을 뜻한다. '춘의春意'와 같다.

■ 해 제

〈감우〉 시 38수는 모두 오언고시로 이루어져 있는데, 한 시기에 한 장소에서 지어진 것이 아니지만 그 중 상당수가 그의 귀향 전후에 지어졌다. 그런데 현전하는 〈감우〉 시의 편차를 살펴보면 내용별이나 연대순으로 배열되어 있지 않아 진자앙 자신에 의해 편정된 것이 아님을 알 수 있다. 아마도 노장용盧藏用이 진자앙이 죽은 뒤에 편정한 것일 것이다. 〈감우〉 시의 내용은 측천무후 시기의 정치적 병폐를 비판한 것과, 자신이 처한 불행한 현실을 토로한 것이 대부분이어서 현실 반영의 깊이와 넓이가 동시대의 다른 시인들뿐 아니라 완적의 〈영회〉 시를 뛰어넘었다는 평가를 받고 있다.

이 시는 앞의 4구에서 향기로운 난초와 두약이 적막한 숲속에서 홀로 피어 있다고 하여 자신의 재능을 아무도 알아주지 않는 세태를 비유했고, 뒤의 4구에서는 아름다운 꽃들이 가을바람에 흩날려 떨어지는 모습을 빌려 자신의 이상이 실현되지 못하고 꺾였음을 암시했다. 시의 내용으로 미루어 이 역시 시인이 귀향한 후의 작품일 것이다.

感遇（其十九）
감우　기십구

聖人不利己，　憂濟在元元.
성인불리기　우제재원원

黃屋非堯意，　瑤臺安可論.
황옥비요의　요대안가론

吾聞西方化，　清淨道彌敦.
오문서방화　청정도미돈

奈何窮金玉，　雕刻以爲尊.
내하궁금옥　조각이위존

雲構山林盡，　瑤圖珠翠煩.
운구산림진　요도주취번

鬼功尙未可，　人力安能存.
귀공상미가　인력안능존

夸愚適增累，　矜智道逾昏.
과우적증루　긍지도유혼

살아가며 보고 느낀 것 (제19수)

성인은 자신을 이롭게 하지 않고
백성 구제에 정성을 쏟으셨다.
황금빛 수레도 요임금의 마음에 없었으니
화려한 누대를 어찌 논할 수 있으랴.
내가 듣건대 서방에서 온 불교는
청정한 법도를 더욱 중시했다지.
어찌하여 금과 옥을 소진하면서
채색과 장식을 존귀하게 여기는가.
산림을 다 베어 높은 불당을 세우고

수많은 주옥으로 불탑을 장식하는가.

그것은 귀신의 힘으로도 안 되었는데

사람의 힘으로 어떻게 할 수 있으리.

백성에 대한 과시는 우환만 키울 뿐

거짓된 재주는 정치를 더욱 혼란시킨다.

■ **주 석**

雲構(운구) : 높은 불당. '명당明堂'과 '천당天堂'을 가리킨다.

鬼功(귀공) 두 구 : 이 두 구절은 천당이 세워진 지 얼마 안 되어 바람에
무너지고, 중건 후 다시 명당과 함께 화재로 소실된 것을 가리킨다.

■ **해 제**

측천무후는 황제라 칭하기 전후해 여론을 조작하기 위해 불사를 크게 일으켰다. 수
공 4년(688)에는 높이가 294자에 달하는 명당[만상신궁萬象神宮]을 세웠고, 천책만
세天冊萬歲 원년(695)에는 승려 회의懷義를 시켜 협저대상夾紵大象를 만들고, 명당
북쪽에 천당을 세워 그것을 보존케 했다. 그러나 천당은 세운 지 얼마 안 되어 바
람에 무너졌고, 중건 후 다시 명당과 함께 화재로 소실되었다. 진자앙은 이 일련의
사건들을 언급하며 당시 통치자의 어리석음과 그로 인해 빚어진 백성의 고통을 폭
로하고 비판했다. 이로부터 볼 때 이 시는 무후가 불사를 크게 일으킨 천수 원년
(690)과 천책만세 원년 사이에 지어졌을 것이다.

感遇 (其三十四)
감 우 　 기 삼 십 사

朔風吹海樹, 蕭條邊已秋.
삭 풍 취 해 수 　 소 조 변 이 추

亭上誰家子, 哀哀明月樓.
정 상 수 가 자 　 애 애 명 월 루

自言幽燕客, 結髮事遠遊.
자 언 유 연 객 　 결 발 사 원 유

赤丸殺公吏, 白刃報私讐.
적 환 살 공 리 　 백 인 보 사 수

避仇至海上, 被役此邊州.
피 구 지 해 상 　 피 역 차 변 주

故鄕三千里, 遼水復悠悠.
고 향 삼 천 리 　 요 수 부 유 유

每憤胡兵入, 常爲漢國羞.
매 분 호 병 입 　 상 위 한 국 수

何知七十戰, 白首未封侯.
하 지 칠 십 전 　 백 수 미 봉 후

살아가며 보고 느낀 것 (제34수)

북풍이 발해의 나무에 불어오니

쓸쓸한 변방은 이미 가을이로다.

망루에 있는 이는 뉘 집 자식인가.

달 밝은 수루에서 슬픔에 잠겨 있다.

스스로 말하기를 유주의 나그네로

성년이 되자 멀리 고향을 떠나와

붉은 탄환을 집으면 무관을 죽였고

하얀 칼날로 사적인 원수를 갚았다.

원수를 피해 발해 가에 이르러

이 변방에서 병역에 복무했단다.

고향은 삼천리나 떨어져 있고

요수는 또 아득하기만 하다.

오랑캐 군대가 침입할 때마다 분격해

언제나 중국의 수치로 여겼단다.

어찌 알겠는가, 일흔 번이나 전쟁을 치르면서

머리 허옇게 셌는데도 제후가 되지 못한 것을!

■ **주 석**

幽燕(유연) : 유주幽州. 지금의 하북성 북부 및 요녕성遼寧省 일대를 가리
킨다. 옛날에는 유주라고 칭했다. 전국시대에는 이 지역이 연나라에
속했으므로 유연이라고 한 것이다. 옛날 이 지역에서 협객이 많이 배
출되었다.

赤丸(적환) 두 구 : 유주의 나그네가 젊은 시절의 협객 생활을 자술한 것
이다. "장안에 교활한 무리들이 점점 많아져 마을 젊은이들이 무리 지
어 관리를 죽이고, 뇌물을 받고 대신 원수를 갚아주었는데, 서로 구슬
을 찾아 탄환으로 삼았다. 붉은 구슬을 집은 자는 무관을 습격하고,
검은 구슬을 집은 자는 문관을 습격하고, 흰 구슬을 집은 자는 죽은 동
료의 뒤를 봐주었다.(長安中奸滑浸多, 閭里少年, 群輩殺吏, 受賕報仇,
相與探丸爲彈, 得赤丸者斫武吏, 得黑丸者斫文吏, 白者主喪.)"(《한서漢
書 윤상전尹賞傳》)

遼水(요수) : 지금의 요하遼河로 요녕성에 있다.

胡兵(호병) : 돌궐突厥과 거란의 군대를 가리킨다.

何知(하지) 두 구 : 유주의 나그네를 한대漢代의 이광李廣 장군에 비유한

것이다. 이광 장군은 한 무제 때의 명장으로, 일찍이 흉노와 70여 차례의 전투를 치르면서 혁혁한 전공을 세웠지만 끝내 제후에 봉해지지 못해 결국 울분에 차서 자살했다.

■ 해 제

측천무후 신공神功 원년(697) 가을에 진자앙은 거란 원정군에 소속되어 있었지만 사령관 무유의武攸宜의 압제를 받아 울분에 차 있었다. 시 중의 "유주의 나그네"는 젊은 시절 타향에서 협객 생활을 하다가 나중에는 군대에 가 변방에서 많은 전투에 참여했지만, 끝내 불운을 벗어나지 못해 백발이 성성하도록 제후에 봉해지지 못한 비애를 맛보아야 했다. 이것은 분명 시인 자신의 신세 한탄을 기탁한 것으로, 작시 시기도 이때일 것이다.

두심언杜審言(645?~708)

자字는 필간必簡이며 양주襄州 양양襄陽(지금의 호북성湖北省에 속함) 출신이다. 진晉의 명장이자 학자였던 두예杜預의 자손이며, 성당盛唐의 대시인 두보杜甫의 조부이다. 진사에 급제하고 측천무후則天武后와 중종中宗을 섬겼다. 유배를 갔다가 돌아온 뒤 국자감주부國子監主簿, 수문관직학사修文館直學士를 역임하였다. 이교李嶠·최융崔融·소미도蘇味道와 함께 문장사우文章四友로 불렸으며 43수의 시가 전해진다.

渡湘江
도 상 강

遲日園林悲昔游,　今春花鳥作邊愁.
지 일 원 림 비 석 유　금 춘 화 조 작 변 수

獨憐京國人南竄,　不似湘江水北流.
독 련 경 국 인 남 찬　불 사 상 강 수 북 류

상강을 건너며

봄날 동산 숲에서 지난날의 나들이를 그리며 슬퍼하나니
금년 봄의 꽃과 새는 변방의 근심을 자아낸다.
가련하게도 서울 사람 홀로 남쪽으로 쫓겨났으니
북쪽으로 흘러가는 상강의 물과는 같지 않다.

■ 주 석

湘江(상강) : 광서장족자치구廣西壯族自治區에서 발원하여 호남성湖南省으
　　로 흐르는 호남성 최대의 강.
遲日(지일) : 봄날. 봄에 해가 늦게 진다고 하여 이르는 말이다.
京國(경국) : 서울. '경도京都'와 같다.

■ 해 제

시인은 상수湘水가 북쪽으로 흘러가는 것과 자신이 남쪽으로 유배 가는 것을 대비
시켜 자신의 신세에 대한 고뇌와 슬픔을 감동적으로 표현하였는데, 구상이 참신하
다. 시의 두 연 모두 출구出句와 대구對句가 대장對仗을 이루고 있지만 언어의 구사
가 자연스러워 초당初唐 칠절七絶의 일반적인 풍모를 대표한다고 할 만하다.

和晉陵陸丞早春游望
화 진 릉 륙 승 조 춘 유 망

獨有宦游人, 偏驚物候新.
독 유 환 유 인　편 경 물 후 신

雲霞出海曙, 梅柳渡江春.
운 하 출 해 서　매 류 도 강 춘

淑氣催黃鳥, 晴光轉綠蘋.
숙 기 최 황 조　청 광 전 록 빈

忽聞歌古調, 歸思欲沾巾.
홀 문 가 고 조   귀 사 욕 첨 건

진릉현승 육씨의 〈이른 봄 나들이〉에 화답하여

홀로 타향에서 벼슬사는 사람 있는데

계절따라 경물의 새로움에 크게 놀란다.

구름과 놀이 바다에 출현하며 날이 밝아오고

매화와 버들이 강을 건너며 봄이 온다.

온화한 기운이 꾀꼬리의 지저귐을 재촉하고

맑은 봄빛이 마름을 푸르게 바꾸어놓는다.

홀연히 고상한 시 읊조리는 것을 들으니

고향생각에 눈물이 수건을 적시려 한다.

■ 주 석

晉陵(진릉) : 지금의 강소성江蘇省 상주시常州市 무진구武進區.

陸丞(육승) : 당시 진릉현승晉陵縣丞을 지냈던 사람으로 육원방陸元方이라
　　는 설이 있으나 확실치 않다. 현승은 부현령副縣令에 해당하는 관직.

游望(유망) : 시야를 넓혀 멀리 바라보다.

宦游人(환유인) : 고향을 떠나 타향에서 벼슬사는 사람.

物候(물후) : 만물이 철따라 바뀌는 주기적인 현상. 절기를 두루 이른다.

淑氣(숙기) : 온화한 기운. 따뜻한 봄기운.

轉綠蘋(전록빈) : 마름을 푸르게 바꾸어놓다. 이 어순은 앞 구절과의 대
　　장을 고려한 것으로 의미는 '전빈록轉蘋綠'과 같다.

古調(고조) : 옛 가락. 여기서는 육승의 〈이른 봄 나들이〉 시를 가리킨다.
　　그의 이 작품이 옛사람의 격조를 지녔다고 칭찬한 것이다.

■ 해제

이 시는 시인이 무후武后 영창永昌 원년(689) 강음江陰에서 임직任職할 때 지어졌다. 이른 봄의 희열 속에서 벗이 지은 시에 촉발된 고향생각을 묘사했는데, 이른 봄 강남의 분위기를 청신하고 수려하게 그려내었다. 이 시는 고향 그리는 마음을 묘사한 것이지만 그 속에 일종의 심후한 기조가 있다. 그와 같이 심후한 감정 기조가 수려한 경계 속에 녹아들어간 것이 아마도 호응린胡應麟으로 하여금 "초당初唐의 오언율시 중에서 〈화진릉륙승조춘유망和晉陵陸丞早春游望〉 시가 제일이다"라고 평가하게 했을 것이다.

夏日過鄭七山齋
하 일 과 정 칠 산 재

共有樽中好, 言尋谷口來.
공 유 준 중 호　　언 심 곡 구 래

薜蘿山徑入, 荷芰水亭開.
벽 라 산 경 입　　하 기 수 정 개

日氣含殘雨, 雲陰送晚雷.
일 기 함 잔 우　　운 음 송 만 뢰

洛陽鐘鼓至, 車馬擊遲回.
낙 양 종 고 지　　거 마 격 지 회

여름날 정칠의 산재에 들러서

술 마시는 즐거움을 함께 나누려고
골짜기 입구로 그대를 찾아왔네.
벽려와 여라 덩굴 무성한 산길로 들어가니
연과 마름 만개한 물가에 정자가 나타났네.
햇빛 아래 대기는 물기를 머금고 있고

먹구름은 저물녘 우레를 보내오네.

낙양성에서 종소리와 북소리가 들려오니

수레와 말을 마지못해 느릿느릿 돌리네.

■ 주 석

山齋(산재) : 산속의 집. 산에 지은 서재.

薜蘿(벽라) : 벽려薜荔와 여라女蘿. 나무나 벽을 타고 오르는 덩굴식물.

殘雨(잔우) : 비가 내리고 난 뒤에 대기 속에 남아 있는 물기.

雲陰(운음) : 먹구름. 비를 머금은 짙고 검은 구름.

■ 해 제

이 시는 시인이 낙양승洛陽丞으로 있을 때 낙양 근교에 있는 정칠鄭七의 산재山齋를
방문하고 나서 지은 것이다. 정칠은 당시 은자였고, 두심언은 이 시에서 산재의 아
름다운 풍경과 정칠과의 깊은 우정을 노래하였다. 시의 진행은 삼부식으로 수련에
서는 정칠의 산재를 찾아가게 된 이유를 쓰고, 함련과 경련에서는 경물묘사를 했
고, 미련에서는 작별의 아쉬움을 토로하였다. "언심곡구래言尋谷口來"는 한대漢代
정박鄭璞의 전고를 사용하여 정칠의 고결한 인품을 암시하였다. 정박은 곡구谷口(지
금의 섬서성陜西省 예천현醴泉縣 동쪽)에서 농사를 지으며 사는 은자였는데, 황보밀
皇甫謐의 《고사전高士傳》에 의하면 "정박의 자는 자진子眞이고 곡구 사람이다. 도를
닦으면서 조용히 지냈고 사람들은 그의 청고淸高함에 감복했다. 성제成帝의 외삼촌
인 왕봉王鳳 대장군이 예로써 등용하고자 했으나 뜻을 굽히지 않았다. 양웅이 그
의 덕을 칭송하여 '곡구의 정자진은 암석 밑에서 농사를 지으며 명성을 경성에 널
리 알리고 있다'라고 말했다"고 한다. "하지수정개荷芰水亭開"의 '개開'는 꽃이 피었
다거나 연못이 탁 트여있다는 표면적인 뜻에만 국한되지 않고 시인의 심적 변화를
암시해주고 있다. "일기함잔우日氣含殘雨, 운음송만뢰雲陰送晚雷"는 비가 금방 멎었
다가 다시 또 한 차례의 비를 뿌리려고 하는 날씨의 변화, 시인이 와서 머무른 시
간, 그리고 산간지대에서나 있을 법한 여러 가지 날씨 현상을 짧은 시구 속에 함축
시켰다. 시인과 벗의 만남에 대한 직접적인 묘사는 없지만 '일日', '만晚'자가 나타내

는 시간 속에서 모든 것이 진행되고 있으며, 여러 가지 날씨 변화를 나타내는 말들로부터 심리의 변화를 연상하게 해준다. 전체적으로 이 시는 평측의 활용이나 대장. 시의 결구. 경계 등을 살펴볼 때 매우 정교하여 오율 중의 성공작이라고 하겠다.

송지문宋之問(656?~712)

자字는 연청延淸이며, 분주汾州(지금의 산서성山西省 분양汾陽) 출신이다. 675년 진사에 급제했고, 측천무후則天武后에게 발탁되어 습예관習藝館 상문감승尙文監丞이 되었다. 그후, 측천무후의 영신佞臣 장역지張易之와 당시 권력자인 무삼사武三思에게 아첨하는 등 파렴치하게 행동하기도 하였으나 중종中宗이 그를 아껴 수문관직학사修文館直學士로 기용하였다. 현종玄宗이 즉위한 뒤에 유배되어 사사賜死를 받았다. 심전기沈佺期와 함께 측천무후와 중종의 궁정시인이었다. 오언시에 재능이 있었고, 율시의 선구가 되었다.

渡漢江
도 한 강

嶺外音書斷, 經冬復歷春.
영 외 음 서 단   경 동 부 력 춘

近鄕情更怯, 不敢問來人.
근 향 정 갱 겁   불 감 문 래 인

한강을 건너며

고개 너머의 소식은 끊겼는데

겨울이 가고 다시 봄을 지내게 되었다.

고향이 가까워지니 마음 더욱 초조해져서
다가온 사람에게 감히 묻지도 못한다.

■ 주 석

漢江(한강) : 한수漢水. 섬서성陝西省 영강현寧强縣에서 발원하여 호북성湖
   北省을 지나 무한시武漢市에서 장강長江으로 흘러든다. 여기서는 한수
   의 중류인 양하襄河를 가리킨다.
嶺外(영외) : 영남嶺南. 지금의 광동廣東·광서廣西 일대를 포함한 오령五
   嶺 이남의 땅을 가리킨다. 당唐나라 때에는 죄를 지은 관원들이 귀양
   살이하던 곳이었다.
音書(음서) : 편지. 소식.
來人(내인) : 다가온 사람. 여기서는 고향 쪽에서 온 사람을 가리킨다.

■ 해 제

이 시는 서신의 왕래조차 끊어진 채 오랫동안 타향살이를 하고 나서 마침내 고향으
로 돌아가게 되어 고향을 눈앞에 둔 사람의 벅찬 심정을, 평범한 시어로 기대와 설
렘이라는 감정 표현을 통해 실감나게 표현하였다. 이 시가 《당시삼백수唐詩三百首》
에는 이빈李頻의 작품으로 소개되어 있다.

陸渾山莊
육 혼 산 장

歸來物外情, 負杖閱岩耕.
귀 래 물 외 정   부 장 열 암 경

源水看花入, 幽林采藥行.
원 수 간 화 입   유 림 채 약 행

野人相問姓, 山鳥自呼名.
야 인 상 문 성   산 조 자 호 명

去去獨吾樂, 無然愧此生.
거 거 독 오 락   무 연 괴 차 생

육혼산의 산장

돌아와 세속을 벗어난 마음으로

지팡이 짚고 산속의 밭을 살펴본다.

꽃을 찾아 물길 끝까지 들어가고

약초를 캐러 깊은 숲을 돌아다닌다.

촌사람들은 서로 성명을 묻고

산새들은 스스로 이름을 부른다.

가고 가며 내 즐거움 홀로 누리니

이런 삶을 부끄러워할 것 없도다.

■ 주 석

陸渾山(육혼산) : 하남성河南省 낙양洛陽에 있는 산.

物外(물외) : 세상의 바깥. 속세에서 벗어남을 말한다.

岩耕(암경) : 산속에서의 경작. 은거생활을 가리킨다.

幽林(유림) : 깊고 무성한 숲.

■ 해 제

이 시에는 자연을 벗삼아 유유자적하게 살아가는 은둔자의 모습이 잘 그려져 있다. 형식적인 면에서 함련의 대장을 눈여겨 볼만한데, 구법의 실험과 품사의 자유로운 변환을 가능케 한 이와 같은 시도가 송지문에 의해 성공적으로 자리 잡음으로써 시어의 활용이 대폭 증대되었다.

자字는 운경雲卿이며, 상주相州 내황內黃(지금의 하남성河南省에 속함) 출신이다. 675년 진사에 급제하여 협률랑協律郞의 벼슬을 받고, 여러 관직을 역임하다가 무후의 영신佞臣 장역지張易之에게 아첨한 죄로 중종中宗 때 유배당하였다. 송지문宋之問과 함께 '심송沈宋'이라 일컬어지고 역시 율시의 선구로서 공이 컸다. 특히 칠언율시에 뛰어났다.

雜詩 四首（其四）
잡 시 사 수　　기 사

聞道黃龍戍, 頻年不解兵.
문 도 황 룡 수　 빈 년 불 해 병

可憐閨裏月, 長在漢家營.
가 련 규 리 월　 장 재 한 가 영

少婦今春意, 良人昨夜情.
소 부 금 춘 의　 양 인 작 야 정

誰能將旗鼓, 一爲取龍城.
수 능 장 기 고　 일 위 취 룡 성

잡시 4수 (제4수)

듣자니 황룡에서의 수자리는

해를 거듭해도 군대를 물리지 않는다네.

안타깝구나 규방에서 함께 보던 달이

한나라 병영에 떠 있은 지 얼마이던가!

젊은 아내는 지금 춘정에 몸을 떨고

병영의 남편은 간밤의 그리움에 사무친다.

누가 능히 군대를 거느리고 가서

일거에 흉노의 용성을 점령할 수 있을까?

■ 주 석
黃龍(황룡) : 지금의 요녕성遼寧省 개원현開原縣 서북쪽에 있는 지역인데, 당唐의 변방 요지였다.

頻年(빈년) : 해마다. '연년連年'과 같다.

解兵(해병) : 군대를 물리다. '철병撤兵'과 같다.

漢家營(한가영) : 한나라 군대의 병영. 여기서는 당나라 군대의 병영을 가리킨다.

旗鼓(기고) : 깃발과 북. 옛날에 군대에서 전투를 지휘할 때 사용하는 도구인데, 여기서는 이것으로 군대를 지칭하였다.

龍城(용성) : 흉노匈奴가 하늘에 제사지내는 곳. 여기서는 적의 요새를 가리킨다.

■ 해 제
심전기의 〈잡시사수雜詩四首〉는 변방에서 수자리하는 병사의 아내가 남편을 그리워하고 전쟁을 원망하는 내용을 담은 작품으로, 심전기 시의 명편에 속한다. 당唐 태종太宗 정관貞觀 19년에 군사를 일으켜 고구려에 침공한 이래 고종조高宗朝에 이르기까지 북동지역의 전쟁이 끊이지 않았는데, 이것이 〈잡시사수〉 탄생의 배경이다. 이 시는 변방에 나가 있는 병사와 그를 기다리는 아내를 대비시키며 그들의 고통을 묘사하는 한편, 하루 빨리 적을 격파하여 그들이 고통에서 벗어날 것을 소망하였다.

古意呈補闕喬知之
고 의 정 보 궐 교 지 지

盧家少婦鬱金香, 海燕雙棲玳瑁梁.
노 가 소 부 울 금 향　해 연 쌍 서 대 모 량

九月寒砧催木葉, 十年征戍憶遼陽.
구 월 한 침 최 목 엽　십 년 정 수 억 료 양

白狼河北音書斷, 丹鳳城南秋夜長.
백 랑 하 북 음 서 단　단 봉 성 남 추 야 장

誰謂含愁獨不見, 更敎明月照流黃.
수 위 함 수 독 불 견　갱 교 명 월 조 류 황

옛 시의를 본떠 보궐 교지지께 드림

울금향 배어 있는 노씨댁 젊은 아낙

해연 한 쌍이 둥지를 튼 대모의 들보.

늦가을 다듬잇소리가 낙엽을 재촉하니

10년을 수자리사는 요양의 임이 그립다.

백랑하 북쪽의 임의 소식 끊겼는데

단봉성 남쪽에는 가을밤이 길기만 하다.

누가 말했던가 슬픔에 잠겼는데 홀로 보지 못한다고

더욱이 밝은 달빛이 비단 휘장을 비추고 있으니 !

■ 주 석

古意(고의) : '옛 주제의 모방'이란 뜻의 '의고擬古'와 같다. 전대의 고사를
　　읊음으로써 자신의 뜻을 기탁하는 경우의 시제이다.

補闕(보궐) : 관직명. 당唐 무후武后 수공垂拱(685~688) 중에 처음 설치된
　　직책으로 시종하며 풍간하는 일을 맡았다. 좌보궐左補闕과 우보궐右補

闕이 있다.

喬知之(교지지) : 풍익馮翊 사람으로, 우보궐·좌사낭중左司郞中 등의 관직을 지냈다. 무후 수공 2년(686)에 교지지는 좌보궐의 직책에 있으면서 북정北征에 참가하였다.

鬱金香(울금향) : 백합과에 속하는 다년초로 향이 빼어나다.

玳瑁梁(대모량) : 대모玳瑁로 장식한 들보.

寒砧(한침) : 늦가을의 다듬잇소리.

征戍(정수) : 멀리 떨어진 변방으로 가서 지키다.

遼陽(요양) : 요동遼東 지역. 지금의 요녕성遼寧城 대요하大遼河 동쪽 지역을 가리키는데, 당의 변방 요지였다.

白狼河(백랑하) : 지금의 요녕성 대릉하大凌河. 백랑하 북쪽이 정부征夫가 수자리 서는 곳이다.

丹鳳城(단봉성) : 경성京城. 여기서는 장안長安을 가리킨다. 단봉성 남쪽이 젊은 아낙의 거처이다.

流黃(유황) : 갈황색의 견직물. 여기서는 휘장을 가리킨다.

■ 해 제

이 시는 제목에 나타나 있듯이 율시보다 악부에 더 가까운 편이다. 장안의 한 젊은 아낙이 요양遼陽에서 수자리한 지 10년이 넘도록 돌아오지 않는 남편이 그리워 가을밤에 잠 못 이루는 고독한 심정과 슬픔을 묘사하였는데, 음운音韻이 유창하고 경계가 드넓으며 기세가 약동하여 당인唐人 칠언율시 중의 명편에 속한다.

興慶池侍宴應制
홍경지시연응제

碧水澄潭映遠空,　紫雲香駕御微風.
벽 수 징 담 영 원 공　자 운 향 가 어 미 풍

漢家城闕疑天上,　秦地山川似鏡中.
한 가 성 궐 의 천 상　진 지 산 천 사 경 중

向浦廻舟萍已綠,　分林蔽殿槿初紅.
향 포 회 주 평 이 록　분 림 폐 전 근 초 홍

古來徒羨橫汾賞,　今日宸游聖藻雄.
고 래 도 선 횡 분 상　금 일 신 유 성 조 웅

흥경지의 연회에 배석하여 명에 의해 짓다

맑은 못의 푸른 물에 먼 하늘이 비치는데
자색 구름 속 향긋한 배 미풍을 몰고 온다.
한나라의 성궐은 하늘 위에 있는 듯하고
진나라의 산천은 거울 속에 있는 것 같다.
포구로 배 돌아오는데 마름 이미 푸르고
숲에 가려진 궁전에는 무궁화꽃 갓 붉다.
예부터 한漢 무제武帝의 〈추풍사秋風辭〉를 흠모했는데
오늘 나들이에서 임금님의 시가 웅건하다.

■ 주 석

興慶池(흥경지) : 용지龍池를 가리킨다. 당唐 현종玄宗이 즉위하기 전에 살던 장안 융경방隆慶坊의 옛 저택 옆에 있던 것으로, 중종中宗이 여기서 뱃놀이를 했다고 한다. 현종 즉위 후 융경방에 흥경궁興慶宮을 짓고 이 연못을 그 안에 포함시켰으므로 흥경지라고 하였다. 지금의 섬서성陝

西省 서안시西安市 흥경공원興慶公園 안에 있다.

應制(응제) : 황제의 명에 의해 시문을 짓다. 또는 황제의 명에 의해 지은 시문.

香駕(향가) : 향목香木으로 만든 수레. 여기서는 배를 가리킨다.

漢家城闕(한가성궐) : 한漢나라의 성궐城闕. 여기서는 당나라의 성궐을 가리킨다.

秦地(진지) : 진나라의 산천. 여기서는 장안 일대를 가리킨다.

橫汾賞(횡분상) : 한漢 무제武帝의 〈추풍사〉를 가리킨다. 그 가사에 "누선을 타고 분하를 건너는데, 물 가운데를 가로지르니 하얀 물결이 이는구나.(泛樓船兮濟汾河, 横中流兮揚素波.)"가 있다.

宸游(신유) : 황제의 나들이.

聖藻(성조) : 황제의 시어. 여기서는 중종中宗의 어제시御製詩를 가리킨다. 이 구절은 중종의 시가 웅건하여 한 무제의 〈추풍사〉에 비견할 만하다고 칭송한 것이다.

■ 해 제

이 시는 드라마틱한 구성과 장대한 기풍이 돋보인다. 처음 4구절은 성당盛唐의 풍격에 근접해 있다. 여기서 시인은 먼저 연못 둘레의 모습을 묘사하고, 그 다음에 먼곳의 숲을 묘사하는 방식을 채택하고 있다. 경련의 대구는 숲의 한가운데 모습을 드러내고 있는 우뚝 솟은 궁전을 묘사하고 있지만 부분적으로 꽃이 만발한 무궁화에 가려져 있다. 심전기는 진자앙陳子昻처럼 '분分'이라는 동사를 사용하여 시각적인 연속성을 방해하는 사물의 출현을 묘사하였다. 마지막 연은 한 무제의 〈추풍사〉를 언급하고 있는데, 분양汾陽에서 후토后土에 제사를 지낸 후 출유出遊를 즐기면서 지은 것이며, 이교李嶠의 가행시歌行詩에 묘사되어 있다.

장열張說(667~730)

자字는 도제道濟 혹은 열지說之, 호號는 연허燕許이며, 유주幽州 범양范陽 (지금의 하북성河北省 탁현涿縣) 출신이다. 측천무후則天武后에게 인정받아 태자를 가르쳤으며, 봉각사인鳳閣舍人·좌승상左丞相 등의 관직을 역임하였고 연국공燕國公에 봉해졌다. 문장에 능하여 나라의 큰 저술을 도맡아 '연허대수필燕許大手筆'이라 불렸다.

蜀道後期
촉 도 후 기

> 客心爭日月, 來往預期程.
> 객 심 쟁 일 월 내 왕 예 기 정
>
> 秋風不相待, 先至洛陽城.
> 추 풍 불 상 대 선 지 락 양 성

촉에서 길 떠나기를 나중에 기약하며

나그네 마음은 시간을 다투게 마련이라
오고감에 미리 기한을 정해두었다.
가을바람이 나를 기다려주지 않고는
먼저 낙양성으로 가버렸구나.

■ 주 석

預期程(예기정) : 미리 기한을 정하다.

■ 해 제

이 시는 장열이 교서랑校書郞 직에 있을 때 사천四川으로 출사했다가 낙양洛陽으로

의 귀환이 예정보다 늦어지자 귀향의 심정을 쓴 것이다. 시인에게는 〈피사재촉被使在蜀〉〈재사촉도再使蜀道〉 등의 시가 있어서 그가 두 차례에 걸쳐 사천에 갔었음을 밝히고 있지만 《구당서舊唐書》와 《신당서新唐書》의 〈장열전張說傳〉에는 이 사실이 기재되어 있지 않다. 마지막 두 구절은 가을을 돌아갈 기한으로 정해두었는데, 돌아가는 것이 예정보다 늦어져서 돌아가지 못하고 있는 처지를 이렇게 표현한 것으로, 시인의 재치가 돋보인다.

送梁六自洞庭山作
송 량 륙 자 동 정 산 작

巴陵一望洞庭秋, 日見孤峰水上浮.
파 릉 일 망 동 정 추   일 견 고 봉 수 상 부

聞道神仙不可接, 心隨湖水共悠悠.
문 도 신 선 불 가 접   심 수 호 수 공 유 유

양륙을 전송하며 동정산에서 짓다

파릉에서 가을빛에 물든 동정호를 바라보니
날마다 물 위에 떠있는 외로운 봉우리가 보인다.
듣자니 신선은 근접할 수 없다고 하는데
마음은 호수를 따라 함께 끝없이 흘러간다.

■ 주 석

巴陵(파릉) : 악주岳州. 지금의 악양岳陽.

孤峰(고봉) : 동정호洞庭湖 안의 군산君山을 가리킨다.

悠悠(유유) : 끝없이 흘러가는 모양.

■ 해 제

이 작품은 장열이 악주岳州(파릉巴陵, 지금의 악양岳陽)에 있을 때 지은 송별시이다. 양륙梁六은 작가의 친구 담주潭州(지금의 호남湖南 장사長沙)자사刺史 양지미梁知微로, 당시 악주를 거쳐 조정으로 들어가는 길이었다. 동정산洞庭山(군산君山)이 파릉 근처에 있었으므로 제목에서 "자동정산작自洞庭山作"이라고 하였다. 이 시는 송별의 뜻이 직접 드러나지 않아 흥상興象을 통해 음미하지 않으면 '무적가구無迹可求'라고 할 수 있다. 호응린胡應麟이 《시수詩藪 내편內編 권6》에서 "장열의 〈양륙을 전송하며 동정산에서 짓다〉 시와 왕한의 〈출새〉 시에 이르면 구절의 격식이 성취되어 점차 성당으로 들어갔다(至張說〈巴陵〉之什, 王翰〈出塞〉之吟, 句格成就, 漸入盛唐矣.)"라고 했듯이, 이 시는 칠언절구 분야에서 초당으로부터 성당으로 진입하는 이정표적 작품이다.

장약허張若虛(660?~720?)

양주揚州(지금의 강소성江蘇省에 속함) 출신으로, 자호字號는 미상이다. 중종中宗 신룡神龍 연간(705~707)에 문재를 떨쳤으며 하지장賀知章, 장욱張旭, 포융包融과 함께 '오중사사吳中四士'라 불렸다. 그의 시는 《전당시全唐詩》에 2수가 수록되어 있을 뿐이지만, 〈춘강화월야春江花月夜〉는 인구에 회자되는 명작이 되었다.

春江花月夜
춘 강 화 월 야

春江潮水連海平, 海上明月共潮生.
춘 강 조 수 련 해 평 　 해 상 명 월 공 조 생

灩灩隨波千萬里, 何處春江無月明.
염 렴 수 파 천 만 리 　 하 처 춘 강 무 월 명

江流宛轉繞芳甸, 月照花林皆似霰.
강 류 완 전 요 방 전 　 월 조 화 림 개 사 산

空裏流霜不覺飛, 汀上白沙看不見.
공 리 류 상 불 각 비　정 상 백 사 간 불 견

江天一色無纖塵, 皎皎空中孤月輪.
강 천 일 색 무 섬 진　교 교 공 중 고 월 륜

江畔何人初見月, 江月何年初照人.
강 반 하 인 초 견 월　강 월 하 년 초 조 인

人生代代無窮已, 江月年年只相似.
인 생 대 대 무 궁 이　강 월 년 년 지 상 사

不知江月待何人, 但見長江送流水.
부 지 강 월 대 하 인　단 견 장 강 송 류 수

白雲一片去悠悠, 靑楓浦上不勝愁.
백 운 일 편 거 유 유　청 풍 포 상 불 승 수

誰家今夜扁舟子, 何處相思明月樓.
수 가 금 야 편 주 자　하 처 상 사 명 월 루

可憐樓上月裴回, 應照離人妝鏡臺.
가 련 루 상 월 배 회　응 조 리 인 장 경 대

玉戶簾中卷不去, 搗衣砧上拂還來.
옥 호 렴 중 권 불 거　도 의 침 상 불 환 래

此時相望不相聞, 願逐月華流照君.
차 시 상 망 불 상 문　원 축 월 화 류 조 군

鴻雁長飛光不度, 魚龍潛躍水成文.
홍 안 장 비 광 부 도　어 룡 잠 약 수 성 문

昨夜閑潭夢落花, 可憐春半不還家.
작 야 한 담 몽 락 화　가 련 춘 반 불 환 가

江水流春去欲盡, 江潭落月復西斜.
강 수 류 춘 거 욕 진　강 담 락 월 부 서 사

斜月沈沈藏海霧, 碣石瀟湘無限路.
사 월 침 침 장 해 무　갈 석 소 상 무 한 로

不知乘月幾人歸, 落月搖情滿江樹.
부 지 승 월 기 인 귀　낙 월 요 정 만 강 수

봄강의 꽃피고 달 밝은 밤

봄강의 넘치는 물이 바다까지 잇닿아
해상의 밝은 달이 물결과 함께 떠오른다.
물결따라 천리 만리 은빛 반짝이니
그 어느 강물엔들 밝은 달빛 없으리?
굽이굽이 강물은 푸른 들판을 감돌고
달빛 받은 꽃들은 모두가 눈송이 같다.
하늘에서 서리 내려와 흐르는 듯하고
모래섬의 흰 모래도 따로 구분할 수 없다.
강물과 하늘 한빛 되어 티끌 하나 없는데
공중에는 밝고 둥근 달이 외로이 걸려 있다.
강가에서 저 달을 처음 본 이는 누구이며
저 달은 언제 처음으로 사람을 비추었을까?
사람은 태어나 대대로 끝없이 이어지고
강의 달은 해마다 그저 서로 같을 뿐이다.
모르겠구나 저 달이 누구를 기다리는지
다만 보이는 건 끝없는 강따라 흘러가는 물.
하늘엔 흰 구름 한 조각이 유유히 떠가고
단풍 푸른 포구에서 슬픔을 견딜 수 없다.
오늘 밤 일엽편주를 띄운 이는 누구인가?
달 밝은 누각에서 그리움에 젖은 이 누구인가?
가련하게도 누각 위의 달이 배회하면서
멀리 떨어져 있는 그녀의 경대를 비추리라.
규방의 주렴을 걷어도 달은 떠나지 않고

다듬잇돌 위에서 떨쳐내도 다시 찾아온다.

지금 함께 바라보면서도 소식 전할 길 없어

달빛따라 흘러가서 임을 비출 수 있기를!

멀리 나는 기러기는 이 달빛 전하지 못하고

물고기도 뛰어올라 수면에 물결만 낼 뿐이다.

어젯밤 고요한 물가에 꽃 지는 꿈 꾸었는데

가련케도 봄은 가는데 집에 돌아오지 못한다.

강물따라 흐르는 봄은 벌써 다 가려 하고

강물에 잠긴 달도 다시 서쪽으로 기운다.

기운 달은 깊숙이 바다 안개 속에 숨고

갈석산에서 소상까지 길은 끝이 없구나.

몇이나 달빛 타고 집에 돌아갈 수 있을까?

지는 달빛 강 숲에 가득 차 내 마음 흔든다.

■ 주 석

春江(춘강) 구 : 장강長江 하류가 봄물이 넘쳐 끝없이 넓어서 바다와 구분이 되지 않는다는 말이다.

灩灩(염렴) : 물결이 출렁이는 모양. 여기서는 이것으로 달빛을 형용하였다.

芳甸(방전) : 화초가 가득 피어난 들판.

似霰(사산) : 눈송이 같다. '사설似雪'과 같다.

空裏(공리) 구 : 고인古人들 생각에 서리는 눈처럼 하늘에서 내려오는 것이어서 '비상飛霜'이라고 하였다. 여기서는 달빛을 서리에 비유했기 때문에 '흐른다'고 느끼고 '난다'고 느끼지 않은 것이다.

汀上(정상) 구 : 달빛 받은 모래섬이 서리가 내린 것처럼 하얗기 때문에 흰 모래가 보이지 않는다고 말한 것이다.

窮已(궁이) : 끝나서 다함이 없다. '궁진窮盡'과 같다.

靑楓浦(청풍포) : 지명으로 지금의 호남성湖南省 유양현瀏陽縣 경내에 있다. 여기서는 지명으로 사용된 것이 아니고 시인이 있는 곳을 가리킨다.

扁舟子(편주자) : 일엽편주를 탄 나그네.

何處(하처) 구 : 일엽편주를 탄 나그네가 멀리 떨어져 있는 아내의 모습을 상상하여 표현한 것이다. 조식曹植의 〈칠애시七哀詩〉에서 "밝은 달 높은 누각 비추어, 흐르는 달빛이 배회하고 있다. 누각 위의 그리움에 젖은 아낙, 비탄에 잠겨 슬픔이 솟는다.(明月照高樓, 流光正徘徊. 上有愁思婦, 悲嘆有餘哀.)"의 의경을 사용하였다.

玉戶(옥호) : 규방閨房에 대한 미칭이다. 여기서부터 '가련춘반불환가可憐春半不還家'까지는 남편을 그리워하는 아내의 마음을 표현한 것이다.

光不度(광부도) : 달빛이 건너가지 못하다. 이 구절은 기러기가 달빛을 남편에게 전할 수 없다는 말이다.

潛躍(잠약) : 물속에서 수면 위로 뛰어오르다.

水成文(수성문) : 물이 무늬를 이루다. '문文'은 '문紋'의 뜻이다. 이상의 두 구절은 기러기와 물고기는 서신을 전달해준다고 들었는데, 그 역할을 해주지 않아 원망스럽다는 말이다.

閑潭(한담) : 고요한 물가. 아래에 나오는 '강담江潭'도 강가의 뜻이다.

落花(낙화) : 여기서는 청춘이 가버린다는 것을 암시하였다.

斜月(사월) 구 : 지는 달이 점차 해변에 이는 새벽안개 속으로 숨어든다는 말이다.

碣石(갈석) : 산 이름. 지금의 하북성河北省 낙정현樂亭縣 남서쪽에 있다.

瀟湘(소상) : 소수瀟水와 상수湘水. 지금의 호남성湖南省 남쪽에 있다. 여기서 갈석碣石은 북방을 대표하고, 소상은 남방을 대표한다.

無限路(무한로) : 길이 끝이 없다. 두 사람이 떨어진 거리가 한없이 멀다는 뜻이다.

搖情(요정) : 마음을 흔들다. 그리움을 불러일으키다. 이 구절은 강변의
　　나무들이 온통 달빛을 머금고 있어서 나그네의 그리움을 끓어오르게
　　한다는 말이다.

■ 해 제

장약허의 시는 《전당시》에 2수밖에 수록되어 있지 않지만 이 시가 워낙 유명하여
대가의 반열에 올랐다. 이 시는 곱고 선명한 형상과 경쾌한 절주로 아름다운 자연
경치, 시인의 사색과 그리움 등이 교차되며 한 폭의 수채화를 그려내었다. 시인은
여기서 무한과 유한, 영원한 우주와 순간을 살다 사라지는 인생, 봄경치의 아름다
움과 이별한 사람의 슬픔 등을 절묘한 균형 속에 묘사하였다. 따라서 이 시가 궁체
시宮體詩의 구제舊題를 사용하기는 했지만 궁체시의 협소한 제재와 풍격을 뛰어넘
어 성당盛唐 시인 특유의 정신미를 미리 구현했다는 평가를 받고 있다.

장구령張九齡(673~740)

자字는 자수子壽이며 소주韶州 곡강曲江(지금의 광동성廣東省 소관시韶關
市) 출신이다. 진사에 합격한 뒤 문인 재상 장열張說의 추천으로 중서사인
中書舍人, 중서시랑中書侍郞을 거쳐 재상이 되었다. 안녹산安祿山이 위험인
물임을 간파했다는 일화가 전해지며, 반대파인 이임보李林甫에게 미움을
받고 좌천되었다. 오언고시에 능하였고, '영남제일인嶺南第一人'이라는 칭
호를 얻었다.

望月懷遠
망 월 회 원

海上生明月, 天涯共此時.
해 상 생 명 월　천 애 공 차 시

情人怨遙夜, 竟夕起相思.
정 인 원 요 야   경 석 기 상 사

滅燭憐光滿, 披衣覺露滋.
멸 촉 련 광 만   피 의 각 로 자

不堪盈手贈, 還寢夢佳期.
불 감 영 수 증   환 침 몽 가 기

달밤에 임 그리며

바다 위로 밝은 달이 떠오르니

하늘 저쪽에서 이 달을 함께 보겠지.

사랑에 빠진 사람 긴 밤을 원망하며

이 밤이 다하도록 임 그리워한다.

촛불 끄니 방안 가득한 달빛이 고와

걸쳐 입고 나가니 이슬이 젖어온다.

이 달빛 손에 가득 담아 보내드릴 수 없어

침실로 돌아가 임 만나는 꿈을 꾸리라.

■ **주 석**

懷遠(회원) : 멀리 떨어져 있는 임을 그리워하다.

共此時(공차시) : 이 시간을 함께하다. 멀리 떨어져 있는 두 사람이지만
　　하늘에 떠있는 저 달만큼은 두 사람이 이 시간에 함께 바라볼 수 있다
　　는 말이다.

情人(정인) : '회원지정懷遠之情'을 지닌 사람. 즉 화자 자신을 가리킨다.
　　또는 화자가 그리워하는 임을 지칭할 수도 있다. 그 경우 이 두 구절
　　은 화자가 임을 상상해서 하는 말이 된다.

遙夜(요야) : 기나긴 밤. '장야長夜'와 같다.

竟夕(경석) : 밤새도록. '종야終夜'와 같다.

憐(연) : 사랑스럽다. 마음이 이끌리다.

披衣(피의) : 옷을 걸쳐 입다.

不堪(불감) : ~할 수 없다. '불능不能'과 같다.

寢(침) : 여기서는 침실을 가리킨다.

佳期(가기) : 사랑하는 사람과의 만남을 가리킨다.

■ 해 제

장구령은 당唐 현종玄宗 때의 이름난 재상이었으나, 20여 년 동안 태평세월을 누려오던 현종이 날로 사치와 향락에 빠져 국사를 소홀히 하자 이에 반대하였다가 개원開元 25년(737)에 형주장사荊州長史로 좌천되고 말았다. 이 시는 시인이 여성 화자가 되어 그 당시 멀리 떨어져 있는 남편에 대한 그리움을 표현한 것인데, 멀리 떨어져 있는 두 사람을 연결해주는 달의 이미지를 빌려 호소력 있게 그리움을 전달하였다. 평자에 따라서는 이 시를 정치적 은유를 담고 있는 시로 보기도 한다. 그럴경우 먼 곳에 있는 임은 황제를 뜻하게 되고, 자신의 정치적 이상이 좌절되어 시련을 겪는 중에 황제에 대한 그리움을 표현한 것이 되겠다.

왕만王灣(?~?)

낙양洛陽 출신으로 선천先天 연간에 진사에 급제하였다. 오吳와 초楚를 왕래하면서 시명詩名을 날렸는데, 그의 시는 기상이 높고 풍격이 웅장하였다. 《전당시全唐詩》에 시 10수가 수록되어 있다.

次北固山下
차 북 고 산 하

客路青山外, 行舟綠水前.
객 로 청 산 외   행 주 록 수 전

潮平兩岸闊, 風正一帆懸.
조 평 량 안 활　풍 정 일 범 현

海日生殘夜, 江春入舊年.
해 일 생 잔 야　강 춘 입 구 년

鄕書何處達, 歸雁洛陽邊.
향 서 하 처 달　귀 안 락 양 변

북고산 밑에서 묵으며

나그네 길 푸른 산 저 너머

파란 강물 위로 배를 저어 나간다.

물결 잔잔하고 양쪽 언덕 탁 트였는데

바람 알맞게 불어와 돛을 높이 올렸다.

간밤의 어둠을 뚫고 해는 솟아오르고

지난 겨울을 헤치고 봄이 찾아들었다.

고향 편지를 어떻게 전할 수 있을까?

기러기는 낙양으로 날아가건만.

■ 주 석

次(차) : 묵다. 머물다.

北固山(북고산) : 지금의 강소성江蘇省 진강시鎭江市 북쪽 양자강 남쪽에
　　있는 산으로, 삼면이 강에 면해 있고 동쪽과 서쪽으로 금산金山과 초
　　산焦山이 보인다.

風正(풍정) : 바람이 알맞게 불어오다. 여기서 '정正'은 '순順'과 '화和'의 뜻
　　을 지닌다.

何處(하처) : 어느 곳. 여기서 '어느 곳에서 전달할 수 있을까?'라는 말은
　　'전달할 방법이 없다'는 뜻이다.

시인은 이 시에서 내놓고 이치를 따지고 있지는 않지만 경물과 계절을 묘사하는 가운데 자연의 이치를 자연스럽게 녹여 넣고 있으며, 낡은 것 속에서 새로운 것을 잉태시키고 있다. '생잔야生殘夜'·'입구년入舊年' 등은 시인이 고심하여 얻은 표현이지만 다듬은 흔적이 드러나지 않아 명구에 속한다. 마지막 두 구에서 돌아가는 기러기를 빌려 고향에 대한 그리움을 표현한 것도 매우 운치가 있다.

왕한王翰(687~726)

'왕한王瀚'이라고도 쓰고, 자字는 자우子羽이며, 병주幷州 진양晉陽(지금의 산서성山西省 태원시太原市) 출신이다. 장열張說의 인정을 받아 창락昌樂의 위尉가 되었고, 가부원외랑駕部員外郞에 등용되기도 하였다. 그러나 장열의 실각과 동시에 여주장사汝州長史로 좌천되고, 끝내는 도주사마道州司馬로 밀려나 그곳에서 죽었다. 단 14편의 시를 남겼으나 〈양주사涼州詞〉는 당대唐代 칠언절구 중 걸작으로 꼽힌다.

涼州詞
양 주 사

葡萄美酒夜光杯, 欲飮琵琶馬上催.
포 도 미 주 야 광 배   욕 음 비 파 마 상 최

醉臥沙場君莫笑, 古來征戰幾人回.
취 와 사 장 군 막 소   고 래 정 전 기 인 회

양주사

야광배에 담겨 있는 잘 익은 포도주

마시려니 비파는 말에 오르라고 재촉한다.

취해 모래벌판에 눕더라도 그대여 비웃지 말게
예로부터 전장에 나간 사람 몇이나 돌아왔던가?

■ 주 석

涼州詞(양주사) : 양주가涼州歌의 노래가사. 악부樂府의 곡명으로, 곽무천
　郭茂倩의 《악부시집樂府詩集 근대곡사近代曲詞》(권79)에 〈양주가〉가 실
　려 있다. '양주'는 당唐 농우도隴右道 양주로 행정청이 고장현姑臧縣(지
　금의 감숙성甘肅省 무위현武威縣)에 있었다.

夜光杯(야광배) : 원래는 밤에도 빛이 나는 야광주夜光珠로 만든 술잔을
　뜻하지만, 여기서는 세공이 정교한 술잔을 가리킨다. 포도주 야광배와
　비파 모두 중국 북서쪽의 민족과 관련 있는 것으로, 시인은 이런 것들
　을 통해 지역 색채를 도드라지게 표현하였다.

馬上催(마상최) : 말 위에서 연주하는 비파소리가 말에 오르기를 재촉하
　다. 여기서는 그럼에도 불구하고 계속 마신다는 의미를 포함한다.

沙場(사장) : 모래사장. 여기서는 중국 북서 지역의 광활한 모래벌판을 가
　리킨다.

■ 해 제

이 시는 전쟁터에 나가는 군인의 심정을 형상화한 작품이다. 비록 해학적으로 처리
되어 있기는 하지만 어서 말에 오르라고 재촉하는 듯한 비파소리를 들으면서도 계
속 술을 마시고, 취하여 모래벌판에 눕는 심리 묘사를 통해 출정하는 병사의 암울
하고 복잡한 마음이 잘 드러나 있다.

3-2-2 성당시盛唐詩

왕지환王之渙(688~742)

자가 계릉季陵이며 병주幷州(지금의 산서성山西省 태원시太原市) 사람이다. 젊어서부터 술과 검을 즐겨 유협생활을 하다가 중년 이후에 문학에 정진하여 일약 유명한 시인이 되었다. 관직에는 나아가지 못하고 평생 재야시인으로 살면서 왕창령王昌齡, 최국보崔國輔, 고적高適 등과 교유하였다. 변새시인으로 유명한 그의 시는 음악으로 곡을 붙여 널리 애창되었다고 한다. 《전당시全唐詩》에 비록 6수만 실려 있으나, 〈양주사凉州詞〉〈등관작루登鸛雀樓〉 등의 절구는 절창으로 꼽힌다.

登鸛雀樓
등 관 작 루

白日依山盡, 黃河入海流.
백 일 의 산 진   황 하 입 해 류

欲窮千里目, 更上一層樓.
욕 궁 천 리 목   갱 상 일 층 루

관작루에 올라

흰 태양 산 넘어 지고
누런 황하는 바다로 흘러 들어간다.
천리 밖까지 시야를 넓히고자
다시 한 층 누각을 더 올라간다.

鸛雀樓(관작루) : 산서성山西省 영제현永濟縣에 있는 누각. 이 누각은 동남
　　쪽으로 중조산中條山이 보이고 눈 아래 황하가 내려다보이는 명승지로
　　서, 관작이 그 위에 서식하여서 관작루라 불리웠다고 한다.

依山盡(의산진) : 산에 기대어 지다. 즉 산 넘어 지다.

千里目(천리목) : 천리 밖까지의 시야라는 뜻.

■ 해 제

이 시는 관작루에 올라서 바라본 풍경을 통해 시인이 느낀 심사를 읊었다. 바다에
이르기 위해서 저녁에도 쉬지 않고 부단히 흐르는 황하를 더 멀리 보기 위해서 한
층 누각을 다시 오른다는 표현은 바로 자신을 부단히 탁마하여 진일보하려는 시인
의 의지의 표출이기도 하다.

涼州詞 (其一)
양 주 사 　 기 일

黃河遠上白雲間, 一片孤城萬仞山.
황 하 원 상 백 운 간 　 일 편 고 성 만 인 산

羌笛何須怨楊柳, 春風不渡玉門關.
강 적 하 수 원 양 류 　 춘 풍 부 도 옥 문 관

양주의 노래 (제1수)

황하는 저 멀리 흰 구름 사이로 흐르고

높은 산 위에는 외로운 성 하나.

오랑캐 피리 뭐하려고 절양류가를 부르는가?

봄바람은 옥문관을 넘지도 못하는데.

黃河遠上(황하원상) : '하河'가 '사沙'로, '원遠'이 '직直'으로 된 판본도 있
   다.

仞(인) : 8척尺.

羌笛何須怨楊柳(강적하수원양류) : '강적羌笛'은 강족羌族이 부는 피리. '하
   수何須'는 '하필何必'과 같은 뜻. '원양류怨楊柳'는 북조악부北朝樂府인 이
   별곡 〈절양류가折楊柳歌〉를 부른다는 뜻이다.

玉門關(옥문관) : 지금의 감숙성甘肅省 돈황敦煌 서쪽에 있는 관소로 서역
   으로 통하는 교통의 요충지이다. 당시에는 양주凉州의 가장 서쪽 경계
   였다.

■ 해 제

이 시는 2수로 된 연작시 중 첫 번째 작품으로 일명 〈출새出塞〉라고도 한다. 변새에
서 수자리 살고 있는 병사의 향수가 1, 2구에서는 경물을 통해 묘사되었고 3, 4구에
서는 〈절양류가〉를 들어서 표출되었다. 〈양주사〉는 당대唐代의 악부 곡명으로 양주
일대의 변새생활을 노래한 가사이다. '양주'는 하서河西 일대를 말한다.

맹호연孟浩然(689~740)

자도 호연浩然(일설에는 이름이 호浩, 자가 호연浩然이라고도 함)으로 양양襄陽(지금의 호북성湖北省 양번현襄樊縣) 사람이다. 40세 이전에 양양 부근의 녹문산鹿門山에 은거한 적이 있었고, 이후 비로소 벼슬을 구하러 장안長安에 갔다. 당시 그는 태학太學에서 시를 지은 적이 있는데 좌중이 모두 그의 재주에 탄복했다고 한다. 장구령張九齡, 왕유王維 등과 교유했다. 왕유가 그를 현종玄宗에게 추천하여 벼슬하게 하려고 하였으나 현종이 그의 〈귀종남산歸終南山〉 시의 '부재명주기不才明主棄, 다병고인소多病故人疏(재주가 없어 군주에게 버림받았고, 병이 많아 친구와 소원해졌다)' 시구를 읽고 불쾌하게 생각하여 왕유의 추천이 소용없게 되었다고 한다. 후에 장구령이 형주장사荊州長史로 있을 때 잠시 그의 속관이 된 적이 있었으나 일생 동안 제대로 된 관직에는 있어 보지 못했다. 그의 시에는 왕왕 분개하고 원망하는 감정이 표출되어 왕유 시와 같은 담박하고 초연한 맛이 적다. 그러나 그의 오언시는 훌륭하며 전원생활과 은일생활을 노래한 작품은 성당 자연시를 대표한다. 작품집으로 《맹호연집孟浩然集》이 있다.

春曉
춘 효

春眠不覺曉,　處處聞啼鳥.
춘 면 불 각 효　　처 처 문 제 조

夜來風雨聲,　花落知多少.
야 래 풍 우 성　　화 락 지 다 소

봄 새벽

봄잠에 날 밝은 줄 몰랐는데
곳곳에서 들려오는 새들의 지저귐.

밤새 몰아친 비바람소리

떨어진 꽃잎 얼마나 될까?

■ 주 석

春曉(춘효) : 봄날 아침.

春眠(춘면) : 봄잠.

不覺曉(불각효) : 날이 밝은 줄 모르고 잔 것을 뜻한다.

夜來(야래) : 밤새껏.

■ 해 제

이 시는 봄날 아침을 묘사한 작품으로 허령虛靈한 표현이 잠에서 막 깨어난 심태를
잘 그려내었다. 시구는 평이하나 정운情韻이 깊어 인구에 회자하는 명품이다.

宿建德江
숙 건 덕 강

移舟泊煙渚, 日暮客愁新.
이 주 박 연 저   일 모 객 수 신

野曠天低樹, 江淸月近人.
야 광 천 저 수   강 청 월 근 인

건덕강에 묵으며

안개낀 모래톱에 배 옮겨 정박하니

날 저물녘 나그네는 시름이 새록새록.

들판 너르니 하늘이 나무보다 낮고

강물 맑아 달이 사람에게 다가온다.

建德(건덕) : 지명. 지금의 절강성浙江省 건덕현建德縣으로 성城에서 전당
　강錢塘江이 내려다보인다.
煙渚(연저) : 안개 자욱한 사저沙渚.

■ 해 제

이 시는 시인이 객지의 강가에서 밤을 보내며 느낀 감회와 눈앞에 펼쳐진 경치를
묘사한 작품이다. 제3구와 제4구의 대구에 사용한 '저低'와 '근近' 두 자에서 시인의
솜씨가 돋보인다.

送朱大入秦
송 주 대 입 진

游人五陵去, 寶劍値千金.
유 인 오 릉 거　　보 검 치 천 금

分手脫相贈, 平生一片心.
분 수 탈 상 증　　평 생 일 편 심

주대가 진에 가는 것을 전송하며

그대 오릉으로 떠나갈 제

천금 값이 나가는 보검을

헤어지는 마당에 풀어 드리니

평생의 한 조각 마음이라오.

■ 주 석

朱大(주대) : 맹호연의 친구로 '주朱'는 성이고 '대大'는 동일 항렬의 첫 번

째라는 뜻이다. 정확하게 누구인지는 알 수 없다.

秦(진) : 장안長安을 지칭한다.

游人(유인) : 나그네. 여기서는 주대朱大를 가리킨다.

五陵(오릉) : 장안 북쪽 교외에 있는 지명. 한漢 고조高祖의 장릉長陵, 혜
제惠帝의 안릉安陵, 경제景帝의 양릉陽陵, 무제武帝의 무릉茂陵, 소제昭
帝의 평릉平陵이 모여 있어서 오릉이라고 하였다.

値千金(치천금) : 보검의 가치가 천금이나 된다는 뜻이다. '치値'는 가치.
'직直'으로 된 판본도 있다.

■ 해 제

이 시는 송별시로 시제詩題가 〈송주대送朱大〉로 되어 있는 판본도 있다. 시인은 송
별의 아쉬움을 몸에 지니고 있던 보검을 풀어 주는 것으로 대신하여 친구를 향한
무한한 애정과 신뢰를 드러내고, 마지막 구를 통해 자신의 변함없을 우정을 표현
하였다.

與諸子登峴山
여 제 자 등 현 산

人事有代謝, 往來成古今.
인 사 유 대 사 왕 래 성 고 금

江山留勝迹, 我輩復登臨.
강 산 류 승 적 아 배 부 등 림

水落魚梁淺, 天寒夢澤深.
수 락 어 량 천 천 한 몽 택 심

羊公碑尙在, 讀罷淚沾襟.
양 공 비 상 재 독 파 루 첨 금

여럿이 함께 현산에 올라

사람의 일이란 바뀌고 바뀌는 법
지난 것은 과거요 새로 온 것은 현재.
강산에 명승고적 남아 있어
우리들 다시 올라보니
물 빠진 어량은 수위가 낮아졌고
날씨 차가운 몽택은 깊어 보이네.
양공의 추모비가 아직도 남아 있어
읽고 나니 눈물이 옷깃을 적신다.

■ 주 석

峴山(현산) : 산 이름으로 일명 현수산峴首山이라고도 한다. 지금의 호북
　　성湖北省 양번현襄樊縣 남쪽에 있다.

代謝(대사) : 교체, 변화를 뜻한다.

勝迹(승적) : 명승고적.

魚梁(어량) : 양양 녹문산 부근 면수沔水 중간에 있는 모래섬 이름.

夢澤(몽택) : 습지 이름. 동정호 북쪽 기슭 일대에 해당된다.

羊公碑(양공비) : '양공羊公'은 진晉의 양호羊祜(221~278). 진 무제武帝 때
　　양양을 맡아 지켰는데, 당시 자주 현산峴山에 올라 술을 즐기고 시를
　　읊었다. 양호가 죽은 후 양양의 백성들은 그가 평소 유람하였던 현산
　　에 비를 세우고 묘당을 짓고서 세시歲時마다 제사를 지냈는데 그 비석
　　을 읽은 사람들이 모두 눈물을 흘렸다. 그래서 두예杜預(222~284)가
　　그 비를 타루비墮淚碑라고 이름지었다고 한다.

■ 해제

이 시는 회고시懷古詩로 시인이 현산에 올라가 양호의 비를 읽은 후의 감회를 묘사한 것이다. 유정한 사람은 세월따라 덧없이 사라졌지만, 무정한 비석은 시간을 초월하여 여전히 남아있어서 시인으로 하여금 인생만사의 무상함을 느끼게 하였다.

望洞庭湖贈張丞相
망 동 정 호 증 장 승 상

八月湖水平, 涵虛混太淸.
팔 월 호 수 평　함 허 혼 태 청

氣蒸雲夢澤, 波撼岳陽城.
기 증 운 몽 택　파 감 악 양 성

欲濟無舟楫, 端居恥聖明.
욕 제 무 주 즙　단 거 치 성 명

坐觀垂釣者, 空有羨魚情.
좌 관 수 조 자　공 유 선 어 정

동정호를 바라보며 장승상에게 바치다

팔월이라 그득한 호수물

허공을 적셔 담아 하늘과 섞였으니

물 기운은 운몽택을 찌고

파도는 악양성을 흔든다.

건너려 해보나 배가 없어

한가로이 지내니 성명한 임금님께 부끄러워

앉아서 낚싯대 드리운 사람을 바라보다가

부질없이 고기 부러워하는 마음을 지녀본다.

涵虛混太淸(함허혼태청) : 동정호가 하늘과 서로 잇닿아 있는 모습을 형용한 것이다. '함허涵虛'는 '허공을 적시어 담다'의 뜻. '태청太淸'은 하늘을 가리키는 것으로 도가道家에서 말하는 삼청三淸 중의 하나이다. 삼청은 옥청玉淸, 상청上淸, 태청太淸이다.

雲夢澤(운몽택) : 옛날 초楚나라의 늪 이름. '운몽雲夢'은 본래 둘로, 강남江南에 있는 것을 '몽夢'이라 하고 강북江北에 있는 것을 '운雲'이라 하였다. 예로부터 군주들의 사냥터로 유명하다.

撼(감) : 흔들다.

岳陽城(악양성) : 지명. 호남성湖南省 악양현岳陽縣 동정호洞庭湖 동쪽에 있다.

欲濟(욕제) : 건너려 하다. '제濟'는 '도渡'와 같은 뜻이다. 여기서는 벼슬하고 싶은 마음을 비유한다.

舟楫(주즙) : 배. 여기서는 벼슬길에 추천해 줄 사람을 비유한다.

端居(단거) : 한가롭게 지내는 것을 말한다. '평소'의 뜻으로 풀이하기도 한다.

聖明(성명) : 천자를 가리킨다.

羨魚情(선어정) : 고기 잡는 것을 부러워하는 마음. 여기서는 벼슬하기를 바라는 자신의 희망을 비유한다.

■ 해 제

이 시는 동정호를 바라보며 느낀 시인의 심사를 적어 장구령에게 바친 시이다. 장구령은 현종 때의 명신이자 시인이다. 전반 네 구는 동정호의 경상과 기세를 묘사하였고, 후반 네 구는 장구령의 추천을 받아 정계에 들어가 자신의 이상을 실현해 보려는 의지를 표출하였다. 시제가 사부총간본四部叢刊本에는 〈임동정臨洞庭〉으로 되어 있다.

過故人莊
과 고 인 장

故人具鷄黍, 邀我至田家.
고 인 구 계 서   요 아 지 전 가

綠樹村邊合, 靑山郭外斜.
녹 수 촌 변 합   청 산 곽 외 사

開軒面場圃, 把酒話桑麻.
개 헌 면 장 포   파 주 화 상 마

待到重陽日, 還來就菊花.
대 도 중 양 일   환 래 취 국 화

친구 농장에 들러서

오랜 벗이 닭과 기장 준비하고
시골집으로 나를 불러 가노라니,
푸른 나무들 마을 가에 모여 자라 있고
청산은 교외에 비스듬히 보였다.
창문 열어 채마밭과 마당을 바라보며
술잔 들고 뽕과 삼에 대해 이야기한다.
장차 중양절 되기를 기다려
다시 와서 국화에 다가가 봐야지.

■ 주 석

過故人莊(과고인장) : 친구의 전장田莊을 방문하다. '과過'는 방문하다. '고
　인故人'은 친구.

具鷄黍(구계서) : '계서鷄黍'는 닭과 기장으로 농촌 사람들이 잔치를 할 때
　차리는 귀한 음식을 뜻한다. '구具'는 갖추어 놓다.

田家(전가) : 시골집.

郭外(곽외) : 성城에서 비교적 멀고 한적한 교외를 말한다. ‘곽郭’은 외성外城.

開軒(개헌) : 창문을 열다. ‘헌軒’이 ‘연筵’으로 된 판본도 있다.

場圃(장포) : 타작하는 마당과 채마밭.

桑麻(상마) : 뽕나무와 삼. 누에치기와 베짜기 등 여러 농사일을 뜻한다.

重陽日(중양일) : 중양절重陽節이라고도 한다. 음력 9월 9일. 이 무렵에 국화가 한창 만개한다. 중국 사람들은 이날 국화주를 마시는 풍습이 있었다.

就(취) : 나아가다. 가까이 가다.

■ 해제

이 시는 전원시로 백묘白描의 수법을 사용하여 전가田家에서의 질박하면서도 진실한 정서를 잘 드러내었다. 시상 전개는 시간의 흐름을 따라 친구의 농장에 도착하여 환대받은 것으로부터 시를 시작한 뒤, 오는 도중에 보았던 시골전경을 묘사하고 다시 친구와 담소하는 정겨움을 표현한 다음 중양절에 다시 올 것을 기약하고 있다. 마지막 구의 ‘취就’는 시안詩眼이다.

留別王侍御維
유 별 왕 시 어 유

寂寂竟何待, 朝朝空自歸.
적 적 경 하 대　조 조 공 자 귀

欲尋芳草去, 惜與故人違.
욕 심 방 초 거　석 여 고 인 위

當路誰相假, 知音世所稀.
당 로 수 상 가　지 음 세 소 희

只應守索寞, 還掩故園扉.
지 응 수 삭 막　환 엄 고 원 비

왕유와 헤어지며

쓸쓸하게 끝내 무엇을 기다렸던가?

날마다 부질없이 돌아올 뿐.

향기로운 풀을 찾아 떠나려 하니

벗과 이별이 아쉽구려.

권세자 중 누가 도와줄 것인가?

날 알아주는 사람 세상에 드무니.

그저 쓸쓸하고 적막함을 지켜야 할 터

돌아가 고향집 사립문을 닫고 지내리라.

■ 주 석

留別(유별) : 길 떠나는 사람이 남아 있는 사람에게 작별하는 것. 송별送別
　　의 반대말이다.

侍御(시어) : 벼슬이름. 당시 왕유의 벼슬이었다.

寂寂(적적) : 쓸쓸하고 고요한 모양.

朝朝(조조) : 매일. 이 구의 '조조朝朝'와 첫째 구의 '적적寂寂'은 모두 시인
　　의 심정을 표현한 시어詩語이다.

尋芳草(심방초) : 향기로운 풀을 찾다. 은둔하겠다는 뜻이다.

故人(고인) : 친구, 즉 왕유를 가리킨다.

違(위) : 헤어지다.

當路(당로) : 권력자, 권세가.

假(가) : 돕다.

知音(지음) : 《열자列子》에 나오는 백아伯牙와 종자기鍾子期의 고사에서 유

래된 말로 자신을 잘 이해하는 사람을 가리킨다.

索寞(삭막) : 쓸쓸하고 적막하다.

扉(비) : 문.

■ 해제

이 시는 맹호연이 고향으로 돌아가면서 왕유에게 써준 유별시이다. 가슴속에 품었던 세상을 향한 꿈을 접고 고향으로 돌아가야만 하는 '회재불우懷才不遇'의 심경을 짙게 표출하였다.

宿業師山房待丁大不至
숙 업 사 산 방 대 정 대 부 지

夕陽度西嶺, 群壑候已暝.
석 양 도 서 령　군 학 숙 이 명

松月生夜涼, 風泉滿淸聽.
송 월 생 야 량　풍 천 만 청 청

樵人歸盡欲, 煙鳥棲初定.
초 인 귀 진 욕　연 조 서 초 정

之子期宿來, 孤琴候蘿徑.
지 자 기 숙 래　고 금 후 라 경

업사의 산방에서 정대를 기다리며

석양이 서쪽 고개를 넘어가니

뭇 골짜기 갑자기 어둑해졌다.

소나무에 걸린 달에서 저녁의 서늘한 기운 생겨나고

바람 스치는 샘터엔 맑은 소리 가득하다.

나무꾼들 거의 다 돌아가고

저녁 안개 속 새들도 막 둥지에 깃들 적,

이 사람 묵으러 온다고 약속했기에

홀로 거문고 안고 여라 길에서 기다려본다.

■ 주 석

度(도) : 넘어가다. '도渡'의 뜻으로 쓰였다.

倏(숙) : 갑자기.

歸盡欲(귀진욕) : '욕귀진欲歸盡'으로 된 판본도 있다.

煙(연) : 산이나 숲에서 피어오르는 연무煙霧를 말한다.

之子(지자) : 이 사람. 여기서는 정대丁大를 가리킨다.

候(후) : 기다리다.

蘿徑(나경) : 여라女蘿가 자라 있는 오솔길.

■ 해 제

이 시에는 산속이라 저녁 햇살이 홀연히 어둠 속으로 사라지고 새들과 나무꾼들도
모두 돌아가는 상황이 사실적으로 묘사되었고, 오지 않은 친구가 기다려져 길에 나
가 기다리는 시인의 진지한 심사가 잘 드러나 있다. 시 속의 잔잔한 서경과 서정은
치우치지 않는 정조와 절제된 아름다움을 중시하는 중국의 시가 정신을 잘 보여주
고 있다. 시제의 '업사業師'는 스승이고 '정대丁大'는 '정씨 집 첫째 아들'이라는 뜻이
다.

왕창령 王昌齡(698?~757?)

자는 소백少伯이며 태원太原(지금의 산서성山西省 태원시太原市) 사람이다. 일설에는 강녕江寧(지금의 남경시南京市) 사람, 또는 경조京兆(지금의 서안시西安市) 사람이라고도 한다. 개원 15년(727)에 진사에 급제하였고, 교서랑校書郎 등을 역임하다가, 개원 말년에 강녕승江寧丞으로 폄적되었고 만년에 또 용표위龍標尉로 폄적되었다. 왕지환, 고적, 잠참, 왕유, 이백 등과 교유하였다. 안녹산의 난 때, 고향에 돌아갔다가 자사 여구효閭丘曉에게 살해되었다. 작품은 청신하고 격조가 높으며 규원시와 변새시가 유명하다. 절구에 뛰어났는데 특히 칠언절구가 우수하다. 심덕잠沈德潛이 《당시별재唐詩別裁》에서 "용표의 절구는 그 정원情怨이 깊고 뜻이 넓어서 읽는 사람으로 하여금 그 끝을 헤아릴 수 없게 하고, 그 맛을 음미함에 무한함을 느끼게 한다"라고 평하였다. 실제로 당대唐代의 칠언절구에 있어서는 이백을 제외하고는 왕창령과 비견할 만한 사람이 없다. 《전당시》에 시 4권이 수록되어 있다.

閨怨
규 원

閨中少婦不知愁, 春日凝妝上翠樓.
규 중 소 부 부 지 수　　춘 일 응 장 상 취 루

忽見陌頭楊柳色, 悔敎夫壻覓封侯.
홀 견 맥 두 양 류 색　　회 교 부 서 멱 봉 후

아낙의 원망

규방의 젊은 새댁 시름을 알지 못해,

봄날 짙게 화장하고 아름다운 누각을 올랐다가

문득 밭두둑 저편 버들빛 새로워진 것을 보곤

지아비 벼슬길 떠나보낸 일 후회하였다.

■ 주 석

凝妝(응장) : 성장盛妝하다.

翠樓(취루) : 화려한 누각.

陌頭(맥두) : 길가.

敎(교) : ~하게 하다.

夫壻(부서) : 지아비.

覓封侯(멱봉후) : 외지로 나가 부귀영화를 구하는 것을 뜻한다.

■ 해 제

이 시는 나이 어린 새댁이 봄빛을 보고 비로소 사랑을 알게 된 것을 묘사한 작품이다. 버들빛은 춘광을 대유하며, 미숙한 여인으로 하여금 사랑을 느껴 성숙한 여인으로 탈바꿈하게 한 매개체이다. 봄빛에 만물이 소생하듯이 봄빛에 사랑의 감정이 싹튼 것이다. 사랑은 기쁨이자 고통이니, 곱게 화장하고 봄을 즐기려던 새댁은 마음 아픈 날을 한동안 보내게 될 것이다. 여인의 심리에 대한 시인의 통찰력이 돋보이는 작품이다.

出塞 (其一)
출새   기 일

秦時明月漢時關, 萬里長征人未還.
진 시 명 월 한 시 관   만 리 장 정 인 미 환

但使龍城飛將在, 不敎胡馬度陰山.
단 사 룡 성 비 장 재   불 교 호 마 도 음 산

변경으로 나가 (제1수)

진나라 때의 밝은 달, 한나라 때의 관문
만리 길 정벌 나간 군사 아무도 돌아오지 못했지.
용성의 비장군만 있다면야
오랑캐 군대 음산을 넘지 못하게 할 터인데.

■ 주 석

關(관) : 관문.

但使龍城飛將在(단사룡성비장재) : 단지 용성龍城의 비장飛將이 있기만 하
　　면. '용성'은 흉노匈奴의 제천소祭天所이다. '비장'은 이광李廣을 가리킨
　　다. 이광이 한 무제武帝 때 우북평태수右北平太守로 선전善戰하자 흉노
　　사람들이 그를 두려워하여 비장군이라 불렀다.

陰山(음산) : 지금의 내몽고內蒙古 경내에 있는 산맥. 중국 고대에는 북방
　　유목민족의 남침을 방어하는 병풍 역할을 했다.

■ 해 제

이 시는 2수로 된 연작시이다. 시제詩題인 〈출새出塞〉는 악부구제樂府舊題로 횡취곡
橫吹曲에 속한다. 첫 구는 변경으로 나갈 때 본 달은 진秦나라 때에도 비추던 것이
고, 변경으로 나갈 때 통과한 관문은 한漢나라 때 만들어진 것이란 뜻으로, 조대朝
代가 바뀌고 오랜 세월이 지났으나 변방은 여전히 평정되지 못한 채 전쟁의 참사가
계속되고 있음을 말한다. 그 관문을 나간 사람 중에 아직도 돌아온 사람이 없다. 둘
째 구의 '미未'자는 아직 돌아오지 않아 돌아올 가능성이 있다는 듯 말하지만 이는
영원히 돌아올 수 없다는 사실을 뒤집어 표현한 것일 뿐이니 의미심장하다. 변경을
지키기 위해 원정 나간 병사들의 한恨을 생각하면서 아울러 나라를 걱정하는 충정
이 잘 표출된 시이다.

長信秋詞(其三)
장 신 추 사 　 기 삼

奉帚平明金殿開, 且將團扇共徘徊.
봉 추 평 명 금 전 개 　 차 장 단 선 공 배 회

玉顔不及寒鴉色, 猶帶昭陽日影來.
옥 안 불 급 한 아 색 　 유 대 소 양 일 영 래

장신궁의 가을 (제3수)

새벽에 청소하여 금전을 열어 놓고

둥근 부채 들고서 함께 서성인다.

옥 같은 내 얼굴 까마귀보다 못한가?

까마귀는 그래도 소양궁의 아침 햇살 띠고 오는 것을.

■ 주 석

奉帚(봉추) : 공경스럽게 빗자루를 들다. 장신궁을 청소하는 것을 말한다.

且將團扇共徘徊(차장단선공배회) : 잠시 둥근 부채를 들고 배회하다. 궁
　　전을 청소한 뒤 느끼는 궁비宮妃의 적막한 심정을 묘사한 것으로 반첩
　　여班婕妤의 〈원가행怨歌行〉의 내용을 암용暗用하였다.

昭陽(소양) : 궁전 이름. 한漢 성제成帝와 조비연趙飛燕 자매가 거처하였던
　　궁전.

■ 해 제

이 시는 모두 5수로 된 연작시이다. 《악부시집樂府詩集》에는 〈장신원長信怨〉으로 되
어 있고 상화가사相和歌辭 초조곡楚調曲에 속한다. 반첩여가 본래 한 성제의 총애를
받았으나 후일 성제가 조비연을 총애하게 되자, 장신궁에 가서 태후를 시봉하였다.
이 시는 바로 반첩여의 고사를 빌려서 총애를 잃은 궁비의 처량한 생활과 심사를

묘사한 작품이다. 소양궁昭陽宮을 마음대로 오갈 수 있는 까마귀를 등장시켜 총애를 잃은 궁비의 처량한 신세를 부각시킨 작가의 창의가 돋보인다.

梁苑
양 원

梁苑秋竹古時烟, 城外風悲欲暮天.
양 원 추 죽 고 시 연　성 외 풍 비 욕 모 천

萬乘旌旗何處在, 平臺賓客有誰憐.
만 승 정 기 하 처 재　평 대 빈 객 유 수 련

양원에서

양원의 가을 대나무엔 옛날 끼었던 그 안개

성밖 바람 슬피 불며 날이 저물려 한다.

만승의 깃발 지금 어디에도 없으니

평대의 객을 그 누가 있어 아껴 주리오.

■ **주 석**

梁苑秋竹(양원추죽) : 《괄지지括地志》에 "토원兔園은 송주宋州 송성현宋城縣에서 동남쪽으로 10리 떨어진 곳에 있다. ……세상 사람들이 그것을 양효왕梁孝王의 죽원竹園이라고 하였다.(兔園在宋州宋城縣東南十里……俗人言梁孝王竹園也)"라는 기록이 있다.

萬乘旌旗(만승정기) : 《사기史記 양효왕세가梁孝王世家》에 "효왕孝王은 두 태후竇太后의 작은아들이었다. 그를 사랑하여서 상을 내린 것이 이루 다 말할 수 없을 정도였다. ……천자天子의 정기旌旗를 받고서 천승만기를 이끌고 나가 동서로 말을 달리니 사냥하는 모습이 천자에 비길 만하였다.(孝王, 竇太后少子也, 愛之, 賞賜不可勝道……得賜天子旌

旗, 出從千乘萬旗, 東西馳獵, 擬于天子)"라는 기록이 있다.

平臺(평대) : 하남河南 상구현商丘縣 동쪽에 있었다. 한漢 양효왕이 추양鄒陽, 매승枚乘 등과 여기에서 놀았다고 한다. 남조 송宋의 사혜련謝惠連이 여기에서 〈설부雪賦〉를 지었다 해서 설대雪臺라고도 부른다. 또 수죽원修竹園이라고도 한다.

■ 해 제

'양원梁苑'은 지금의 하남성河南省 상구성商丘城 동쪽에 있었다. 한漢 양효왕梁孝王 유무劉武가 지었으며 사마상여司馬相如, 매승枚乘, 추양鄒陽 등 문사들을 상객上客으로 초대하여 잔치를 베풀며 놀던 곳이다. 그러나 시인이 이곳에 왔을 때는 이미 예전의 화려하던 모습이 아니었다. 인간사의 무상함을 읊는 회고시의 전형적인 작품이라고 할 수 있다.

塞下曲 (其一)
새 하 곡   기 일

蟬鳴空桑林, 八月蕭關道.
선 명 공 상 림   팔 월 소 관 도

出塞入塞寒, 處處黃蘆草.
출 새 입 새 한   처 처 황 려 초

從來幽幷客, 皆向沙場老.
종 래 유 병 객   개 향 사 장 로

莫學游俠兒, 矜誇紫騮好.
막 학 유 협 아   긍 과 자 류 호

변방의 노래 (제1수)

매미 우는 텅 빈 뽕나무숲
팔월의 소관 길.

요새를 나왔다가 요새로 돌아올 제, 날씨 차갑고
곳곳엔 누런 갈대와 잡초들.
예로부터 유주와 병주의 나그네
다들 사막에서 늙었지.
유협아를 본받아
자류가 좋다고 자랑하지 말 일이라.

■ 주 석

幽幷(유병) : 유주幽州와 병주幷州. 지금의 하북河北과 산서山西 지방이다.
　예로부터 용맹한 사람이 많이 배출되었다.
游俠兒(유협아) : 유협은 전장에서 공을 세우려는 자를 말한다.
紫騮(자류) : 옛 양마良馬의 이름.

■ 해 제

왕창령의 〈새하곡塞下曲〉은 모두 4수로 당대唐代 신악부사新樂府辭로 횡취곡橫吹曲
에 속한다. 이 노래들은 주로 변방의 풍경 묘사를 통해 전쟁의 참상을 말하고 있다.
이 시는 제1구로부터 제4구에 이르기까지 황량한 변방의 분위기를 집중적으로 드
러냄으로써 변방의 황폐한 분위기 묘사를 중시하는 변새시邊塞詩의 특성을 잘 드러
내고 있다. 후반 4구는 의론議論으로 시인의 반전사상反戰思想을 엿볼 수 있다.

왕유 王維(701~761)

자는 마힐摩詰이며 태원太原 기祁(지금의 산서성山西省 기현祁縣) 사람이다. 어려서부터 시명詩名을 떨쳤던 그는 20세 이전에 〈구월구일억산동형제九月九日憶山東兄弟〉〈낙양여아행洛陽女兒行〉 등의 명편을 지었다. 21세 때 진사에 급제하여 태악승太樂丞이 되었지만 얼마 후 잘못을 저질러 제주사창참군濟州司倉參軍으로 좌천되었다. 그 뒤 장안으로 돌아오고, 망천별서輞川別墅에서 다수의 산수시를 창작하였다. 안녹산의 난 때 반군에게 붙잡혀 급사중給事中 벼슬을 강요당했는데, 난이 평정된 후 이 일로 인해 투옥되었으나 〈응벽지凝碧池〉 시에 조정에 대한 충성심이 나타나 있어서 큰 벌을 면하였다. 후에 중서사인中書舍人 등을 역임하고 상서우승尙書右丞까지 지냈다. 전원시를 잘 지어 당대 제일의 산수전원시인으로 평가된다. 음악과 회화에도 뛰어났는데 특히 수묵화는 운취가 있어 남종화南宗畵의 시조로 추앙된다. 이처럼 그는 시화詩畵에 모두 능하였기 때문에 그의 시에는 자연히 화의畵意가 풍부하고, 그림에는 시취詩趣가 넘쳐나 소식蘇軾이 일찍이 그의 시화를 평하여 '시중유화詩中有畵, 화중유시畵中有詩(시 속에 그림이 있고, 그림 속에 시가 있다)'라고 하였다. 작품집으로는 《왕우승집王右丞集》이 있다.

雜詩 (其二)
잡 시   기 이

君自故鄕來, 應知故鄕事.
군 자 고 향 래   응 지 고 향 사

來日綺窗前, 寒梅著花未.
내 일 기 창 전   한 매 착 화 미

잡시 (제2수)

그대가 고향에서 왔으니

응당 고향 일을 알겠구려.

떠나올 때 우리집 창문 앞

매화나무에 꽃이 피었던가요?

■ 주석

君(군) : 그대.

來日(내일) : 고향을 떠나온 날.

綺窗(기창) : 비단을 바른 창.

寒梅(한매) : 매화. 매화는 겨울 눈 속에서 꽃을 피우기 때문에 통칭 '한매
寒梅'라고 한다.

未(미) : 여기서는 의문형을 만드는 기능을 한다.

■ 해제

이 시는 모두 3수로 된 연작시로 그 중 두 번째 수이다. 고향을 떠난 지 오래된 나그네가 우연히 고향 사람을 만나게 되어 고향 소식을 묻는 내용이다. 매화의 개화 여부를 묻는 것에서 왕유다운 참신함이 느껴진다.

竹里館
죽 리 관

獨坐幽篁裡,　彈琴復長嘯.
독 좌 유 황 리　　탄 금 부 장 소

深林人不知,　明月來相照.
심 림 인 부 지　　명 월 래 상 조

죽리관

그윽한 대숲에 홀로 앉아

금을 타다가 휘파람도 불어 본다.

깊은 숲이라 사람들은 알지 못하고

밝은 달빛이 찾아와 나를 비춘다.

■ 주 석

竹里館(죽리관) : 망천輞川 20경景 중의 하나.

幽篁(유황) : 깊고 그윽한 대숲.

■ 해 제

시인의 한적한 심정을 표현한 시이다. 자연과의 합일에서 얻은 깨달음이 시적 이미지로 잘 표현되었다. 시 속에 '홀로[獨]'라는 것은 시인이 매이지 않은 자유로운 상태임을 말한다.

鹿柴
녹 채

空山不見人, 但聞人語響.
공 산 불 견 인   단 문 인 어 향

返景入深林, 復照青苔上.
반 영 입 심 림   부 조 청 태 상

사슴 울짱

빈 산에 사람은 보이지 않고

사람 말소리만 들려오네.

석양빛 깊은 숲에 들어왔다가

다시 푸른 이끼 위를 비추네.

鹿柴(녹채) : 사슴 울짱을 말하나 여기서는 망천輞川의 지명으로 망천 20
　경 중의 하나이다.

返景(반영) : 석양빛. '영景'은 햇빛.

靑苔(청태) : 푸른 이끼.

■ 해 제

망천 20경을 읊은 시 중 하나로, 녹채의 한적하고 고요한 경치를 청각적 표현과 시
각적 표현을 통해 잘 묘사하고 있다.

送別
송 별

山中相送罷, 日暮掩柴扉.
산 중 상 송 파　　일 모 엄 시 비

春草明年綠, 王孫歸不歸.
춘 초 명 년 록　　왕 손 귀 불 귀

그대를 보내며

산중에서 그대를 보내고 나면

날 저문 뒤 사립문을 닫아 걸 텐데,

봄풀이 내년에 푸르러지면

그대는 돌아와 주시려나?

■ 주 석

柴扉(시비) : 사립문.

王孫(왕손) : 본래는 귀족의 자제를 가리키는 말이나, 여기서는 이별하는
  벗을 가리킨다.

■ 해제

친구와 이별하는 아쉬운 마음을 그린 시이다. 해마다 어김없이 푸르러지는 풀을 통
해 친구에 대한 그리움을 표현하고 그가 돌아오기를 기대하고 있다. 평이한 시어
속에 무한한 감개가 느껴진다.

萍池
평 지

春池深且廣, 會待輕舟廻.
춘 지 심 차 광 회 대 경 주 회

靡靡綠萍合, 垂楊掃復開.
미 미 록 평 합 수 양 소 부 개

부평초 못

깊고 넓은 봄 못
가벼운 배 돌아오기를 기다리는데,
푸른 부평 쏠려서 모이더니
늘어진 버들가지가 쓸자 또 흩어지네.

■ 주석

萍(평) : 개구리밥. 부평초浮萍草.
靡靡(미미) : 부평浮萍이 이리저리 쏠리는 모양.

이 시는 〈황보악운계잡제오수皇甫岳雲溪雜題五首〉 중 한 수이다. 우연히 본 경상景象 하나를 간단한 필치로 묘사하여 한적한 정취를 이루어내었다. 오언절구의 작법이 어떠해야 하는지 그 전형을 보여주는 시이다.

九月九日憶山東兄弟
구 월 구 일 억 산 동 형 제

獨在異鄕爲異客, 每逢佳節倍思親.
독 재 이 향 위 이 객   매 봉 가 절 배 사 친

遙知兄弟登高處, 徧揷茱萸少一人.
요 지 형 제 등 고 처   편 삽 수 유 소 일 인

중양절에 산동의 형제들을 그리며

홀로 타향에서 나그네로 살다 보니

매번 가절佳節이면 가족 생각이 배로 난다.

멀리서도 알 수 있나니, 오늘 형제들 높은 곳 올라

수유를 꽂을 때 한 사람이 적겠지.

■ 주 석

九月九日(구월구일) : 중양절重陽節. 이날 높은 산에 올라 수유를 꽂고 국화주를 마시는 풍속이 있다.

徧(편) : 두루. 모두.

茱萸(수유) : 식물 이름으로 월초越椒라고도 한다. 중양절에 액厄을 막기 위해 사용하였다.

■ 해 제
이 시는 고향을 그리워하며 쓴 작품으로 제3, 4구에서 시인의 재치가 돋보인다.
《전당시全唐詩》의 주註에 따르면 시인이 17세 때 시은 것이라고 하니 그의 탁월한
시재詩才를 알 수 있다.

終南別業
종 남 별 업

中歲頗好道, 晚家南山陲.
중 세 파 호 도　만 가 남 산 수

興來每獨往, 勝事空自知.
흥 래 매 독 왕　승 사 공 자 지

行到水窮處, 坐看雲起時.
행 도 수 궁 처　좌 간 운 기 시

偶然値林叟, 談笑無還期.
우 연 치 림 수　담 소 무 환 기

종남산 별장에서

중년에 도를 자못 좋아하였는데

만년에야 남산 모퉁이에 집을 마련했다.

흥이 나면 늘 혼자 나서니

즐거운 일은 그저 나만 알 뿐.

걸어서 수원지 끝까지 가 보기도 하고

앉아서 구름 피어나는 모습 보기도 하다가

우연히 숲속에서 노인이라도 만나면

담소하느라 돌아갈 줄 모른다.

終南別業(종남별업) : 종남산의 별장. '별업別業'은 별장.

中歲(중세) : 중년.

頗好道(파호도) : '파頗'는 매우 많이, 자못. 왕유가 불교 신자였기에 '도道'
　　를 불도로 보기도 한다.

南山(남산) : 종남산.

勝事(승사) : 좋은 경치. 유쾌한 일.

水窮處(수궁처) : 수원지.

値(치) : 만나다.

■ 해 제

자연의 도를 체득하여 자유롭게 사는 시인의 정신세계가 잘 그려진 시이다. 시 속의 '도'를 굳이 불도佛道와 연관지어 볼 필요는 없다. 함련의 '독獨'과 '공空' 2자는 사람이 자유롭고자 하면 어떠해야 하는지 잘 알려준다. 그러나 그 둘, 즉 '혼자 함'과 '비움'을 고집하는 것도 또한 얽매임이니 이마저 초월해야 한다. 마지막 연이 이를 독자에게 교시한다.

山居秋暝
산 거 추 명

空山新雨後, 天氣晚來秋.
공 산 신 우 후　　천 기 만 래 추

明月松間照, 清泉石上流.
명 월 송 간 조　　청 천 석 상 류

竹喧歸浣女, 蓮動下漁舟.
죽 훤 귀 완 녀　　연 동 하 어 주

隨意春芳歇, 王孫自可留.
수 의 춘 방 헐　　왕 손 자 가 류

산속의 가을 저녁

빈 산에 새로 비 내린 뒤

날씨는 저녁 되자 가을기운 완연하다.

밝은 달은 솔 사이로 비추고

맑은 샘물은 바위 위를 흐른다.

대숲 시끄러우니 빨래하던 여인들 돌아오나 보다,

연잎 흔들리니 고깃배 내려가리라.

자연 섭리대로 봄풀은 시들어도

그대여, 그런 대로 머물 만은 하다오.

■ 주 석

秋暝(추명) : 가을 저녁.

天氣(천기) : 날씨.

淸泉(청천) : 맑은 샘물. 막 비가 그친 뒤라 수량이 많아졌을 것이다.

竹喧(죽훤) : '喧喧'은 떠들썩한 것으로, 여기서는 대나무가 흔들리는 소리
를 나타낸다.

浣女(완녀) : 빨래하는 여인.

蓮動(연동) : 연잎이 물결에 의해 흔들리는 것.

春芳(춘방) : 봄날의 풀. 향긋한 풀.

歇(헐) : 없어지다. 시들다.

王孫(왕손) : 귀공자. 원래는 왕의 자손이라는 뜻이나 시에서는 흔히 풍류
군자를 뜻하는 말로 쓰인다.

■ 해 제

비 그친 가을 저녁에 산중에서 본 여러 경상景象을 묘사하였다. 소식蘇軾이 왕유의 시를 가리켜 '시중유화詩中有畵, 화중유시畵中有詩'라고 말했듯이, 이 시에서도 한 폭의 그림이 연상된다. 함련은 평범한 소재를 써서 고원한 의경을 이루었다는 점에서, 경련은 시인의 섬세한 관찰력과 뛰어난 표현력을 보여준다는 점에서 주목된다. 동양적인 자연관에 의하면 순환하는 세계에서 어떤 시점이 다른 것보다 우월할 수 없다. 봄은 봄대로 좋고 가을은 가을대로 좋은 법이다. 미련은 바로 시인의 이러한 세계관을 보여준다.

過香積寺
과 향 적 사

不知香積寺, 數里入雲峰.
부 지 향 적 사　수 리 입 운 봉

古木無人徑, 深山何處鐘.
고 목 무 인 경　심 산 하 처 종

泉聲咽危石, 日色冷青松.
천 성 열 위 석　일 색 랭 청 송

薄暮空潭曲, 安禪制毒龍.
박 모 공 담 곡　안 선 제 독 룡

향적사를 찾아

향적사가 어디인가?
구름 낀 봉우리로 몇 리나 들어갔다.
고목 숲엔 사람 다닐 길도 없건만
깊은 산 어디선가 들려오는 종소리.
샘물소리는 위태한 바위에서 울고

햇빛은 푸른 소나무에 차갑다.
해질녘 고요한 못 굽이에 앉아
선정에 들어 잡념을 누른다.

■ 주 석

過(과) : 방문하다. 찾아가다.

香積寺(향적사) : 절 이름. 장안長安 남쪽 신화원神禾原에 있었다. 당나라
　때 건립되었고, 송나라 때 개리사開利寺로 불리었다.

雲峰(운봉) : 구름 덮인 산봉우리.

人徑(인경) : 사람이 다니는 길.

危石(위석) : 높고 가파른 바위, 기암괴석.

薄暮(박모) : 황혼.

潭曲(담곡) : 못의 굽이진 곳을 뜻한다.

安禪(안선) : 편안한 자세로 좌선하는 것을 말한다.

毒龍(독룡) : 《열반경涅槃經》에 "다만 내 거처에 독룡 한 마리가 있는데,
　그 성질이 난폭해서 해를 끼칠까 두렵다.(但我住處, 有一毒龍, 其性暴
　急, 恐危害)"라고 하였는데, 여기서 '독룡'은 사람의 마음속에서 일어
　나는 탐욕을 비유한 것이다.

■ 해 제

향적사를 찾아가는 길은 쉽지 않다. 길이 없는 길을 따라 한참을 가야 한다. 그러
나 그 끝에는 선정에 들어 마음의 탐욕을 다스릴 수 있었다. 시 속에 나오는 길은
한평생 구도를 위해서 우리가 가야 하는 인생의 길과 다를 바가 없다. 향적사 가
는 길을 빌어 시인의 불교관을 잘 보여주는 시이다.

積雨輞川莊作
적 우 망 천 장 작

積雨空林煙火遲, 蒸藜炊黍餉東菑.
적 우 공 림 연 화 지   증 려 취 서 향 동 치

漠漠水田飛白鷺, 陰陰夏木囀黃鸝.
막 막 수 전 비 백 로   음 음 하 목 전 황 리

山中習靜觀朝槿, 松下清齋折露葵.
산 중 습 정 관 조 근   송 하 청 재 절 로 규

野老與人爭席罷, 海鷗何事更相疑.
야 로 여 인 쟁 석 파   해 구 하 사 갱 상 의

장마철 망천 별장에서

장맛비 내린 빈 숲엔 밥 짓는 연기 나직한데

명아주 찌고 기장밥 지어 동쪽 밭으로 내려가니,

넓고 넓은 논에는 흰 백로가 날고

짙고 짙은 나무엔 노란 꾀꼬리가 지저귄다.

산속이라 고요한 생활에 젖어 아침 무궁화 살펴보고

소나무 아래 조촐한 식단을 위하여 이슬 묻은 아욱을 꺾는다.

시골 노인이라 남과의 자리다툼 그만둔 터인데

갈매기는 무슨 일로 또 나를 의심하나?

■ 주 석

積雨(적우) : 장마.

煙火遲(연화지) : '연화煙火'는 밥 짓는 연기. '지遲'는 장마철에 기압이 낮
　아 굴뚝의 연기가 잘 올라가지 않는 것을 뜻한다.

蒸藜(증려) : '증蒸'은 찌는 것. '여藜'는 명아주과에 속하는 1년생 풀로 잎

은 식용으로 쓰인다.

菑(치) : 전야田野.

漠漠(막막) : 아주 넓어 끝이 없어 보이는 모양.

陰陰(음음) : 수목이 우거진 모양.

朝槿(조근) : 아침에 핀 무궁화.

淸齋(청재) : 산나물과 채소 위주로 차린 식사를 뜻한다.

露葵(노규) : 이슬 젖은 아욱.

野老(야로) : 시인 자신을 지칭한다.

爭席罷(쟁석파) : 세속적인 명리 다툼은 그만두었다는 뜻이다.

■ 해제

장마철의 전가田家 생활을 읊은 시로, 시인이 망천장에 기거할 때 지은 것이다. 전가의 평범한 일상, 여름날의 경물, 그리고 시인의 한정閑靜한 심사가 서로 하모니를 이루며 담담한 필치로 묘사되었다. 아침에 피어나는 무궁화를 '관觀'하고 소식素食을 즐기는 시인의 일상은 이미 세속을 벗어났다. 그야말로 불가에 귀의한 삶의 모습이다. 그러니 갈매기가 더 이상 의심할 필요가 없을 것이다. 미련의 비유는 세속의 시선이 여전히 시인을 놓아주지 않고 의심할지라도 시인은 이미 이를 초월했다고 말하고자 한 것이 아닐까?

자가 태백太白이고 호는 청련거사靑蓮居士이다. 그의 모친이 꿈에 태백성을 보고 그를 낳았다고 한다. 출생한 곳과 조상에 대해서는 이설異說이 많다. 일반적인 설에 의하면, 조적祖籍은 농서隴西 성기成紀(지금의 감숙성甘肅省 진안현秦安縣)인데 그의 선대가 서역으로 옮겨가 살아 그는 거기서 출생하였고, 어렸을 때 다시 부친을 따라 금주錦州(지금의 사천성四川省 강유시江油市)로 이주했다고 한다. 소년 시절부터 호협하여 방랑생활을 즐겼던 그는 42세 때 현종의 인정을 받아 잠시 한림학사翰林學士가 되었으나 자유분방한 성격 등이 화근이 되어 장안에서 쫓겨나 다시 천하를 떠돌아다녔고, 영왕永王의 일에 연루되어 유배생활을 하기도 하였다. 그 뒤 사면되어 금릉金陵(강소성江蘇省 남경南京), 선성宣城(안휘성安徽省 선성현宣城縣) 등지를 왕래하다가 당도當塗(안휘성 당도현當塗縣)로 가서 현령으로 있던 친척 이양빙李陽氷에 의지해 살다가 62세로 병사하였다. 당대 낭만파 시인의 제일인자로 그의 시는 안사의 난 이전의 당대 시정신을 집대성한 것이라고 할 수 있다. 그의 작품은 호방豪放하고 표일飄逸한 풍격을 최대의 특색으로 하나, 그것에만 그치지 않고 다양한 풍격을 두루 갖추었다. 시체상詩體上, 자유로운 시상을 표현할 수 있는 악부가행체에서 그의 장점을 가장 잘 발휘하였지만, 다른 시체에서도 우수한 작품을 많이 남겼다. 작품집으로는 《이태백집李太白集》이 있다.

靜夜思
정 야 사

牀前明月光, 疑是地上霜.
상 전 명 월 광　　의 시 지 상 상

擧頭望明月, 低頭思故鄕.
거 두 망 명 월　　저 두 사 고 향

고요한 밤의 그리움

침상 앞 밝은 달빛

땅에 내린 서리인가 하였네.

머리 들어 밝은 달 바라보고

머리 숙여 고향을 그리네.

■ **주 석**

牀前(상전) : 침상 앞.

低頭(저두) : 머리를 숙이다. 고개를 떨어뜨리다.

■ **해 제**

달 밝은 밤의 향수를 읊은 시이다. 2구의 표현이 감각적이다. 제3, 4구의 지극히 평이한 말이 도리어 무한한 감개를 느끼게 한다.

獨坐敬亭山
독 좌 경 정 산

衆鳥高飛盡, 孤雲獨去閑.
중 조 고 비 진   고 운 독 거 한

相看兩不厭, 只有敬亭山.
상 간 량 불 염   지 유 경 정 산

홀로 경정산에 앉아

뭇 새들 높이 다 날아가고

외로운 구름 홀로 한적하게 떠간다.

서로 바라보아도 둘 다 싫증나지 않는 것은

오직 경정산뿐이구나.

■ 주 석

敬亭山(경정산) : 안휘성安徽省 선성현宣城縣의 북쪽에 있는 산으로 옛날에
는 소정산昭亭山으로 불렸다.

■ 해 제

이 시는 경정산에서 느낀 감회를 읊은 작품이다. 표면상으로는 산과 교감하는 시
인의 마음을 표현하고 있지만, 이면에는 현실에서 좌절한 시인의 고독감이 짙게
배어 있다. 산의 '유정有情함'을 표현함으로써 사람의 '무정無情함'을 드러낸 셈이
다.

玉階怨
옥 계 원

玉階生白露, 夜久侵羅襪.
옥 계 생 백 로   야 구 침 라 말

卻下水晶簾, 玲瓏望秋月.
각 하 수 정 렴   영 롱 망 추 월

옥계의 원망

옥섬돌에 흰 이슬 생겨나

밤 깊어지니 비단 버선에 젖어든다.

돌아와 수정 발을 내리고서

영롱한 가을달을 바라본다.

玉階怨(옥계원) : 옥계玉階에 서서 기다리는 여인의 슬픈 원망. '옥계'는
　　대궐 안이나 부귀한 집의 섬돌을 뜻한다. 중국의 대부분의 건물은 흙
　　으로 지면을 돋운 후 그 위에다 지으므로 지면으로부터 몇개의 층계가
　　있는데 이것을 '계階'라고 한다.

羅襪(나말) : 비단 버선.

水晶簾(수정렴) : 수정 혹은 유리로 만든 발.

玲瓏(영롱) : 달의 모습을 표현한다.

■ 해 제

이 시는 궁원시宮怨詩 또는 규원시閨怨詩로서 혼자 외롭게 지내는 여인을 노래한
작품이다. 여인의 표정이나 모습 등은 전혀 묘사하지 않고 젖은 비단 버선, 수정
발, 가을달 등을 써서 여인의 정서를 표현하였다.

送孟浩然之廣陵
송 맹 호 연 지 광 릉

故人西辭黃鶴樓, 烟花三月下揚州.
고 인 서 사 황 학 루　　연 화 삼 월 하 양 주

孤帆遠影碧空盡, 惟見長江天際流.
고 범 원 영 벽 공 진　　유 견 장 강 천 제 류

맹호연이 광릉으로 가는 것을 전송하며

친구가 서쪽에서 황학루를 떠나
꽃이 만발한 삼월에 양주로 가시네.
외로운 돛 먼 그림자 푸른 하늘로 사라지니
긴 강이 하늘가로 흐르는 것만 보인다.

故人(고인) : 친구. 여기서는 맹호연을 가리킨다.

黃鶴樓(황학루) : 지금의 호북성湖北省 무창현武昌縣 황곡기黃鵠磯에 있는
　　누각.

煙花(연화) : 봄날의 꽃을 형용하는 말.

揚州(양주) : 지명. 지금의 강소성江蘇省 양주시揚州市. 당시에 양자강揚子
　　江 연안에서 가장 번화한 도시였다.

碧空(벽공) : 푸른 하늘.

天際(천제) : 하늘 끝.

■ 해 제

이 시는 시인의 나이 37세 때 안륙安陸을 떠나 태원太原을 유람하고 돌아오는 길
에 들렀던 무창武昌 황학루에서 양주로 떠나는 맹호연을 전송하며 지은 작품이다.
맹호연이 탄 배가 사라진 수평선을 하염없이 바라보고 서있는 시인의 모습에서
그를 향한 진한 정이 느껴진다. 강물로 그리움을 표현한 것은 한시의 상용 수법이
다. 시제의 '광릉廣陵'은 양주의 다른 이름이다.

朝發白帝城
조 발 백 제 성

朝辭白帝彩雲間, 千里江陵一日還.
조 사 백 제 채 운 간　천 리 강 릉 일 일 환

兩岸猿聲啼不盡, 輕舟已過萬重山.
양 안 원 성 제 부 진　경 주 이 과 만 중 산

아침에 백제성을 떠나며

아침에 아름다운 구름 사이에서 백제성을 떠나

천리 길 강릉을 하루 만에 돌아간다.

양쪽 기슭엔 원숭이 울음소리 끊임없는데

가벼운 배는 이미 만겹 산을 지나네.

■ 주 석

白帝(백제) : 백제성白帝城 사천성四川省. 봉절현奉節縣 동쪽의 백제산 위에 있는 산성.

江陵(강릉) : 지금의 호북성 강릉현.

兩岸(양안) 구 : 백제성에서 장강을 따라 강릉으로 내려오려면 삼협을 지나게 되는데, 그곳은 물살이 빠르고, 또 그 기슭에는 예로부터 원숭이가 많이 서식했다고 한다.

萬重山(만중산) : 만겹의 산.

■ 해 제

이 시는 이백의 칠언절구 가운데 걸작으로 꼽히는 작품이다. 백제성에서 강릉까지의 급류 천리 길을 하루 만에 당도했다는 표현은 독자로 하여금 시인과 함께 배를 타고 원숭이 울음소리를 들으며 삼협을 빠져나오는 듯한 속도감과 상쾌함을 느끼게 해준다. 귀양에서 풀려난 시인의 심정이 28자 속에 고스란히 드러난다.

贈孟浩然
증 맹 호 연

吾愛孟夫子, 風流天下聞.
오 애 맹 부 자　풍 류 천 하 문

紅顔棄軒冕, 白首臥松雲.
홍 안 기 헌 면　백 수 와 송 운

醉月頻中聖, 迷花不事君.
취 월 빈 중 성　미 화 불 사 군

高山安可仰, 徒此揖淸芬.
고 산 안 가 앙　도 차 읍 청 분

맹호연에게 드림

나는 맹선생을 좋아하나니

고상한 풍류 천하에 알려져 있다.

홍안에 벼슬을 내팽개치더니

백발로 소나무 구름에 누우셨다.

달에 빠져 자주 술에 취하시고

꽃에 미혹되어 임금을 섬기지 않았지.

높은 산 같은 인품 어찌 우러를 수 있으리오.

그저 맑은 향기 접해 볼 뿐.

■ 주 석

孟夫子(맹부자) : 맹호연孟浩然을 가리킨다.

風流(풍류) : 고상한 인품이나 행동을 뜻한다.

紅顔(홍안) : 젊은 시절.

軒冕(헌면) : 벼슬을 뜻한다.

臥松雲(와송운) : 은거생활을 뜻한다.

醉月(취월) : 달빛에 마음이 빠지다.

中聖(중성) : 고대 주도酒徒들의 은어로 술 취하는 것을 뜻한다. '성聖'은
　　청주淸酒를 뜻한다. 이와 반대로 '현賢'은 '탁주濁酒'이다.

迷花(미화) : 꽃에 미혹되다. 자연세계의 아름다움에 넋을 잃다.

高山(고산) : 맹호연의 덕이 높은 것을 뜻한다.

淸芬(청분) : 맑은 향기. 여기서는 맹호연의 청고淸高한 덕행을 비유하였다.

이 시는 오언율시로 시인이 맹호연을 경앙景仰하여 기증寄贈한 작품이다. 감각적인 시어를 사용하여 좋아하는 시인에게 아름다운 이미지를 만들어 주었다. 게다가 술과 자연을 좋아하여 벼슬길을 버렸다는 말은 시인에 대한 최대의 찬사일 것이다.

送友人
송 우 인

靑山橫北郭, 白水遶東城.
청 산 횡 북 곽　백 수 요 동 성

此地一爲別, 孤蓬萬里征.
차 지 일 위 별　고 봉 만 리 정

浮雲遊子意, 落日故人情.
부 운 유 자 의　낙 일 고 인 정

揮手自茲去, 蕭蕭班馬鳴.
휘 수 자 자 거　소 소 반 마 명

친구를 보내며

푸른 산은 북쪽 성곽에 비껴 있고
흰 물은 동쪽 성을 감돌아 흐른다.
여기서 한 번 이별하면
외로운 다북쑥처럼 만리 길을 가겠지.
뜬 구름은 나그네 마음
지는 해는 친구의 정.
손 흔들며 이제 떠나갈 제
이별이 서러운 듯 말도 처량하게 우는구나.

橫北郭(횡북곽) : 북쪽 성곽에 가로놓여 있다. '곽郭'은 외성外城.

遶東城(요동성) : 동쪽 성곽을 감돌아 흐르다.

一爲別(일위별) : 한 번 이별하다.

孤蓬(고봉) : 원래는 바람에 날려 이리저리 뒹구는 뿌리 뽑힌 다북쑥. 여기서는 홀로 먼 길을 떠나갈 친구를 비유하였다.

浮雲(부운) : 나그네의 마음과 생활이 정처없음을 비유한다.

落日(낙일) : 떠나가는 이를 만류할 수 없는 시인의 마음을 비유한다.

揮手(휘수) : 손을 흔들다.

蕭蕭(소소) : 말 울음소리.

班馬(반마) : 대열로부터 이탈된 말. 여기서는 홀로 떠나가는 나그네를 비유한다.

■ 해 제

친구를 송별하는 시이다. 함련의 '일一'과 '만萬'의 대비가 강렬하고 경련의 비유가 함축적이다. '부운浮雲'과 '낙일落日' 구를 통해 볼 때, 객지생활을 할 친구야 당연히 외로울 것이지만, 남아있는 시인 또한 어쩐지 외로움으로부터 자유로울 것 같지 않다.

春思
춘 사

燕草如碧絲, 秦桑低綠枝.
연 초 여 벽 사 진 상 저 록 지

當君懷歸日, 是妾斷腸時.
당 군 회 귀 일 시 첩 단 장 시

春風不相識, 何事入羅幃.
춘 풍 불 상 식 하 사 입 라 위

봄시름

연나라 풀이 푸른 실 같을 때

진나라 뽕나무는 푸른 가지 드리운다.

그대 돌아갈까 생각하는 날이

첩은 애간장이 끊어지는 때.

봄바람은 나를 잘 알지도 못하면서

무슨 일로 비단 휘장 안으로 불어오는가?

■ 주석

燕(연) : 지금의 하북河北 지역을 가리킨다. 하북 지역은 다른 지역에 비
해 상대적으로 날씨가 춥다. 따라서 초목이 늦게 싹튼다.

碧絲(벽사) : 푸른 실. 여기서는 하북 지방의 기온이 낮아 초목들의 성장
이 느리므로 다른 지방의 풀들에 비해 가는 것을 실로 표현하였다.

秦桑(진상) : 진秦나라 뽕나무. '진'은 지금의 섬서陝西 지역으로 기온이 따
뜻하기 때문에 다른 지방에 비해 초목이 빨리 푸르러진다.

低綠枝(저록지) : 푸른 가지가 낮게 드리우다. 여기서는 섬서 지방이 따
뜻하기 때문에 뽕나무잎이 빨리 커져서 온 가지가 푸르게 늘어져 있는
것을 나타낸 것이다.

斷腸(단장) : 몹시 애끊는 심정을 형용하는 말로, 대단히 슬퍼서 창자가
끊어진다는 뜻.

不相識(불상식) : 나를 알지 못하다.

入羅幃(입라위) : 비단 휘장 안으로 불어오다. '위幃'는 휘장.

■ 해제

이 시는 오언으로 된 규원시閨怨詩로 첫 두 구는 《시경詩經》의 '육의六義' 중 흥興
의 작법을 사용하여 제 3, 4구의 뜻을 비유적으로 표현하고 있다.

月下獨酌 (其一)
월 하 독 작　기 일

花間一壺酒, 獨酌無相親.
화 간 일 호 주　독 작 무 상 친

舉杯邀明月, 對影成三人.
거 배 요 명 월　대 영 성 삼 인

月既不解飲, 影徒隨我身.
월 기 불 해 음　영 도 수 아 신

暫伴月將影, 行樂須及春.
잠 반 월 장 영　행 락 수 급 춘

我歌月徘徊, 我舞影零亂.
아 가 월 배 회　아 무 영 령 란

醒時同交歡, 醉後各分散.
성 시 동 교 환　취 후 각 분 산

永結無情遊, 相期邈雲漢.
영 결 무 정 유　상 기 막 운 한

달빛 아래서 홀로 마시며 (제1수)

꽃 사이의 한 동이 술

친한 사람 없어 홀로 마신다.

술잔 들어 밝은 달을 맞이하고

그림자 대하니 세 사람이 되었다.

달은 본래 술 마실 줄 모르고

그림자는 한갓 나를 따를 뿐.

잠시 달과 그림자를 짝하였으니

즐겁게 노는 일은 봄이 제격이어서지.

내가 노래하면 달은 배회하고

내가 춤을 추면 그림자는 어른어른.

깨어 있을 때는 함께 즐기나

취한 후엔 각기 흩어져버리니,

영원히 무정의 교유를 맺고자

아득한 은하수에 기약한다.

■ 주 석

邀(요) : 맞이하다.

三人(삼인) : 홀로 술 마시는 시인, 하늘에 떠있는 달, 시인의 그림자를
 뜻한다.

月旣不解飮(월기불해음) : '기旣'는 원래, 본래. '불해음不解飮'은 마실 줄
 모른다.

將(장) : …와 . '여與'와 같은 의미이다.

行樂須及春(행락수급춘) : '행락行樂'은 반드시 봄에 해야 한다는 뜻.

徘徊(배회) : 노닐다. 천천히 이리저리 왔다갔다하다.

零亂(영란) : 달빛 아래에서 술 취한 시인의 그림자가 움직이는 것을 가리
 킨다.

交歡(교환) : 서로 즐거움을 함께하다. 서로 만나서 함께 즐기다.

無情遊(무정유) : 세속적인 정을 떠난 교유.

相期邈雲漢(상기막운한) : '상기相期'는 서로 만날 것을 기약하는 것. '막운
 한邈雲漢'은 아득히 높은 은하수.

■ 해 제

〈월하독작〉은 모두 4수로 된 연작시인데 4편이 모두 인구에 회자하는 명작이나,
특히 이 수가 유명하다. 술벗이 없어 달과 그림자를 불러 자리를 함께한다는 기발

한 발상은 이백의 천재성에 의해서만 가능할 것이다. 시에서는 달과 그림자를 짝하여 술을 마시면서 떠들썩한 자리인양 요란을 떨지만, 실제로는 무상함을 술로 잊으려 애쓰는 시인의 고독함이 시 전체에 배어 있어 독자로 하여금 마음 아프게 한다.

將進酒
장 진 주

君不見黃河之水天上來, 奔流到海不復回?
군 불 견 황 하 지 수 천 상 래   분 류 도 해 불 부 회

君不見高堂明鏡悲白髮, 朝如靑絲暮成雪?
군 불 견 고 당 명 경 비 백 발   조 여 청 사 모 성 설

人生得意須盡歡, 莫使金樽空對月.
인 생 득 의 수 진 환   막 사 금 준 공 대 월

天生我材必有用, 千金散盡還復來.
천 생 아 재 필 유 용   천 금 산 진 환 부 래

烹羊宰牛且爲樂, 會須一飮三百杯.
팽 양 재 우 차 위 락   회 수 일 음 삼 백 배

岑夫子, 丹丘生,
잠 부 자   단 구 생

將進酒, 君莫停.
장 진 주   군 막 정

與君歌一曲, 請君爲我傾耳聽.
여 군 가 일 곡   청 군 위 아 경 이 청

鐘鼓饌玉不足貴, 但願長醉不願醒.
종 고 찬 옥 부 족 귀   단 원 장 취 불 원 성

古來聖賢皆寂寞, 惟有飮者留其名.
고 래 성 현 개 적 막   유 유 음 자 류 기 명

陳王昔時宴平樂, 斗酒十千恣歡謔.
진 왕 석 시 연 평 락   두 주 십 천 자 환 학

主人何爲言少錢, 徑須沽取對君酌.
주 인 하 위 언 소 전   경 수 고 취 대 군 작

五花馬, 千金裘,
오 화 마   천 금 구

呼兒將出換美酒, 與爾同銷萬古愁.
호 아 장 출 환 미 주   여 이 동 소 만 고 수

술을 드시라

그대는 보지 못했는가? 황하의 물이 하늘에서 내려와

세차게 흘러 바다에 이르면 다시 돌아오지 않는 것을.

그대는 보지 못했는가? 귀한 집 사람이 거울을 보며 백발을 서러

워하는 것을

아침에는 푸른 실과 같더니 저녁엔 눈처럼 희어졌네.

인생이란 때를 만났을 때 즐거움을 다해야 하니

금술잔이 빈 채로 달을 맞게 하지 마시라.

하늘이 내게 주신 재능은 반드시 쓰일 곳이 있으니

천금은 쓰고 나면 다시 돌아올 걸세.

양을 삶고 소를 잡아 즐기리니

한 번에 삼백 잔은 마셔야 하네.

잠부자! 단구생!

드리는 술잔을 멈추지 마시게나.

그대들에게 노래 한 곡조 들려줄 터이니

그대들은 나를 위해 귀를 기울여 주시게.

흥겨운 음악과 맛있는 음식은 귀할 게 없으나

오직 늘 취해서 깨어나지 않기를 바랄 뿐이라.

예로부터 성현들 모두 쓸쓸하셨고

오로지 술 마시는 사람만 그 이름을 남겼었지.

진왕이 옛날에 평락관에서 연회를 할 때

한 말에 만 냥 술을 마음껏 마셨다 하네.

주인이 어찌 돈이 모자란다 하시는가?

당장 술을 받아 와 그대들과 대작하세.

오화마, 천금의 갖옷

아이 불러 꺼내다가 좋은 술과 바꿔오게 하여

그대들과 더불어 만고의 시름 녹이리라.

■ 주 석

奔流(분류) : 세차게 빨리 흐르다. 또는 빨리 흐르는 물결.

高堂(고당) : 높은 집. 훌륭한 집. 남의 집의 존칭으로 쓰인다.

靑絲(청사) : 푸른 실. 여기서는 젊은 사람의 검은 머리카락을 비유하였
   다.

得意(득의) : 바라던 일이 성취되다. 뜻대로 되어 만족하다.

金樽(금준) : 금으로 장식한 화려한 술 그릇.

生(생) : 천부적으로 타고난 것을 뜻한다.

烹羊宰牛(팽양재우) : 양을 삶고 쇠고기를 저며서 요리하다. '팽烹'은 삶는
   것. '재宰'는 고기를 저미는 것.

岑夫子(잠부자) : 잠훈岑勛. '부자夫子'는 존칭어.

丹丘生(단구생) : 원단구元丹丘. 이백의 친구이므로 '생生'자를 썼다. 《이태
   백집李太白集》 속에 〈원단구가元丹丘歌〉가 있다.

鐘鼓(종고) : '종鐘'은 종이고, '고鼓'는 북인데, 여기서는 고대에 큰 연회를
   할 때 연주되던 음악을 가리킨다.

饌玉(찬옥) : 진귀한 요리를 뜻하는 말.

長醉(장취) : 항상 취하다.

寂寞(적막) : 쓸쓸함. 적적함.

陳王(진왕) : 조조曹操의 셋째 아들인 조식曹植. 뛰어난 문재文才로 아버지
　　　에게는 귀여움을 받았으나 형인 조비曹조에게는 미움을 사서 조비가
　　　왕위에 오른 뒤에 번국蕃國의 진왕으로 봉해졌다. 칠보七步를 걷는 사
　　　이에 지었다는 〈칠보시七步詩〉는 그들 형제의 불화를 잘 나타내 준다.

平樂(평락) : 관觀 이름. 하남성河南省 낙양시洛陽市 부근에 있었다.

恣歡謔(자환학) : 마음껏 즐기다.

沽取(고취) : 사오다. 받아오다.

五花馬(오화마) : 오색 무늬가 있는 훌륭한 말.

千金裘(천금구) : 천금의 가치가 있는 갖옷. 비싼 갖옷을 말한다. '구裘'는
　　　가죽옷.

銷(소) : 녹이다.

■ 해 제

이 시는 악부시로, 〈장진주將進酒〉란 악부 고취곡사鼓吹曲辭에 들어 있는 〈한요가
漢鐃歌〉 18곡의 한 곡명이다. 이백이 악부시의 체제와 악상을 빌어서 시를 쓴 것은
악부시가 형식이 자유로워서 낭만적인 그의 시상을 표현하는 데 적합했기 때문이
다.

특히 이 시에는 이백의 자유롭고 기발한 발상과 호방하고 표일한 기질이 보통사
람의 상상을 초월하는 과장된 언담과 황하 물같이 도도한 필세로 표현되어 있어
서 가히 천하의 기문奇文이라 할 수 있을 것이다. 이백 시 중에서 최고의 걸작이라
는 평가를 받을 만하다.

변주汴州(지금의 하남성河南省 개봉시開封市) 사람으로 개원 11년(723)에 진사에 급제하였고, 천보 연간에 상서사훈원외랑尙書司勳員外郞을 지냈다. 은번殷璠은 《하악영령집河嶽英靈集》에서 "최호가 젊었을 때 지은 시는 경박했지만, 만년에 그 시체詩體를 바꾸니 풍골이 늠연했다. 변새를 한 번 다녀와서 변새시를 잘 썼다."고 하였다. 그의 작품은 대부분 분실되어 현재 전하는 것은 매우 드물다. 그러나 그의 대표작인 〈황학루黃鶴樓〉는 천고의 절창으로 송대宋代의 엄우嚴羽가 당인의 칠률 중 최고의 작품이라고 극찬하였다. 《전당시》에 시 1권이 수록되어 있다.

長干行 (其一)
장 간 행 기 일

君家何處住, 妾住在橫塘.
군 가 하 처 주 첩 주 재 횡 당

停船暫借問, 或恐是同鄕.
정 선 잠 차 문 혹 공 시 동 향

장간의 노래 (제1수)

그대 집은 어디인가요?

저의 집은 횡당이랍니다.

배를 멈추세요, 좀 물어볼게요.

혹여 동향인 듯하네요.

■ **주 석**

橫塘(횡당) : 지명. 지금의 남경시南京市 남쪽에 있다.

이 시는 4수로 된 연작시 중 첫 번째 수이다. 시제詩題 중 '장간長干'은 지명으로 지금의 남경시 남쪽에 있다. 〈장간행〉은 악부 잡곡가사雜曲歌辭의 구제舊題인데 시인이 빌려서 썼다. 제1수는 여인이 물어보는 어투를 사용하였는데 민가풍의 진솔한 표현이 특징적이다.

長干行 (其二)
장 간 행 기 이

家臨九江水, 來去九江側.
가 림 구 강 수 내 거 구 강 측

同是長干人, 生小不相識.
동 시 장 간 인 생 소 불 상 식

장간의 노래 (제2수)

집이 구강 가에 있어서

구강 가를 오가며 산다오.

같은 장간 사람인데

어릴 때부터 서로 몰랐네요.

■ 주 석

九江(구강) : 지명. 지금의 강서성江西省 구강현九江縣 일대.
生小(생소) : 어릴 때.

■ 해 제

이 시는 첫째 수에 대답하는 내용으로 남자가 대답하는 어투를 사용하였다.

黃鶴樓
황 학 루

昔人已乘黃鶴去, 此地空餘黃鶴樓.
석 인 이 승 황 학 거　　차 지 공 여 황 학 루

黃鶴一去不復返, 白雲千載空悠悠.
황 학 일 거 불 복 반　　백 운 천 재 공 유 유

晴川歷歷漢陽樹, 芳草萋萋鸚鵡洲.
청 천 역 력 한 양 수　　방 초 처 처 앵 무 주

日暮鄉關何處是? 煙波江上使人愁.
일 모 향 관 하 처 시　　연 파 강 상 사 인 수

황학루

옛날 신선은 이미 황학 타고 날아가 버리고

이 땅에는 그저 황학루만 남았네.

황학은 한번 떠난 뒤론 다시 돌아오지 않고

흰 구름만 천년토록 여전히 떠있네.

맑은 날이면 강수에는 한양의 나무들이 뚜렷이 비치고

향기로운 풀들이 앵무주에 무성하네.

해는 저무는데 고향은 어디인가?

강 위엔 안개 서리어 사람을 시름겹게 하노라.

■ 주 석

黃鶴樓(황학루) : 호북성湖北省 무창현武昌縣 서쪽 황곡기黃鵠磯에 있는 누
각. 이 누각에는 여러 가지 전설이 전해진다. 선인仙人 자안子安이 황
학을 타고 이곳을 지나갔기 때문에 황학루라고 했다는 설이 있고, 선
인 비문위費文褘가 황학을 타고 와서 이곳에서 쉬고 간 적이 있다는 설

도 있다.

悠悠(유유) : 아득하게 먼 모양. 백운白雲이 오래도록 황학이 돌아오기를
　　기다리며 여전히 거기에 떠있다는 뜻이다.

漢陽(한양) : 지명. 지금의 호북성 한양현漢陽縣.

鸚鵡洲(앵무주) : 호북성 한양현 서남쪽에 있는 장강長江 가운데 있는 섬.

鄕關(향관) : 고향.

■ 해 제

황학루에 올라 멀리 바라보며 마음속에 이는 고향에 대한 그리움을 노래한 시이
다. 전반 4구는 고체이고 후반이 율체인 반고반율半古半律의 율시이다. 조구造句가
자연스럽고 기상이 넓고 크다. 특히 앞의 4구는 일기가성一氣呵成으로 이루어졌으
니, '황학黃鶴'이라는 시어가 세 번이나 겹쳐 나와도 전혀 부자연스러운 느낌을 주
지 않는다.

고적高適(702?~765)

자가 달부達夫이고 발해渤海 수蓨(지금의 하북성 경현景縣) 사람이다. 천성이 호방하여 젊어서는 방탕하게 지내다가, 현종 때 과거에 급제하여 관계에 올라 회남淮南, 서천西川 등의 절도사를 지냈고 대종代宗 때에는 소환되어 형부시랑刑部侍郎을 지냈으며 발해의 현후縣侯로 책봉되기도 하였다. 50세에 비로소 시를 짓기 시작했으나 탁월한 재능과 웅대한 감정은 시를 짓기 시작하자마자 호사가들이 다투어 전송하였다. 그는 장엄한 풍격 속에서도 애절한 감정을 잘 표현했으며, 패기와 기골이 있는 격조 높은 시도 많이 지었다. 악부시에 뛰어났는데, 특히 〈연가행燕歌行〉〈고대량행古大梁行〉〈새하곡塞下曲〉 등이 유명하다. 작품집으로 《고상시집高常侍集》이 있다.

除夜作
제 야 작

旅館寒燈獨不眠, 客心何事轉凄然.
여 관 한 등 독 불 면　객 심 하 사 전 처 연

故鄕今夜思千里, 霜鬢明朝又一年.
고 향 금 야 사 천 리　상 빈 명 조 우 일 년

한 해를 보내며

여관의 차가운 등불 아래 홀로 잠 못 이루니

나그네 심사 무슨 일로 더욱더 처연해지는가?

고향에선 오늘 밤 천리 밖을 생각하겠지

하얗게 세어버린 살쩍 내일 아침이면 또 새로운 한 해라네.

除夜(제야) : 섣달, 그믐날 밤.

轉(전) : 갈수록.

凄然(처연) : 외롭고 쓸쓸한 모습.

霜鬢(상빈) : 서리처럼 하얗게 된 귀밑머리.

■ 해 제

이 시는 시인이 섣달 그믐밤에 여관에서 고향을 그리워하며 지은 작품이다. '제야'
의 '나그네 심사'를 전형적인 시상과 전형적인 표현 수법으로 그려낸 시로 마지막
구에서 시인의 재치가 드러난다.

別董大 (其一)
별 동 대   기 일

千里黃雲白日曛, 北風吹雁雪紛紛.
천 리 황 운 백 일 훈   북 풍 취 안 설 분 분

莫愁前路無知己, 天下誰人不識君.
막 수 전 로 무 지 기   천 하 수 인 불 식 군

동대와 헤어지며 (제1수)

천리 길 누런 구름에 흰 태양이 지는데

겨울바람 기러기 불어 보내고 눈은 어지럽게 내리네.

가는 길에 친구 없음을 서러워 마시라

천하에 그 누군들 그대를 모르겠소.

曛(훈) : 황혼이 지다.

紛紛(분분) : 눈이 어지러이 흩날리는 모양.

■ 해 제

이 시는 송별시로 모두 2수로 되어 있다. '동대董大'는 당시 저명한 음악가였던 동정란董庭蘭으로, 이부상서吏部尙書 방관房琯의 문객門客이며 당시의 명사였다. 제1, 2구는 광활하고 호매한 경상景象에 진한 비애를 담고 있어 '경중유정景中有情'의 묘를 보여준다. 제3, 4구는 회자인구하는 명구이다.

營州歌
영 주 가

營州少年厭原野, 狐裘蒙茸獵城下.
영 주 소 년 염 원 야   호 구 몽 용 렵 성 하

虜酒千鐘不醉人, 胡兒十歲能騎馬.
노 주 천 종 불 취 인   호 아 십 세 능 기 마

영주의 노래

영주의 소년들 들판생활 만족하고
더부룩한 갖옷 입고 성 밑에서 사냥하네.
오랑캐 술 천 잔에도 취하지 않고
오랑캐 아이들 열 살이면 말을 탄다네.

■ 주 석

厭(염) : 만족하다. 초원생활을 좋아하고 편안히 여기는 것을 뜻한다.

狐裘蒙茸(호구몽용) : '호구狐裘'는 여우가죽으로 만든 털옷. 여기서는 동
물 가죽으로 만든 모든 털옷을 가리킨다. '몽용蒙茸'은 털이 더부룩하
게 일어난 모양.

虜酒千鐘(노주천종) : 호주胡酒 천 잔.

■ 해 제

이 시는 변방인 영주 사람들의 생활상을 노래한 작품이다. 영주는 당대에 도호부
都護府를 두어 이민족을 통치하였던 곳으로 지금의 요녕성遼寧省 금주시錦州市 서
북쪽에 있었다.

送李少府貶峽中王少府貶長沙
송 리 소 부 폄 협 중 왕 소 부 폄 장 사

嗟君此別意何如？ 駐馬銜杯問謫居.
차 군 차 별 의 하 여 　 주 마 함 배 문 적 거

武峽啼猿數行淚, 衡陽歸雁幾封書.
무 협 제 원 수 항 루 　 형 양 귀 안 기 봉 서

靑楓江上秋帆遠, 白帝城邊古木疎.
청 풍 강 상 추 범 원 　 백 제 성 변 고 목 소

聖代卽今多雨露, 暫時分手莫躊躇.
성 대 즉 금 다 우 로 　 잠 시 분 수 막 주 저

협중으로 폄척된 이소부와 장사로 폄척된 왕소부를 보내며

아 ! 자네들 이번 이별에 심정이 어떠하신가?

말 멈추고 잔 들게나, 귀양지에 대해 물어보리니.

무협의 원숭이 울음소리에 몇 줄기 눈물 흘릴 것이고

형양 땅 돌아가는 기러기편에 몇 통 편지 부치시겠지.

청풍강 가에 가을 돛단배 멀리 사라지고
백제성 주변엔 고목나무 성글겠지.
태평성세라 황제의 은혜가 많으니
잠시 이별에 주저하지 마시라.

■ 주 석

銜杯(함배) : 술 마시다.

謫居(적거) : 폄적되어 가는 곳. 귀양지.

武峽(무협) : 장강 삼협의 하나로 사천성四川省 무산현 동쪽에 있다. 예로부터 원숭이가 많이 서식하는 곳으로 유명하다.

啼猿(제원) : 우는 원숭이. 이 구절은 이소부의 폄적생활에 대해 말한 것이다.

數行淚(수항루) : 몇 줄기 눈물.

衡陽(형양) : 이 구절은 왕소부가 귀양지인 호남湖南 땅에서 북쪽으로 돌아가는 기러기를 통해 소식을 전하고 싶어할 것이라는 뜻이다. '형양'은 호남성에 있는 지명. 형양현 경내에 있는 형산衡山에는 회안봉回雁峯이라는 봉우리가 있는데, 전해지는 말로는 겨울에 남하하는 기러기가 여기까지 와서는 더이상 내려가지 않고 머물러 있다가 봄이 되면 다시 북으로 돌아간다고 한다. 기러기를 통해 소식을 전한다는 것은 고대에는 편지를 기러기발에 묶어 연락했기 때문이다.

靑楓江(청풍강) : 쌍풍포雙楓浦. 일명 청풍포靑楓浦로 호남성 장사현에 있다.

白帝城(백제성) : 성 이름. 사천성 봉절현奉節縣 동쪽 백제산白帝山에 있다.

雨露(우로) : 황제의 은택을 비유한다.

分手(분수) : 이별하다. 작별하다.

躊躇(주저) : 가지 못하고 머뭇거리다.

이 작품은 귀양지로 떠나가는 두 사람을 전송하는 송별시이다. 두 사람에게 번갈아가며 직접 말하는 듯한 표현으로 시를 전개하였다. 좋지 않은 일로 떠나는 사람을 전송하면서 긍정적인 말로 결말을 짓고 있는 것도 특징이다. 시인이 전송하는 두 사람은 사천으로 폄적되는 이소부와 호남 장사로 폄적되는 왕소부이다. 두 사람의 생애는 미상이고 '소부少府'는 현위縣尉의 별칭이다.

상건常建(708~765?)

자字와 호號가 미상이고 《당재자전唐才子傳》에 장안長安(지금의 섬서성陝西省 서안시西安市) 사람이라는 기록이 있다. 개원開元 15년(727)에 진사進士가 되었고 대력大曆 연간에 우이위盱眙尉가 되었으나 후에 악저鄂渚 서산西山에 은거하였다. 저서로는 《상건시집常建詩集》 3권이 있다.

題破山寺後禪院
제 파 산 사 후 선 원

淸晨入古寺, 初日照高林.
청 신 입 고 사 초 일 조 고 림

竹徑通幽處, 禪房花木深.
죽 경 통 유 처 선 방 화 목 심

山光悅鳥性, 潭影空人心.
산 광 열 조 성 담 영 공 인 심

萬籟此俱寂, 惟餘鐘磬音.
만 뢰 차 구 적 유 여 종 경 음

파산사 뒤편 선원에 쓰다

맑은 새벽 옛절에 들어갈 제
아침햇살 높다란 숲을 비추네.
대나무 길은 그윽한 곳으로 통하고
선방 주위에는 꽃나무 우거졌네.
산빛은 새들을 기쁘게 하고
연못 그림자는 사람 마음을 텅 비우네.
모든 소리가 이곳에선 다 고요한데
오직 종소리만 들리네.

■ 주 석

破山寺(파산사) : 지금의 강소성江蘇省 상숙현常熟縣에 있는 흥복사興福寺
   이다.
淸晨(청신) : 이른 새벽.
萬籟(만뢰) : 모든 소리. '뇌籟'는 자연의 모든 소리를 말한다.

■ 해 제

이 시는 사찰의 선원禪院에 제영題詠한 작품으로 시인의 탈속적脫俗的인 성품이 잘
드러나 있다. 파산사를 찾아가는 동안 눈앞에 펼쳐진 자연물을 통해 세속적인 마
음이 깨끗하게 정화되어 마침내 자연과 합일하는 선정禪定의 경지가 자연스럽게
표현되어 있다.

두보杜甫(712~770)

자가 자미子美로, 조적祖籍은 본래 양양襄陽(지금의 호북성湖北省 양번현襄樊縣)이나 후에 하남河南 공현鞏縣(지금의 하남성 공의현鞏義縣)으로 천거하였다. 두보는 진조晉朝 두예杜預의 13세손인데 두예가 경조京兆 두릉杜陵 사람이었기 때문에 스스로 두릉야로杜陵野老라 하였다. 조부는 무후武后 때의 시인 두심언杜審言이고, 부친 두한杜閑은 봉천奉天(섬서성陝西省) 현령을 지낸 지방관이었다. 천보 초에 진사에 응시하였으나 급제하지 못하였고, 장안을 떠나 제齊·노魯 지역을 유랑하기도 했다. 이때 이백, 고적 등과 교유하였다. 천보 11년〈삼대례부三大禮賦〉를 헌상하여 현종에게 인지되고 하남위河南尉에 임명되었으나 부임하지 않았고, 뒤에 솔부참군率府參軍이 되었다. 안녹산의 난이 일어나고 경사京師가 함락된 후에는 숙종肅宗을 봉상鳳翔에서 알현하고 좌습유左拾遺가 되었다. 그후 성도成都에서 잠시 엄무嚴武의 후원 아래 생활하기도 했는데 엄무가 죽자 다시 장강 일대를 유랑하다가 대력大曆 5년(770) 향년 59세로 병사하였다. 두보는 당대 사회시파의 개척자로서 그의 시는 '시사詩史'라고 불리운다. 유가적儒家的이고 현실주의적인 사상의 소유자로서 그의 시에는 그대로 그의 사상이 반영되어 있다. 작품집으로는《두공부집杜工部集》이 있다.

八陣圖
팔 진 도

功蓋三分國, 名成八陣圖.
공 개 삼 분 국　　명 성 팔 진 도

江流石不轉, 遺恨失吞吳.
강 류 석 부 전　　유 한 실 탄 오

팔진도

공적은 삼국을 압도하였고
명성은 팔진도로 높았다.
강물은 흘러가도 돌은 구르지 않지만
오나라를 평정하지 못해 한을 남겼다.

■ 주 석

三分國(삼분국) : 위魏 · 촉蜀 · 오吳 세 나라를 말한다.
石不轉(석부전) : 팔진도를 쌓을 때 사용했던 돌이 굴러가지 않고 남아 있
　　　다는 뜻.
遺恨失呑吳(유한실탄오) : 오나라를 병탄倂呑하지 못해서 한을 남기다.

■ 해 제

이 시는 대력 원년(766)에 지었다. '팔진도'는 제갈량諸葛亮이 사용한 진법으로 유
적이 사천성 봉절현 서남쪽에 남아 있다. 팔진도 유적지를 보고 감회를 읊은 작품
으로 시인의 비장한 시풍과 돈좌를 중시하는 필치가 잘 드러나 있다.

江南逢李龜年
강 남 봉 리 구 년

岐王宅裏尋常見,　崔九堂前幾度聞.
기 왕 택 리 심 상 견　최 구 당 전 기 도 문

正是江南好風景,　落花時節又逢君.
정 시 강 남 호 풍 경　낙 화 시 절 우 봉 군

강남에서 이구년을 만나서

기왕의 집에서 늘상 보았고
최구의 마루에서 몇번이나 들었던가?
바로 강남의 아름다운 풍경 속에서
꽃 지는 시절에 또 그대를 만났구려.

■ 주 석

岐王(기왕) : 예종睿宗의 넷째 아들로 이름은 융범隆範. 그는 문장가들을
　　애호하여서 선비면 귀천을 가리지 않고 모두 극진히 대우하였다. 예종
　　이 즉위하자 기왕에 봉해졌다.
尋常(심상) : 언제나. 늘상.
崔九(최구) : 전중감殿中監 최척崔滌. 현종의 총애를 받았던 인물이다.

■ 해 제

이 시는 대력 5년(770) 봄 담주潭州에서 지은 작품이다. 이구년은 당 현종 때의 유
명한 악사로 만년에 영락하여 강남에서 유랑생활을 했다. 한때는 최고의 인기를
구가하던 악사였으나 현재는 형편없이 영락한 신세가 된 이구년을 가장 아름다운
계절 꽃피는 강남에서 만났다는 표현은 강렬한 대비로 인해 '인생무상'의 충격적
인 느낌을 준다.

旅夜書懷
여 야 서 회

細草微風岸, 危檣獨夜舟.
세 초 미 풍 안　　위 장 독 야 주

星垂平野闊, 月涌大江流.
성 수 평 야 활　　월 용 대 강 류

名豈文章著, 官應老病休.
명 기 문 장 저　관 응 로 병 휴

飄飄何所似, 天地一沙鷗.
표 표 하 소 사　천 지 일 사 구

객지에서 밤을 새며

보드라운 풀에 바람 이는 둔덕
우뚝한 돛대 단 외로운 밤배.
별이 드리우니 벌판 너르게 보이는데
달이 용솟음치는 장강 흘러 흘러간다.
이름이 어찌 문장으로 드러나리오?
벼슬은 늙고 병들어 그만둘 밖에.
정처없는 이 몸 무엇과 같은가?
천지간에 홀로 나는 갈매기려니.

■ 주 석

書懷(서회) : 감회를 적다.
危檣(위장) : 높이 솟은 돛대.
大江(대강) : 긴 장강.
休(휴) : 그만두다.
飄飄(표표) : 이리저리 정처없이 떠도는 모습.
何所似(하소사) : 무엇을 닮았는가?
沙鷗(사구) : 갈매기.

■ 해 제

이 시는 대종代宗 영태永泰 원년(765)에 지은 작품이다. 이 해에 시인은 가족과 함께 초당을 떠나 배를 타고 장강 상류를 동으로 내려갔다. 이 시는 아마 중경重慶 일대를 지날 때 지은 것으로 보인다. 강가에 배를 정박하고 하룻밤을 보낼 때 시인의 눈앞에 펼쳐진 자연은 광활하기만 하니, 시인이 탄 배의 고독한 모습이 이와 극단적 대비를 이룬다. '넓고넓은 천지의 한 마리 갈매기'는 시인의 표상이다.

登岳陽樓
등 악 양 루

昔聞洞庭水, 今上岳陽樓.
석 문 동 정 수　금 상 악 양 루

吳楚東南坼, 乾坤日夜浮.
오 초 동 남 탁　건 곤 일 야 부

親朋無一字, 老病有孤舟.
친 붕 무 일 자　노 병 유 고 주

戎馬關山北, 憑軒涕泗流.
융 마 관 산 북　빙 헌 체 사 류

악양루에 올라

예전에 말로만 들었던 동정호
오늘에야 악양루에 올랐다.
오와 초가 동남으로 갈라졌고
하늘과 땅이 밤낮으로 떠있다.
친척과 친구들 일자 소식도 없고
늙고 병든 몸엔 외로운 배만 있다.
관산 북쪽은 여전히 전쟁이 계속되려니
난간에 기대어 눈물 콧물 흘린다.

■ 주 석

岳陽樓(악양루) : 호남성 악양현 서쪽에 있는 누각. 동정호를 굽어보고 있
　으며 경색이 뛰어나다. 개원 4년에 악주자사岳州刺史 장열張說이 세웠다.

吳楚東南坼(오초동남탁) : '오초吳楚'는 춘추시대 나라 이름. 동정호의 동
　쪽이 오나라 영역이었고, 남쪽은 초나라 영역이었다. '탁坼'은 갈라놓
　다, 분열하다.

乾坤日夜浮(건곤일야부) : 동정호가 광활하여 천지가 밤낮으로 거기에서
　부동浮動하는 것 같다는 뜻. '건곤乾坤'은 천지天地.

戎馬(융마) : 군마.

涕泗(체사) : 눈물. '체涕'는 눈에서 나오는 눈물. '사泗'는 코에서 나오는
　콧물.

■ 해 제

이 시는 대력 3년(768) 늦겨울에 지은 작품이다. 이 해는 시인의 나이가 57세로
세상을 하직하기 2년 전이다. 이 해 8월, 토번이 장안 서쪽 100킬로미터 지점에
있는 봉상鳳翔까지 쳐들어왔다. 풍문으로만 들어왔던 악양루에 실제로 올라가 느
낀 감회를 쓴 것으로 전쟁으로 인해 고향에 돌아갈 수 없는 시인의 회한이 느껴
진다. 더없이 광활한 동정호와 초라한 자신의 대비 속에 두시의 비장한 풍격이 잘
드러나 있다.

月夜
월 야

今夜鄜州月, 閨中只獨看.
금 야 부 주 월 　 규 중 지 독 간

遙憐小兒女, 未解憶長安.
요 련 소 아 녀 　 미 해 억 장 안

香霧雲鬟濕, 清輝玉臂寒.
향 무 운 환 습　　청 휘 옥 비 한

何時倚虛幌, 雙照淚痕乾?
하 시 의 허 황　　쌍 조 루 흔 건

달밤

오늘밤 부주의 달을

규중에서 홀로 보겠구나.

멀리서 가련히 여기나니, 애들은

장안 그리는 어미 마음을 이해할 수 없겠지.

향기로운 안개에 구름 같은 머리 젖고

맑은 달빛에 옥 같은 팔이 차가우리.

어느 때나 휘장에 기대어

둘이서 달빛 받아 눈물 말릴까?

■ 주석

郞州(부주) : 고을 이름. 지금의 섬서성陝西省 부현鄜縣.

閨中(규중) : 본래의 뜻은 부인의 방이나, 여기서는 두보의 아내를 가리킨
다.

雲鬟(운환) : 여자의 머리카락을 구름에 비유하여 하는 말.

淸輝(청휘) : 달빛.

虛幌(허황) : 투명한 휘장.

雙照(쌍조) : 두 사람이 함께 달빛을 받다.

■ 해제

이 시는 시인이 전란 중에 아내와 자식을 생각하며 지은 것이다. 시인은 천보 15

년(756) 여름, 가족을 부주로 피난시키고 숙종肅宗이 즉위했다는 소식을 듣고 영무靈武로 가다가 도중에 안녹산의 반군에게 잡혀 장안으로 끌려갔다. 이 시는 그 해 가을, 장안에서 부주에 있는 가족들을 생각하며 지은 것이다. 특히 부인을 사랑하고 그리워하는 시인의 애틋한 심정이 잘 드러나 있다.

登高
등 고

風急天高猿嘯哀,　渚淸沙白鳥飛廻.
풍 급 천 고 원 소 애　저 청 사 백 조 비 회

無邊落木蕭蕭下,　不盡長江滾滾來.
무 변 락 목 소 소 하　부 진 장 강 곤 곤 래

萬里悲秋常作客,　百年多病獨登臺.
만 리 비 추 상 작 객　백 년 다 병 독 등 대

艱難苦恨繁霜鬢,　潦倒新停濁酒杯.
간 난 고 한 번 상 빈　요 도 신 정 탁 주 배

높은 곳에 올라

바람 급하고 하늘 높고 원숭이 울음 애절하며
물가는 맑고 모래는 희고 새들은 선회한다.
끝없이 펼쳐 있는 나무에 잎은 쓸쓸히 지고
다함없는 장강은 콸콸 흘러온다.
만리 타향에서 가을을 서러워하며 늘 나그네 노릇하더니
평생 병 많은 몸이 홀로 대에 오른다.
간난에 서리 같은 살쩍 많아 한스러운데
쇠약한 몸이라 탁주 잔 드는 일마저 새로 그만두었다.

猿嘯哀(원소애) : 원숭이 울음소리가 애처롭다.

渚(저) : 물가. 사주.

無邊(무변) : 끝이 없다.

落木(낙목) : 낙엽.

蕭蕭(소소) : 쓸쓸히. 잎이 떨어져 나부끼는 모습을 형용한 말.

滾滾(곤곤) : 물이 세차게 흐르는 모양.

百年多病(백년다병) : 시인은 실제로 여러 가지 병을 앓았고, 당시에는 전
   에 앓았던 폐병이 재발하여 고생하고 있었다고 한다.

艱難(간난) : 괴로움과 어려움.

霜鬢(상빈) : 서리같이 하얗게 쉰 머리. '빈鬢'은 귀밑머리. 살쩍.

潦倒(요도) : 노쇠한 모양.

新停濁酒杯(신정탁주배) : 술 마시는 일도 요즈음 끊었다는 뜻.

■ 해 제

이 시는 대력 2년(767) 기주夔州에 있을 때 지은 작품이다. 중국에는 음력 9월 9일
에 친지와 함께 높은 곳에 올라 술을 마시고 아녀자들은 수유를 머리에 꽂는 풍습
이 있다. 가을날 타향에서 병든 몸으로 누대에 올라서 본 경물과 감회를 읊은 것
이다. 두보 만년의 걸작으로 꼽히는 이 시는 시인의 침울한 시풍을 잘 반영하고
있다.

蜀相
촉 상

丞相祠堂何處尋? 錦官城外柏森森.
승 상 사 당 하 처 심　　금 관 성 외 백 삼 삼

映階碧草自春色, 隔葉黃鸝空好音.
영 계 벽 초 자 춘 색　　격 엽 황 리 공 호 음

三顧頻煩天下計, 兩朝開濟老臣心.
삼 고 빈 번 천 하 계　양 조 개 제 로 신 심

出師未捷身先死, 長使英雄淚滿襟.
출 사 미 첩 신 선 사　장 사 영 웅 루 만 금

촉나라 승상

승상의 사당 어디서 찾을까?

금관성 밖 잣나무 울창한 곳이지.

섬돌에 비친 파란 풀들 절로 봄빛을 띠고

잎 사이 노란 꾀꼬리 부질없이 고운 노래 부르네.

삼고초려 마다 않은 것은 천하를 위한 책략 때문,

두 대에 걸쳐 충성을 다한 것은 늙은 신하의 마음.

출정하여 이기지 못하고 몸이 먼저 죽었으니

길이 영웅들로 하여금 눈물로 옷깃을 적시게 한다네.

■ 주 석

丞相祠堂(승상사당) : 성도成都에 있는 제갈무후사諸葛武侯祠를 가리킨다. 선주묘先主廟 옆에 있고, 묘 앞에 오래된 잣나무가 있는데 제갈량이 직접 심은 것이라고 한다.

錦官城(금관성) : 사천성 성도를 말한다. 옛날에 이곳에 비단을 짜던 관청이 있었기 때문에 금관성이라고 한 것이다.

映階(영계) : 섬돌에 비치다.

三顧(삼고) : 유비劉備가 제갈량의 초려에 세 번 찾아간 고사를 가리킨다.

兩朝(양조) : 촉의 유비가 개국하고 그의 아들인 유선劉禪의 대에서 망했으므로 '양조'라 한 것이다.

開濟(개제) : 기초를 닦고 사업을 완성하다.

出師(출사) : 제갈량이 후주인 유선에게 출사표出師表를 올리고 삼군을 인
　　솔하여 출전한 것을 가리킨다.
身先死(신선사) : 오장원五丈原에서 사마의司馬懿와 대치하다가 병으로 죽
　　은 것을 말한다.

■ 해 제

이 시는 영사시로 숙종 상원上元 원년(760)에 지은 작품이다. '촉상蜀相'은 제갈량
이다. 촉한蜀漢의 승상으로 탁월한 전략가이면서 정치가였던 그는 유비와 유선에
게 충성을 다했으나, 천하통일의 대업을 이루지 못하고 병사하였다.

江村
강 촌

清江一曲抱村流, 長夏江村事事幽.
청 강 일 곡 포 촌 류　　장 하 강 촌 사 사 유

自去自來梁上燕, 相親相近水中鷗.
자 거 자 래 량 상 연　　상 친 상 근 수 중 구

老妻畫紙爲棋局, 稚子敲針作釣鉤.
노 처 화 지 위 기 국　　치 자 고 침 작 조 구

但有故人供祿米, 微軀此外更何求?
단 유 고 인 공 록 미　　미 구 차 외 갱 하 구

강마을

맑은 강 한 구비 마을을 안고 흐르는데

긴 여름 강마을 일마다 한가롭다.

절로 갔다 절로 오는 것은 들보 위의 제비,

서로 친하고 서로 가까이하는 것은 물 위의 갈매기.

늙은 아내는 종이에 줄을 그어 바둑판을 만들고
어린 아들은 바늘을 두들겨 낚싯바늘 만든다.
다만 친구가 녹미를 나누어 준다면야
하찮은 이내 몸 이밖에 또 무엇을 바라리오.

■ 주 석

江村(강촌) : 강마을. 즉 성도成都 서쪽의 완화계浣花溪 촌락을 말한다.

曲(곡) : 강물의 굽이.

事事幽(사사유) : 매사가 한가롭다.

自去(자거) 2구 : 제비와 갈매기는 각각 '마을'과 '강'에서 한가롭게 지내는
　　동물이다.

棋局(기국) : 바둑판. 마을에서 놀 때 필요한 것이다.

釣鉤(조구) : 낚싯바늘. 강에서 놀 때 필요한 것이다.

微軀(미구) : 미천한 몸.

■ 해 제

이 시는 상원 원년(760) 시인이 성도 완화계 초당에 살 때 지은 작품이다. 가족과
함께 비교적 안온한 나날을 보내던 때라 사물을 바라보는 눈길이 부드럽다.

秋興 (其一)
추 흥　　기 일

玉露凋傷楓樹林, 巫山巫峽氣蕭森.
옥 로 조 상 풍 수 림　　무 산 무 협 기 소 삼

江間波浪兼天湧, 塞上風雲接地陰.
강 간 파 랑 겸 천 용　　새 상 풍 운 접 지 음

叢菊兩開他日淚, 孤舟一繫故園心.
총 국 량 개 타 일 루　　고 주 일 계 고 원 심

寒衣處處催刀尺, 白帝城高急暮砧.
한 의 처 처 최 도 척　　백 제 성 고 급 모 침

가을 흥취 (제1수)

옥 같은 이슬 내려 단풍나무숲 시드니

무산 무협엔 가을 기운이 쓸쓸하다.

강물의 파도는 하늘로 용솟음치고

변새의 바람 구름은 땅에 닿아 음산하다.

국화 무더기 두 차례 피어나니 지난날이 눈물겹고

외로운 배 한 척 매어 둔 것은 고향 생각 때문이라.

겨울옷 만드느라 곳곳마다 가위 자 바삐 놀리니

백제성 저 높이 저녁 다듬잇소리 급하다.

■ 주 석

玉露(옥로) : 가을이슬이 깨끗하기가 옥과 같다는 뜻이다.

巫山巫峽(무산무협) : '무산巫山'은 사천성 장강 강변에 있는 험한 산. '무
　　협巫峽'은 삼협 중의 하나로 무산의 옆에 있다.

蕭森(소삼) : 고요하고 쓸쓸하다.

兩開(양개) : 성도를 떠난 후 두 번째 꽃이 피었다는 뜻. 첫 번째는 영태永
　　泰 원년(765) 가을 운안雲安에서 국화가 핀 것을 보았고, 두 번째는 대
　　력大曆 원년(766) 가을 기주夔州에서 본 것이다.

他日(타일) : 지난날.

孤舟(고주) 구 : 배 한 척을 매어두고 있는 것은 언젠가는 반드시 고향에
　　돌아가야겠다는 마음 때문이라는 뜻이다.

催刀尺(최도척) : 가위와 자로 바느질을 서둘러 한다는 뜻.

白帝城(백제성) : 성 이름. 기주성夔州城 동쪽에 있다.

急暮砧(급모침) : 저녁에 다듬이질 소리가 급하다.

■ 해 제

이 시는 8수로 된 연작시로 시인이 기주에 있을 때 지은 작품으로 두보 칠언율시의 대표작으로 공인받은 걸작이다. 8수의 시가 합쳐서 하나의 정체整體를 이루며, 동시에 각각의 시가 다른 각도에서 동일한 주제를 그려내고 있다. 따라서 시인이 만년에 고심하여 지은 것임을 알 수 있다. 이 시는 그 중 첫째 수로 전체 시의 서시序詩이다. 타향에서의 가을날 경물을 묘사하여 시인의 서글픈 심사를 농도 짙게 그려내고, 이를 이용하여 8수 전체의 분위기를 주도하였다.

石壕吏
석 호 리

暮投石壕村, 有吏夜捉人.
모 투 석 호 촌   유 리 야 착 인

老翁踰牆走, 老婦出門看.
노 옹 유 장 주   노 부 출 문 간

吏呼一何怒, 婦啼一何苦.
이 호 일 하 노   부 제 일 하 고

聽婦前致詞, 三男鄴城戍.
청 부 전 치 사   삼 남 업 성 수

一男附書至, 二男新戰死.
일 남 부 서 지   이 남 신 전 사

存者且偸生, 死者長已矣.
존 자 차 투 생   사 자 장 이 의

室中更無人, 惟有乳下孫.
실 중 갱 무 인   유 유 유 하 손

孫有母未去, 出入無完裙.
손 유 모 미 거   출 입 무 완 군

老嫗力雖衰, 請從吏夜歸.
노 구 력 수 쇠   청 종 리 야 귀

急應河陽役, 猶得備晨炊.
급 응 하 양 역   유 득 비 신 취

夜久語聲絕, 如聞泣幽咽.
야 구 어 성 절   여 문 읍 유 열

天明登前途, 獨與老翁別.
천 명 등 전 도   독 여 로 옹 별

석호의 관리

날 저물어 석호촌에 투숙하였는데

한밤중 관리가 사람을 잡아가네.

할아범 담 넘어 도망가고

늙은 할멈 문 열고 나와 보네.

관리의 고함소리 어찌 그리도 노여울까?

할멈의 울부짖음 어찌 그리도 괴로울까?

할멈이 나서서 하는 말 들어보니

"세 아들이 모두 업성에 수자리 나갔소.

한 아들이 부쳐온 편지에

두 아들이 막 죽었다 하였소.

살아 있는 애야 그런대로 잠시 살 수 있겠지만

죽은 애는 영영 그만이오.

집안에 더는 남자가 없고

젖먹이 손자만 있을 뿐,

며느리 아직 떠나지 않고 있는 것은

출입할 때 입을 변변한 치마가 없어서라오.

늙은 할멈이라 기력이 쇠하였지만

나리 따라 이 밤에 떠날까 하니,

급히 하양 땅의 부역에 응하면

그럭저럭 아침밥은 지을 수 있을 게요."

밤 깊어지자 말소리 끊어지고

숨 죽여 흐느껴 우는 소리 들린 듯하더니,

날이 밝아 앞길에 오를 때

할아범 한 사람과만 작별하게 되었다.

■ 주 석

夜捉人(야착인) : 밤에 사람을 붙잡다.

致詞(치사) : 말을 하다.

鄴城(업성) : 상주相州. 지금의 하남성河南省 안양현安陽縣. 당시 안경서安
　　慶緒의 반란군이 이곳을 근거지로 하고 있었다.

偸生(투생) : 구차하게 목숨을 부지한다는 뜻.

長已矣(장이의) : 영원히 그만이다.

完裙(완군) : 온전한 치마.

老嫗(노구) : 노파. 늙은 할멈.

河陽(하양) : 지명. 지금의 하남성 맹현孟縣.

猶得(유득) : 아직은 ~할 수 있다.

晨炊(신취) : 아침 취사.

如聞(여문) : ~이 들리는 듯하다.

泣幽咽(읍유열) : 흐느껴 울다. '열咽'은 목이 메는 것.

登前途(등전도) : 앞길에 오르다.

獨(독) : 홀로. 할머니가 징용에 나간 것을 암시한다.

■ 해 제

이 시는 오언고시로 당시의 사회상을 반영한 작품이며, 유명한 삼별삼리三別三吏 중의 하나이다. '석호石壕'는 고을 이름으로 하남성河南省 섬현陝縣에 있었다. 시인 이 이곳에서 한밤중에 관리가 병력을 보충하기 위해 민간인을 마구 잡아가는 참 극을 보고 지은 것으로, 시의 대부분을 할머니의 말을 그대로 옮겨 적은 형식으로 엮은 것이 특이하다.

잠참岑參(715~770)

형주荊州 강릉江陵(지금의 호북성湖北省 강릉현江陵縣) 사람인데 조적祖籍은 남양南陽(지금의 하남성河南省 남양현南陽縣)이다. 천보 3년(744)에 진사에 급제하였고, 천보 8년에 안서절도사安西節度使 고선지高仙芝 밑에서 장서기 掌書記로 있다가 10년 만에 장안으로 돌아왔다. 그뒤 우보궐右補闕, 괵주장 사虢州長史, 관서절도판관關西節度判官, 가주자사嘉州刺史 등을 역임하였다. 변새시로 유명한데 주로 변새의 황량한 풍경, 전장의 참혹한 모습 등을 소 재로 하였고 그 속에 고난을 겁내지 않는 장사들의 영웅적인 기개를 그려 내었다. 그의 시는 상상이 풍부하고 기세가 방박磅礴하며 열정이 넘쳐나는 것이 특징이다. 칠언가행과 칠언절구가 특히 훌륭하다. 작품집으로는《잠 가주집岑嘉州集》이 있다.

逢入京使
봉 입 경 사

故園東望路漫漫, 雙袖龍鍾淚不乾.
고 원 동 망 로 만 만　　쌍 수 룡 종 루 불 간

馬上相逢無紙筆, 憑君傳語報平安.
마 상 상 봉 무 지 필   빙 군 전 어 보 평 안

서울로 가는 사신을 만나

동쪽으로 고향을 바라보니 길이 아득하여

양 소매 다 젖도록 눈물이 마르지 않는구나.

말 위에서 만났기에 지필이 없어

그대에게 부탁하노니 잘 있다고 안부 전해주오.

■ 주 석

故園(고원) : 고향. 잠참의 고향은 하남河南 남양南陽인데 당시 그는 서방
　　변새에 있었으므로 '동東으로 바라본다'라 한 것이다.

漫漫(만만) : 길이 멀고 먼 모양.

雙袖龍鍾淚不乾(쌍수룡종루불간) : 양 옷소매로 눈물을 닦아 옷소매가 이
　　미 젖어도 눈물은 그치지 않는다는 뜻. '용종龍鍾'은 '농동瀧凍'과 같고
　　눈물이 흘러서 젖는 모양.

憑(빙) : 부탁하다.

■ 해 제

이 시는 객지에서 서울로 가는 사신을 만난 시인이 가족들에게 안부 전해주기를
부탁하는 내용이다. 도중에서 우연히 만났기에 시간적 여유가 없고 지필紙筆 또한
있을 리 없다. 다만 말로 안부를 당부하는 시인의 행위에서 시인의 간절한 심정이
느껴진다.

武威送劉判官赴磧西行軍
무 위 송 류 판 관 부 적 서 행 군

火山五月行人小, 看君馬去疾如鳥.
화 산 오 월 행 인 소 간 군 마 거 질 여 조

都護行營太白西, 角聲一動胡天曉.
도 호 행 영 태 백 서 각 성 일 동 호 천 효

무위에서 적서로 가는 유판관을 전송하며

화산 땅 오월엔 다니는 사람이 적은데

그대 말 타고 가는 모습 새처럼 빠르네.

도호의 행영은 태백성의 서쪽

호각소리 한 번 울리자 변방 하늘 밝아오네.

■ 주 석

火山(화산) : 지금의 신강新疆 화염산火焰山으로 투루판[吐魯番]에 있다.

都護(도호) : 관직명. 여기서는 고선지高仙芝를 가리킨다.

太白(태백) : 서방西方의 태백성太白星. 여기서는 서방을 상징한다.

■ 해 제

이 시는 천보天寶 10년(751) 무위武威(지금의 감숙성甘肅省 무위武威)에서 지은 작품
이다. 당시 시인은 고선지高仙芝의 막중幕中에 있었다. 그해 4월 서북西北 변경의
여러 소수민족少數民族들이 대식족大食族을 이끌고서 침입하자, 5월 고선지가 출
정出征하였다. '유판관劉判官'은 당시 고선지를 따라 출정한 사람이다. '적서磧西'는
안서도호부安西都護府를 가리킨다.

白雪歌送武判官歸京
백설가송무판관귀경

北風卷地白草折, 胡天八月卽飛雪.
북풍권지백초절　호천팔월즉비설

忽如一夜春風來, 千樹萬樹梨花開.
홀여일야춘풍래　천수만수리화개

散入珠簾濕羅幕, 狐裘不暖錦衾薄.
산입주렴습라막　호구불난금금박

將軍角弓不得控, 都護鐵衣冷難著.
장군각궁부득공　도호철의랭난착

瀚海闌干百丈冰, 愁雲慘憺萬里凝.
한해란간백장빙　수운참담만리응

中軍置酒飮歸客, 胡琴琵琶與羌笛.
중군치주음귀객　호금비파여강적

紛紛暮雪下轅門, 風掣紅旗凍不翻.
분분모설하원문　풍철홍기동불번

輪臺東門送君去, 去時雪滿天山路.
윤대동문송군거　거시설만천산로

山回路轉不見君, 雪上空留馬行處.
산회로전불견군　설상공류마행처

백설가로 무판관이 경사로 돌아가는 것을 전송하다

북풍이 대지를 말듯 불어 흰 풀이 꺾이고

오랑캐 하늘은 팔월인데도 눈이 날린다.

밤새 홀연 봄바람 불어왔나?

천 그루 만 그루에 배꽃이 피었다.

눈이 주렴 안으로 흩어와 비단 장막을 적시니

갖옷도 따뜻하지 않고 비단이불조차 얇게 느껴진다.

장군은 각궁을 당길 수 없고

도호는 쇠갑옷 차가워 입기 어렵다.

사막엔 백장의 두꺼운 얼음이 널려 있고

수심어린 구름은 참담히 만리 하늘에 엉겨 있다.

중군에서 술 차려 돌아가는 객에게 대접할 때

호금 비파 그리고 강적으로 연주한다.

저녁눈 어지러이 원문에 내리고

바람 몰아쳐도 붉은 깃발은 얼어서 펄럭이지 않는다.

윤대의 동문에서 그대를 떠나보내는데

돌아가는 이때에 눈은 천산 길에 가득.

산과 길 구비져 그대는 보이지 않고

눈 위엔 그저 말 발자국만 남아 있다.

■ 주 석

白草(백초) : 서역에서 나는 풀이름. 가을에 하얗게 변한다.

忽如(홀여) : '홀연忽然'으로 된 판본도 있다.

狐裘(호구) : 여우가죽으로 만든 갖옷.

角弓(각궁) : 각질角質로 꾸민 활.

控(공) : 활을 잡아당기다.

都護(도호) : 변방을 진수鎭守하는 장관長官. 당대에는 안동安東, 안서安西,
    안남安南, 안북安北, 선우單于, 북정北庭 등에 육대도호부六大都護府를
    설치하고 각기 대도호大都護 한 사람씩을 두었다.

著(착) : 입다.

瀚海(한해) : 큰 사막.

闌干(난간) : 종횡으로 널려 있다.

百丈(백장) : 얼음의 두께를 과장하여 말한 것이다.

中軍(중군) : 주장主將이 친히 이끄는 군대. 여기서는 주장의 군막을 가리킨다.

羌笛(강적) : 강족羌族이 부는 피리. '강羌'은 중국 서쪽의 이민족 이름.

轅門(원문) : 군문. 옛날 군중에서는 수레의 끌채인 원목轅木을 서로 교차하여 문을 만들었다.

掣(철) : 끌어당기다. 여기서는 바람이 불어 깃발을 움직이게 하는 것을 뜻한다.

輪臺(윤대) : 지명. 지금의 신강성新疆省 오로목제烏魯木齊 부근. 천보 13년(754)에 잠참은 안서북정절도판관安西北庭節度判官으로 임명되어 윤대에 갔다.

天山(천산) : 일명 설산雪山으로 신강성에 있다. 서역의 길은 이 산맥을 놓고 남로南路 북로北路 두 길로 나뉜다.

■ 해 제

이 시는 가행체의 송별시로 변새 밖의 고한苦寒과 송별의 정경情景을 묘사한 작품이다. 잠참의 변새시 중 대표작으로 꼽히는 이 시는 천보 13년(754)에서 지덕 원년(756)까지 윤대에 있을 때 지은 작품으로 추정된다. 서울로 돌아가는 무판관武判官은 누구인지 알 수 없다. '판관'은 서기書記 일을 담당하는 벼슬 이름이다.

3-2-3 중당시中唐詩

원결元結(719~772)

자가 차산次山, 호는 만수漫叟, 오수聱叟이며, 하남河南 노산魯山 사람이다. 천보天寶 12년에 진사에 급제하였으며, 안녹산의 난이 일어나자 가솔을 데리고 의우동猗玗洞으로 피난하고, 호를 의우자猗玗子라고 하였다. 건원乾元 2년(759), 산남동도절도사山南東道節度使 사홰史翽의 막료가 되어 의병을 모집하여 사사명史思明의 반군叛軍을 격퇴하고 15성을 보전하였다. 대종代宗 때 도주자사道州刺史 등을 역임하며 치적을 많이 쌓았다. 당시 현실 상황과 백성의 고통을 주로 읊었다.

石魚湖上醉歌 並序
석 어 호 상 취 가 병 서

漫叟以公田釀酒, 因休暇載酒於湖上, 時取一醉. 歡醉
만 수 이 공 전 양 주　인 휴 가 재 주 어 호 상　시 취 일 취　환 취

中, 據湖岸, 引臂向魚取酒, 使舫載之, 遍飮坐者. 意疑
중　거 호 안　인 비 향 어 취 주　사 방 재 지　편 음 좌 자　의 의

倚巴丘酌於君山之上, 諸子環洞庭而坐, 酒舫泛泛然觸
의 파 구 작 어 군 산 지 상　제 자 환 동 정 이 좌　주 방 범 범 연 촉

波濤而往來者, 乃作歌以長之.
파 도 이 왕 래 자　내 작 가 이 장 지

石魚湖, 似洞庭, 夏水欲滿君山靑.
석 어 호　사 동 정　하 수 욕 만 군 산 청

山爲樽, 水爲沼, 酒徒歷歷坐洲島.
산 위 준　수 위 소　주 도 력 력 좌 주 도

長風連日作大浪, 不能廢人運酒舫.
장 풍 련 일 작 대 랑　　불 능 페 인 운 주 방

我持長瓢坐巴丘, 酌飮四坐以散愁.
아 지 장 표 좌 파 구　　작 음 사 좌 이 산 수

석어호에서 취하여 노래하다-병서

나는 공전에서 거둔 곡식으로 술을 빚고, 한가한 때에 술을 싣고 호수
로 가 때때로 취하였다. 취하여 즐거운 가운데 호안에 기대 팔을 뻗어
석어를 향해 술을 잡고 배에 실어서 좌중의 사람들이 두루 마시게 하였
다. 파구산에 기대 군산에서 술을 따르고, 여러 사람들은 동정호에 둘러
앉았고, 술 실은 배가 둥둥 떠서 파도에 부딪쳐 왔다갔다하는 것 같아서
노래를 지어 흥을 돋구노라.

석어호, 동정호 같구나.
여름 물이 차오르고, 군산은 푸르네.
산은 술잔이요, 호수는 술못이라.
술꾼들 줄을 지어 섬에 앉았네.
센 바람 연일 불어 큰 물결 일어도
사람들 술배 운항 막을 수 없지.
나는 긴 표주박 가지고 파구산에 앉아서
술 떠서 사방에 먹이며 시름을 흘노라.

■ 주 석

石魚湖(석어호) : 호북성湖北省 도현道縣에 있는 호수.

漫叟(만수) : 원결의 호.

公田(공전) : 관청에 속한 경지. 여기서는 공전에서 거둔 곡식을 가리킨다.

疑(의) : ～인 듯하다.

巴丘(파구) : 파구산. 동정호 옆에 있다.

君山(군산) : 동정호 가운데 있는 섬.

長(장) : 흥을 돋구다.

洞庭(동정) : 동정호.

沼(소) : 술못. 술로 채운 못. 그 위에 배를 띄우고 술잔으로 퍼서 마신다. 은殷나라 주왕紂王 이래로 주지육림酒池肉林을 설치한 예가 있다.

■ 해 제

원결은 대종代宗 때에 도주자사를 지낼 때 석어호를 읊은 시를 여러 수 지었다. 호수 가운데 물고기 모양의 바위가 있어 석어호란 이름이 붙었다. 석어호와 물고기 바위를 동정호와 군산에 비기고, 거센 풍랑에도 행락을 멈출 수 없다는 활달한 기개를 그려내었다.

春陵行 並序
용릉행 병서

癸卯歲, 漫叟授道州刺史. 道州舊四萬餘戶, 經賊已來,
계묘세 만수수도주자사 도주구사만여호 경적이래

不滿四千, 大半不勝賦稅. 到官未五十日, 承諸使征求
불만사천 대반불승부세 도관미오십일 승제사정구

符牒二百餘封, 皆曰, 失其限者, 罪至貶削. 於戲, 若悉
부첩이백여봉 개왈 실기한자 죄지폄삭 오희 약실

應其命, 則州縣破亂, 刺史欲焉逃罪. 若不應命, 又即獲
응기명 즉주현파란 자사욕언도죄 약불응명 우즉획

罪戾, 必不免也. 吾將守官, 靜以安人, 待罪而已. 此州
죄려 필불면야 오장수관 정이안인 대죄이이 차주

是春陵故地, 故作春陵行以達下情.
시용릉고지 고작용릉행이달하정

軍國多所需, 切責在有司.
군 국 다 소 수　절 책 재 유 사

有司臨郡縣, 刑法競欲施.
유 사 림 군 현　형 법 경 욕 시

供給豈不憂, 征斂又可悲.
공 급 기 불 우　정 렴 우 가 비

州小經亂亡, 遺人實困疲.
주 소 경 란 망　유 인 실 곤 피

大鄕無十家, 大族命單羸.
대 향 무 십 가　대 족 명 단 리

朝餐是草根, 暮食仍木皮.
조 찬 시 초 근　모 식 잉 목 피

出言氣欲絶, 意速行步遲.
출 언 기 욕 절　의 속 행 보 지

追呼尙不忍, 況乃鞭撲之.
추 호 상 불 인　황 내 편 박 지

郵亭傳急符, 來往跡相追.
우 정 전 급 부　내 왕 적 상 추

更無寬大恩, 但有迫促期.
갱 무 관 대 은　단 유 박 촉 기

欲令鬻兒女, 言發恐亂隨.
욕 령 육 아 녀　언 발 공 란 수

悉使索其家, 而又無生資.
실 사 색 기 가　이 우 무 생 자

聽彼道路言, 怨傷誰復知.
청 피 도 로 언　원 상 수 부 지

去冬山賊來, 殺奪幾無遺.
거 동 산 적 래　살 탈 기 무 유

所願見王官, 撫養以惠慈.
소 원 견 왕 관　무 양 이 혜 자

奈何重驅逐, 不使存活爲.
내 하 중 구 축　　불 사 존 활 위

安人天子命, 符節我所持.
안 인 천 자 명　　부 절 아 소 지

州縣忽亂亡, 得罪復是誰.
주 현 홀 란 망　　득 죄 부 시 수

逋緩違詔令, 蒙責固其宜.
포 완 위 조 령　　몽 책 고 기 의

前賢重守分, 惡以禍福移.
전 현 중 수 분　　오 이 화 복 이

亦云貴守官, 不愛能適時.
역 운 귀 수 관　　불 애 능 적 시

顧惟孱弱者, 正直當不虧.
고 유 잔 약 자　　정 직 당 불 휴

何人采國風, 吾欲獻此辭.
하 인 채 국 풍　　오 욕 헌 차 사

용릉행-병서

계묘년에 나는 도주자사에 임명되었다. 도주는 옛날에는 4만여 호였으나 난리를 겪은 이래로 4천 호가 되지 않으며 대부분 세금을 내지 못한다. 부임한 지 50일이 되지 않아서 여러 기관으로부터 징수 공문을 2백여 통이나 받았으며, 모두 기한을 어기면 강등될 것이라고 하였다. 아아! 그 명을 받들자면 주와 현이 파탄날 터이니 자사가 어찌 죄에서 벗어나리오. 명을 받들지 않으면 바로 죄를 짓는 것이니 반드시 벗어나지 못하리라. 나는 직분을 지키며 고요히 백성을 안정시켜 죄를 기다릴 뿐이로다. 이 고을은 용릉의 옛 땅이므로 〈용릉행〉을 지어 백성들의 실정을 전달한다.

군국에 물자가 많이 드니 엄중한 책임 관리에게 있네.

관리는 군과 현으로 가서 다투어 형법을 실시하려 든다네.

먹고 살기도 어찌 걱정스럽지 않으랴만, 세금 징수 또 슬프다네.

고을이 작아 난리 겪고 망한데다 남은 사람 참으로 곤궁하구나.

큰 마을에 열 집도 남지 않았고, 대족도 목숨이 고단하구나.

아침밥은 풀뿌리요, 저녁밥은 나무껍질.

말을 하려면 기절할 듯하고, 마음은 바쁘나 걸음은 느리구나.

집집마다 세금 내라고 외치기도 차마 못하는데 하물며 매질이야.

급한 소식 전하느라 우정을 오가는 행적이 서로 잇는다.

관대한 은혜 없으면서 기한만 재촉하는구나.

아들 딸 팔게 하려니 말 나오자 난이 일어날까 두렵다.

집을 다 뒤지게 하였지만 먹고 살 것도 없으니.

길에서 하는 말 들으니 원망하고 슬퍼해도 누가 다시 알아 주리.

지난 겨울 산적이 와서 죽이고 빼앗아 거의 남지 않았네.

바라기는 나라의 관리가 어루만지며 은혜 베푸는 일.

어이하여 다시 핍박하여 살아가지 못하게 만드는고.

백성들 안정시키라는 천자의 명령, 부절은 내가 가지고 있네.

주와 현 문득 어지러워 망했으니 죄 지은 이는 또 누구인가.

세금 징수 늦추어 조령을 어기면 당연히 문책 당하리.

전현들은 분수 지키기를 중시하였지 어이 화와 복을 바꾸었는가.

직책 수행도 중요하다지만 제 때 지키기는 좋아하지 않는다네.

잔약한 사람들 보살펴 바르고 곧음 이지러지지 않으리.

누가 국풍을 채집하는가, 나는 이 노래를 바치려네.

軍國(군국) : 군대를 통솔하고 나라를 다스리는 일.

經亂(경란) : 난리를 겪다.

遺人(유인) : 난리 후에 살아남은 사람.

單羸(단리) : 외롭고 연약하다.

追呼(추호) : 아전들이 백성들의 집에 가서 큰 소리로 세금과 요역을 독촉
　　　하는 일.

郵亭(우정) : 역관驛館. 문서를 전달하는 자가 묵는 곳.

鬻(육) : 팔다.

生資(생자) : 살아갈 자원.

去冬(거동) : 지난 겨울.

王官(왕관) : 왕조의 관원.

驅逐(구축) : 핍박하다.

安人(안인) : 백성을 안정시키다.

逋緩(포완) : 늦추다. 미루다.

守官(수관) : 직무를 수행하다.

適時(적시) : 제때. 시의時宜에 적합하다.

孱弱者(잔약자) : 유약한 사람.

國風(국풍) : 《시경詩經》의 십오국풍十五國風 같은 각 지역의 민요. 민요를
　　　채집하여 각 지역의 인심과 형편을 고찰하였다.

■ 해 제

대종 광덕廣德 원년(763)에 원결은 도주자사에 임명되어 이듬해 5월에 부임하였다. 광덕 원년 겨울 지금의 광서장족자치구廣西壯族自治區에 거주하던 서원만西原蠻이라는 부족이 도주를 한 달가량 점령하였다. 시인이 부임하였을 때는 원래 4만여 호이던 인구가 10분의 1도 남지 않은데다 상부의 징세가 엄중하여 백성의 고통이 극심하였다. 직무를 수행하여 백성을 핍박하기보다는 명령을 어기더라도 성현의

도를 지키겠다는 시인의 각오는 목민관의 갈 길을 제시한다.

장계張繼(715?~779?)

자가 의손懿孫이며, 양주襄州(지금의 호북성湖北省 양양현襄陽縣) 사람이다. 천보天寶 12년(753)에 진사에 급제하였으나 벼슬길에 오르지 못하고 귀향하였다. 보응寶應 원년(762) 10월에 장안과 낙양을 수복하면서 원외랑員外郎이 되어 종군하였으며, 후에 검교원외랑檢校員外郎, 검교낭중檢校郎中이 되었으며, 염철판관鹽鐵判官에까지 올랐다. 청렴정직하여 장례를 제대로 치를 수 없을 정도였다.《장사부시집張祠部詩集》이 있지만 후세에 전하는 작품이 매우 적다. 그의 시〈풍교야박楓橋夜泊〉은 천고의 명작이며, 한산사寒山寺는 이 시 덕분에 명소가 되었다.

楓橋夜泊
풍 교 야 박

月落烏啼霜滿天, 江楓漁火對愁眠.
월 락 오 제 상 만 천   강 풍 어 화 대 수 면

姑蘇城外寒山寺, 夜半鍾聲到客船.
고 소 성 외 한 산 사   야 반 종 성 도 객 선

풍교에서 밤에 정박하다

달 지고 까마귀 울며 서리는 하늘에 가득할 제,

강교 풍교에 고깃배 불 마주보며 시름 속에 잠이 든다.

고소성 밖 한산사,

한밤 종소리가 나그네 배에 들리네.

楓橋(풍교) : 지금의 소주蘇州 창문閶門 밖에 있는 다리 이름.

江楓(강풍) : 한산사寒山寺 부근에 있는 강촌교江村橋와 풍교를 말한다. 풍
    교는 봉교封橋라고도 한다. 이곳은 수로 교통의 요지로서 나루가 있었
    다. 당대 이전에는 왜구가 자주 침범하여 밤에는 다리를 봉쇄하였으므
    로 '봉교'라고 불렀다고 한다.

姑蘇(고소) : 소주의 다른 이름. 서남쪽에 고소산姑蘇山이 있다.

寒山寺(한산사) : 풍교 부근에 있는 절. 남조南朝 양梁나라 때 지었다. 당
    나라 때의 승려 한산寒山과 습득拾得이 이 절에 살았으므로 한산사라
    는 이름이 붙었다고 한다.

■ 해 제

장계와 한산사를 천고에 유명하도록 만든 시이다.

유장경劉長卿(709∼780?)

자가 문방文房이며, 하간河間(지금의 하북성河北省 하간현河間縣) 사람이다. 전운사轉運使 판관判官을 지내다가 반주潘州 남파위南巴尉로 강등되었다. 목주사마睦州司馬를 거쳐 수주자사隨州刺史를 지냈다. 《유수주집劉隨州集》이 있다. 유장경은 두보와 동시대 인물로 원결元結, 고황顧況보다는 10여 세가 많지만 주로 중당 시기에 시를 지었다. 그의 시는 기운이 유창하고 음조가 아름다워 대력십재자大曆十才子의 시풍과 비슷하다. 칠언율시가 빼어나지만 웅혼한 작품은 드물다. 왕유王維와 맹호연孟浩然의 영향을 받아 경물 묘사가 담백하고 한적하다. 그는 자신을 '오언장성五言長城'이라고 자부하였듯이, 전체 작품에서 오언시가 4분의 3을 차지한다.

逢雪宿芙蓉山主人
봉 설 숙 부 용 산 주 인

日暮蒼山遠, 天寒白屋貧.
일 모 창 산 원   천 한 백 옥 빈

柴門聞犬吠, 風雪夜歸人.
시 문 문 견 폐   풍 설 야 귀 인

눈을 만나 부용산 인가에서 묵다

날 저물어 푸른 산이 멀고
하늘 차가운데 흰 집이 가난하다.
사립문에 개 짖는 소리 들리고
눈보라 치는 밤에 사람 돌아온다.

■ 주 석

芙蓉山(부용산) : 부용꽃처럼 생긴 산. 지금의 산동성山東省 임기臨沂, 복
　　건성福建省 민후현閩侯縣, 호남성湖南省 계양현桂陽縣과 영향현寧鄕縣,
　　광동성廣東省 곡강현曲江縣 등지에 부용산이 있다. 이 시의 부용산이
　　어디인지는 알 수 없다.

主人(주인) : 유숙한 집의 주인.

白屋(백옥) : 흰 띠풀로 지붕을 지었거나 칠하지 않은 목재로 지은 집.

■ 해 제

저물 무렵 눈보라를 만나 가난한 인가에 투숙한다. 푸른 산과 하얀 집의 대조가
선명하고, 나그네를 맞아 개가 짖어대는 풍경이 보일 듯하다.

碧澗別墅喜皇甫侍御相訪
벽 간 별 서 희 황 보 시 어 상 방

荒村帶返照, 落葉亂紛紛.
황 촌 대 반 조　낙 엽 란 분 분

古路無行客, 寒山獨見君.
고 로 무 행 객　한 산 독 견 군

野橋經雨斷, 澗水向田分.
야 교 경 우 단　간 수 향 전 분

不爲憐同病, 何人到白雲.
불 위 련 동 병　하 인 도 백 운

벽간 별장에서 황보시어의 방문을 반기다

황량한 마을에 낙조가 지고, 낙엽은 분분히 어지럽다.

옛길에 행인 없으니 차가운 산에 오직 그대만 보이오.

들 다리는 비 뒤에 끊겼고, 시냇물은 밭 사이로 흐릅니다.
동병상련 아니라면 누가 흰구름 이는 곳에 오겠습니까.

■ 주 석

皇甫侍御(황보시어) : 황보증皇甫曾을 말한다. 자는 효상孝常이며, 전중시
　　어사殿中侍御史를 지냈다.
返照(반조) : 석양. 낙조.
憐同病(연동병) : 동병상련同病相憐.

■ 해 제

황보증의 〈과유원외장경별서過劉員外長卿別墅〉 시에 화답하여 이 시를 지었다. 의
기투합하는 사이가 아니라면 누가 먼 산골 벗을 찾아가겠는가.

穆陵關北逢人歸漁陽
목 릉 관 북 봉 인 귀 어 양

逢君穆陵路, 匹馬向桑乾.
봉 군 목 릉 로 　 필 마 향 상 건

楚國蒼山古, 幽州白日寒.
초 국 창 산 고 　 유 주 백 일 한

城池百戰後, 耆舊幾家殘.
성 지 백 전 후 　 기 구 기 가 잔

處處蓬蒿遍, 歸人掩淚看.
처 처 봉 호 편 　 귀 인 엄 루 간

목릉관 북쪽에서 어양으로 가는 사람을 만나다

그대 목릉 길에서 만났더니 필마로 상건하로 가시는구려.

초나라는 푸른 산이 오래고, 유주는 하얀 해가 차갑지요.

성과 해자 수없는 전쟁 뒤라 원로들 몇이나 남았을까요.

곳곳에 쑥대 널렸으니 가는 이는 눈물 훔치며 보실 테지요.

■ 주 석

穆陵關(목릉관) : 지금의 호북성 마성현麻城縣 북쪽에 있다.

漁陽(어양) : 계주薊州. 당나라 때 어양군漁陽郡이라고 개명하였다가 후에
다시 계주라고 불렀다. 지금의 북경 부근.

桑乾(상건) : 지금의 영정하永定河. 탑수漯水, 노구하盧溝河라고도 불렀다.
어양군 일대를 흘러간다. 여기서는 어양을 가리킨다.

幽州(유주) : 지금의 북경 일대.

耆舊(기구) : 원로.

■ 해 제

안녹산의 난 후에 폐허가 된 유주로 가는 사람을 전송한다. 곳곳에 쑥대만 널린
풍경은 백성의 질고를 대변한다.

전기錢起(722~780)

자가 중문仲文이며, 오흥吳興(지금의 절강성浙江省 호주湖州 일대) 사람이다. 천보天寶 10년(751)에 진사가 되어 상서고공낭중尙書考功郎中을 거쳐 대력大曆 연간에 한림학사翰林學士가 되었다. 《전고공집錢考功集》이 있다. 대력십재자의 한 사람이며, 경물 묘사가 뛰어나다.

歸雁
귀 안

潇湘何事等閑回, 水碧沙明兩岸苔.
소 상 하 사 등 한 회　수 벽 사 명 량 안 태

二十五弦彈夜月, 不勝清怨却飛來.
이 십 오 현 탄 야 월　불 승 청 원 각 비 래

기러기

소상을 왠일로 버리고 돌아가나,

푸른 물 밝은 모래 이끼 낀 언덕.

스물다섯 줄 달밤에 튕기니

서늘한 원한 못견디고 돌아갑니다.

■ 주 석

潇湘(소상) : 소수潇水와 상강湘江. 호남성湖南省을 흐른다. 부근에 형산衡山이 있고, 형산의 제일봉이 회안봉回雁峰이다. 기러기가 여기까지 오면 더 남하하지 못하고 북으로 돌아간다고 한다.

等閑(등한) : 등한히 여기다. 가벼이 여기다.

二十五弦(이십오현) : 슬瑟을 가리킨다. 슬은 25현이다.

淸怨(청원) : 맑은 원한. 여기서는 향수를 말한다.

슬곡瑟曲에 〈귀안조歸雁操〉가 있다. 이 시는 슬곡의 가사일 것이다. 기러기와의 문
답을 통해 자신의 향수를 표현하였다. 회안봉에서 돌아가는 기러기에게 아름다운
소상팔경을 왜 버리느냐 묻자 달밤의 슬소리 서러워 못견뎌 돌아간다고 답한다.
상수에 몸을 던진 순舜임금의 두 비妃가 슬을 탄다는 전설이 있다. 시인도 기러기
처럼 고향으로 가고 싶다.

한굉韓翃(754년 전후 재세)

자가 군평君平이며, 남양南陽(지금의 하남성河南省 심양현沁陽縣 부근) 사
람이다. 천보 13년 진사에 급제하였으며, 보응 연간에 치청절도사淄靑節度
使 후희일侯希逸의 막료가 되어 그를 따라 장안으로 갔다. 건중建中 연간에
〈한식寒食〉 시를 지어 덕종德宗의 인정을 받아 중서사인中書舍人으로 발탁
되었다. 시어가 경쾌하고 사경에 독특한 운치가 있으며, 대력십재자의 한
사람이다. 《한군평시집韓君平詩集》이 있다.

寒食
한 식

春城無處不飛花, 寒食東風御柳斜.
춘 성 무 처 불 비 화　한 식 동 풍 어 류 사

日暮漢宮傳蠟燭, 輕煙散入五侯家.
일 모 한 궁 전 랍 촉　경 연 산 입 오 후 가

한식

봄날 성에는 꽃 날리지 않는 곳이 없고,

한식 동풍에 어원 버들이 비꼈다.

날 저물자 한나라 궁궐에서 납촉을 전하니

가벼운 연기 흩어지며 오후의 집으로 들어가네.

■ 주 석

寒食(한식) : 동지 후 105일째 되는 날. 청명淸明 전 1일. 춘추시대春秋時代 개자추介子推는 진晉나라 공자 중이重耳를 따라 국외에서 19년 간 망명 생활을 하였다. 중이가 즉위하고 공신들에게 상을 내릴 때 개자추는 제외되었다. 그는 면산綿山(지금의 산서성山西省 개휴현介休縣)에 들어가 은거하였다. 뒤에 중이가 그를 불렀으나 나오지 않자 산에 불을 질러 나오게 하려고 하였다. 개자추는 끝내 나오지 않고 타 죽었다. 그후로 그 지역 사람들이 그를 기념하여 매년 동지 후 105일째 되는 날에는 불을 피우지 않고 찬 음식을 먹었다.

御柳(어류) : 어원御苑의 버들. 당나라 때 한식에는 버들을 꺾어 문에 끼우는 풍속이 있었다.

漢宮(한궁) : 당나라 궁전을 가리킨다.

傳蠟燭(전납촉) : 당나라 때 청명일에 궁중에서 신하들에게 불을 나누어 주는 풍속이 있었다.

五侯(오후) : 환관宦官을 가리킨다. 후한後漢 환제桓帝는 환관 선초單超를 신풍후新豐侯, 서황徐璜을 무원후武原侯, 구완具瑗을 동무후東武侯, 좌관左琯을 상채후上蔡侯, 당형唐衡을 여양후汝陽侯에 봉하였다. 이들을 '오후'라고 불렀다.

■ 해 제

당나라 때 한식에 궁중에서 신하들에게 불을 나누어 주던 풍속이 있었다. 숙종肅宗 대종代宗 이래로 환관이 득세하여 한식에 불을 먼저 받을 정도로 권세가 강하였다. 한굉은 이런 상황을 우려하여 한나라의 일을 빌어 당시의 현실을 풍자하였다.

고황顧況(725~814)

자가 속옹速翁이며, 만년에는 호를 비옹悲翁이라 하였고, 소주蘇州 사람이다. 지덕至德 2년(757)에 진사가 되었으며 저작랑著作郎이 되어 〈해구영海鷗詠〉을 지어 권세가를 풍자하다가 요주사호饒州司戶로 폄적되었다. 후에 모산茅山에 은거하면서 화양진일華陽眞逸이라고 불렀다. 그는 시의 내용을 중시하고 화려한 문사는 추구하지 않았다. 그는 현실에 대하여 적극적인 자세로 백성을 동정하고 불합리한 제도에 분개하였다.

行路難
행로난

君不見擔雪塞井空用力, 炊砂作飯豈堪食.
군 불 견 담 설 색 정 공 용 력 취 사 작 반 기 감 식

一生肝膽向人盡, 相識不如不相識.
일 생 간 담 향 인 진 상 식 불 여 불 상 식

冬靑樹上掛淩霄, 歲晏花凋樹不凋.
동 청 수 상 괘 릉 소 세 안 화 조 수 부 조

凡物各自有根本, 種禾終不生豆苗.
범 물 각 자 유 근 본 종 화 종 불 생 두 묘

行路難, 行路難, 何處是平道?
행 로 난 행 로 난 하 처 시 평 도

中心無事當富貴, 今日看君顏色好.
중 심 무 사 당 부 귀 금 일 간 군 안 색 호

갈 길이 험난하도다

그대는 보지 않았나, 눈을 져서 우물 메우면 헛고생임을,

모래로 밥을 한들 어이 먹을 수 있나.

평생 간담을 다 내어주었건만

아는 사이 모르는 사이만 못하네.

동청수에 능소화 걸렸으니

해가 저물면 꽃은 시들어도 나무는 시들지 않아.

사물에는 각자 근본이 있는 법,

벼를 심으면 끝내 콩싹은 나지 않지.

어려워라, 어려워라, 어디가 평지인가.

마음에 일 없음이 바로 부귀요,

오늘 그대 보니 안색이 좋소이다.

■ 주 석

冬靑樹(동청수) : 상록수. 절개를 지키는 사람을 비유한다.

淩霄(능소) : 능소화. 권세에 아부하는 사람을 비유한다.

當(당) : ~에 해당한다.

■ 해 제

〈행로난〉은 악부 잡곡가雜曲歌의 이름이다. 염량세태에 절개 있고 신의 있는 사람에 대한 그리움을 표현하였다. 그런 사람은 얼굴색이 좋다. 생각이 맑으면 얼굴도 맑다. 잘 먹어서 혈색 좋은 것과는 다르다.

대숙륜戴叔倫(732~789)

자가 유공幼公이며, 윤주潤州 금단金壇(지금의 강소성 금단현金壇縣) 사람이다. 대력 원년(766)에 호부상서戶部尚書 유안劉晏의 막료가 되었으며, 대력 3년 유안의 추천으로 호남전운유후湖南轉運留后가 되고, 이후 무주자사撫州刺史 및 광서廣西 용주자사容州刺史를 역임하였다. 어사중승御史中丞을 거쳐 용관경략사容管經略使에 올랐다. 지방관으로서 혁혁한 치적을 남겼다. 주로 농촌생활을 제재로 삼았으며, 사회모순을 고발하는 〈둔전사屯田詞〉〈여경전행女耕田行〉 그리고 변새시邊塞詩 〈변성행邊城行〉〈종군행從軍行〉 등의 작품도 남겼다.

女耕田行
여경전행

乳燕入巢筍成竹,　誰家二女種新穀.
유연입소순성죽　수가이녀종신곡

無人無牛不及犁,　持刀斫地翻作泥.
무인무우불급리　지도작지번작니

自言家貧母年老,　長兄從軍未娶嫂.
자언가빈모년로　장형종군미취수

去年災疫牛囤空,　截絹買刀都市中.
거년재역우돈공　절견매도도시중

頭巾掩面畏人識,　以刀代牛誰與同.
두건엄면외인식　이도대우수여동

姊妹相攜心正苦,　不見路人唯見土.
자매상휴심정고　불견로인유견토

疏通畦壟防亂苗,　整頓溝塍待時雨.
소통휴롱방란묘　정돈구승대시우

日正南岡下餉歸, 可憐朝雉擾驚飛.
일 정 남 강 하 향 귀　　가 련 조 치 요 경 비

東鄰西舍花發盡, 共惜餘芳淚滿衣.
동 린 서 사 화 발 진　　공 석 여 방 루 만 의

여인이 밭 가는 노래

새끼제비 둥지에 들고, 죽순은 대가 되었네.

어느 집 두 딸이 새 곡식을 파종하나.

사람도 없고 소도 없어 쟁기질 못하고,

칼을 쥐고 땅을 파서 뒤엎는구나.

집은 가난하고 어머니는 늙었으며,

오라비는 군대 가서 올케도 얻지 못했어요.

작년 여름 질병에 외양간이 비고,

비단 잘라 시장에서 칼을 샀답니다.

남이 알까 두려워 두건으로 얼굴 가리고,

칼로 소를 대신하지만 누가 함께 거드나요.

자매는 밀고 끌고 마음 바로 아파서

길 가는 사람 보지 않고 땅만 보누나.

두둑 이랑 틔워서 싹 가지런히 하고

도랑 고랑 정돈하여 비 올 때를 기다리네.

해가 정남에 오르니 밥 먹으러 돌아가니

가련해라, 아침 꿩 놀라 날아가네.

동쪽 집·서쪽 이웃 꽃 다 피었으니

남은 향기 함께 아끼며 옷에 눈물 흥건하다.

無人(무인) : 오라비는 군대 가고 없음을 말한다.

不及犁(불급리) : 쟁기질하지 않다.

斫地(작지) : 땅을 파엎다.

牛囤(우돈) : 외양간.

下餉(하향) : 정오에 작업을 마치고 집으로 돌아가 밥 먹는 일.

朝稚(조치) : 과년하도록 출가하지 못한 신세를 비유한다.

■ 해 제

가난한 집의 두 자매가 밭을 간다. 어머니는 늙었고, 오라비는 군대 갔다. 소도 없어 쟁기질을 못하고 칼로 흙을 뒤집는다. 나이는 찼지만 혼인을 못하였다.

위응물韋應物(737~792)

장안長安(지금의 섬서陝西 서안西安) 사람이다. 소주자사蘇州刺史를 지냈으므로 위소주韋蘇州라고 부른다. 시풍詩風은 담담하고 고원하며, 사경에 뛰어나고 은일생활을 즐겨 묘사하였다. 《위소주집韋蘇州集》이 있다.

長安遇馮著
장 안 우 풍 저

客從東方來, 衣上灞陵雨.
객 종 동 방 래   의 상 파 릉 우

問客何爲來, 采山因買斧.
문 객 하 위 래   채 산 인 매 부

冥冥花正開, 颺颺燕新乳.
명 명 화 정 개   양 양 연 신 유

昨別今已春, 鬢絲生幾縷.
작 별 금 이 춘   빈 사 생 기 루

장안에서 풍저를 만나다

그대는 동방에서 왔으니 옷이 파릉의 비에 젖었구려.

그대는 무슨 일로 오셨는가 물으니, 나무 하러 도끼 사기 위해서라네.

조용조용 꽃이 막 피어나고, 퍼득퍼득 제비는 갓 새끼 깠구려.

작년에 헤어졌다가 올해 벌써 봄이니 흰머리 몇 올이나 났는가.

■ **주 석**

馮著(풍저) : 위응물韋應物의 벗.

灞陵(파릉) : 패릉霸陵. 지금의 서안시西安市 동쪽에 있다.

采山(채산) : 산에서 나무를 하다. 산중 은거를 가리킨다. 산에서 광물을
　　채굴하다는 뜻으로 풀이하기도 한다.

冥冥(명명) : 말없이 순행하는 조화의 정태를 말한다.

颺颺(양양) : 새가 날아오르는 모양.

燕新乳(연신유) : 제비가 막 새끼를 까다. 유乳는 갓 부화한 새끼.

■ **해 제**

뜻을 이루지 못하고 산에서 은거하는 벗을 깊이 위로하는 우정이 봄볕 같다.

初發揚子寄元大校書
초 발 양 자 기 원 대 교 서

凄凄去親愛, 泛泛入煙霧.
처 처 거 친 애 　 범 범 입 연 무

歸棹洛陽人, 殘鐘廣陵樹.
귀 도 락 양 인 　 잔 종 광 릉 수

今朝此爲別, 何處還相遇.
금 조 차 위 별 　 하 처 환 상 우

世事波上舟, 沿洄安得住.
세 사 파 상 주 　 연 회 안 득 주

양자 나루를 떠나면서 교서랑 원대에게 부치다

쓸쓸히 친애하는 이 떠나서 둥실둥실 연무 속으로 들어간다.

돌아가는 배의 낙양 사람, 종소리 잦아드는 광릉 나무.

오늘 아침 여기서 헤어지면 어디서 다시 만나랴.

세상사는 물결 위의 배, 오르락내리락 멈출 수 있는가.

■ 주 석

揚子(양자) : 양자진揚子津을 가리킨다. 과주瓜州 부근 장강長江의 북안北岸
　에 있다.

校書(교서) : 교서랑校書郎. 서적 교감校勘을 담당한다.

廣陵(광릉) : 지금의 강소성江蘇省 양주시揚州市.

沿洄(연회) : 물결따라 내려가고, 거슬러 올라가다.

■ 해 제

양자 나루에서 벗과 헤어져 배를 타고 낙양으로 가면서 지었다. 세파에 부대끼는 자신을 작은 배에 비유하여 자신의 삶을 자신이 주재할 수 없는 현실을 말하고 있다.

노륜盧綸(737?~799?)

자가 윤언允言이며, 하중河中 포주蒲州(지금의 산서성山西省 영제현永濟縣)
사람이다. 대력大曆 6년에 재상 원재元載의 추천으로 문향위閣鄉尉가 되었
으며, 후에 왕진王縉의 추천으로 집현학사集賢學士가 되었고, 비서성秘書省
교서랑校書郎을 거쳐 감찰어사監察御史로 승진하였다. 섬부陝府 호조戶曹,
하남河南 밀현密縣의 현령을 역임하였으며, 원재와 왕진이 죄를 짓자 연루
되었다. 덕종德宗 때 검교호부낭중檢校戶部郎中에 올랐다. 대력십재자大曆十
才子의 한 사람이며, 《노호부시집盧戶部詩集》이 있다.

山店
산 점

> ### 登登山路行時盡, 決決溪泉到處聞.
> 등 등 산 로 행 시 진   결 결 계 천 도 처 문
>
> ### 風動葉聲山犬吠, 一家松火隔秋雲.
> 풍 동 엽 성 산 견 폐   일 가 송 화 격 추 운

산중 객점

뚜벅뚜벅 산길을 다 오르니,

콸콸 샘물 시내 곳곳에서 들린다.

바람 불어 잎새소리에 산의 개가 짖고,

한 집 관솔불이 가을구름 너머 밝다.

■ 주 석

登登(등등) : 산을 오르는 발자국소리.

決決(결결) : 계곡의 물소리.

松火(송화) : 관솔불. 등불 대용으로 썼다.

■ **해 제**

깊은 산속 외로운 객점의 풍경이 눈에 들어온다. 잎새소리에도 개가 짖으니 인적
이 얼마나 드물었을까.

晚次鄂州
만 차 악 주

雲開遠見漢陽城, 猶是孤帆一日程.
운 개 원 견 한 양 성　　유 시 고 범 일 일 정

估客晝眠知浪靜, 舟人夜語覺潮生.
고 객 주 면 지 랑 정　　주 인 야 어 각 조 생

三湘衰鬢逢秋色, 萬里歸心對月明.
삼 상 쇠 빈 봉 추 색　　만 리 귀 심 대 월 명

舊業已隨征戰盡, 更堪江上鼓鼙聲.
구 업 이 수 정 전 진　　갱 감 강 상 고 비 성

저녁에 악주에서 묵다

구름 걷혀 한양성이 보이지만

그래도 돛배로 하루 거리.

상인은 낮잠 자니 물결 고요한 줄 알고,

뱃사공 밤 얘기에 조수 불어난 줄 알겠다.

삼상에서 센 머리 가을을 만나니

만리 돌아가고픈 마음 달이 밝다.

옛 가업은 전쟁 나가느라 사라졌고,

다시 강가에서 고비소리 견디노라.

鄂州(악주) : 지금의 호북성湖北省 무한시武漢市 무창武昌 지구.

漢陽城(한양성) : 지금의 호북성 무한시 한양漢陽 지구. 한수漢水 북안北
    岸, 악주의 서쪽.

估客(고객) : 상인.

舟人(주인) : 뱃사공.

三湘(삼상) : 호남湖南의 상담湘潭, 상향湘鄕, 상음湘陰을 가리킨다. 악주에
    서 더 나아가면 바로 삼상 지역이다.

鼓鼙(고비) : 고대의 군악기.

지덕至德(756~758) 연간에 지었다. 시인이 안사安史의 난을 피하여 남쪽으로 가
면서 지은 시이다. 전란에 삶의 터전을 잃어버리고, 떠돌면서 난리를 겪는 처량한
신세이다.

이익李益(746~829)

자가 군우君虞이며, 섬서 고장姑臧(지금의 감숙甘肅 무위武威) 사람이다. 대
력 4년(769)에 진사가 되었고, 정현위鄭縣尉에 임명되었다. 오래도록 승진
하지 못하고, 건중建中 4년(783)에 서판발췌과書判拔萃科에 올랐다. 벼슬길
에서 뜻을 이루지 못하고 연조燕趙 일대를 만유하였다.

塞下曲
새 하 곡

伏波惟願裹屍還, 定遠何須生入關.
복 파 유 원 과 시 환   정 원 하 수 생 입 관

莫遣隻輪歸海窟, 仍留一箭射天山.
막 견 척 륜 귀 해 굴　　잉 류 일 전 사 천 산

새하곡

복파장군은 오로지 말가죽에 싸여 돌아오길 원했건만,

정원후는 어인 일로 살아 옥문관 들어오려 했는가.

수레바퀴 하나라도 해굴로 돌려보내지 않으리라,

화살 한 발 남겨 천산을 쏘아서.

■ 주 석

伏波(복파) : 후한의 복파장군 마원馬援. 마원은 흉노가 침입하면 싸우다
　　가 죽어 말가죽에 싸여 돌아와 묻히겠다고 말하였다.

定遠(정원) : 반초班超. 반초는 정원후定遠侯에 책봉되었다. 반초는 변방에
　　좌천되어 있다가 연로하여 돌아오기를 원하여 황제에게 주천군酒泉郡
　　은 못보더라도 살아서 옥문관玉門關은 들어오고 싶다고 말하였다.

隻輪(척륜) : 하나의 수레바퀴.

海窟(해굴) : 당시 적이 살던 한해瀚海(사막) 지역.

天山(천산) : 당나라 설인귀薛仁貴는 철륵도총관鐵勒道總管을 지낼 때 돌궐
　　突厥 10만 대군이 침입하자 천산에서 화살 세 발로 세 명을 쏘아 죽여
　　물리쳤다. "장군은 화살 세 발로 천산을 평정하여 전사들 노래하며 한
　　나라 관문 들어온다(將軍三箭定天山, 戰士長歌入漢關)"라는 노래가
　　나왔다.

■ 해 제

고대의 명장들을 예로 들어 병사들의 사기를 북돋는다.

자가 동야東野이며, 호주湖州 무강武康(지금의 절강성浙江省 무강현武康縣) 사람이다. 46세에 진사 급제하였으며, 율양위溧陽尉, 협률랑協律郎 등을 지냈다. 일생 가난하게 살았지만 유속에 휩쓸리지 않았다. 한유韓愈, 이고李翱, 이관李觀 등의 인정을 받았지만 추위와 굶주림에 시달려 사람들이 '한산맹부자寒酸孟夫子'라고 불렀다. 자신의 처지와 당시 어지러운 정치 현실을 제재로 삼아 진실하고 격정적이며 비판적인 시를 썼다. 《맹동야집孟東野集》이 있다.

遊子吟
유 자 음

慈母手中線, 遊子身上衣.
자 모 수 중 선 유 자 신 상 의

臨行密密縫, 意恐遲遲歸.
임 행 밀 밀 봉 의 공 지 지 귀

誰言寸草心, 報得三春暉.
수 언 촌 초 심 보 득 삼 춘 휘

나그네 노래

자애로운 어머니 손의 침선,

나그네 몸 위의 옷.

길 떠날 때 꼼꼼이 기우니

늦게 돌아올까 걱정하심이라.

누가 원추리 그리는 마음으로

삼춘 햇볕에 보답한다 말하는가.

寸草心(촌초심) : 촌초는 훤초萱草, 즉 원추리로, 어머니를 상징하는 꽃이
다. 촌초심은 효심이다.
三春暉(삼춘휘) : 어머니의 은혜를 비유한다.

■ 해 제

맹교는 평생 가난하게 살다가 50세가 되어서야 율양溧陽의 현위縣尉가 되었다. 낮
은 벼슬이지만 어머니를 모시고 살 수 있었다. "어머니를 맞이하여 율상에서 지었
다(迎母溧上作)"고 직접 주를 달았다. 어머니의 자애와 자식의 효성을 읊어 인구
에 회자된다.

한유韓愈(768~824)

자가 퇴지退之이며, 하내河內 하양河陽(지금의 하남河南 맹현孟縣) 사람이다. 스스로 군망창려郡望昌黎라고 하여 한창려韓昌黎라고 부른다. 만년에 이부시랑吏部侍郞을 지내 한이부韓吏部라고도 부른다. 고문운동古文運動의 창도자로서 당송팔대가唐宋八大家의 우두머리로 꼽힌다. 25세에 진사進士가 되었으며, 29세에 벼슬길에 올랐으나 누차 좌절挫折을 겪었다. 덕종德宗 때 재상 배도裴度를 따라 회서淮西를 평정하여 형부시랑이 되었다가 〈논불골표論佛骨表〉를 올려 조주자사潮州刺史로 폄적되었다. 목종穆宗 때 국자감좨주國子監祭酒가 되었다. 그의 시는 신기함을 추구하고, 인상이 강렬하다. 기세를 중시하여 문장으로 시를 지었다(以文爲詩)는 평가를 받는다.《한창려선생집韓昌黎先生集》이 있다.

早春呈水部張十八員外 (其一)
조 춘 정 수 부 장 십 팔 원 외   기 일

天街小雨潤如酥, 草色遙看近卻無.
천 가 소 우 윤 여 수   초 색 요 간 근 각 무

最是一年春好處, 絶勝煙柳滿皇都.
최 시 일 년 춘 호 처   절 승 연 류 만 황 도

이른 봄 장적에게 바치다 (제1수)

서울 거리에 가랑비 젖같이 촉촉하고,
풀빛은 멀리서는 보이나 가까이서는 사라지네.
한 해 가운데 가장 좋은 때,
황도에 안개 버들 가득한 때보다 훨씬 낫구나.

早春呈水部張十八員外 (其二)
조 춘 정 수 부 장 십 팔 원 외   기 이

莫道官忙身老大, 卽無年少逐春心.
막 도 관 망 신 로 대   즉 무 년 소 축 춘 심

憑君先到江頭看, 柳色如今深未深.
빙 군 선 도 강 두 간   유 색 여 금 심 미 심

이른 봄 장적에게 바치다 (제2수)

말하지 마시게, 공무 바쁘고 몸 늙어서

봄을 좇는 젊은이 마음 없다고는.

먼저 강가에 가서 보시게,

버들빛이 지금 짙은지 옅은지.

■ 주 석

張十八員外(장십팔원외) : 장적張籍(767?~830?). 그는 동족 형제 가운데
　　배항排行이 제십팔第十八이었으며, 수부원외랑水部員外郞을 지냈다.

天街(천가) : 천자가 있는 서울의 거리.

酥(수) : 유즙乳汁. 여기서는 촉촉한 봄비를 가리킨다.

絕勝(절승) : ~보다 훨씬 낫다.

憑君(빙군) : 청군請君과 같다.

■ 해 제

장경長慶 3년(823) 이른 봄, 시인이 56세로 이부시랑吏部侍郞을 지낼 때 지어 당시
수부원외랑水部員外郞인 시인 장적張籍에게 주었다. 늙어서도 청춘을 잊지 않는 시
인의 의지가 돋보인다.

左遷至藍關示姪兒孫湘
좌 천 지 람 관 시 질 아 손 상

一封朝奏九重天, 夕貶潮州路八千.
일 봉 조 주 구 중 천　　석 폄 조 주 로 팔 천

欲爲聖明除弊事, 肯將衰朽惜殘年.
욕 위 성 명 제 폐 사　　긍 장 쇠 후 석 잔 년

雲橫秦嶺家何在, 雪擁藍關馬不前.
운 횡 진 령 가 하 재　　설 옹 람 관 마 부 전

知汝遠來應有意, 好收吾骨瘴江邊.
지 여 원 래 응 유 의　　호 수 오 골 장 강 변

좌천되어 남관에 이르러 조카 손자 상에게 보이다

아침에 한 편 글을 궁궐에 올려

저녁에 팔천 리 조주로 폄적되었네.

성명한 주상 폐단을 없애게 하지,

늙은 몸 여생을 아끼겠느냐.

구름이 진령에 가로 걸렸으니 집은 어디멘가,

눈이 남관을 막으니 말은 나아가지 않는구나.

네가 멀리 온 것은 분명 뜻이 있겠지,

장독 서린 강가에서 내 뼈를 잘 거두거라.

■ 주 석

藍關(남관) : 섬서성 남전藍田에 있는 관문.

一封(일봉) : 상소문 한 통. 〈논불골표論佛骨表〉를 말한다.

朝奏(조주) : 신하가 임금을 뵙는 일.

潮州(조주) : 지금의 광동성廣東省 조주潮州. 장안에서 거리가 8천 리이다.

弊事(폐사) : 해로운 일. 당시 헌종이 궁중에 부처의 사리를 안치하려고
　　하였다.
秦嶺(진령) : 섬서성 남부를 지나가는 산맥. 여기서는 종남산終南山을 가
　　리킨다.
瘴江(장강) : 광동 지역의 장기瘴氣 가득한 강.

■ 해 제

원화 14년(819) 헌종憲宗이 봉상鳳翔 법문사法門寺의 호국진신탑護國眞身塔에 봉안
한 석가모니불의 사리 하나를 궁중에 안치하려 하자 당시 형부시랑刑部侍郞이었던
한유는 〈논불골표〉를 올려 극력 반대하며 불골을 "물과 불에 던져 근본을 영원히
끊어 천하와 후대의 의혹을 단절하소서"라고 하였다. 헌종은 매우 노하여 극형에
처하려 하였으나 재상 배도裴度와 중신들의 만류로 사형을 면하고 조주자사潮州刺
史로 내쫓았다. 한유가 조주로 가는 도중 남관에 이르렀을 때 조카 손자 한상韓湘
이 뒤쫓아오자 그에게 이 시를 써 주었다. 한상은 후세 도교道敎 팔선八仙의 한 사
람인 한상자韓湘子이다.

聽穎師彈琴
청 영 사 탄 금

昵昵兒女語, 恩怨相爾汝.
일 닐 아 녀 어　은 원 상 이 여

劃然變軒昂, 勇士赴敵場.
획 연 변 헌 앙　용 사 부 적 장

浮雲柳絮無根蒂, 天地闊遠隨飛揚.
부 운 류 서 무 근 체　천 지 활 원 수 비 양

喧啾百鳥群, 忽見孤鳳凰.
훤 추 백 조 군　홀 견 고 봉 황

躋攀分寸不可上, 失勢一落千丈強.
제 반 분 촌 불 가 상　실 세 일 락 천 장 강

嗟余有兩耳, 未省聽絲篁.
차 여 유 량 이　　미 성 청 사 황

自聞穎師彈, 起坐在一旁.
자 문 영 사 탄　　기 좌 재 일 방

推手遽止之, 濕衣淚滂滂.
추 수 거 지 지　　습 의 루 방 방

穎乎爾誠能, 無以冰炭置我腸.
영 호 이 성 능　　무 이 빙 탄 치 아 장

영사의 금 연주를 듣고서

속삭이는 아녀자의 말투 같고,

사랑하고 미워하는 사이런가.

갑자기 높고 강하게 변하여

용사가 적진으로 돌진한다.

뜬구름, 버들솜 뿌리가 없이

천지에 넓고 멀리 날아간다.

온갖 새가 지저귀더니

문득 외로운 봉황이 보이네.

위로는 한 발짝도 기어오르지 못하고,

한 번 떨어지매 천 길이 넘는다.

아, 나는 두 귀가 있지만

음악을 들을 줄 몰라.

영사의 연주 들은 후로는

곁에서 일어섰다 앉았다.

손을 밀어 문득 멈추니

옷 적신 눈물이 흥건하다.

영사여, 그대는 참으로 능수이니
내 뱃속에 얼음과 숯을 넣지 마시게.

■ 주 석

穎師(영사) : 당시 금을 잘 탔던 화상和尚이다. 이하李賀도 〈청영사탄금가
　聽穎師彈琴歌〉를 지었다.

昵昵(일닐) : 친숙하고 부드럽다.

爾汝(이여) : 너. 친밀한 사이에 부르는 호칭.

劃然(획연) : 돌연突然. 갑자기.

軒昂(헌앙) : 음조가 높고 힘차다.

絲篁(사황) : 현악기와 관악기.

起坐(기좌) : 일어섰다 앉았다 안절부절못하는 모양.

推手(추수) : 금의 탄주 기법의 하나.

遽(거) : 서둘러.

■ 해 제

이 시는 원화 11년(816)에 지었다. 언제 어디서 금을 연주한다는 정보도 없이 곧 바
로 금의 소리를 형상적으로 묘사한다. 오언과 칠언을 섞어 시어 운율의 변화로써
변화무쌍한 금의 음악을 전달하려고 하였다.

유종원柳宗元(773~819)

자가 자후子厚이며 하동河東(지금의 산서성山西省 영제永濟) 출신이므로 유하동柳河東, 유주자사柳州刺史를 지냈으므로 유유주柳柳州라고도 부른다. 한유韓愈와 함께 고문운동을 추진하여 한류韓柳로 병칭된다. 시뿐만 아니라 산문에도 뛰어나 당대 사람으로는 한유와 함께 당송팔대가唐宋八大家로 꼽힌다. 장안에서 태어나 정원貞元 9년(793)에 진사가 되었다. 왕숙문王叔文의 개혁에 동참하여 예부원외랑禮部員外郞이 되었다. 영정永貞 원년(805) 9월에 혁신이 실패하여 소주자사邵州刺史로 폄적되고, 11월에 다시 영주사마永州司馬로 좌천되었다. 원화元和 10년(815) 장안으로 돌아왔으나 곧 다시 유주자사로 폄적되었다가 그곳에서 생을 마쳤다. 유우석劉禹錫, 백거이白居易 등과 교유하였다.

江雪
강 설

千山鳥飛絶, 萬徑人蹤滅.
천 산 조 비 절   만 경 인 종 멸

孤舟蓑笠翁, 獨釣寒江雪.
고 주 사 립 옹   독 조 한 강 설

눈 내리는 강

새 날지 않는 산 산,

인적 끊긴 길 길 길.

외로운 배 도롱이 삿갓 노인,

홀로 찬 강에 내리는 눈을 낚시질.

■ 주 석
蓑笠(사립) : 도롱이와 삿갓.

■ 해 제
영주永州에서 지은 시이다. 자신의 절대 고독을 눈 내리는 강에서 낚시하는 노인
에 빗대어 그린 작은 그림 한 폭이다.

新植海石榴
신 식 해 석 류

弱植不盈尺, 遠意駐蓬瀛.
약 식 불 영 척   원 의 주 봉 영

月寒空階曙, 幽夢彩雲生.
월 한 공 계 서   유 몽 채 운 생

糞壤擢珠樹, 莓苔插瓊英.
분 양 탁 주 수   매 태 삽 경 영

芳根閟顔色, 徂歲爲誰榮.
방 근 비 안 색   조 세 위 수 영

새로 심은 해석류

연약하여 한 자도 되지 않지만 고원한 뜻은 봉래 영주에 머문다.

달은 차고 텅 빈 계단에 새벽 올 제 그윽한 꿈에 채운이 핀다.

더러운 땅에서 구슬나무 빼어나고, 이끼에 옥꽃이 꽂혔구나.

향그론 뿌리에 색깔 감추고, 가는 세월 누구 위해 피려나.

海石榴(해석류) : 신라에서 당나라로 건너간 석류. 서역西域의 안국安国에
　　서 당나라로 들어간 석류는 안석류安石榴라고 한다.

弱植(약식) : 연약하여 부지하지 못한다는 뜻.

遠意(원의) : 고원한 의취意趣.

蓬瀛(봉영) : 봉래산蓬萊山과 영주산瀛州山. 발해에 있다는 선산仙山.

珠樹(주수) : 선계仙界에서 자라는 나무. 아름다운 나무.

莓苔(매태) : 청태靑苔.

瓊英(경영) : 만개한 석류화石榴花를 뜻한다.

徂歲(조세) : 흐르는 세월.

■ 해 제

영주에서 자신을 해석류에 비유하여 지었다. 갓 심은 어린 석류나무이지만 머잖
아 채운 같은 꽃을 피우리라고 기대한다. 폄적 당한 처지에서도 고원한 이상을 품
은 시인의 모습이 석류꽃처럼 피어오른다.

登柳州城樓寄漳汀封連四州刺史
등 류 주 성 루 기 장 정 봉 련 사 주 자 사

城上高樓接大荒, 海天愁思正茫茫.
성 상 고 루 접 대 황　　해 천 수 사 정 망 망

驚風亂颭芙蓉水, 密雨斜侵薜荔牆.
경 풍 란 점 부 용 수　　밀 우 사 침 벽 려 장

嶺樹重遮千里目, 江流曲似九回腸.
영 수 중 차 천 리 목　　강 류 곡 사 구 회 장

共來百越文身地, 猶自音書滯一鄕.
공 래 백 월 문 신 지　　유 자 음 서 체 일 향

유주 성루에 올라 장주 정주 봉주 연주 네 고을의 자사에게 부치다

성 위의 높은 누대 넓은 들에 이어지고,
하늘과 바다에 시름이 바야흐로 망망합니다.
광풍은 부용꽃 뜬 물결 어지러이 일으키고,
비는 벽려 자란 담장에 비스듬히 스며듭니다.
고갯마루 나무가 천리 시선을 겹겹 가리고,
강물은 구절양장 굽어 흐릅니다.
문신하는 땅 백월에 함께 왔지만
소식은 한 고을에서도 막혔습니다.

■ 주 석

柳州(유주) : 지금의 광서장족자치구廣西壯族自治區 유주柳州.

漳汀(장정) : 장주漳州와 정주汀洲. 지금의 복건성福建省에 속한다.

封連(봉련) : 봉주封州와 연주連州. 지금의 광동성廣東省에 속한다.

接(접) : 연접하다. 눈으로 접하다, 즉 목도하다는 뜻으로 보기도 한다.

大荒(대황) : 광활한 들.

颭(점) : 물결이 일다.

薜荔(벽려) : 덩굴식물의 일종. 목련木蓮이라고도 한다.

百越(백월) : 백월百粤. 광동·광서 지역을 가리킨다.

文身(문신) : 옛날 남방의 민족은 몸에 문신을 새기는 풍속이 있었다.

■ 해 제

유종원柳宗元, 한태韓泰, 한엽韓曄, 진겸陳謙, 유우석劉禹錫은 왕숙문王叔文의 영정혁신운동永貞革新運動에 참여하였다가 함께 폄적되어 오주자사五州刺史라고 불렸다. 원화元和 10년에 유종원은 유주柳州에 도착하여 낯선 풍물을 대하고 네 벗들을 생각하며 이 시를 지었다. 묘사와 비유, 경물과 감흥, 서경과 서정이 섞여 있다.

柳州峒氓
유 주 동 맹

郡城南下接通津, 異服殊音不可親.
군 성 남 하 접 통 진　이 복 수 음 불 가 친

靑箬裹鹽歸峒客, 綠荷包飯趁虛人.
청 약 과 염 귀 동 객　녹 하 포 반 진 허 인

鵝毛禦臘縫山罽, 雞骨占年拜水神.
아 모 어 랍 봉 산 계　계 골 점 년 배 수 신

愁向公庭問重譯, 欲投章甫作文身.
수 향 공 정 문 중 역　욕 투 장 보 작 문 신

유주 동맹

고을에서 남으로 내려가 나루에 이르면
의복과 말이 달라 친할 수가 없구나.
파란 댓잎에 소금 싸서 산으로 가는 나그네,
푸른 연잎에 밥을 싸 장 보러 가는 사람들.
거위털로 추위 막고 산털로 옷을 지으며,
닭뼈로 한 해를 점치고 수신에게 제사 지낸다.
시름스레 관청에서 여러 통역 거쳐 물으니
예복을 내던지고 문신을 하고파라.

■ 주 석

峒氓(동맹) : 당시 유주柳州 일대의 산악지구에 살던 부족.

郡城(군성) : 군부郡府가 있는 유주.

通津(통진) : 왕래하는 나루.

靑箬(청약) : 넓은 대나무잎.

趁虛(진허) : 허虛는 허墟와 같다. 농촌에 서는 시장.

禦臘(어랍) : 납臘은 섣달, 즉 추위를 말한다. 따라서 어랍은 추위를 막는
다는 뜻.

山罽(산계) : 동물의 모피.

雞骨占年(계골점년) : 죽첨竹簽을 수탉의 경골脛骨에 찔러 한 해의 길흉화
복吉凶禍福과 풍년을 점친다.

拜水神(배수신) : 수신에게 제때 비를 내려 달라고 기도하다.

公庭(공정) : 유종원의 관부官府.

重譯(중역) : 이중 삼중의 통역.

章甫(장보) : 옛날 중원 지역 한족의 예복. 여기서는 한족의 풍속을 가리
킨다.

■ 해 제

유주자사柳州刺史를 지낼 때 그 지역 부족의 풍속과 생활을 묘사하여 그들에 대한
정보를 많이 담고 있다. 마지막 연은 유종원의 여민동락與民同樂 의식의 표현이라
고도 풀이하고, 우매하고 말이 통하지 않는 동맹峒氓에 대한 답답함의 표출이라고
풀이하기도 한다.

왕건王建(767?~830?)

자가 중초仲初이며, 영천潁川(지금의 하남河南 허창許昌) 사람이다. 대력 연간에 진사에 급제하였다. 집이 가난하여 10년 넘게 종군하였고, 종일 의식을 걱정할 정도였다. 40세 이후에 벼슬길에 나섰지만 현승縣丞이나 사마司馬 같은 직책만 맡아 '왕사마王司馬'라고 불렸다. 악부樂府를 많이 써 고통받는 백성을 동정하였다. 그의 〈궁사宮詞〉 1백 수는 전통적인 궁원宮怨 이외에 궁중의 풍물과 풍속을 묘사하여 당대 궁정생활의 주요한 자료가 된다.《왕건시집王建詩集》10권이 전한다.

新嫁娘詞
신 가 낭 사

三日入廚下, 洗手作羹湯.
삼 일 입 주 하   세 수 작 갱 탕

未諳姑食性, 先遣小姑嘗.
미 암 고 식 성   선 견 소 고 상

새각시 노래

사흘 만에 부엌에 들어가

손 씻고 국을 끓였네.

시어머니 식성을 몰라

먼저 시누이에게 맛보이네.

■ 주 석

羹湯(갱탕) : 국과 탕.

未諳(미암) : 모르다.

小姑(소고) : 시누이.

〈신가낭사新嫁娘詞〉 3수 중의 제1수이다. 옛날 신부는 시집에 간 지 사흘 후에 부엌에 들어가 살림을 시작하였다. 음식을 만들었지만 시어머니 식성을 알 리 없어 먼저 시누이에게 맛보라고 한다. 영리한 신부라 고초당초 시집살이 잘 헤쳐나갈 듯하다.

宮詞一百首 (其十七)
궁 사 일 백 수　　기 십 칠

羅衫葉葉繡重重, 金鳳銀鵝各一叢.
나 삼 엽 엽 수 중 중　　금 봉 은 아 각 일 총

每遍舞頭分兩向, 太平萬歲字當中.
매 편 무 두 분 량 향　　태 평 만 세 자 당 중

궁사 100수 (제17수)

비단 적삼 펄럭펄럭, 수놓은 무늬 어른어른,

금봉황 은거위 각기 한무더기.

매편 곡마다 춤의 대오가 양쪽으로 나뉘면

'태평만세' 글자가 그 가운데서 나오네.

宮詞一百首 (其八十九)
궁 사 일 백 수　　기 팔 십 구

金吾除夜進儺名, 畫袴朱衣四隊行.
금 오 제 야 진 나 명　　화 고 주 의 사 대 행

院院燒燈如白日, 沈香火底坐吹笙.
원 원 소 등 여 백 일　　침 향 화 저 좌 취 생

궁사 100수 (제89수)

설달 그믐날 밤 금오위金吾衛에서 나례 명목을 바치고,
채색 바지 붉은 옷 입은 네 대오가 행진한다.
뜰마다 등불 밝혀 대낮과 같으니
침향불 아래 앉아 생황을 부는구나.

■ **해 제**

궁중의 세시풍속을 읊은 시를 1백 수나 썼다. 이후 궁사는 대개 1백 수를 썼다. 무용대 안에서 태평만세 글자가 나온다. 제야에는 나례를 행하며 등불을 대낮같이 밝혔다. 당시 궁중의 공연 수준은 현대인도 함부로 속단할 수 없다.

자가 문창文昌이며, 소주蘇州 오吳 사람, 또는 화주和州 오강烏江 사람이라
고 한다. 정원 초년에 왕건王建과 함께 시를 배웠으며, 정원 14년에 맹교孟
郊의 소개로 한유韓愈를 만났으며, 다음해 진사에 급제하였다. 원화元和 원
년(806)에 태상시太常寺 태축太祝이 되어 백거이白居易와 교유하면서 창작
에 영향을 주고받았다. 장경長慶 원년(821)에 한유의 추천으로 국자박사國
子博士가 되었다. 수부원외랑水部員外郎, 주객낭중主客郎中을 역임하고, 대
화大和 2년(828)에 국자사업國子司業이 되었다. 세상에서는 '장수부張水部',
'장사업張司業'이라고 불렀다. 그의 악부시는 왕건王建과 비견되어 '장왕악
부張王樂府'라고 불렀다.

秋思
추 사

洛陽城裏見秋風, 欲作家書意萬重.
낙 양 성 리 견 추 풍　　욕 작 가 서 의 만 중

復恐匆匆說不盡, 行人臨發又開封.
부 공 총 총 설 부 진　　행 인 림 발 우 개 봉

가을 시름

낙양성에 가을바람 불어와

집에 편지 쓰려니 생각이 만 갈래.

총총히 할 말 다 못하였을까,

길 떠나는 사람 출발할 제 다시 또 개봉.

家書(가서) : 집으로 부치는 편지.

行人(행인) : 심부름꾼.

타향을 떠돌다가 가을바람이 불면 집생각이 더욱 간절해진다. 편지를 부치려다 빠
뜨린 말이 있는지 또 뜯어본다. 마지막 구절은 이도령이 방자에게서 춘향이 편지
후릴 때 써먹었다.

어사또 그 말 듣고

"이애. 어디 있니."

"남원읍에 사오."

"어디를 가니."

"서울 가오."

"무슨 일로 가니."

"춘향의 편지 갖고 구관댁에 가오."

"이애. 그 편지 좀 보자꾸나."

"그 양반 철모르는 양반이네."

"웬 소린고."

"글쎄 들어보오. 남아男兒 편지 보기도 어렵거든 황況 남의 내간을 보잔단 말이
오."

"이애 들어라. 행인이 임발우개봉이란 말이 있느니라. 좀 보면 관계하랴."

"그 양반 몰골은 흉악하구만 문자속은 기특하오. 얼른 보고 주오."

"호노자식이로고."

편지 받아 떼어 보니 사연에 하였으되

　일차 이별후 성식聲息이 적조積阻하니 도련님 시봉侍奉 체후만안體候萬安하옵신지
원절복모願切伏慕하옵니다. 천첩 춘향은 장대뇌상杖臺牢上에 관봉치패官逢致敗하고
명재경각命在頃刻이라. 지어사경至於死境에 혼비황릉지묘魂飛黃陵之廟하여 출몰귀관
出沒鬼關하니 첩신이 수유만사雖有萬死나 단지 열불이경烈不二更이요 첩지사생妾之死

生과 노모 형상이 부지하경不知何境이오니 서방님 심량처지深諒處之하옵소서.

편지 끝에 하였으되

거세하시군별첩去歲何時君別妾고 작이동설우동추昨已多雪又動秋라. 광풍반야누여설狂風半夜淚如雪하니 하위남원옥중수何爲南原獄中囚라.

혈서로 하였는데 평사낙안平沙落雁 기러기 격으로 그저 툭툭 찍은 것이 모두 다 애고로다. 어사 보더니 두 눈에 눈물이 듣거니 맺거니 방울방울 떨어지니 저 아이 하는 말이

"남의 편지 보고 왜 우시오."

"엇다 이애. 남의 편지라도 설운 사연을 보니 자연 눈물이 나는구나."

"여보 인정 있는 체하고 남의 편지 눈물 묻어 찢어지오. 그 편지 한장 값이 열 닷 냥이오. 편지값 물어내오."

築城詞
축 성 사

築城處, 千人萬人齊把杵.
축 성 처   천 인 만 인 제 파 저

重重土堅試行錐, 軍吏執鞭催作遲.
중 중 토 견 시 행 추   군 리 집 편 최 작 지

來時一年深磧裏, 盡著短衣渴無水.
내 시 일 년 심 적 리   진 착 단 의 갈 무 수

力盡不得抛杵聲, 杵聲未盡人皆死.
역 진 부 득 포 저 성   저 성 미 진 인 개 사

家家養男當門戶, 今日作君城下土.
가 가 양 남 당 문 호   금 일 작 군 성 하 토

성 쌓는 노래

성 쌓는 곳, 천인 만인 함께 공이를 잡았네.

겹겹 단단한 흙에 추를 찔러 보고,

군리들 채찍 잡고 느리다고 재촉하네.
와서 한 해가 깊은 모래 속에 묻혔고,
짧은 옷 해지고 목 말라도 물이 없다.
힘 다해 공잇소리 낼 수 없고,
공잇소리 그치기 전에 사람 모두 죽는구나.
집집마다 아들 낳아 집안 유지해야지만
오늘 임금님 성 아래 흙이 된다네.

■ 주 석

杵(저) : 절굿공이. 흙을 다지는 공구.
試行錐(시행추) : 흙이 얼마나 단단하게 다져졌는지 송곳 같은 뾰족한 공
　구로 찔러 보다.
磧(적) : 굵은 모래.

■ 해 제

장성 축조 공사에 동원된 백성들의 참상을 읊었다. 흙을 켜켜이 다지고, 다시 꼬챙이로 찔러서 강도를 확인하는 공법이 철저하다. 장성 아래에는 얼마나 많은 아들들이 묻혔을까? 맹강녀孟姜女의 통곡이 그치지 않는다.

유우석劉禹錫(772~842)

자가 몽득夢得이며, 낙양洛陽 사람이다. 정원貞元 9년(793)에 진사가 되었으며 감찰어사監察禦史를 지냈다. 유종원柳宗元과 왕숙문의 정치혁신에 적극 참여하여 중용되었지만, 영정혁신이 실패하자 연루되어 낭주朗州(지금의 호남성湖南省 상덕현常德縣) 사마司馬로 폄적되었다. 후에 연주連州, 기주夔州, 화주和州 등지의 자사를 거쳐 검교예부상서겸태자빈객檢校禮部尚書兼太子賓客에 올랐다. 그의 시가는 정치색이 짙으며, 특히 풍자시는 날카롭다. 폄적된 후에는 백성들의 현실을 반영하는 시편을 많이 지었다. 특히 민가를 채용하여 〈죽지사竹枝詞〉를 지어 후대 죽지사의 선구가 되었다. 한유韓愈, 백거이白居易 등과도 교유하였다. 《유빈객집劉賓客集》이 있으며, 《유중산집劉中山集》《유몽득문집劉夢得文集》이라고도 한다.

竹枝詞 (其六)
죽 지 사　　기 륙

城西門前灧澦堆, 年年波浪不能摧.
성 서 문 전 염 여 퇴　　연 년 파 랑 불 능 최

懊惱人心不如石, 少時東去復西來.
오 뇌 인 심 불 여 석　　소 시 동 거 부 서 래

죽지사 (제6수)

봉절성 서문 앞 염여퇴,

해마다 파랑도 꺾지 못하는구나.

괴로워라, 사람 마음 돌 같지 않으니

젊은 시절 동으로 갔다가 다시 서쪽에서 오는구나.

竹枝詞(죽지사) : 죽지竹枝는 당시 파유巴渝 일대의 민가로서 유우석이 이
　　　를 모방하여 〈죽지사〉를 지었다. 지금 11수가 남아 있다.

城西門(성서문) : 봉절奉節의 서문을 가리킨다.

灩澦堆(염여퇴) : 사천성四川省 봉절현奉節縣 서남쪽 구당협瞿塘峽에 있던
　　　큰 암석. 뱃길을 확보하느라고 폭파, 제거하여 지금은 없다.

■ 해 제

이 시는 〈죽지사〉 9수의 제6수이다. 유우석은 건평建平(기주夔州)에서 아동들의 노
래를 듣고 이 시를 지었다고 하였다. 아이들이 〈죽지〉를 부를 때 단적短笛을 불면서
고鼓를 치며 박자를 맞추고, 노래하는 자는 소매를 날리며 춤춘다고 하였다. 오랜
세월 거센 물결에도 꿈적 않는 염여퇴에 정처없이 떠도는 인생을 대조하였다.

竹枝詞 (其七)
죽 지 사　　기 칠

瞿塘嘈嘈十二灘, 人言道路古來難.
구 당 조 조 십 이 탄　　인 언 도 로 고 래 난

長恨人心不如水, 等閑平地起波瀾.
장 한 인 심 불 여 수　　등 한 평 지 기 파 란

죽지사 (제7수)

구당협 콸콸 열두 여울,

옛날부터 험한 길이라 말하네.

한스럽구나, 사람 마음 물 같지 않아서

무단히 평지풍파 일으키다니.

■ 해 제

이 시는 〈죽지사〉 9수의 제7수이다. 모함 받아 오랜 기간 폄적생활하는 자신의 처지가 드러나 있다.

竹枝詞 (其一)
죽 지 사   기 일

楊柳靑靑江水平, 聞郞江上唱歌聲.
양 류 청 청 강 수 평   문 랑 강 상 창 가 성

東邊日出西邊雨, 道是無晴卻有晴.
동 변 일 출 서 변 우   도 시 무 청 각 유 청

죽지사 (제1수)

버들가지 푸르르고 강물은 평평한데

낭군님 강 위에서 노랫소리 들리네.

동쪽에서 해 뜨고 서쪽에 비 오니

맑지 않다 하였더니 오히려 맑구나.

■ 주 석

無晴(무청) : 무정無情과 같다.

有晴(유청) : 유정有情과 같다.

이 시는 〈죽지사竹枝詞〉 2수의 제1수이다. 쌍관어雙關語를 교묘하게 이용하여 인구에 회자된다.

烏衣巷
오 의 항

朱雀橋邊野草花, 烏衣巷口夕陽斜.
주 작 교 변 야 초 화　　오 의 항 구 석 양 사

舊時王謝堂前燕, 飛入尋常百姓家.
구 시 왕 사 당 전 연　　비 입 심 상 백 성 가

오의항

주작교 다리 옆에 들꽃이 피었고,

오의항 입구에는 석양이 비꼈다.

옛날 왕씨 사씨 집 제비는

보통 백성들 집에 날아든다.

■ 주 석

烏衣巷(오의항) : 남경南京의 동남부에 있는 거리 이름. 동진東晉 이래로 왕씨王氏, 사씨謝氏 두 세족世族이 살던 곳이다.

朱雀橋(주작교) : 오의항 부근에 있던 다리. 육조시대六朝時代 도성의 정남문인 주작문朱雀門 밖의 대교로서 당시 교통의 요도였다.

■ 해 제

〈금릉오제金陵五題〉의 제2수로 오의항의 흥망을 그렸다. 옛날 귀족 저택은 폐허가 되고, 그 위에 다시 백성들의 집이 들어섰으니 상전벽해라 할 만하다.

插田歌
삽 전 가

連州城下, 俯接村墟. 偶登郡樓, 適有所感. 遂書其事爲
연 주 성 하　부 접 촌 허　우 등 군 루　적 유 소 감　수 서 기 사 위

俚歌, 以俟采詩者.
리 가　이 사 채 시 자

岡頭花草齊, 燕子東西飛.
강 두 화 초 제　연 자 동 서 비

田塍望如線, 白水光參差.
전 승 망 여 선　백 수 광 참 치

農婦白紵裙, 農父綠蓑衣.
농 부 백 저 군　농 부 록 사 의

齊唱郢中歌, 嚶嚀如竹枝.
제 창 영 중 가　앵 녕 여 죽 지

但聞怨響音, 不辨俚語詞.
단 문 원 향 음　불 변 리 어 사

時時一大笑, 此必相嘲嗤.
시 시 일 대 소　차 필 상 조 치

水平苗漠漠, 煙火生墟落.
수 평 묘 막 막　연 화 생 허 락

黃犬往復還, 赤雞鳴且啄.
황 견 왕 복 환　적 계 명 차 탁

路旁誰家郎, 烏帽衫袖長.
노 방 수 가 랑　오 모 삼 수 장

自言上計吏, 年初離帝鄉.
자 언 상 계 리　연 초 리 제 향

田夫語計吏, 君家儂定諳.
전 부 어 계 리　군 가 농 정 암

一來長安道, 眼大不相參.
일 래 장 안 도　안 대 불 상 참

計吏笑致辭, 長安眞大處.
계 리 소 치 사　장 안 진 대 처

省門高軻峨, 儂入無度數.
성 문 고 가 아　농 입 무 도 수

昨來補衛士, 唯用筒竹布.
작 래 보 위 사　유 용 통 죽 포

君看二三年, 我作官人去.
군 간 이 삼 년　아 작 관 인 거

모내기 노래

연주성 아래로 마을이 붙어 있다. 우연히 군성의 성루에 오르니 마침 감회가 있었다. 그 일을 기록하여 민요를 만들고, 민요 수집하는 사람을 기다린다.

언덕에는 풀꽃이 가지런하고, 제비는 동으로 서로 날아다닌다.

논두렁은 실처럼 바라보이고, 하얀 물은 들쭉날쭉 비친다.

아낙네는 하얀 모시 치마, 농부는 푸른 도롱이.

초나라 노래를 함께 부르니 애앵애앵 죽지사 같구나.

애절한 소리만 들리고 사투리 알아들을 수 없네.

때때로 크게 웃으니 이는 필시 서로 희롱하는 것.

물은 평평하고 모는 아득히 퍼지고, 연기는 마을에서 솟는다.

누런 개는 갔다가 돌아오고, 붉은 닭은 울다가 쫓는다.

길가에 누구인가, 검은 모자 긴 소매.

자기는 상계리로 연초에 서울을 떠났다 하네.

농부가 계리에게 하는 말, 그대를 나는 안다네.

장안 갔다 오더니 눈이 높아 상대를 않는구려.

계리는 웃으며 말을 하네, 장안은 참으로 대처.

관청 문 높고 높으며, 나는 몇 번이나 들어갔는지도 몰라.

작년에 위사가 되었는데 다만 통에 든 베를 좀 썼지.

두어 해만 기다려 보시게, 나는 관리 되어 갈 터이니.

■ 주 석

插田(삽전) : 모내기.

連州(연주) : 지금의 광동성廣東省 연현連縣. 유우석은 원화 10년(815)에
　　연주자사가 되었다.

郡樓(군루) : 군성郡城의 성루城樓.

俚歌(이가) : 민요.

采詩者(채시자) : 민요를 채집하는 관리. 주周나라 때 민가를 채집하는 관
　　리가 있었다. 《시경詩經 국풍國風》의 시는 모두 채시자가 수집한 각 지
　　역의 민가이다.

田塍(전승) : 밭두둑.

郢中歌(영중가) : 초가楚歌를 말한다. 〈양춘陽春〉〈백설白雪〉〈하리下里〉
　　〈파인巴人〉 등의 곡이 있다.

嚶嚀(앵녕) : 맑고 부드러운 소리.

竹枝(죽지) : 죽지사竹枝詞.

俚語(이어) : 방언.

嘲嗤(조치) : 희롱하다. 웃기다.

上計吏(상계리) : 지방 관아에서 중앙의 조정으로 파견한 서리書吏.

帝鄕(제향) : 서울.

眼大(안대) : 눈이 높다. 시야가 넓다.

相參(상참) : 상대하다.

省門(성문) : 궁궐이나 관청의 문.

軻峨(가아) : 높다.

無度數(무도수) : 헤아릴 수가 없다.

補衛士(보위사) : 궁궐을 지키는 금군禁軍에 보임되다.

筒竹布(통죽포) : 통중포筒中布와 죽포竹布. 통중포는 황윤黃潤이라고도 하며, 촉蜀에서 나는 가는 베. 죽포는 광동 지역의 특산품. 옛날에는 베를 통에 넣어 보관하였다. 계리가 위사가 되기 위하여 베를 뇌물로 바쳤음을 말한다.

■ 해 제

전반에는 남방 지역에서 모내기하는 광경을 묘사하고, 후반에는 농부와 서리의 대화를 통해 당시 부패한 조정을 풍자한다. 광동에서 중당 시절에 벌써 모내기를 하였다는 점이 이채롭다.

백거이白居易(772~846)

자가 낙천樂天, 호는 향산거사香山居士이며, 하규下邽(지금의 섬서 위남渭南) 사람이다. 정원貞元 16년(800)에 진사가 되어 좌습유左拾遺, 동궁찬선대부東宮贊善大夫, 강주사마江州司馬, 항주자사杭州刺史, 소주자사蘇州刺史, 태부太傅 등을 역임하였다. 그의 시가는 제재가 광범하고 형식이 다양하며, 언어는 평이하고 통속적이다. 〈진중음秦中吟〉과 〈신악부新樂府〉 등을 지어 신악부운동新樂府運動을 주도하였으며, 당시의 폐정弊政을 비판하고 백성들의 생활고를 반영하여 현실주의 시인으로 평가받는다. 시 3천여 수가 남아 있으며, 문집으로 《백씨장경집白氏長慶集》이 있다.

問劉十九
문 류 십 구

綠蟻新醅酒, 紅泥小火爐.
녹 의 신 배 주　　 홍 니 소 화 로

晚來天欲雪, 能飲一杯無.
만 래 천 욕 설　　 능 음 일 배 무

유가에게

푸른 거품 갓 익은 술, 붉은 진흙 작은 화로.

저녁 하늘 눈 내리려니 한잔 하시려는가.

■ **주 석**

劉十九(유십구) : 백거이의 벗 유가劉軻. 당시 여산盧山에 은거하고 있었다.

綠蟻(녹의) : 갓 빚어 거르지 않은 막걸리 위에 뜨는 푸른 거품에 누룩 찌

꺼기가 붙어 개미처럼 보인다. 새 술을 말한다.

雪(설) : 눈이 내리다.

無(무) : 구의 끝에서 의문을 표시한다. 否와 같다.

■ 해제

이원섭 선생의 감상을 소개한다. "이런 엽서라도 한 장 날아들어 왔다 하면, 당신은
어찌하겠습니까. 나 같으면 백사百事를 제쳐놓고 달려가겠습니다." 이런 엽서 보내
주는 벗이 있으면 행복한 인생이다.

賣炭翁
매 탄 옹

賣炭翁, 伐薪燒炭南山中.
매 탄 옹　　벌 신 소 탄 남 산 중

滿面塵灰煙火色, 兩鬢蒼蒼十指黑.
만 면 진 회 연 화 색　　양 빈 창 창 십 지 흑

賣炭得錢何所營, 身上衣裳口中食.
매 탄 득 전 하 소 영　　신 상 의 상 구 중 식

可憐身上衣正單, 心憂炭賤願天寒.
가 련 신 상 의 정 단　　심 우 탄 천 원 천 한

夜來城外一尺雪, 曉駕炭車輾冰轍.
야 래 성 외 일 척 설　　효 가 탄 거 년 빙 철

牛困人饑日已高, 市南門外泥中歇.
우 곤 인 기 일 이 고　　시 남 문 외 니 중 헐

翩翩兩騎來是誰, 黃衣使者白衫兒.
편 편 량 기 래 시 수　　황 의 사 자 백 삼 아

手把文書口稱敕, 回車叱牛牽向北.
수 파 문 서 구 칭 칙　　회 거 질 우 견 향 북

一車炭, 千餘斤, 宮使驅將惜不得.
일 거 탄   천 여 근   궁 사 구 장 석 부 득

半匹紅綃一丈綾, 繫向牛頭充炭直.
반 필 홍 초 일 장 릉   계 향 우 두 충 탄 치

숯 파는 노인

숯 파는 노인, 남산에서 나무 베어 숯을 굽는다.

온 얼굴에 재와 연기와 불빛,

귀밑머리 허옇고 열 손가락 새까맣다.

숯 팔아 돈을 사면 무얼 하려나,

몸에 걸칠 옷, 입에 들어갈 음식.

가련케도 몸에는 홑옷 걸치고서

숯값 떨어질까 걱정하여 날이 춥기를 바라네.

밤새 성밖에 눈이 한 자나 와서

새벽에 숯 수레 몰고 얼음길 삐꺽거린다.

소는 지치고 사람은 주린데 해는 이미 높으니

시장 남문 밖 진흙탕에서 쉬는구나.

말 탄 사람 둘이 펄럭펄럭 오니 누구인가,

누런 옷 입은 사자, 흰 적삼 사나이.

손에는 문서 들고 입으로 칙명이라 외치며

수레 돌리고 소 꾸짖으며 북쪽으로 몰고 간다.

수레 한 대, 천 근이 넘지.

관청 사자 몰고 가도 애석해 할 수도 없어라.

홍사 반 필, 비단 일 장,

소머리에 묶어 주고 숯값이라네.

賣炭翁(매탄옹) : 숯 파는 노인.

南山(남산) : 종남산終南山.

輾(연) : 삐꺽거리다.

黃衣使者(황의사자) : 궁전의 태감.

白衫兒(백삼아) : 태감의 부하.

牽向北(견향북) : 당나라 때 궁전은 장안長安의 북쪽에 있었다. 수레를 황
궁으로 몰고 간다.

■ 해 제

이 시는 〈신악부新樂府〉의 제32수이다. 백거이는 이 시에 대해 "궁시를 괴로워하는
것이다(苦宮市也)"라고 설명하였다. 궁시는 당나라 때 궁중에서 쓰는 물품을 조달
하는 행위로서 가격을 제대로 쳐주지 않아서 약탈이나 다름없었다.

琵琶行
비 파 행

元和十年, 予左遷九江郡司馬. 明年秋, 送客湓浦口,
원 화 십 년　　여 좌 천 구 강 군 사 마　　명 년 추　　송 객 분 포 구

聞舟中夜彈琵琶者, 聽其音, 錚錚然有京都聲. 問其人,
문 주 중 야 탄 비 파 자　청 기 음　쟁 쟁 연 유 경 도 성　　문 기 인

本長安倡女. 嘗學琵琶於穆, 曹二善才, 年長色衰, 委身
본 장 안 창 녀　상 학 비 파 어 목　조 이 선 재　연 장 색 쇠　　위 신

爲賈人婦. 遂命酒, 使快彈數曲. 曲罷憫然, 自敘少小
위 가 인 부　수 명 주　사 쾌 탄 수 곡　곡 파 민 연　　자 서 소 소

時歡樂事, 今漂淪憔悴, 轉徙於江湖間. 予出官二年,
시 환 락 사　금 표 륜 초 췌　전 사 어 강 호 간　　여 출 관 이 년

恬然自安, 感斯人言, 是夕始覺有遷謫意. 因爲長句,
염 연 자 안　감 사 인 언　시 석 시 각 유 천 적 의　인 위 장 구

歌以贈之, 凡六百一十六言, 命曰琵琶行.
가 이 증 지　범 륙 백 일 십 륙 언　명 왈 비 파 행

潯陽江頭夜送客, 楓葉荻花秋瑟瑟.
심 양 강 두 야 송 객　풍 엽 적 화 추 슬 슬

主人下馬客在船, 擧酒欲飮無管弦.
주 인 하 마 객 재 선　거 주 욕 음 무 관 현

醉不成歡慘將別, 別時茫茫江浸月.
취 불 성 환 참 장 별　별 시 망 망 강 침 월

忽聞水上琵琶聲, 主人忘歸客不發.
홀 문 수 상 비 파 성　주 인 망 귀 객 불 발

尋聲暗問彈者誰？ 琵琶聲停欲語遲.
심 성 암 문 탄 자 수　비 파 성 정 욕 어 지

移船相近邀相見, 添酒回燈重開宴.
이 선 상 근 요 상 견　첨 주 회 등 중 개 연

千呼萬喚始出來, 猶抱琵琶半遮面.
천 호 만 환 시 출 래　유 포 비 파 반 차 면

轉軸撥弦三兩聲, 未成曲調先有情.
전 축 발 현 삼 량 성　미 성 곡 조 선 유 정

弦弦掩抑聲聲思, 似訴平生不得志.
현 현 엄 억 성 성 사　사 소 평 생 부 득 지

低眉信手續續彈, 說盡心中無限事.
저 미 신 수 속 속 탄　설 진 심 중 무 한 사

輕攏慢撚抹復挑, 初爲霓裳後綠腰.
경 롱 만 년 말 부 도　초 위 예 상 후 록 요

大弦嘈嘈如急雨, 小弦切切如私語.
대 현 조 조 여 급 우　소 현 절 절 여 사 어

嘈嘈切切錯雜彈, 大珠小珠落玉盤.
조조절절착잡탄　　대주소주락옥반

間關鶯語花底滑, 幽咽泉流冰下難.
간관앵어화저활　　유인천류빙하난

冰泉冷澀弦凝絶, 凝絶不通聲暫歇.
빙천랭삽현응절　　응절불통성잠헐

別有幽愁暗恨生, 此時無聲勝有聲.
별유유수암한생　　차시무성승유성

銀瓶乍破水漿迸, 鐵騎突出刀槍鳴.
은병사파수장병　　철기돌출도창명

曲終收撥當心劃, 四弦一聲如裂帛.
곡종수발당심획　　사현일성여렬백

東船西舫悄無言, 唯見江心秋月白.
동선서방초무언　　유견강심추월백

沉吟放撥插弦中, 整頓衣裳起斂容.
침음방발삽현중　　정돈의상기렴용

自言本是京城女, 家在蝦蟆陵下住.
자언본시경성녀　　가재하마릉하주

十三學得琵琶成, 名屬教坊第一部.
십삼학득비파성　　명속교방제일부

曲罷曾教善才服, 妝成每被秋娘妒.
곡파증교선재복　　장성매피추낭투

五陵年少爭纏頭, 一曲紅綃不知數.
오릉년소쟁전두　　일곡홍초부지수

鈿頭銀篦擊節碎, 血色羅裙翻酒汙.
전두은비격절쇄　　혈색라군번주오

今年歡笑複明年, 秋月春風等閑度.
금년환소복명년　　추월춘풍등한도

弟走從軍阿姨死, 暮去朝來顏色故.
제주종군아이사　　모거조래안색고

門前冷落鞍馬稀, 老大嫁作商人婦.
문 전 랭 락 안 마 희　노 대 가 작 상 인 부

商人重利輕別離, 前月浮梁買茶去.
상 인 중 리 경 별 리　전 월 부 량 매 다 거

去來江口守空船, 繞船月明江水寒.
거 래 강 구 수 공 선　요 선 월 명 강 수 한

夜深忽夢少年事, 夢啼妝淚紅闌幹.
야 심 홀 몽 소 년 사　몽 제 장 루 홍 란 간

我聞琵琶已歎息, 又聞此語重唧唧.
아 문 비 파 이 탄 식　우 문 차 어 중 즐 즐.

同是天涯淪落人, 相逢何必曾相識.
동 시 천 애 륜 락 인　상 봉 하 필 증 상 식

我從去年辭帝京, 謫居臥病潯陽城.
아 종 거 년 사 제 경　적 거 와 병 심 양 성

潯陽地僻無音樂, 終歲不聞絲竹聲.
심 양 지 벽 무 음 악　종 세 불 문 사 죽 성

住近湓江地低濕, 黃蘆苦竹繞宅生.
주 근 분 강 지 저 습　황 로 고 죽 요 택 생

其間旦暮聞何物, 杜鵑啼血猿哀鳴.
기 간 단 모 문 하 물　두 견 제 혈 원 애 명

春江花朝秋月夜, 往往取酒還獨傾.
춘 강 화 조 추 월 야　왕 왕 취 주 환 독 경

豈無山歌與村笛, 嘔啞嘲哳難爲聽.
기 무 산 가 여 촌 적　구 아 조 찰 난 위 청

今夜聞君琵琶語, 如聽仙樂耳暫明.
금 야 문 군 비 파 어　여 청 선 악 이 잠 명

莫辭更坐彈一曲, 爲君翻作琵琶行.
막 사 갱 좌 탄 일 곡　위 군 번 작 비 파 행

感我此言良久立, 卻坐促弦弦轉急.
감 아 차 언 량 구 립　각 좌 촉 현 현 전 급

凄凄不似向前聲, 滿座重聞皆掩泣.
처 처 불 사 향 전 성   만 좌 중 문 개 엄 읍

座中泣下誰最多, 江州司馬靑衫濕.
좌 중 읍 하 수 최 다   강 주 사 마 청 삼 습

비파의 노래

원화 10년, 나는 구강군 사마로 폄적되었다. 이듬해 가을 어느날, 분
포에서 손을 배웅하다가 배 위에서 밤에 비파를 뜯는 이가 있어 그 소리
를 들으니 쟁쟁거리는 것이 서울의 곡조가 있었다. 그 사람에게 물으니
본래 장안의 기녀로서 목, 조 두 선재에게서 비파를 배웠으며, 나이들어
미모가 시들자 상인의 아내이 되었다고 하였다. 술자리를 마련하고, 몇
곡 연주하게 하였다. 곡이 끝나자 우울하여 젊은 시절 즐거웠던 일을 스
스로 풀어 놓았으며, 지금은 영락하여 초췌하며, 강호를 떠돈다고 하였
다. 나는 서울에서 지방으로 온 지가 두 해 동안 담담히 절로 편안하였
으나 이 사람의 말에 감동되어 이 밤에는 비로소 폄적 당한 시름을 느꼈
다. 이 때문에 칠언시를 지어 노래로 주니 모두 616자이며, 이름을 〈비
파행〉이라고 한다.

심양강에서 밤에 손을 보내니
단풍과 갈대꽃에 가을이 쓸쓸하다.
주인은 말을 내려 손과 배를 타서
술 들어 마시려니 풍악이 없구나.
취하여도 즐겁지 않아 참담히 헤어지려니
헤어질 때 망망한 강물에 달이 빠졌어라.
문득 물 위 비파소리 들려오니

주인은 돌아가길 잊고 손도 떠나지 않는다.

소리 찾아 연주하는 이 누군가 가만히 물으니

비파소리 멈추고 말을 머뭇거린다.

배를 옮겨 다가가 맞이하여

술을 더해 다시 불을 켜고 자리를 다시 벌인다.

천 번 만 번 부르니 비로소 나오지만

비파 안고서 얼굴을 반은 가렸네.

돌개 돌려 두세 번 줄을 고르니

곡조 이루기 전에 정이 먼저 나온다.

줄마다 억눌리고 소리마다 그리워

평생 못 이룬 뜻 호소하는 듯.

고개 숙이고 손에 맡겨 속속 뜯어서

심중의 무한사를 모두 말한다.

가벼이 누르고 천천히 주물렀다 다시 돋우니

처음에는 〈예상우의곡〉, 뒤에는 〈녹요〉.

굵은 줄 시끌시끌 소나기 같고,

가는 줄 조잘조잘 속삭이는 듯.

시끌시끌 조잘조잘 뒤섞어 뜯어

큰 구슬 작은 구슬 옥쟁반에 떨어진다.

꾀꼴꾀꼴 꾀꼬리 꽃 밑에 미끄러지고,

메인 샘물 얼음 아래 막힌 듯.

얼음 샘물 차가워 현이 굳어 끊기고

굳어 끊겨 소리는 잠시 멈추네.

깊은 시름 감춘 한 따로 생기니

이때는 소리 없음이 소리 있는 것보다 낫구나.

은병이 문득 깨져 물이 흩어지고,

철갑 기병 튀어 나와 칼과 창이 울린다.

곡을 끝내며 발자 거둬 한가운데를 훑으니

네 줄이 한데 울려 비단을 찢는 듯.

동쪽 서쪽 배들도 말없이 고요하고

강 가운데 가을달만 하얗구나.

나직이 읊조리며 발자를 현에 꽂고

옷매무새 여미며 표정을 짓는다.

저는 본시 경성의 여자로서

하마릉 아래에 살았답니다.

열세 살에 비파를 다 배워

교방 제일부에 이름을 올렸습니다.

곡을 끝내면 선생을 탄복시켰고,

화장 이루면 미인도 질투하였지요.

오릉의 젊은이들 다투어 전두를 주어서

한 곡조로 받은 비단 셀 수도 없었답니다.

비녀며 빗치개는 박자 맞추다 부러졌고,

핏빛 비단치마 술얼룩이 졌고요.

올해 즐거움 내년에도 이어지고,

가을달 봄바람 흘러흘러 갔답니다.

아우는 군대 가고 어미는 죽고,

저녁 가고 아침 오니 안색도 바뀌었답니다.

문전은 쓸쓸히 말발굽도 드물어져

나이 들어 상인의 아낙이 되었답니다.
상인은 이익을 중시하지 이별은 가벼이 여겨
지난 달 부량현에 차 팔러 갔습니다.
떠난 뒤로 강어귀에 빈 배를 지키니
배를 감고 도는 밝은 달에 강물이 차갑습니다.
밤 깊어 문득 젊은 시절 꿈을 꾸다가
꿈에 울어 화장 눈물에 난간이 붉어지더이다.
나는 비파 듣고 탄식한데다가
다시 이 말 들으니 다시 처량해졌네.
우리는 하늘끝 떠도는 신세 마찬가지니
만남에 이전에 알았는지 무어 따지겠는가.
나는 지난 해 서울을 떠나서
심양성에 귀양와 병들어 누웠다네.
심양은 외진 땅 음악도 없어
한 해가 다 가도록 사죽 소리 못 들었네.
사는 데는 분강 근처 땅이 낮고 습해서
누런 갈대 쓴 대만 집 둘레에 자란다네.
그런 데서 아침저녁 무엇을 듣겠나,
두견이 피울음, 원숭이 구슬픈 소리.
봄강 꽃 핀 아침 가을 달밤,
간간이 술을 사서 홀로 기울였지.
산가와 촌 피리가 없으랴마는
웅얼웅얼 삑삑 듣기가 어려워,
오늘 밤 그대 비파소리 들으니

하늘의 음악 들은 듯 귀가 잠시 밝아져.

다시 한 곡 타기를 거절치 마시게,

그대 위해 〈비파행〉을 지으리니.

내 이 말에 감동해 오래도록 섰다가

다시 앉아 줄을 당기니 소리가 빨라진다.

처절히 앞 곡조와는 같지 않으니

자리에 앉은 이들 모두 울먹인다.

좌중에 누가 가장 많이 울었나,

강주사마 푸른 적삼 흥건하구나.

■ 주 석

京都聲(경도성) : 당나라 때 장안에서 유행하던 악곡 소리.

善才(선재) : 당나라 때 악사의 통칭. 능수能手라는 뜻.

出官(출관) : 서울에 있다가 지방으로 전근하다.

長句(장구) : 칠언시를 말한다.

潯陽江(심양강) : 심양 경내를 흐르는 장강.

回燈(회등) : 등불을 다시 켜다.

轉軸撥弦(전축발현) : 비파의 현을 감는 감개를 돌려 음을 조율하다.

攏(농) : 왼손가락으로 현을 안쪽으로 누르는 주법.

撚(연) : 현을 주무르는 주법.

抹(말) : 왼쪽으로 타는 주법. 탄彈이라고도 한다.

挑(도) : 손을 뒤집어 튕기는 주법.

霓裳(예상) : 〈예상우의곡霓裳羽衣曲〉. 본래 서역西域의 악무樂舞로서 현종 때 서량절도사西涼節度使 양경술楊敬述이 중원에 도입하였다.

綠腰(녹요) : 당 대곡大曲의 이름.

大弦(대현) : 가장 굵은 현.

小弦(소현) : 가장 가는 현.

間關(간관) : 꾀꼬리소리.

撥(발) : 비파를 연주할 때 손가락에 끼우는 발자撥子.

當心劃(당심획) : 발자로 비파의 가운데 부분에서 4현을 긁는 주법. 한 곡
  을 마칠 때 연주는 오른손 주법이다.

蝦蟆陵(하마릉) : 장안성 동남쪽 곡강曲江 부근. 당시의 유명한 유락지역.

教坊第一部(교방제일부) : 교방은 당나라 때 정부에서 관장하던 음악 및
  공연예술 기구. 교습과 연출을 담당하였으며, 좌우 교방이 있었다. 제
  일부는 교방의 여러 부서 가운데 하나를 말한다. 가장 우수한 예인이
  속한 부서로 본다. 또한 '제일류'로 풀이하기도 한다.

秋娘(추낭) : 당나라 때 가무 예인의 이름.

五陵(오릉) : 장안성 밖에 있던 한漢나라 다섯 황제의 무덤.

纏頭(전두) : 가무 예인에게 주는 보수. 비단을 머리에 감아 준 데서 비롯
  된 이름.

擊節(격절) : 박자를 두드리다.

浮梁(부량) : 옛 고을 이름. 당나라 때는 요주饒州에 속하였다. 지금의 강
  서성江西省 경덕진시景德鎭市.

琵琶語(비파어) : 비파소리. 비파로 탄주하는 악곡.

青衫(청삼) : 당나라 때 8품 9품 문관의 복식.

■ 해 제

백거이의 유명한 장편 시가이다. 강주사마로 좌천되었을 때 달밤 강 위에서 비파
연주를 듣고, 그 연주자의 사연과 자신의 처지가 같은 데서 시상을 얻었다. 비파소
리의 묘사가 절묘하고, 가락이 유장하면서도 시원하여 단숨에 읽힌다. 이 시를 바
탕으로 원나라 때 마치원馬致遠은 〈강주사마청삼루江州司馬青衫淚〉라는 잡극雜劇을
지었다. 김소월金素月의 〈팔베개의 노래조調〉와 같이 읽으면 가슴이 더욱 아리다.

원진元稹(779~831)

자가 미지微之이며, 하남河南 낙양洛陽 사람이다. 덕종德宗 정원貞元(785~805) 연간에 명경과明經科에 급제하여 교서랑校書郎이 되었다. 헌종憲宗 원화元和(806~820) 연간에 좌습유左拾遺가 되고 이어 감찰어사監察御史로 승진하였다. 후에 환관에게 죄를 지어 강릉江陵 사조참군士曹參軍으로 강등되고, 이어 통주사마通州司馬, 괵주장사虢州長史 등으로 전전하였다. 목종穆宗 장경長慶(821~824) 연간에 중서사인中書舍人, 한림학사翰林學士를 역임하였다. 문종文宗 대화大和(827~835) 연간에 상서좌승尙書左丞이 되었다가 무창절도사武昌節度使로 나가서 임지에서 죽었다. 백거이白居易와 절친하였으며, 함께 신악부운동新樂府運動을 주도하여 '원백元白'이라고 불렸다.《원씨장경집元氏長慶集》60권과 보유補遺 6권이 있으며, 시는 830여 수가 남아 있다.

一至七言詩
일 지 칠 언 시

茶
다

香葉嫩芽
향 엽 눈 아

慕詩客愛僧家
모 시 객 애 승 가

碾雕白玉羅織紅紗
연 조 백 옥 라 직 홍 사

銚煎黃蕊色碗轉曲塵花
요 전 황 예 색 완 전 곡 진 화

夜後邀陪明月晨前命對朝霞
야 후 요 배 명 월 신 전 명 대 조 하

洗盡古今人不倦將知醉前豈堪誇
세 진 고 금 인 불 권 장 지 취 전 기 감 과

한 구가 1언부터 7언까지 이루어진 시로, 제2행부터는 각언을 2행 연결하였다. 이
시는 시의 내용보다는 형식을 감상하기 위한 것이다.

連昌宮詞
연 창 궁 사

連昌宮中滿宮竹, 歲久無人森似束.
연 창 궁 중 만 궁 죽　　세 구 무 인 삼 사 속

又有牆頭千葉桃, 風動落花紅簌簌.
우 유 장 두 천 엽 도　　풍 동 락 화 홍 속 속

宮邊老翁爲余泣, 小年進食曾因入.
궁 변 로 옹 위 여 읍　　소 년 진 식 증 인 입

上皇正在望仙樓, 太眞同憑闌干立.
상 황 정 재 망 선 루　　태 진 동 빙 란 간 립

樓上樓前盡珠翠, 炫轉熒煌照天地.
누 상 루 전 진 주 취　　현 전 형 황 조 천 지

歸來如夢復如癡, 何暇備言宮裏事.
귀 래 여 몽 부 여 치　　하 가 비 언 궁 리 사

初過寒食一百六, 店舍無煙宮樹綠.
초 과 한 식 일 백 륙　　점 사 무 연 궁 수 록

夜半月高弦索鳴, 賀老琵琶定場屋.
야 반 월 고 현 삭 명　　하 로 비 파 정 장 옥

力士傳呼覓念奴, 念奴潛伴諸郎宿.
역 사 전 호 멱 념 노　　염 노 잠 반 제 랑 숙

須臾覓得又連催, 特敕街中許然燭.
수 유 멱 득 우 련 최　　특 칙 가 중 허 연 촉

春嬌滿眼睡紅綃, 掠削雲鬟旋裝束.
춘 교 만 안 수 홍 초　　약 삭 운 환 선 장 속

飛上九天歌一聲, 二十五郎吹管逐.
비 상 구 천 가 일 성　　이 십 오 랑 취 관 축

逡巡大遍涼州徹, 色色龜茲轟錄續.
준 순 대 편 량 주 철　　색 색 구 자 굉 록 속

李謨擫笛傍宮牆, 偸得新翻數般曲.
이 모 엽 적 방 궁 장　　투 득 신 번 수 반 곡

平明大駕發行宮, 萬人歌舞塗路中.
평 명 대 가 발 행 궁　　만 인 가 무 도 로 중

百官隊仗避岐薛, 楊氏諸姨車鬪風.
백 관 대 장 피 기 설　　양 씨 제 이 거 투 풍

明年十月東都破, 禦路猶存祿山過.
명 년 시 월 동 도 파　　어 로 유 존 록 산 과

驅令供頓不敢藏, 萬姓無聲淚潛墮.
구 령 공 돈 불 감 장　　만 성 무 성 루 잠 타

兩京定後六七年, 卻尋家舍行宮前.
양 경 정 후 륙 칠 년　　각 심 가 사 행 궁 전

莊園燒盡有枯井, 行宮門閉樹宛然.
장 원 소 진 유 고 정　　행 궁 문 폐 수 완 연

爾後相傳六皇帝, 不到離宮門久閉.
이 후 상 전 륙 황 제　　부 도 리 궁 문 구 폐

往來年少說長安, 玄武樓成花萼廢.
왕 래 년 소 설 장 안　　현 무 루 성 화 악 폐

去年敕使因斫竹, 偶値門開暫相逐.
거 년 칙 사 인 작 죽　　우 치 문 개 잠 상 축

荊榛櫛比塞池塘, 狐兔驕癡緣樹木.
형 진 즐 비 색 지 당　　호 토 교 치 연 수 목

舞榭欹傾基尚在, 文窗窈窕紗猶綠.
무 사 의 경 기 상 재　　문 창 요 조 사 유 록

塵埋粉壁舊花鈿, 烏啄風箏碎珠玉.
진 매 분 벽 구 화 전　　오 탁 풍 쟁 쇄 주 옥

上皇偏愛臨砌花,　依然御榻臨階斜.
상황편애림체화　의연어탑림계사

蛇出燕巢盤斗栱,　菌生香案正當衙.
사출연소반두공　균생향안정당아

寢殿相連端正樓,　太眞梳洗樓上頭.
침전상련단정루　태진소세루상두

晨光未出簾影黑,　至今反掛珊瑚鉤.
신광미출렴영흑　지금반괘산호구

指似傍人因慟哭,　卻出宮門淚相續.
지사방인인통곡　각출궁문루상속

自從此後還閉門,　夜夜狐狸上門屋.
자종차후환폐문　야야호리상문옥

我聞此語心骨悲,　太平誰致亂者誰.
아문차어심골비　태평수치란자수

翁言野父何分別,　耳聞眼見爲君說.
옹언야부하분별　이문안견위군설

姚崇宋璟作相公,　勸諫上皇言語切.
요숭송경작상공　권간상황언어절

燮理陰陽禾黍豐,　調和中外無兵戎.
섭리음양화서풍　조화중외무병융

長官淸平太守好,　揀選皆言由相公.
장관청평태수호　간선개언유상공

開元之末姚宋死,　朝廷漸漸由妃子.
개원지말요송사　조정점점유비자

祿山宮裏養作兒,　虢國門前鬧如市.
녹산궁리양작아　괵국문전뇨여시

弄權宰相不記名,　依稀憶得楊與李.
농권재상불기명　의희억득양여리

廟謨顚倒四海搖,　五十年來作瘡痏.
묘모전도사해요　오십년래작창유

今皇神聖丞相明, 詔書才下吳蜀平.
금 황 신 성 승 상 명   조 서 재 하 오 촉 평

官軍又取淮西賊, 此賊亦除天下寧.
관 군 우 취 회 서 적   차 적 역 제 천 하 녕

年年耕種宮前道, 今年不遣子孫耕.
연 년 경 종 궁 전 도   금 년 불 견 자 손 경

老翁此意深望幸, 努力廟謀休用兵.
노 옹 차 의 심 망 행   노 력 묘 모 휴 용 병

연창궁의 노래

연창궁에 대나무가 가득 자라

세월 오래고 사람 없어 빽빽하기 다발 같네.

담장머리에는 또 천엽도가 있어

바람 불면 붉은 꽃 우수수 떨어지네.

궁궐 옆 노인이 날 위해 우는데

젊을 제 음식 바치려 들어갔다 하네.

상황은 망선루에 있고

태진은 함께 난간에 기대 섰다고.

누대 위 누대 앞 모두 진주와 비취,

번쩍번쩍 천지를 비추었지.

돌아오니 꿈인 듯 멍청이인 듯,

어느 틈에 궁중 일을 모두 이야기할까.

동지 후 106일 한식을 갓 지나서

집에는 연기 없고 궁궐 나무 푸르네.

한밤에 달은 높고 현악기가 울어서

하회지 비파가 희장을 압도하네.

고역사는 염노 찾으라 소리 높이 전하고
염노는 몰래 젊은이 짝해서 잔다네.
순식간에 찾으라 또 연이어 재촉하고,
길거리에 불 켜라고 특별히 명령하네.
미인들 널려서 붉은 장막에서 잠을 자다
구름 머리 빗으며 서둘러 단장하네.
하늘로 날아오르는 노랫소리,
25랑 분왕이 관을 불며 따른다.
감아도는 대편 〈양주곡〉 끝나고,
색색이 구자 음악 우르릉 잇는다.
이모李謨는 궁궐 담 옆에서 적을 짚으며
신곡 여러 곡을 훔쳐 배웠다네.
새벽에 황제가 행궁으로 출발하니
만 사람이 도로에서 노래하고 춤을 춘다.
백관의 의장대 기왕 설왕 피하고,
양씨 자매들 수레는 바람처럼 빨랐다지.
이듬해 시월에 동도가 부서져서
어도는 남았어도 안녹산이 지나갔지.
물자 공급하라 몰아대니 숨길 수 없어
만백성 소리 없이 눈물 떨어진다.
서경 동경 평정된 후 예닐곱 해,
오히려 행궁 앞에서 집을 찾는구나.
장원은 다 타버리고 마른 우물만 남아
행궁 문은 닫히고 나무만 완연하네.

이후로 여섯 황제 전했으나

이궁에 오시지 않아 문은 오래 닫혔네.

오가는 젊은이들 장안 얘기하노라니

현무루는 짓고, 화악루는 쓸어버렸다네.

작년 칙사가 대나무를 베기 위해

문을 열어 우연히 이때 잠시 발길 서로 이어졌네.

가시나무 즐비하고 연못은 메였으며,

여우 토끼 나무 위에 뒹굴뒹굴.

춤추던 정자는 기울고 터만 남았고,

문살 창문 그윽히 비단휘장은 그대로.

먼지에 묻힌 분벽에 옛날 머리 장식,

까마귀 풍경 쪼아 주옥도 바스라졌네.

상황께선 섬돌에 핀 꽃만 사랑하시어

어탑은 여전히 섬돌에 비스듬히 놓였네.

뱀이 제비둥지로 나와 두공에 똬리 틀고,

버섯이 탁자에 자라 공무를 보는구나.

침전은 단정루에 이어져서

양귀비는 누대 위에서 소세하였지.

새벽해 나오기 전 발 그림자 어두우니

아직까지 산호 고리 거꾸로 걸렸구나.

옆사람 이 때문에 통곡한다 가리키며

궁문을 나서니 눈물이 줄줄 흐른다.

이후로 다시 문을 닫아

밤마다 여우 살쾡이 지붕을 오른다 하네.

내 이 말 들으니 뼛속까지 시려서
태평은 누가 만들고 어지럽힌 자는 누구인가.
노인이 말하기를 촌사람이 무얼 알겠나,
듣고 본 대로 그대에게 말한 게지.
요숭 송경 재상이 되어서
상황께 간하던 말 절실하였지.
음양을 잘 다스려 곡식이 풍성하고
나라 안팎 조화시켜 전쟁이 없었다네.
장관은 깨끗하고 태수는 훌륭하니
선발은 재상이 하였다고 모두 말하네.
개원 말기에 요숭 송경 죽고 나자
조정은 점점 귀비가 차지했네.
안녹산을 궁 안에서 양자로 기르고,
괵국부인 문전은 시장처럼 요란했지.
권력 휘두른 재상 이름 기록하지 않아서
희미하지만 양국충, 이임보 기억한다네.
국가대계 뒤집혀 사해가 흔들리고,
50년 동안 재앙이 되었네.
지금 황상 신성하시며 승상은 현명하니
조서 내리자마자 오촉이 평정되었네.
관군이 또 회서의 도적 잡아서
이 도적 없애서 천하가 편안하네.
해마다 궁궐 앞길에 씨를 뿌렸지만
올해는 경작할 자손을 보내지 않았다 하네.

노인의 이 뜻은 황제 행차를 깊이 바람이니

국가대계에 군사 쓰지 않기로 노력해야 한다네.

■ 주 석

連昌宮(연창궁) : 당나라 행궁行宮의 하나. 658년(고종高宗 현경顯慶 3
   년), 하남부河南府 수안현壽安縣(지금의 하남 의양宜陽) 부근에 세웠다.

千葉桃(천엽도) : 벽도碧桃.

簌簌(속속) : 꽃이 분분히 떨어지는 모양.

一百六(일백륙) : 한식寒食의 별칭. 동지로부터 105일 또는 106일째 되는
   날이 한식이다. 따라서 일백오一百五라고도 한다.

賀老(하로) : 현종玄宗 때의 비파 명인. 이름은 하회지賀懷智.

定場屋(정장옥) : 압장壓場과 같다. 장옥은 희장戲場을 말한다.

力士(역사) : 현종이 총애하던 환관宦官 고역사高力士.

諸郎(제랑) : 젊은이. 시위侍衛 또는 기타 예인을 가리킨다.

掠削(약삭) : 빗질하고 매만지다.

二十五郎(이십오랑) : 분왕分王 이승녕李承寧은 적笛을 잘 불었다. 그의 배
   항排行은 제25이다.

大遍(대편) : 당대 대곡大曲 1 곡은 10여 편遍으로 구성되고, 1편의 처음부
   터 끝까지를 대편이라고 한다.

涼州(양주) : 대곡 이름.

龜玆(구자) : 구자의 악곡을 말한다.

李謨(이모) : 당나라 현종 때의 적笛 연주가. 구자 악사에게서 적을 배웠
   다.

岐(기) : 현종의 동생 기왕岐王 이범李範.

薛(설) : 현종의 동생 설왕薛王 이업李業. 두 사람은 개원 연간에 죽어 이때
   에는 참여하지 않았다.

楊氏諸姨(양씨제이) : 양귀비의 세 자매. 현종이 한국부인韓國夫人, 괵국
　　부인虢國夫人, 진국부인秦國夫人에 봉하였다.

東都破(동도파) : 안녹산安祿山의 낙양 점령을 말한다. 안녹산은 755년
　　(천보天寶 14) 12월에 낙양을 점령하였다.

供頓(공돈) : 여행중 연음에 필요한 물자를 공급하는 일.

六皇帝(육황제) : 숙종肅宗 이형李亨, 대종代宗 이예李豫, 덕종德宗 이적李
　　適, 순종順宗 이송李誦, 헌종憲宗 이순李純 다섯 황제뿐이다. 이 시를 환
　　관 최담준崔潭峻이 필사하여 목종穆宗에게 보여주면서 '오五'자를 '육六'
　　자로 고쳤다는 설이 있다.

玄武樓(현무루) : 장안 대명궁大明宮 북쪽에 덕종 때 지었다. '화악花萼'도
　　누대 이름이며, 장안 흥경궁興慶宮 서남쪽에 현종 때 지었다.

花鈿(화전) : 부녀의 머리장식물.

風箏(풍쟁) : 처마에 다는 풍경.

端正樓(단정루) : 화청궁華淸宮의 누대 이름. 여기서는 이름만 차용하였
　　다.

指似(지사) : 지시指示와 같다.

姚崇(요숭), 宋璟(송경) : 개원(713~741) 연간의 명재상.

楊與李(양여리) : 양국충楊國忠과 이임보李林甫.

廟謨(묘모) : 종묘사직宗廟社稷을 위한 모의와 계획, 즉 국가대계.

今皇(금황) : 헌종憲宗.

丞相(승상) : 배도裴度.

吳蜀平(오촉평) : 강남江南의 이기李錡와 촉중蜀中의 유벽劉辟을 평정하였
　　음을 말한다.

淮西賊(회서적) : 회서절도사淮西節度使 오원제吳元濟를 말한다. 원화 10년
　　오원제가 반란을 일으켰다. 이때 배도가 재상으로서 정벌에 나서 원화
　　12년에 평정하였다.

深望幸(심망행) : 황제가 동도東都로 오기를 매우 바란다는 뜻.

■ **해 제**

원화 13년(818), 원진이 통주通州(지금의 사천四川 달현達縣) 사마가 되었을 때 이 장편 서사시를 지었다. 연창궁의 흥망성쇠를 통하여 안사安史의 난 전후로 한 당나라의 치란의 이유를 읊었다.

이신李紳(772~846)

자가 공수公垂이며, 무석無錫(지금의 강소성江蘇省 무석시無錫市) 사람이다. 재상이 되었다가 후에 회남절도사淮南節度使로 폄적되었다. 원진元稹과 백거이白居易가 신악부新樂府를 제창하기 전에 이미 〈신제악부20수新題樂府二十首〉를 썼으나 전하지 않는다. 《추석유시追昔遊詩》3권과 잡시雜詩 1권이 남아 있다.

古風 (其一)
고 풍   기 일

春種一粒粟, 秋成萬顆子.
춘 종 일 립 속   추 성 만 과 자

四海無閑田, 農夫猶餓死.
사 해 무 한 전   농 부 유 아 사

고풍 (제1수)

봄에 한 톨 곡식 심으면 가을엔 만 알이 되네.

천하에 노는 논이 없건만 농부는 오히려 굶어죽네.

古風 (其二)
고풍 기 이

鋤禾日當午, 汗滴禾下土.
서 화 일 당 오 한 적 화 하 토

誰知盤中餐, 粒粒皆辛苦.
수 지 반 중 찬 입 립 개 신 고

고풍 (제2수)

김을 매니 한낮이라 땀이 벼 아래 땅에 떨어진다.

누가 알랴, 밥상 위의 밥이 알알이 모두 고생인 것을.

■ 해 제

이 시는 〈민농憫農〉이라고도 한다. 농부의 노고를 짧지만 극명하게 그렸다.

가도賈島(779~843)

자가 낭선閬仙이며, 범양范陽(지금의 북경 부근) 사람이다. 출가하여 법명을 무본無本이라고 하였다. 후에 시로써 한유韓愈, 맹교孟郊, 장적張籍, 요합姚合 등과 교유하면서 명성을 얻고, 환속하였다. 출신이 미미하여 급제하지 못하여 과거의 악폐를 비난하는 시를 지었다. 만년에 장강長江(지금의 사천성四川省 봉계蓬溪) 주부主簿가 되었다가 보주普州(지금의 사천성 안악현安岳縣) 사창참군司倉參軍이 되었다. 《장강집長江集》이 있다.

戲贈友人
희 증 우 인

一日不作詩, 心源如廢井.
일 일 부 작 시 심 원 여 폐 정

筆硯爲轆轤，吟詠作縻綆.
필 연 위 록 로　　음 영 작 미 경

朝來重汲引，依舊得清冷.
조 래 중 급 인　　의 구 득 청 랭

書贈同懷人，詞中多苦辛.
서 증 동 회 인　　사 중 다 고 신

장난삼아 벗에게 줌

하루라도 시를 짓지 않으면 마음은 마른 우물.

붓과 벼루는 도르래요, 읊조림은 두레박 줄.

아침이면 다시 퍼 올리니 여전히 맑고 시원하구나.

글로 써서 마음 맞는 이에게 주노니 글에는 괴로움이 많으리.

■ 주 석

轆轤(녹로) : 도르래.

縻綆(미경) : 두레박 줄.

■ 해 제

시인이라면 모두 이럴 것이다. 시를 짓지 않으면 심령조차 메말라버린다니! 둔한
심령으로는 시인 흉내 내기도 힘들다.

題李凝幽居
제 리 응 유 거

閑居少鄰並，草徑入荒園.
한 거 소 린 병　　초 경 입 황 원

鳥宿池邊樹，僧敲月下門.
조 숙 지 변 수　　승 고 월 하 문

過橋分野色, 移石動雲根.
과 교 분 야 색　　이 석 동 운 근

暫去還來此, 幽期不負言.
잠 거 환 래 차　　유 기 불 부 언

이응의 은거지에 부치다

한가히 살아 이웃도 드물고, 풀길이 거친 마당으로 들어간다.

새는 연못가 나무에서 자고, 스님은 달 아래 문을 두드린다.

다리 건너니 들빛이 분명하고, 돌을 옮겨 구름 뿌리 움직인다.

잠시 떠났다 다시 여기에 오니 그윽한 만남 말을 어기지 마시게.

■ **주 석**

雲根(운근) : 고인들은 구름은 돌에 부딪쳐 생긴다고 여겨 돌을 운근이라
　　고 불렀다.

■ **해 제**

'퇴고推敲' 또는 '추고推敲'라는 말의 어원이 되는 시이다. 송나라 때 《초계어은총화
苕溪漁隱叢話》라는 책에 실린 이야기로, 가도가 처음 서울에 과거 보러 갔을 때 하
루는 나귀를 타고 가다가 '조숙지변수鳥宿池邊樹, 승고월하문僧敲月下門'이라는 시
구를 지었다. 처음에는 '퇴推'자를 쓰려 하다가 또 '고敲'자를 쓰고 싶어졌다. 결정을
하지 못하고 나귀 위에서 읊조리며 때때로 손을 들어 밀고 두드리는 동작을 해 보
았다. 당시 한유가 경조윤京兆尹이었는데 가도는 제3구에서 자기도 모르게 한유와
부딪치고 말았다. 부하들이 잡아서 부윤 앞으로 데리고 가니 가도는 시구에 대해
말하였다. 한유는 말을 세우고 오래 생각하더니 '고敲'자가 좋다고 하였다. 후세에
반복하여 자구 다듬는 일을 '퇴고'라고 하게 되었다.

자가 장길長吉이며, 하남 복창현福昌縣(지금의 하남 의양현宜陽縣) 창곡昌谷 사람이다. 당나라 황실 대정왕大鄭王의 후손이지만 몰락하여 아버지 이진 숙李晉肅은 현령을 지냈을 뿐이었다. 이하는 오늘날 중당 낭만주의 시인의 대표로 꼽히며, 만당晩唐 시풍으로 변화하는 시기의 중요한 인물이다. 이장 길李長吉, 귀재鬼才, 시귀詩鬼 등으로 불리며, 또한 이백李白, 이상은李商隱 과 함께 '삼리三李'로 병칭된다.

將發
장 발

東床卷席罷, 護落將行去.
동 상 권 석 파   호 락 장 행 거

秋白遙遙空, 日滿門前路.
추 백 요 요 공   일 만 문 전 로

떠나며

사위가 자리를 다 말고 쓸쓸히 떠나려 하네.

가을은 하얗게 아득히 비었고, 햇빛은 문앞 길에 가득하다.

■ 주 석

東床(동상) : 사위를 말한다.

卷席(권석) : 돗자리를 말다. 자리를 마는 것처럼 일을 완전히 끝내는 것
　　을 말한다.

護落(호락) : 실의한 모양. 호락濩落과 같다.

秋白(추백) : 가을의 색은 백색이다.

어디로 무슨 일로 떠나는지 알 수 없다. 텅 빈 가을에 햇볕만 쏟아지는 상황에서
떠나는 이의 심정은 어떨까.

夢天
몽 천

老兎寒蟾泣天色,　雲樓半開壁斜白.
노 토 한 섬 읍 천 색　운 루 반 개 벽 사 백

玉輪軋露濕團光,　鸞佩相逢桂香陌.
옥 륜 알 로 습 단 광　난 패 상 봉 계 향 맥

黃塵淸水三山下,　更變千年如走馬.
황 진 청 수 삼 산 하　갱 변 천 년 여 주 마

遙望齊州九點煙,　一泓海水杯中瀉.
요 망 제 주 구 점 연　일 홍 해 수 배 중 사

하늘 꿈

토끼와 두꺼비 하늘빛에 울고,

구름 누대 반쯤 열리자 벽 기울어 하얗다.

옥바퀴 이슬에 굴러 둥근 빛이 젖고,

난새 패옥 찬 선녀 계화 향기론 길에서 만났네.

누런 먼지 맑은 물은 삼신산 아래,

천 년이 말 달리듯 바뀌었네.

멀리 중주를 바라보니 아홉 점 연기,

한 조각 바닷물은 잔 속에서 흐른다.

雲樓(운루) : 신기루蜃氣樓. 여기서는 층을 이룬 구름을 말한다.

壁斜白(벽사백) : 층층 구름 사이로 달빛이 드러남을 표현하였다. 달빛을
　　받은 구름이 하얗게 빛나자 그 모습을 누각의 벽에 비유한 표현이다.

三山(삼산) : 바다 위에 떠 있다는 삼신산三神山. 방장산方丈山, 봉래산蓬萊
　　山, 영주산瀛洲山.

齊州(제주) : 중주中州, 즉 중국.

九點(구점) : 중국은 구주九州로 나뉜다.

■ 해 제

달에서 찍은 지구의 모습을 이하는 천 년 전에 이미 상상하였다. 시인의 상상력이
란!

高軒過
고 헌 과

韓員外愈皇甫侍御湜見過, 因而命作.
한 원 외 유 황 보 시 어 식 견 과　　인 이 명 작

華裾織翠靑如蔥, 金環壓轡搖玲瓏.
화 거 직 취 청 여 총　　금 환 압 비 요 령 롱

馬蹄隱耳聲隆隆, 入門下馬氣如虹.
마 제 은 이 성 륭 륭　　입 문 하 마 기 여 홍

云是東京才子, 文章巨公.
운 시 동 경 재 자　　문 장 거 공

二十八宿羅心胸, 九精照耀貫當中.
이 십 팔 수 라 심 흉　　구 정 조 요 관 당 중

殿前作賦聲摩空, 筆補造化天無功.
전 전 작 부 성 마 공　　필 보 조 화 천 무 공

龐眉書客感秋蓬, 誰知死草生華風.
방 미 서 객 감 추 봉　수 지 사 초 생 화 풍

我今垂翅附冥鴻, 他日不羞蛇作龍.
아 금 수 시 부 명 홍　타 일 불 수 사 작 룡

고관께서 들르시다

원외 한유와 시어 황보식께서 들르셔서 지으라고 하셨다.

화려한 옷 푸른 실로 짜 파처럼 푸르고,
금빛 고리 고삐 눌러 영롱히 흔들린다.
발굽소리 두두두두 귀에 울리더니
문을 들어서 말 내리니 무지개 같은 기상.
동경의 재자요, 문장의 대가라 하시는구나.
이십팔수 별자리가 가슴에 벌였고,
일월성신이 번쩍이며 그 가운데 관통하네.
대궐에서 부를 지어 명성이 하늘에 닿고,
붓으로 조화를 보완하니 하늘도 공이 없네.
눈썹 희끗희끗한 글쟁이 가을 쑥대 신세 서럽지만,
뉘가 알랴, 죽은 풀 빛나는 바람 일으킬 줄을.
나는 지금 날개 늘어뜨리고 큰 새에 붙었지만,
훗날 부끄럽지 않게 뱀에서 용이 되리라.

■ 주 석

隱耳(은이) : 귀에 울리다. 은은隱隱으로 된 판본도 있다.
九精(구정) : 일월성신日月星辰.
聲摩空(성마공) : 명성이 하늘에 닿다.

筆補造化(필보조화) : 문필로 조화를 보완하다. 불완전한 우주를 문학작
　품으로 보완한다는 뜻.
龐眉書客(방미서객) : 방미는 희끗희끗한 눈썹. 시인 자신을 말한다.

■ 해 제

이하가 일곱 살에 시를 잘 짓는다고 소문이 나 한유와 황보식이 그의 집에 들러 시
를 지으라고 하자 이 시를 지었다고 한다. 그러나 이 시를 지을 때 이하는 이미 약
관의 나이였다. 자신의 재능에 대한 자부와 앞날에 대한 포부가 장대하다. 문학은
불합리한 세계를 바로잡고 보충할 수 있다. '필보조화'를 기억하자.

苦晝短
고 주 단

飛光飛光, 勸爾一杯酒.
비 광 비 광　권 이 일 배 주

吾不識靑天高, 黃地厚.
오 불 식 청 천 고　황 지 후

唯見月寒日暖, 來煎人壽.
유 견 월 한 일 난　내 전 인 수

食熊則肥, 食蛙則瘦.
식 웅 즉 비　식 와 즉 수

神君何在, 太一安有.
신 군 하 재　태 일 안 유

天東有若木, 下置銜燭龍.
천 동 유 약 목　하 치 함 촉 룡

吾將斬龍足, 嚼龍肉,
오 장 참 룡 족　작 룡 육

使之朝不得回, 夜不得伏.
사 지 조 부 득 회   야 부 득 복

自然老者不死, 少者不哭.
자 연 로 자 불 사   소 자 불 곡

何爲服黃金, 呑白玉.
하 위 복 황 금   탄 백 옥

誰似任公子, 雲中騎碧驢.
수 사 임 공 자   운 중 기 벽 려

劉徹茂陵多滯骨, 嬴政梓棺費鮑魚.
유 철 무 릉 다 체 골   영 정 재 관 비 포 어

낮이 짧아 괴로워하다

광음이여, 광음이여, 그대에게 술 한잔 권하노라.

나는 푸른 하늘 높은 줄도 누런 땅 두꺼운 줄도 몰라.

오직 차가운 달 따뜻한 해가 사람 목숨 졸이는 것만 알아.

곰발바닥 먹으면 살지고, 개구리 먹으면 야위지.

신령은 어디 있고, 천신은 어디 있나.

하늘 동쪽에 약목 있고, 그 아래 촉룡을 두었다네.

내 촉룡 다리 자르고 촉룡 고기 씹어서

아침에는 돌아오지 못하게, 저녁에는 숨지 못하게 만들리라.

저절로 늙은이 죽지 않고 젊은이 곡하지 않겠지.

왜 황금을 먹고 백옥을 삼키리.

누가 임공자처럼 구름 속으로 푸른 나귀 타고 가려나.

한무제의 무릉에는 쌓인 뼈가 많고,

진시황의 관에는 절인 고기 실었다네.

■ 주 석

飛光(비광) : 광음光陰. 시간.

神君(신군) : 신령. 신선.

太一(태일) : 천신天神.

若木(약목) : 부상扶桑.

燭龍(촉룡) : 인면사신人面蛇身의 신으로 눈에서 빛을 뿜어 세상을 비춘
다. 태양을 비유한다.

任公子(임공자) : 낚시의 명수.

劉徹(유철) : 한무제漢武帝.

茂陵(무릉) : 한무제의 무덤.

滯骨(체골) : 쌓인 뼈. 한무제는 불로장생을 바랐지만 신선이 되지 못하고
죽어 뼈만 남아 있다는 뜻이다.

嬴政(영정) : 진시황秦始皇.

鮑魚(포어) : 절인 고기. 진시황은 장생약을 얻기 위해 백방으로 애를 썼
지만, 결국 순행 중에 죽었다. 그의 죽음을 알리지 않기 위해 관을 실
은 수레에 절인 물고기를 함께 실었다.

■ 해 제

시간에게 말을 걸고 술을 권하는 발상이 기발하다. 시간의 발을 묶어 둘 수 있다면
얼마나 좋을까. 진시황도 한무제도 온 세상을 다 가졌지만 시간만큼은 어찌할 수
없었다. 결국 죽어서 냄새와 뼈만 남겼다.

3-2-4 만당시晩唐詩

두목杜牧(803~852)

경조京兆 만년萬年(지금의 섬서성 장안현長安縣) 사람으로 재상 두우杜佑의
손자로 태어나 26세에 과거에 급제함으로써 일찌감치 관직에 나아갔으나,
우승유牛僧孺 일파와 이덕유李德裕 일파가 벌인 '우리당쟁'의 틈바구니에서
비교적 진보적인 자신의 정치사상을 제대로 펼쳐보지 못한 채 주루기관酒
樓妓館에서 풍류나 즐기며 지내는 풍류재자가 되고 말았다. 칠언절구가 특
히 뛰어난 그의 시에는 이러한 그의 풍류재자적 생활이 잘 반영되어 있지
만, 화려하거나 난삽하다기보다는 오히려 평이하고 자연스러우며 그래서
감칠맛 나는 시도 많다. 당시 사람들이 두보를 '대두大杜'라 하고 두목을 '소
두小杜'라 불렀다. 문집으로 《번천문집樊川文集》이 있다.

遣懷
견 회

落魄江湖載酒行, 楚腰纖細掌中輕.
낙 탁 강 호 재 주 행   초 요 섬 세 장 중 경

十年一覺揚州夢, 贏得靑樓薄倖名.
십 년 일 각 양 주 몽   영 득 청 루 박 행 명

회포

실의에 차 강호에서 술을 싣고 떠돌 때
허리 가는 초나라 여인이 손바닥에서 춤추었네.
십년 만에 양주의 꿈 깨어났더니
풍류장에 박정하다 악명이 높네.

■ 주 석

落魄(낙탁) : 뜻을 잃고 떠돌아다니다. 보력寶曆 원년(825)에 경종敬宗이 대
　　대적인 토목공사를 벌이며 사치와 향락을 일삼자 23세의 한창 젊은 청
　　년이던 두목은 〈아방궁부阿房宮賦〉를 지어 경종의 무능함을 풍자하고,
　　번진藩鎭을 소탕할 묘책을 제시하였으나 별다른 영향력을 발휘하지 못
　　하였다. 그로부터 3년 뒤에 태학박사太學博士 오무릉吳武陵이 〈아방궁
　　부〉를 높이 평가하고 최언崔郾에게 추천하였다. 이 해에 과거에 급제
　　한 그는 반 년 동안 중앙관직을 지낸 뒤 바로 강서관찰사江西觀察使 심
　　전사沈傳師의 막료와 회남절도사淮南節度使 우승유牛僧孺의 장서기掌書
　　記로 옮겨 다니며 근 10년의 세월을 보냈다. 특히 우승유의 막부에서
　　보낸 양주에서의 2년은 지나칠 정도로 향락에 빠져 우승유의 질책을
　　받을 정도였다.

楚腰(초요) : 초나라 여인의 허리. 양주에서 만난 기녀들의 허리를 가리킨
　　다. 《후한서後漢書 마요전馬廖傳》에 "오나라 왕은 검객을 좋아하여 백
　　성들의 몸에 상처 자국이 많았고, 초나라 왕은 가는 허리를 좋아하여
　　궁궐 안에 굶어 죽는 이들이 많았다(吳王好劍客, 百姓多瘡瘢; 楚王好
　　細腰, 宮中多餓死)"고 하였다.

掌中輕(장중경) : 손바닥 위에서 춤을 출 정도로 가볍다. 《비연외전飛燕外
　　傳》에, "조비연은 몸이 가벼워 손바닥 위에서도 춤을 출 수 있을 정도
　　였다.(趙飛燕體輕, 能爲掌上舞)"고 하였다. 여기서는 양주 기녀들의
　　날씬한 몸매를 가리킨다.

十年(십년) : 두목이 실지로 양주에서 생활한 기간은 2년밖에 안 되는데 여
　　기서 '10년'이라고 한 것을 보면 그는 양주에 가기 전에 강서관찰사 심
　　전사의 막료로 재임한 기간도 양주생활과 동일시했던 것으로 보인다.

贏得(영득) : 얻다. 남다.

靑樓(청루) : 기루妓樓.

薄倖(박행) : 박정하다.

두목은 31세 되던 해인 문종文宗 대화大和 7년(833)부터 33세 되던 해인 대화 9년
(835)까지 회남절도사 우승유의 막부에서 추관推官을 맡아 양주에서 지냈다. 이 기
간 동안 그는 우승유의 특별한 비호庇護 아래 비교적 안정되고 풍요로운 생활을 할
수 있었는데, 이때 그는 주색과 가무 속에서 풍류생활을 즐기며 풍류스럽고 염정적
艶情的인 시를 많이 지었다. 이 시는 그가 양주생활을 청산하고 양주를 떠나게 되었
을 때의 감회를 노래한 것이다.

贈別 (其一)
증 별　　기 일

娉娉嫋嫋十三餘, 豆蔲梢頭二月初.
빙 빙 뇨 뇨 십 삼 여　　두 구 초 두 이 월 초

春風十里揚州路, 捲上珠簾總不如.
춘 풍 십 리 양 주 로　　권 상 주 렴 총 불 여

헤어지는 사람에게 (제1수)

야들야들 간들간들 이제 겨우 열서너 살

따스한 이월 초의 육두구와 같구나.

십리 길 양주로에 봄바람 불어

주렴을 다 걷어도 모두 너만 못하구나.

■ 주 석

娉娉嫋嫋(빙빙뇨뇨) : 아름답고 날씬한 모양.

豆蔲(두구) : 육두구肉荳蔲. 다년생 초본 식물로 키가 열 자가량 되며 여
　　름에 담황색의 꽃이 핀다. 꽃이 아직 덜 핀 것을 함태화含胎花라 하는
　　데 어리고 예쁜 소녀를 형용하는 말로 사용된다.

梢頭(초두) : 끝머리.

二月初(이월초) : 이른 봄을 가리킨다.

揚州路(양주로) : 당나라 때 술집이 즐비했던 양주揚州의 번화가를 가리킨다.

■ 해 제

이 시는 대화大和 9년(835) 시인이 감찰어사監察御使가 되어 양주에서 장안長安으로 떠나갈 때 좋아하던 기녀에게 지어준 작품이다. 그러나 이 시가 양주의 기녀에게 준 것이 아니라 남창南昌의 기녀 장호호張好好에게 준 것이라는 견해도 있다.

贈別 (其二)
증 별   기 이

多情却似總無情, 唯覺尊前笑不成.
다 정 각 사 총 무 정   유 각 준 전 소 불 성

蠟燭有心還惜別, 替人垂淚到天明.
납 촉 유 심 환 석 별   체 인 수 루 도 천 명

헤어지는 사람에게 (제2수)

정이 많은데 오히려 정이 없는 듯해 보지만
술을 마셔도 웃음이 안 나올 것만 같다.
촛불도 정 있는지 이별이 아쉬워서
사람 대신 날 새도록 눈물 흘린다.

■ 주 석

總(총) : 전혀.

尊(준) : 술잔 또는 술동이. '준樽'과 같다.

還(환) : ~도 역시.

人(인) : 시인 자신을 가리킨다.

■ 해 제

첫 번째 시가 사랑하는 여인의 자태를 찬미한 것이라면 이것은 이별의 슬픔을 토로한 것이다. 사랑하는 마음이 깊기 때문에 이별의 슬픔이 그만큼 크지만 시인은 '정 없음(無情)'과 '웃음(笑)'을 이야기하며 슬픔을 드러내려 하지 않는다. 대신 제3, 4구에서 촛불이 대신 운다고 의인화하여 시인의 슬픔을 간접적으로 표현하고 있다.

寄揚州韓綽判官
기 양 주 한 작 판 관

靑山隱隱水迢迢, 秋盡江南草未凋.
청 산 은 은 수 초 초　　추 진 강 남 초 미 조

二十四橋明月夜, 玉人何處敎吹簫.
이 십 사 교 명 월 야　　옥 인 하 처 교 취 소

양주의 판관 한작에게

푸른 산도 아련하고 강물도 아득한데

가을 다 간 강남 땅에 풀이 아직 안 말랐겠지요.

이십사교 다리 위에 보름달이 훤할 이 밤

미인들에게 어디에서 퉁소를 가르치나요?

■ 주 석

韓綽(한작) : 생애 미상. 당시 판관으로서 양주揚州에서 근무하고 있었다. 두목에게 〈한작을 위해 통곡하며(哭韓綽)〉라는 시가 있다.

判官(판관) : 절도사節度使 또는 관찰사觀察使의 속관屬官.

隱隱(은은) : 선명하지 않은 모양.

迢迢(초초) : 아득히 먼 모양.

二十四橋(이십사교) : 강소성 양주의 수서호瘦西湖에 놓여 있는 다리. 옛
날에 미인 24명이 여기서 퉁소를 불었기 때문에 붙여진 이름이라는
설, 다리가 모두 스물네 개이기 때문에 붙여진 이름이라는 설 등 여러
가지 설이 있다.

玉人(옥인) : 옥같이 아름다운 사람. 남자와 여자에게 다 쓸 수 있으므로
퉁소 불기를 배우는 미인들을 가리킨다고 볼 수도 있고, 한작을 가리
킨다고 볼 수도 있다.

■ 해 제

양주에서 판관으로 재임중인 친구 한작을 그리워하여 지은 것이다. 두목은 양주에
서 회남절도사淮南節度使의 추관推官을 역임했었는데, 한작은 당시 그의 동료였다.
전반부에서는 옛날에 함께했던 경치를 묘사함으로써 친구에 대한 그리움을 일으켰
고, 후반부에서는 친구를 그리워하는 마음을 토로했는데 그의 풍류생활에 대하여
물음으로써 시적인 정취를 더했다.

赤壁
적 벽

折戟沉沙鐵未銷,　自將磨洗認前朝.
절 극 침 사 철 미 소　자 장 마 세 인 전 조

東風不與周郎便,　銅雀春深鎖二喬.
동 풍 불 여 주 랑 편　동 작 춘 심 쇄 이 교

적벽

모래에 묻힌 부러진 창 쇠가 아직 삭지 않아

스스로 들고 닦아보니 옛것임을 알겠구나.

동풍이 주랑 편을 들어주지 않았다면

동작대에 봄 깊을 때 두 교씨가 갇혔으리.

■ 주 석

赤壁(적벽) : 삼국시대 오吳나라 주유周瑜가 조조曹操의 수군水軍을 대파한
 적벽대전赤壁大戰의 현장. 적벽대전의 현장에 대해서는, 지금의 호북
 성 적벽시 서북쪽의 적벽산赤壁山이라는 설, 호북성 가어현嘉魚縣 동북
 쪽 장강長江의 남안南岸이라는 설, 호북성 무한시武漢市 서쪽의 적기산
 赤磯山이라는 설, 호북성 황강시黃岡市 황주黃州의 적벽산이라는 설 등
 이 있는데 공식적으로는 첫 번째 설을 인정하여 이곳을 삼국적벽이라
 고 한다. 시 제목이 〈적벽회고赤壁懷古〉로 된 판본도 있다.

將(장) : 손에 들다.

前朝(전조) : 이전의 조대朝代. 여기서는 삼국시대를 가리킨다.

東風(동풍) : 적벽대전 당시 제갈량이 제사를 지내고 빌었다는 동풍을 가
 리킨다.

周郎(주랑) : 오나라 장수 주유를 가리킨다.

銅雀(동작) : 동작대銅雀臺. 지금의 하북성 임장현臨漳縣에 있다. 한漢나라
 건안建安 15년(210) 조조가 지은 누각으로 그 꼭대기에 구리로 만든
 큰 참새가 있어서 이렇게 불렸는데, 조조의 애첩과 가기歌妓들이 모두
 여기에 살았다.

二喬(이교) : '이교二橋'라고도 한다. 교공橋公의 두 딸인 대교大橋와 소교
 小橋를 가리킨다. 첫째는 손권의 형 손책孫策에게 시집갔고, 둘째는 주
 유에게 시집갔다. '동풍東風' 이하의 두 구절은 적벽대전에서 동풍이
 불지 않았다면 대교와 소교가 모두 조조의 포로가 되어 끌려갔을 것이
 라는 말이다.

적벽을 지나가다가 모래밭에서 땅속에 묻혀 있던 창을 하나 발견한 것을 계기로
적벽대전 및 그것과 관련된 역사적 사실을 회고한 것이다.

泊秦淮
박 진 회

煙籠寒水月籠沙, 夜泊秦淮近酒家.
연 롱 한 수 월 롱 사　 야 박 진 회 근 주 가

商女不知亡國恨, 隔江猶唱後庭花.
상 녀 부 지 망 국 한　 격 강 유 창 후 정 화

진회하에 배를 대고

찬 강물은 안개에 덮이고 모래밭은 달빛에 싸였는데
밤에 진회에 배를 대니 술집이 가깝구나.
장사하는 여자들은 망국의 한도 모르고
강 건너에서 아직도 〈후정화〉를 부르는구나.

■ 주 석

秦淮(진회) : 진회하秦淮河. 강소성 율수현溧水縣 동북쪽에서 발원하여 서
쪽으로 남경南京을 거쳐 장강長江으로 들어가는 강. 여기서는 남경 지
역을 지나가는 강을 가리킨다. 전하는 말에 의하면 진시황秦始皇이 금
릉金陵(지금의 강소성 남경)에서 나중에 천자天子가 나올 것이라는 말
을 듣고 종산鐘山을 파헤쳐서 금릉의 기운을 절단시키려고 회수淮水를
끌어들여 물을 소통시켰기 때문에 '진회하'라고 불렀다 한다.

商女(상녀) : 술을 파는 여자. 기녀를 가리킨다.

後庭花(후정화) : 〈옥수후정화玉樹後庭花〉를 가리킨다. 남조시대 진陳나라
의 후주後主였던 진숙보陳叔寶가 지은 악곡으로, 음탕한 궁중생활을 반
영한 무곡舞曲이다. 진숙보는 여색과 향락을 즐기고 정치를 돌보지 않
아 후에 수隋나라에게 멸망당하였는데, 이로 인해 후인들은 〈후정화〉
를 '망국지음亡國之音'이라고 불렀다.

■ 해 제

배를 타고 물길을 따라 여행하다 남경을 지나는 진회하에서 하룻밤을 묵으며 느낀
감회를 읊은 것이다. 정확한 창작 시기는 알 수 없으나, 여정과 시의 분위기로 보아
장안長安(지금의 섬서성 서안西安)을 떠나 호주자사湖州刺史로 부임하던 도중에 지
은 것으로 보인다.

山行
산 행

遠上寒山石徑斜, 白雲生處有人家.
원 상 한 산 석 경 사　　백 운 생 처 유 인 가

停車坐愛楓林晚, 霜葉紅於二月花.
정 거 좌 애 풍 림 만　　상 엽 홍 어 이 월 화

산행

비탈진 돌길로 저 멀리 차가운 산을 오르자니

하얀 구름 피는 곳에 인가가 있네.

수레를 세워놓고 저무는 단풍숲을 즐기자니

서리 맞은 나뭇잎이 봄꽃보다 더 붉네.

寒山(한산) : 추운 계절의 산을 가리킨다.
二月花(이월화) : 봄에 피는 꽃을 가리킨다.

■ 해 제

어느 늦가을날 산에 올라가다가 산속의 아름다운 풍경을 노래한 것이다. 멀리 산중
턱에 연기가 모락모락 피어오르는 평화로운 마을이 있고, 가까운 곳에는 서리를 맞
아 빨갛게 물든 단풍이 숲을 이루고 있는 모습이 잘 그려진 한 폭의 풍경화와 다르
지 않다.

이상은李商隱(812~858)

회주懷州 하내河內(지금의 하남성 심양현沁陽縣) 사람으로 일찍 아버지를 여의고, 태화太和 3년(829) 18세 무렵 당시의 천평군절도사天平軍節度使 영호초令狐楚에게 문재文才를 인정받아 그의 막료가 되었으며 개성開成 2년(837) 영호초의 아들 영호도令狐綯의 도움으로 진사에 급제하였다. 그러나 영호초가 죽은 후 경원절도사涇原節度使 왕무원王茂元의 수하로 들어가 그 뒤 그의 사위가 되었기 때문에 절조를 버렸다는 비난을 받게 되었다. 회창會昌 3년(843) 왕무원마저 세상을 뜨자 더욱 궁핍해졌다. 만당晚唐 유미주의의 대표시인인 이상은은 두목杜牧과 더불어 '이두李杜'로 병칭되기도 하고 온정균과 더불어 '온리溫李'로 병칭되기도 했다. 그의 시는 전고典故가 많고 수식이 번다하여 시의詩意가 모호하고 난해하다는 비판을 받지만, 애정시愛情詩와 영사시詠史詩에 있어서는 높은 성취를 이룩하였다. 이후 양억楊億을 중심으로 한 북송北宋의 서곤파西崑派 시인들에게 큰 영향을 미쳤다. 문집으로 《번남문집樊南文集》이 있고 시집으로 《옥계생시玉谿生詩》가 있다.

登樂遊原
등 락 유 원

向晚意不適, 驅車登古原.
향 만 의 부 적　　구 거 등 고 원

夕陽無限好, 只是近黃昏.
석 양 무 한 호　　지 시 근 황 혼

낙유원에 올라서

저녁이 다가오자 마음이 편치 않아

수레를 몰아서 옛 동산에 올랐더니

석양은 한없이 좋기만 한데

다만 하나 황혼이 다 되었구나.

■ 주 석

樂遊原(낙유원) : 장안長安(지금의 섬서성 서안西安) 동남쪽에 있는 언덕.
　　높이가 약 10~20미터, 폭이 약 200~350미터, 길이가 약 4킬로미터
　　인 야트막한 언덕이지만 당시 장안성에서 가장 높은 곳이었다고 한다.

向晩(향만) : 저녁이 가까워지다.

不適(부적) : 마음이 유쾌하지 않다. 울적하여 편치 않다.

古原(고원) : 낙유원을 가리킨다. 한漢나라 선제宣帝 신작神爵 3년(기원전
　　59) 봄에 낙유원을 세웠으니 이때까지 약 9백여 년의 세월이 흐른 셈
　　이다.

黃昏(황혼) : 자신의 만년을 가리킨다.

■ 해 제

낙유원에 올라 석양을 바라보며 노년의 울적한 심사心思를 달랜 시이다. 마지막 두
구절은 역대로 칭송되는 명구名句이다. 석양과 황혼 뒤에는 결국 칠흑 같은 밤이
기다리는 법이다. 앞으로 닥쳐올 자신의 말로末路는 물론 더 나아가 당唐나라의 쇠
망에 대한 근심과 두려움까지 기탁하고 있다.

爲有
위 유

爲有雲屛無限嬌,　鳳城寒盡怕春宵.
위 유 운 병 무 한 교　　봉 성 한 진 파 춘 소

無端嫁得金龜婿,　辜負香衾事早朝.
무 단 가 득 금 귀 서　　고 부 향 금 사 조 조

운모 병풍이 있어서

운모 병풍이 있어서 한없이 고운 여인
봉황성에 추위 끝나 봄밤을 두려워하네.
공연히 금거북 차는 남편에게 시집가
향긋한 이불 저버리고 아침 조회나 일삼네.

■ 주 석

爲有(위유) : 있기 때문이다. 이 시는 내용과는 관계없이 맨 앞에 있는 두
글자를 제목으로 삼은 것이다.

鳳城(봉성) : 춘추시대春秋時代에 진秦나라 목공穆公의 딸이 피리를 잘 불
었는데 봉황새들이 그 소리를 듣고 함양성咸陽城에 날아들었다는 전설
이 있다. 함양은 진나라의 수도이기 때문에 도성을 봉성이라고 부르는
경우가 많았다. 여기서는 당나라의 도성인 장안長安을 가리킨다.

怕春宵(파춘소) : 봄밤은 겨울밤보다 짧기 때문에 남편과 함께 있을 수
있는 시간이 적어지기 때문이다.

金龜婿(금귀서) : 금으로 장식한 거북 주머니를 찬 남편. 높은 관직에 있
는 남편을 가리킨다. 《구당서舊唐書 여복지輿服志》에 "예종睿宗 천수天
授 원년(690)에 조정 안팎의 관리들이 차는 물고기 주머니를 모두 거
북 주머니로 바꾸었다. 3품 이상의 거북 주머니는 금장식을 사용하
고, 4품은 은장식을 사용하며, 5품은 동장식을 사용하였다(天授元年,
改內外所佩魚, 並作龜. 三品以上龜袋用金飾, 四品用銀飾, 五品用銅
飾)"라고 했다.

辜負(고부) : 저버리다.

사랑하는 남편과 오래도록 함께 있지 못하는 아내의 안타까운 심정을 노래한 시이다. 따뜻한 봄밤을 오히려 두려워하고 남들이 다 부러워하는 고관대작을 싫어하는 여인의 철없는 행태가 시에 해학적인 맛과 함께 치정癡情의 깊이를 더해 준다.

錦瑟
금 슬

錦瑟無端五十絃, 一絃一柱思華年.
금 슬 무 단 오 십 현 　 일 현 일 주 사 화 년

莊生曉夢迷蝴蝶, 望帝春心託杜鵑.
장 생 효 몽 미 호 접 　 망 제 춘 심 탁 두 견

滄海月明珠有淚, 藍田日暖玉生煙.
창 해 월 명 주 유 루 　 남 전 일 난 옥 생 연

此情可待成追憶, 只是當時已惘然.
차 정 가 대 성 추 억 　 지 시 당 시 이 망 연

비 단 슬

비단 슬은 공연스레 오십 줄이나 되어서
한 줄 한 줄 울릴 때마다 꽃답던 시절 생각하네.
장자가 꿈속에서 나비가 된 것 같고
망제가 자기 마음을 두견이에 부친 것 같네.
바다 위로 명월 뜨면 눈물 묻은 진주가 반짝였고
남전산에 해 따스하면 옥에서 아지랑이 피었네.
이 정경이 추억이 되기를 기다릴 수도 있었거늘
당시에는 너무나 실의에만 빠졌었네.

■ 주 석

錦瑟(금슬) : 무늬비단 모양의 그림을 그려서 장식한 슬. 《주례周禮 악기
　　도樂器圖》에 "아슬은 23현이고 송슬은 25현인데, 보옥으로 꾸민 것을
　　보슬이라 하고 무늬비단처럼 무늬를 그린 것을 금슬이라고 한다.(雅
　　瑟二十三絃, 頌瑟二十五絃, 飾以寶玉者曰寶瑟, 繪文如錦曰錦瑟)"라고
　　했다.

無端(무단) : 이유없이.

五十絃(오십현) : 이 시는 대중大中 12년(858)에 지은 것으로 이상은이 약
　　47세, 즉 50세에 가까운 때에 지었기 때문에 50현으로써 자신의 일생
　　을 비유한 것이다.

柱(주) : 현을 고정시키는 기러기발. 안주雁柱.

華年(화년) : 꽃다운 시절. 젊은 시절을 가리킨다.

曉夢迷蝴蝶(효몽미호접) : 새벽에 꾼 꿈속에서 정신이 흐릿해져 나비가
　　되다. 《장자莊子 제물론齊物論》에 장자가 꿈에 나비가 되어 매우 즐겁
　　게 지냈는데, 깨어난 뒤에 생각해 보니 자신이 꿈에 나비가 된 것인지
　　나비가 꿈에 자신이 된 것인지 알 수 없었다는 일화가 있다. 이 구절
　　은 자신에게 나비가 된 것처럼 즐거운 과거가 있었다는 말이다.

望帝(망제) : 중국의 옛날 전설에서 전국시대 말년에 살았다는 촉蜀나라
　　의 임금으로 이름이 두우杜宇였다. 전설에 따르면 그는 제왕의 자리를
　　빼앗기고 쫓겨난 뒤 나라를 그리워하며 비통해했는데, 죽어서 그의 혼
　　이 두견새가 되었다고 한다. 이 새는 울음소리가 매우 구슬픈데 특히
　　봄이 되면 더욱 슬프게 운다. 이 구절은 자신에게 두우처럼 슬픈 과거
　　가 있었다는 말이다.

月明(월명) : 달이 밝다. 옛날 사람들은 진주와 달이 서로 연관되어서 달
　　이 차면 진주도 찬다고 믿었다.

珠有淚(주유루) : 진주에 눈물이 섞여 있다. 교인鮫人이 눈물을 흘려서 그
　　것을 진주로 만들었기 때문이다. 《박물지博物志》에, "남해 저 바깥에

교인이 있는데 물고기처럼 물속에 살면서 길쌈을 중단하지 않았는데 그들의 눈에서 흐르는 눈물을 진주로 변하게 할 줄 알았다.(南海外有鮫人, 水居爲魚, 不廢織績, 其眼能泣珠)"라는 말이 있다. 이 구절은 자신에게 진주처럼 빛나는 재주가 있었다는 말이다.

藍田(남전) : 남전산藍田山. 섬서성陝西省 남전현藍田縣 동남쪽에 있다. 옛날의 유명한 옥의 산지이다.

日暖玉生煙(일난옥생연) : 햇볕이 따뜻해지면 옥에서 아지랑이가 피다. 송나라 왕응린王應麟의《곤학기문困學紀聞》에 "대숙륜戴叔倫이 말하기를 '시인이 묘사하는 경치는 마치 남전에 햇볕이 따뜻해지면 좋은 옥에서 아지랑이가 피어나는 것과 같아 멀리서 바라볼 수는 있지만 눈앞에 둘 수는 없는 것이다'라고 했는데, 이상은의 옥에서 아지랑이가 핀다는 구절은 아마도 여기에 뿌리를 두고 있을 것이다.(戴容州謂: '詩家之景, 如藍田日暖良玉生煙, 可望而不可置於眉睫前也.' 李義山玉生煙之句, 蓋本於此)"라 하였다. 이 구절은 자신에게 옥처럼 고귀한 능력이 있었다는 말이다.

此情(차정) : 이러한 정황. 이러한 정경. 앞에서 서술한 정황을 말한다.

已(이) : 너무. 지나치게.

惘然(망연) : 실의에 젖은 모양. 이 연聯은 과거에 겪었던 일들이 하나의 추억이 될 때까지 초연하게 기다릴 수도 있었을 텐데, 당시에는 마음의 여유가 없어서 오로지 실의에 젖었을 뿐이라고 씁쓸한 마음으로 자신의 과거를 되돌아본 것이다.

■ 해 제

이 시가 무엇을 노래한 것인지에 대해서는 이설이 분분하다. 죽은 아내를 추모하는 시로 보기도 하나 역대로 이견이 많아서 정설이 없다. 여러 가지 전고를 많이 사용함으로써 모호하기는 하지만 서글프면서도 아름다운 감정을 노래하여 독자에게 많은 해석의 가능성을 열어주었다. 어쨌든 이 시는 갖가지 이미지를 통해 감정의 흐름을 연상하게 한 독특한 작품임에 틀림없다.

無題
무제

來是空言去絶蹤, 月斜樓上五更鐘.
내 시 공 언 거 절 종   월 사 루 상 오 경 종

夢爲遠別啼難喚, 書被催成墨未濃.
몽 위 원 별 제 난 환   서 피 최 성 묵 미 농

蠟照半籠金翡翠, 麝薰微度繡芙蓉.
납 조 반 롱 금 비 취   사 훈 미 도 수 부 용

劉郞已恨蓬山遠, 更隔蓬山一萬重.
유 랑 이 한 봉 산 원   갱 격 봉 산 일 만 중

무제

온다던 말 헛말 되고 가더니 흔적 없어

누각 위에 달 기울고 오경의 종이 운다.

꿈에 멀리 이별하며 울기만 할 뿐 못 부르고

편지가 급히 쓰인지라 먹물이 희미하다.

촛불은 금빛 비취새를 반쯤 비추고

사향은 부용 휘장을 뚫고 은은히 전해온다.

봉래산이 멀다고 유랑이 이미 한탄했지만

우리 사이엔 봉래산이 만 겹이나 더 있도다.

■ **주 석**

被催成(피최성) : 급하게 완성되다.

墨未濃(묵미농) : 먹물이 진하지 않다. 황급히 편지를 쓰느라 먹도 제대로
　　갈지 못하였음을 말한다.

蠟照(납조) : 촛불의 빛.

金翡翠(금비취) : 이불에 수놓인 금빛 비취새. 이 구절은 침대 위의 이불에 금실로 수놓인 비취새가 반쯤은 촛불 빛을 받고 반쯤은 안 받는다는 뜻이다.

麝薰(사훈) : 사향麝香. 사향노루·사향고양이 등의 향낭香囊에서 채취한 향.

繡芙蓉(수부용) : 휘장에 수놓인 연꽃 문양. 이 구절은 방 안에 피워놓은 향이 침대 주위에 쳐놓은 휘장을 뚫고 은은하게 향기를 풍겨온다는 뜻이다.

劉郞(유랑) : 한漢나라 무제武帝 유철劉徹을 가리킨다. 《한무내전漢武內傳》에 의하면 한무제는 방사方士의 말을 믿고 동쪽 바다로 봉래산을 찾아갔다고 하는바, 이 구절은 한무제가 봉래산을 못 찾았음을 말한다.

蓬山(봉산) : 봉래산蓬萊山. 방장산方丈山·영주산瀛洲山과 더불어 신선들이 산다는 삼신산三神山 중의 하나이다. 이 연聯은 화자가 한무제가 갈구했던 봉래산을 떠올리고 자기 정인이 이보다도 훨씬 더 멀리 떨어져 있다고 생각하며 정인과의 재회에 대한 절망감을 나타내고 있다.

■ 해 제

이상은의 〈무제〉 시는 개인의 이상에 대한 추구나 정치상의 실의, 남녀간의 애정, 인생 환락 등 다양한 주제로 이루어져 있으며, 그 표현방식 또한 고도의 은유와 깊은 함축, 화려하고 섬세한 묘사와 비유 등을 즐겨 사용하여 시의 중심 주제가 명확히 드러나지 않는 경우가 많다. 이 시는 그 중 중심주제가 비교적 분명히 드러나는 편으로 사랑하는 이와 헤어져 홀로 남겨진 여인의 안타까움과 그리움, 그리고 절망감을 노래한 것이다. 이 시는 전체적으로 화자의 의식의 흐름에 따라 서술되고 있는데, 꿈과 현실을 넘나들며 그리움과 절망의 강도를 보다 심화시키는 것이 특색이다.

無題
무 제

相見時難別亦難, 東風無力百花殘.
상 견 시 난 별 역 난 　 동 풍 무 력 백 화 잔

春蠶到死絲方盡, 蠟炬成灰淚始乾.
춘 잠 도 사 사 방 진 　 납 거 성 회 루 시 건

曉鏡但愁雲鬢改, 夜吟應覺月光寒.
효 경 단 수 운 빈 개 　 야 음 응 각 월 광 한

蓬山此去無多路, 靑鳥殷勤爲探看.
봉 산 차 거 무 다 로 　 청 조 은 근 위 탐 간

무제

만나기도 어렵더니 헤어져도 힘드는데

봄바람은 기운 없고 온갖 꽃도 시들하네.

봄누에는 죽어야 실이 다 없어지고

촛불은 재가 돼야 눈물이 마른다네.

새벽 거울 앞에서 검은 머리 변한 걸 근심하나니

밤에 시를 읊조리며 달빛 차가운 걸 느끼시겠네.

봉래산은 여기서 그리 먼 길 아니니

파랑새야 날 위해 잘 찾아봐 주려무나.

■ 주 석

絲方盡(사방진) : 실이 비로소 그치다. 여기서 '사絲'는 '사思'와 발음이 같
　　은 쌍관어雙關語인바, '생각'·'그리움' 등으로 이해할 수 있다.

蠟炬(납거) : 촛불. 이 구절에서 말한 촛불의 눈물은 이별의 눈물을 가리
　　킨다.

雲鬢(운빈) : 구름 같은 머리. 검고 풍성한 여인의 머리카락을 이른다.

蓬山(봉산) : 봉래산蓬萊山. 중국의 동쪽 바다에 있다는 전설상의 산으로 삼신산三神山 중의 하나이다.

青鳥(청조) : 중국 신화에서 서왕모西王母의 사자使者였다고 하는 새. 여기 서는 사랑의 전령을 가리킨다.

殷勤(은근) : 정성껏.

■ 해 제

이 시는 헤어진 정인에 대한 그리움을 노래한 것이다. 전반부에서 이별의 슬픔을 노래하고, 후반부에서는 직접 정인을 찾아보려는 적극적인 태도를 취함으로써 그리움의 농도를 선명하게 표현했다.

온정균溫庭筠(812~870?)

본명은 기岐이고 자字는 비경飛卿으로 태원太原 기祁(지금의 산서성 기현祁縣) 사람이다. 오랫동안 관직에 나아가지 못하다가 만년에 이르러서야 방성위方城尉, 국자조교國子助教 등의 낮은 관직을 지냈다. 그가 이처럼 배척당한 이유는 방탕한 생활을 한 탓도 있지만 보다 근본적인 이유는 권문귀족들을 즐겨 조롱했기 때문이다. 시의 풍격은 이상은李商隱과 비슷하여 '온리溫李'라고 병칭되었는데 시의 성취는 이상은에 못 미친다. 그러나 사詞에 있어서는 독자적인 영역을 구축하여 화간비조花間鼻祖라는 평가를 받는다. 시집으로 《온정균시집溫庭筠詩集》이 있다.

送人東遊
송 인 동 유

荒戌落黃葉, 浩然離故關.
황 수 락 황 엽　　호 연 리 고 관

高風漢陽渡, 初日郢門山.
고 풍 한 양 도   초 일 영 문 산

江上幾人在, 天涯孤棹還.
강 상 기 인 재   천 애 고 도 환

何當重相見, 樽酒慰離顔.
하 당 중 상 견   준 주 위 리 안

동쪽으로 떠나가는 이를 보내고

황량한 변방에 누런 잎이 떨어질 때
미련없이 옛 관문을 떠나는구나.
한양의 나루터엔 바람이 높이 불고
영문산엔 막 뜬 해가 빛나겠구나.
강가에 있는 사람 몇명이나 되려나?
하늘가에 배 한 척이 돌아가누나.
언제나 우리 다시 만날 수 있으려나?
한 동이 술로 이별의 한을 달래보누나.

■ 주 석

浩然(호연) : 결연決然하다. 미련없다.

漢陽(한양) : 지금의 호북성 무한시武漢市 한양구.

郢門山(영문산) : 형문산荊門山. 지금의 호북성 강릉현江陵縣에 있다.

幾人在(기인재) : 사람이 몇 명 없다는 말.

孤棹(고도) : 외로운 배. 떠나가는 사람이 탄 배를 가리킨다.

何當(하당) : 언제. '하시何時'와 같은 뜻.

離顔(이안) : 이별한 이의 얼굴. 지인과 이별한 시인 자신을 가리킨다.

서쪽 국경 부근에 살던 한 지인이 형문산과 한양이 있는 호북성 일대로 돌아가는 것을 전송하면서 지은 시이다. 떠나는 이의 마지막 모습마저 놓치고 싶지 않을 정도로 큰 아쉬움과 술로써 이 이별의 아쉬움을 달래 보려는 허전한 심정이 잘 나타나 있다.

商山早行
상 산 조 행

晨起動征鐸, 客行悲故鄕.
신 기 동 정 탁　　객 행 비 고 향

雞聲茅店月, 人跡板橋霜.
계 성 모 점 월　　인 적 판 교 상

槲葉落山路, 枳花明驛牆.
곡 엽 락 산 로　　지 화 명 역 장

因思杜陵夢, 鳧雁滿回塘.
인 사 두 릉 몽　　부 안 만 회 당

상산의 새벽길

신새벽에 일어나서 말방울을 울리자니

나그네길이라서 고향생각에 서럽다.

초가집 객점에서 닭이 한창 우는데

다리 위의 서리에 사람 지나간 자국이 있다.

떡갈잎이 산길에 우수수 떨어지고

탱자꽃이 역 담장에 흰하게 피어 있어

꿈 같은 두릉의 일 생각나나니

오리와 기러기가 연못에 가득했지.

商山(상산) : 지금의 섬서성 상주商州 동남쪽에 있는 산.

征鐸(정탁) : 먼 길 가는 말의 목에 매달린 방울.

茅店(모점) : 초가집 객점.

板橋(판교) : 나무 판자를 걸쳐서 만든 다리.

杜陵(두릉) : 한나라 선제宣帝의 능. 지금의 섬서성 장안현 동북쪽에 있
　　다. 여기서는 당나라 도성 장안長安(지금의 섬서성 서안)을 가리킨다.
　　이 구절은 제5, 6구에 묘사된 풍경으로 인하여 옛날에 장안에서 지내
　　던 일이 생각났다는 말이다.

回塘(회당) : 굽이진 연못.

■ 해 제

새벽 일찍 일어나 상산 앞을 지나가면서 본 객지의 풍경을 묘사하고 아울러 그로 인
하여 일어난 도성에서의 꿈 같은 지난날을 회상한 시이다. 객지생활을 청산하고 고
향이나 도성으로 돌아가고 싶은 심정이 잘 드러나 있다.

경조京兆 장안長安(지금의 섬서성 서안) 사람으로 광명廣明 원년(880) 45세 때 과거에 응시하였으나 바로 황소黃巢의 난이 일어나서 전란戰亂에 휩싸이자 장안을 떠나 낙양洛陽으로 갔다가 다시 강남江南으로 가서 오랫동안 지냈다. 건녕建寧 원년(894) 59세의 나이로 진사進士에 급제하여 여러 가지 관직을 역임하고 나중에 왕건王建의 장서기掌書記가 되었다. 천우天祐 4년(907) 당唐나라가 망하자 왕건에게 황제가 될 것을 극력 권하여 전촉前蜀의 황제가 되게 하고 자신은 재상이 되었다. 황소 군대의 만행과 이로 인한 백성들의 비참한 생활상, 경제적 파탄, 혼탁한 사회상 등을 사실적으로 묘사하여 풍자적 색채가 농후한 장편 서사시 〈진부음秦婦吟〉을 지었는데 이 시가 당시 사람들의 입에 널리 회자했기 때문에 그에게 '진부음수재'라는 별명이 생길 정도였다. 그러나 이러한 사회시는 위장 시의 주류가 아니다. 그의 시는 대체로 청려한 편이다. 그리고 시보다 사詞에 더욱 뛰어나 온정균溫庭筠과 더불어 '온위溫韋'라고 병칭되는 화간사花間詞의 대표적 사인이다. 문집으로 《완화집浣花集》이 있다.

金陵圖
금 릉 도

江雨霏霏江草齊, 六朝如夢鳥空啼.
강 우 비 비 강 초 제　　육 조 여 몽 조 공 제

無情最是臺城柳, 依舊煙籠十里堤.
무 정 최 시 대 성 류　　의 구 연 롱 십 리 제

금릉도

자욱한 강 위의 비 평평한 강둑의 풀

육조는 꿈같이 가고 온갖 새만 지저귄다.

무정한 건 대성의 버들이 으뜸

언제나처럼 안개에 싸여 십리 강둑에 서 있다.

■ 주 석

金陵(금릉) : 지금의 강소성 남경南京. 육조, 즉 오吳 · 동진東晉 · 송宋 · 제
齊 · 양梁 · 진陳의 도성이었다. 제목이 '대성臺城'으로 된 판본도 있다.

霏霏(비비) : 비나 눈이 많이 내리는 모양.

齊(제) : 가지런하다. 수많은 풀이 한결같이 무성하게 자라서 높은 곳과
낮은 곳의 구분이 별로 없이 평평하게 깔려 있다는 뜻이다.

空啼(공제) : 아무 생각없이 그냥 울 뿐 육조의 교체에 대해서는 무관심하
다는 말이다.

無情(무정) : 세상의 변천으로 인하여 감정의 동요를 일으키는 일 없이 언
제나 초연하다는 뜻이다.

最(최) : 으뜸이 되는 것. 강둑의 풀이나 지저귀는 새도 인간사에 대하여
무심하지만 뭐니뭐니해도 대성의 버들이 가장 무심하다는 뜻이다.

臺城(대성) : 옛날의 건강성建康城으로 남경의 현무호玄武湖 가에 있었다.
육조가 모두 이것을 궁성으로 삼았다.

■ 해 제

금릉의 풍경을 그린 그림을 보고 지은 제화시題畫詩로 세월의 부질없음과 인간사의
흥망성쇠가 꿈만 같음을 노래한 것이다. 당나라 왕조가 기울어가는 것에 대한 착잡
한 심경이 깃들어 있다. 위장은 황소黃巢가 장안에 침입한 변란을 겪고 간신히 살아
남아 이듬해에 낙양洛陽으로 옮겼고, 이 시를 쓸 무렵에는 또 강남을 떠돌고 있었으
므로 개인적으로도 매우 심란했을 것이다.

焦崖閣
초 애 각

李白曾歌蜀道難, 長聞白日上青天.
이 백 증 가 촉 도 난　　장 문 백 일 상 청 천

今朝夜過焦崖閣, 始信星河在馬前.
금 조 야 과 초 애 각　　시 신 성 하 재 마 전

초애각

촉도가 험난하다 이백이 노래했었나니

대낮에 하늘에 오른단 말 항상 들어왔지만

오늘 밤에 초애각을 지나노라니

은하수가 말 앞에 있다는 말 비로소 믿어지네.

■ 주 석

焦崖閣(초애각) : 섬서성 양현洋縣 북쪽의 초애산에 있던 누각.

蜀道難(촉도난) : 성당 시인 이백이 지은 장편시로 진秦지방과 촉蜀지방
　　사이의 산길이 얼마나 험난한지를 노래했다.

長(장) : 항상.

上青天(상청천) : 이백의 시 〈촉도난〉에 "촉도의 험난함은, 푸른 하늘에
　　오르기보다 더 험난하다(蜀道之難, 難於上青天)"라는 구절이 있다.

今朝(금조) : 오늘.

星河在馬前(성하재마전) : 자신의 위치가 대단히 높음을 뜻한다.

■ 해 제

당 소종昭宗 건녕乾寧 4년(897)에 사명을 받들고 촉지방으로 들어가 촉도를 지나가
는 도중 초애각에서 지은 것이다. 초애각 일대의 지세가 생동감 있게 묘사되어 있
다.

章臺夜思
장 대 야 사

清瑟怨遙夜, 繞絃風雨哀.
청 슬 원 요 야　 요 현 풍 우 애

孤燈聞楚角, 殘月下章臺.
고 등 문 초 각　 잔 월 하 장 대

芳草已云暮, 故人殊未來.
방 초 이 운 모　 고 인 수 미 래

鄕書不可寄, 秋雁又南迴.
향 서 불 가 기　 추 안 우 남 회

장대의 밤

긴 밤을 원망하는 맑은 슬소리

현을 맴도는 구슬픈 비바람소리

외로운 등불 밑에 전해오는 뿔피리소리

그 소리에 새벽달이 장대를 내려간다.

싱그러운 풀은 이미 저물었는데

정든 벗은 도무지 안 찾아오고

고향으로 가는 편지 부칠 수도 없나니

기러기가 남쪽으로 다시 돌아와버렸다.

■ 주 석

章臺(장대) : 춘추시대 초나라 영왕靈王이 세운 누대인 장화대章華臺의 약
칭. 옛터가 지금의 호북성 감리현監利縣에 있다. 전국시대戰國時代 진秦
나라의 궁중에 있던 누대로 지금의 섬서성 장안현長安縣 서남쪽에 있
었다고 보는 설도 있으나, 위장韋莊은 고향이 장안 부근인데 만약 '장

대'가 장안에 있었다면, 고향에 돌아가지 못하는 것을 슬퍼한 이 시의 내용과 부합하지 않는다.

繞絃(요현) : 줄을 맴돌다. 이 구절은 슬의 현 여기저기서 비바람이 치는 듯한 처량한 소리가 울려나온다는 뜻이다.

楚角(초각) : 초지방의 뿔피리소리. 초지방은 바로 장대章臺의 소재지이다.

鄕書(향서) : 고향으로 부치는 편지.

秋雁(추안) : 가을이 되면 따뜻한 지방으로 이동하는 철새로, 편지를 전달하는 존재를 가리킨다. 한나라 사람 소무蘇武가 흉노족에게 사신으로 나갔다가 19년 동안 억류되어 있었는데 나중에 한나라와 흉노족이 화친을 맺게 되어 한나라 사신이 흉노족에게 가서 소무를 찾았더니 흉노족이 소무가 이미 죽었다고 거짓말을 했다. 소무가 몰래 상혜常惠에게 지시하여 은밀하게 한나라 사신을 만나, 그 사신으로 하여금 한나라 황제가 상림원上林苑에서 사냥을 하다가 북쪽에서 날아오는 기러기를 한 마리 잡았더니 그 기러기 발에 편지가 매여 있는데 소무가 어느 지역의 늪에 있다는 사실이 적혀 있었다고 거짓말을 하게 했다. 흉노족 선우單于가 이 말을 듣고 깜짝 놀라서 사죄하며 소무를 보내주었다.(《한서漢書 소무전蘇武傳》 참조) 이런 일이 있은 뒤로 편지를 '안서雁書'라고 부르게 되었다.

迴(회) : 돌아오다. 이 연聯은 북쪽에 있는 고향에 편지를 전할 수 없는 안타까운 상황을 해학적으로 표현한 것이다.

■ 해 제

남방에서 객지생활을 하던 위장이 어느 가을밤에 고향생각이 간절해져서 지은 것이다.

피일휴 皮日休(843?∼883?)

양양襄陽(지금의 호북성 양양) 사람으로 황소黃巢의 난에 가담한 적이 있을
정도로 당시의 조정에 불만이 많았다. 따라서 그의 시는 백거이의 신악부
정신을 계승하여 저항정신이 강하고 풍자성이 짙으며 시어가 천근하고 평
이한 것이 특색이다. 시문의 성취가 육구몽陸龜蒙과 비슷하여 '피륙皮陸'으
로 병칭되었다. 문집으로 《피자문수皮子文藪》가 있다.

橡媼歎
상 온 탄

秋深橡子熟, 散落榛蕪岡.
추 심 상 자 숙　산 락 진 무 강

傴傴黃髮媼, 拾之踐晨霜.
구 구 황 발 온　습 지 천 신 상

移時始盈掬, 盡日方滿筐.
이 시 시 영 국　진 일 방 만 광

幾曝復幾蒸, 用作三冬糧.
기 폭 부 기 증　용 작 삼 동 량

山前有熟稻, 紫穗襲人香.
산 전 유 숙 도　자 수 습 인 향

細獲又精舂, 粒粒如玉璫.
세 획 우 정 용　입 립 여 옥 당

持之納於官, 私室無倉箱.
지 지 납 어 관　사 실 무 창 상

如何一石餘, 只作五斗量.
여 하 일 석 여　지 작 오 두 량

狡吏不畏刑, 貪官不避贓.
교 리 불 외 형　탐 관 불 피 장

農時作私債, 農畢歸官倉.
농 시 작 사 채　　농 필 귀 관 창

自冬及於春, 橡實誑饑腸.
자 동 급 어 춘　　상 실 광 기 장

吾聞田成子, 詐仁猶自王.
오 문 전 성 자　　사 인 유 자 왕

吁嗟逢橡媼, 不覺淚沾裳.
우 차 봉 상 온　　불 각 루 첨 상

상수리 줍는 노파의 탄식

가을 깊자 상수리가 노랗게 익어
잡목이 우거진 언덕 위에 떨어지니
백발이 부스스한 꼬부랑 할머니가
그것을 주우려고 새벽 서리 밟는다.
한참이 지나서야 한 움큼을 겨우 줍고
하루 종일 주워야 광주리에 차는데
몇 번이나 말리고 몇 번이나 쪄서는
겨울 석 달 내내 먹을 양식으로 삼는다.
산 앞에 잘 익은 벼가 있어서
보랏빛 이삭이 향내를 풍기는데
꼼꼼하게 거두고 매끈하게 찧으니
낟알 하나하나가 옥귀고리 같도다.
그것을 관청에 갖다 바치고
자기 집엔 한 톨의 쌀도 없는데
어이하여 한 섬도 넘는 양식을

오로지 다섯 말로 셈하는 걸까?

교활한 아전들은 형벌을 안 겁내고

탐욕스런 관료들은 뇌물을 안 피한다.

농사를 지을 때에 곡식 잡히고 사채를 써

농사가 끝난 뒤에 관아의 창고로 들어가니

겨울부터 봄까지 열두 달 내내

상수리로 굶주린 창자를 기만한다.

듣자니 춘추시대 제나라의 전성자는

가식적인 인으로도 왕이 되었다는데

아아 상수리 줍는 할머니를 만나니

나도 모르게 눈물이 옷을 적신다.

■ 주 석

橡子(상자) : 상수리나무의 열매. 상실橡實.

榛蕪岡(진무강) : 잡목이 우거진 언덕.

傴傴(구구) : 등이 굽은 모양.

黃髮(황발) : 나이가 많아 희끄무레하게 빛이 바랜 머리카락.

移時(이시) : 얼마간의 시간이 지나다.

倉箱(창상) : 창고나 수레에 가득 찰 만한 많은 곡식. '상箱'은 '거상車箱'을
    가리킨다.

一石(일석) : 한 섬. 열 되에 해당한다.

田成子(전성자) : 춘추시대에 제齊나라의 재상을 지낸 전상田常. 그는 백
    성들의 환심을 사기 위하여 큰 말로 쳐서 빌려주고 작은 말로 쳐서 돌
    려받았다. 그러나 백성들은 이 정도의 가식적인 인자함에도 감복하여
    그의 후손이 나중에 제나라의 왕위를 양도받기에 이르렀다.

詐仁(사인) : 가식적인 인의仁義.

이것은 피일휴의〈정악부正樂府〉10수 가운데 두 번째 작품으로 상수리를 양식 삼아 겨우겨우 연명하는 한 할머니의 모습을 통하여 도탄에 빠진 당시 백성들의 생활상을 풍자했다.

한악韓偓(844?~923?)

경조京兆 만년萬年(지금의 섬서성 서안 동남쪽) 사람으로 자字가 치요致堯이다. 칠언율시에 뛰어났는데 경물을 노래하는 가운데 자신의 신세에 대한 감회를 노래한 것이 많다. 정치적 변란變亂을 노래한 것이 많지만 그것 이외에 남녀간의 연정을 그린 작품도 적지 않다. 문집으로《한내한별집韓內翰別集》과《향렴집香奩集》이 있다.

已涼
이 량

碧闌干外繡簾垂, 猩色屏風畵折枝.
벽 란 간 외 수 렴 수　　성 색 병 풍 화 절 지

八尺龍鬚方錦褥, 已涼天氣未寒時.
팔 척 룡 수 방 금 욕　　이 량 천 기 미 한 시

이미 서늘해졌건만

푸른 난간 밖으로 드리워진 자수 주렴
선홍색 병풍에 그려진 아름다운 절지화
여덟 자짜리 용수 돗자리에 네모난 비단요
이미 서늘한 날씨건만 아직 춥지 않구나.

■ 주 석

猩色(성색) : 성성이의 피와 같은 선홍색.

折枝(절지) : '절지화折枝畫'를 가리킨다. 한 화면에 꽃나무 전체를 그린 그
림과 달리 꽃이 피어 있는 가지의 일부분을 그린 그림으로, 마치 잘린
가지를 그린 것 같아서 이런 명칭이 생겼다.

龍鬚(용수) : 용수초龍鬚草. 가늘고 긴 잎을 엮어서 도롱이나 돗자리를 만
든다. 여기서는 용수초로 만든 돗자리를 가리킨다.

■ 해 제

이 시는 적막한 규방閨房의 묘사를 통해 떠나간 임에 대한 여인의 애타는 기다림과
그리움을 노래한 규원시閨怨詩이다. 제1~3구에서 규방의 정경이 섬세하고 감각적
으로 묘사되고 있을 뿐 그리움의 정서는 드러나 있지 않다. 그러나 제4구에서의 '아
직 춥지 않다(未寒時)'라는 말을 통해, 여인이 날씨가 빨리 추워져서 임이 하루빨리
집으로 돌아오기를 바라고 있음을 암시하고 있다. 이렇게 보면 앞의 제1~3구가 단
순한 규방의 묘사가 아니라 임을 맞이할 채비를 마치고 간절하게 기다리고 있는 여
인의 소망을 시각적으로 형상화한 것임을 알 수 있다.

두순학 杜荀鶴(846~907)

지주池州 석태石埭(지금의 안휘성 석태) 사람이다. 가난한 집안 출신으로 여러 차례 과거에 응시해도 자꾸 낙제하자 산에 은거하였다. 그러다가 대순大順 2년(891)에야 진사進士에 급제하여 주객원외랑主客員外郎, 지제고知制誥, 한림학사翰林學士 등의 관직을 역임했다. 급제하기 전에 오랫동안 농촌에서 생활했기 때문에 농민들의 고통을 노래한 시가 적지 않다. 이로 인해 만당晩唐의 현실주의 시인으로 손꼽힌다. 문집으로 《당풍집唐風集》이 있다.

再經胡城縣
재 경 호 성 현

去歲曾經此縣城, 縣民無口不冤聲.
거 세 증 경 차 현 성　현 민 무 구 불 원 성

今來縣宰加朱紱, 便是生靈血染成.
금 래 현 재 가 주 불　변 시 생 령 혈 염 성

다시 호성현을 지나며

작년에 이 고을을 지난 적이 있거니와
현민 중에 원망하지 않는 입이 없었네.
이제 오니 현령께서 붉은 관복 입었으니
생령들의 피로써 물들인 것이라네.

■ 주 석

胡城(호성) : 지금의 안휘성 부양阜陽 서쪽.
冤聲(원성) : 원통해하는 소리.
縣宰(현재) : 현령.

朱紱(주불) : 당나라 때 4품 및 5품의 고급관리들이 입던 관복.

便是(변시) : 바로 ～이다.

生靈(생령) : 살아 있는 사람.

■ 해 제

백성의 고혈을 빨아 일신의 출세를 꾀한 호성 현령의 가렴주구를 풍자한 것이다.

山中寡婦
산 중 과 부

夫因兵死守蓬茅, 麻苧衣衫鬢髮焦.
부 인 병 사 수 봉 모　마 저 의 삼 빈 발 초

桑柘廢來猶納稅, 田園荒盡尙徵苗.
상 자 폐 래 유 납 세　전 원 황 진 상 징 묘

時挑野菜和根煮, 旋斫生柴帶葉燒.
시 도 야 채 화 근 자　선 작 생 시 대 엽 소

任是深山更深處, 也應無計避征徭.
임 시 심 산 갱 심 처　야 응 무 계 피 정 요

산속의 과부

남편이 전사하여 쑥과 띠를 지키는데

삼베옷과 모시옷에 부스스한 머리카락.

뽕과 산뽕 없어져도 세금은 내야 하고

전원이 다 황폐해져도 싹에 세금 매기네.

때때로 야채 캐어 뿌리째로 삶아 먹고

곧 이어 생나무 베어 이파리째 태우네.

이곳보다 더 깊은 심산유곡일지라도

세금과 부역은 피할 수가 없으리.

蓬茅(봉모) : 쑥과 띠. 초가집을 가리킨다.

衣衫(의삼) : 홑옷. 옷을 가리킨다.

桑柘(상자) : 뽕나무와 산뽕나무. 누에치기를 가리킨다.

和根煮(화근자) : 뿌리가 달린 채로 삶다.

旋(선) : 얼마 안 지나서.

任是(임시) : 설사 ~라고 할지라도.

征徭(정요) : 부세賦稅와 요역徭役.

■ 해 제

산속에 사는 한 과부의 삶을 통하여 황소黃巢의 난을 겪은 뒤의 조정의 가혹한 세금
징수와 이에 따른 백성들의 비참한 생활상을 풍자한 것이다.

정곡鄭谷(?~?)

원주袁州(지금의 강서성 의춘) 사람으로 자가 수우守愚인데 도관낭중都官郎
中을 역임했기 때문에 당시 사람들이 '정도관'이라고 불렀다. 영물시와 서
경시가 많은데 시풍이 비교적 청신하고 시원스러운 편이다. 시집으로《운
대편雲臺編》이 있다.

菊
국

王孫莫把比荊蒿, 九日枝枝近鬢毛.
왕 손 막 파 비 형 호   구 일 지 지 근 빈 모

露濕秋香滿池岸, 由來不羨瓦松高.
노 습 추 향 만 지 안   유 래 불 선 와 송 고

국화

왕손이여 가시나무나 쑥에 비하지 마시오.
구일이면 가지마다 머리에 다가간다오.
이슬에 젖은 가을 향기가 연못 가에 가득하니
바위솔이 높다고 부러워한 적 없다오.

■ 주 석

王孫(왕손) : 다른 사람에 대한 존칭.

荊蒿(형호) : 가시나무와 쑥. 잡목과 잡초를 가리킨다.

九日(구일) : 9월 9일, 즉 중양절을 가리킨다.

近鬢毛(근빈모) : 중양절 날 머리에 국화를 꽂는 것을 가리킨다.

由來(유래) : 종래.

瓦松(와송) : 지부지기. 바위솔. 지붕의 기와틈이나 깊은 산의 바위틈에
　　자라는 풀. 가늘고 긴 잎이 여러 개 겹쳐 있는 모양이 소나무와 같아
　　서 이렇게 부른다.

■ 해 제

국화의 고고한 자태를 칭송하는 방식으로 자신의 고결한 의지를 천명한 시이다.

담주潭州 익양益陽(지금의 호남성 영향寧鄕) 출신의 승려로 속명이 호득생胡得生이었다. 타고난 재주가 뛰어나 소를 먹이러 다니던 어린 시절에 항상 대나무 가지로 소 등에 시를 썼는데 사람들의 의표를 찌르는 구절이 많았다. 정곡鄭谷의 시에 창화唱和한 시를 모은 《백련집白蓮集》이 있다.

早梅
조 매

萬木凍欲折, 孤根暖獨回.
만 목 동 욕 절 고 근 난 독 회

前村深雪裏, 昨夜一枝開.
전 촌 심 설 리 작 야 일 지 개

風遞幽香去, 禽窺素艶來.
풍 체 유 향 거 금 규 소 염 래

明年猶應律, 先發映春臺.
명 년 유 응 률 선 발 영 춘 대

일찍 핀 매화

온갖 나무가 다 얼어서 부러질 지경인데
외로운 이 뿌리만 온기를 회복하여
높이 쌓인 앞 마을의 눈더미 속에
어젯밤에 한 가지가 꽃을 피웠다.
바람은 그윽한 향기를 싣고 가고
새 한 마리 희고 고운 꽃을 엿보러 온다.
내년에도 여전히 시절에 맞춰
먼저 피어 봄을 맞은 누대를 비추렷다.

遞(체) : 전송하다. 보내다.

素艶(소염) : 희고 아름다운 것. 매화를 가리킨다.

應律(응률) : 시절에 부응하다.

■ 해 제

반가운 마음으로 일찍 핀 매화의 고고한 자태를 찬양한 시이다. 네 번째 구절은 원
래 '작야수지개昨夜數枝開'로 되어 있었는데 제기가 이 시를 지어서 원주袁州(지금의
강서성 의춘宜春)에 있는 친구 정곡鄭谷에게 보여주었더니 '수數'를 '일一'로 고치면
일찍 핀 매화의 정취가 더 잘 살아나겠다고 했다. 제기가 그 말을 듣는 순간 자신도
모르게 땅에 엎드리며 절을 했다. 이런 일이 있은 뒤로 문단에서 정곡을 '일자사一字
師'라고 불렀다.(위경지魏慶之, 《시인옥설詩人玉屑》 참조)

진도옥秦韜玉(890 전후)

경조京兆(지금의 섬서성 서안西安) 사람으로 희종僖宗 중화中和 2년(882)에
진사급제進士及第를 하사받았다. 황소黃巢의 난으로 인하여 희종이 촉지방
으로 몽진했을 때 그를 따라 촉지방으로 들어가 공부시랑工部侍郎 등의 관
직을 역임했다. 특이하게도 현존하는 시 30여 수가 모두 칠언시이다. 시집
으로 《진도옥시집》이 있다.

貧女
빈 녀

蓬門未識綺羅香, 擬托良媒亦自傷.
봉 문 미 식 기 라 향   의 탁 량 매 역 자 상

誰愛風流高格調, 共憐時世儉梳妝.
수 애 풍 류 고 격 조   공 련 시 세 검 소 장

敢將十指誇鍼巧, 不把雙眉鬪畫長.
감 장 십 지 과 침 교　불 파 쌍 미 투 화 장

苦恨年年壓金線, 爲他人作嫁衣裳.
고 한 년 년 압 금 선　위 타 인 작 가 의 상

가난한 처녀

사립문 달린 초가집에선 비단의 향기를 모르는지라

좋은 중매인에게 부탁하려 해도 스스로 마음이 상하네.

풍류스럽고 고상한 격조를 누가 좋아하겠나

다들 한창 유행 중인 기이한 치장을 좋아하니.

열 손가락으로 바느질하는 솜씨는 감히 자랑해도

두 눈썹을 길게 그리는 재주는 안 겨루네.

참으로 한스러운 건 해마다 금실로 수를 놓아

남을 위해 혼례복을 만드는 것이라네.

■ 주 석

蓬門(봉문) : 쑥대를 엮어서 만든 사립문. 가난한 사람의 집을 가리킨다.

擬(의) : ~하려고 하다.

時世(시세) : 당시의 세상. 당시 세상에 유행하는 치장법을 '시세장時世妝'
　　이라고 한다. 백거이의 시 〈시세장時世妝〉에 "시세장은, 시세장은, 성
　　안에서 나와서 사방으로 전해졌네.(時世妝, 時世妝, 出自城中傳四方)"
　　라는 구절이 있다.

儉(검) : '險險'과 통용되는 글자로 기이하다는 뜻이다.

梳妝(소장) : 단장하다. 치장하다.

將(장) : ~을 가지고.

壓金線(압금선) : 금실로 수를 놓다. '압壓'은 자수의 기법이다.

이 시는 지극히 가난하면서도 결코 품위를 잃지 않고 꿋꿋하게 살아가는 한 처녀의
형상을 통하여 빈부와 귀천의 갈등이 격심한 당시의 사회현실을 풍자했다. 수수하
고 고상한 격조를 지녔음에도 불구하고 세상 사람들의 중시를 받지 못하고, 힘들여
일하면서도 노력의 결과는 언제나 남의 차지가 되고 마는 부조리한 상황을 묘사함
으로써 능력이나 인품보다 부귀와 권세를 중시하는 당시의 사회 풍조도 비판한바,
그렇다면 시에서 묘사한 가난한 처녀의 형상은 바로 회재불우懷才不遇한 시인 자신
의 모습일 것이다.

찾아보기_시제詩題

찾아보기_시구詩句

마

찾아보기_시구詩句

중국고전문학정선 - 시가詩歌 1

초판 발행 — 2011년 10월 31일
2 쇄 발행 — 2017년 11월 15일
역해자 — 류종목 송용준 이영주 이창숙
발행인 — 金 東 求
발행처 — 명 문 당(창립 1923년 10월 1일)
　　　　　서울특별시 종로구 윤보선길 61(안국동)
　　　　　우체국 010579-01-000682
　　　　　전 화 (02) 733-3039, 734-4798
　　　　　FAX (02) 734-9209
　　　　　Homepage / ww.myungmundang.net
　　　　　E-mail / mmdbook1@hanmail.net
　　　　　등록 1977.11.19. 제1-148호

■